TACK!

Genom att välja en klimatsmart pocket från Bonnier Pocket bidrar du till vårt arbete för att göra produktionen av pocketböcker miljövänligare.

Vår vision är att ge ut böcker där man tagit hänsyn till miljön i varje steg av produktionen – och vi strävar efter att bli ännu bättre.

Vi har därför valt att trycka alla våra böcker på FSC-märkt papper. FSC står för Forest Stewardship Council och är en oberoende, internationell organisation som verkar för socialt ansvarstagande genom ett miljöanpassat och ekonomiskt livskraftigt bruk av världens skogar. FSC:s regelverk slår bland annat vakt om hotade djur och växter, om hållbart och långsiktigt bruk av jorden och om säkra och sunda villkor för dem som arbetar i skogen.

För de utsläpp som trots allt inte går att undvika i bokproduktionen klimatkompenserar vi genom Climate Friendly. Vi bidrar härigenom till utbyggnaden av hållbar utvinning av förnybar energi, såsom vindkraft.

Vill du veta mer? Besök **www.bonnierpocket.se/klimatsmartpocket**

FSC

klimatsmart pocket

Leif GW Persson

Den som
dödar draken

En roman om ett brott

Bonnier Pocket

www.bonnierpocket.se

ISBN 978-91-7429-008-0
© Leif GW Persson 2008
Första utgåva Albert Bonniers Förlag 2008
Bonnier Pocket 2009
Sjätte tryckningen
ScandBook AB, Falun 2014

Det här är en ond saga för vuxna barn.

Leif GW Persson

En såsfläckad slips, ett grytlock i järn och en vanlig tapetserarhammare med avbrutet träskaft. Detta var de tre mest påtagliga fynden som Solnapolisens tekniker gjorde under sin inledande undersökning av brottsplatsen. Att de med största sannolikhet var de föremål som använts för att ta offret av daga behövde man heller inte vara kriminaltekniker för att inse. Det räckte med att man hade ögon att se med och en mage som var stark nog för att man skulle orka titta efter.

Vad tapetserarhammaren med det avbrutna skaftet beträffade skulle det dessutom ganska snart visa sig – med om möjligt ännu större sannolikhet – att man hade haft fel och att den i vart fall inte kommit till bruk när gärningsmannen tog kål på offret.

Medan teknikerna pysslade med sitt hade utredarna klarat av de självklarheter som ankom på dem. Man hade knackat dörr bland grannar och närboende, förhört sig om offret och eventuella iakttagelser som kunde ha anknytning till gärningen. En av dem, en civilanställd kvinna, för det var i regel en sådan som höll i den biten, hade satt sig vid sin dator och plockat fram det som gick att ta reda på den vägen.

Ganska snart hade de också uppdagat den sorgliga historien om det vanligaste mordoffret i svensk kriminalhistoria under de hundrafemtio år man fört statistik över sådant. Sannolikt betydligt längre än så förresten, eftersom de domsböcker som man skrivit sedan tidig medeltid på just den punkten gav samma bild som industrisamhällets rättsstatistik. Det klassiska svenska mordoffret sedan tusen år om man så vill. Med dagens språkbruk: "En ensamstående medelålders man, socialt marginaliserad, med grava alkoholproblem."

– En vanlig fyllskalle helt enkelt, som Solnapolisens förundersökningsledare, kriminalkommissarie Evert Bäckström, beskrev den avlidne när han efter det inledande mötet med spaningsstyrkan redovisade ärendet för sin högsta chef.

Även om grannarnas berättelser och utdragen ur olika register både räckte och blev över hade de båda teknikerna lämnat ytterligare starka forensiska argument som pekade i samma riktning.

– Ett typiskt fyllskallemord om du frågar mig, Bäckström, som den äldste av de två, Peter Niemi, sammanfattade saken när han på samma inledande möte redogjorde för sin och kollegans syn på det hela.

Såväl slipsen som grytlocket och tapetserarhammaren tillhörde offret och hade funnits på plats i lägenheten innan tråkigheterna tagit sin början. Med slipsen var det till och med så enkelt att den satt runt halsen på offret. Under skjortkragen, som seden föreskriver, men i just det här fallet åtdragen en halv decimeter extra och för säkerhets skull förankrad under struphuvudet med en vanlig kärringknut.

I samma lägenhet tycktes två personer, varav den ene av finger-avtrycken att döma var identisk med offret själv, ha ägnat timmarna före mordet åt att äta och dricka tillsammans. Tomma spritbutelier och starkölsburkar, glas ur vilka man druckit öl och vodka, matrester på två tallrikar på bordet i vardagsrummet som tillsammans med matchande matrester ute i det lilla köket talade för att offrets sista måltid hade bestått av den svenska klassikern stekt fläsk med bruna bönor. De senare för övrigt färdiglagade och – av plastförpack-ningen i sophinken att döma – inköpta samma dag i en närbelägen Ica-butik. Därefter, före serveringen, uppvärmda i den järngryta vars lock gärningsmannen senare under aftonen upprepade gånger dängt i huvudet på sin värd.

Även rättsläkaren hade kommit till liknande slutsatser. Dessa hade han meddelat till den tekniker som varit med under obduktionen eftersom han var upptagen av viktigare ting när polisens spanings-styrka skulle ha sitt möte. Hans skriftliga och definitiva utlåtande skulle visserligen dröja någon vecka, men för det preliminära och muntliga hade det räckt med de vanliga snitten och ett tränat öga.

– En så kallad fyllskalle som ni poliser ju lär kalla sådana som vårt stackars offer, förklarade rättsläkaren som i ett sällskap som detta ändå var en bildad karl som förväntades vårda sitt språk.

Allt detta sammantaget – grannarnas berättelser, de sorgesamma registernoteringarna om offrets person, fynden på brottsplatsen, rättsläkarens iakttagelser – erbjöd en uttömmande förklaring till det som polisen väsentligen behövde veta. Två fyllskallar, som känner varandra väl sedan tidigare, som träffats för att äta en bit och dricka betydligt mer, och som därefter börjat gräla om någon av alla de mänskliga meningslösheter som utgjorde deras privata och gemensamma historia. Och där den ene avslutat samvaron med att slå ihjäl den andre.

Svårare än så var det alltså inte. Man hade utomordentligt gott hopp om att finna gärningsmannen i offrets närmaste bekantskapskrets av likasinnade och man hade redan börjat rota runt bland dem. Sådana här mord klarade man upp i nio fall av tio och åklagaren brukade ha papperen på sitt skrivbord inom högst en månad.

Ett rent rutinärende alltså och ingen av de Solnapoliser som deltog under det inledande mötet hade ens ägnat en tanke åt att kalla in särskild expertis, som till exempel Rikskriminalpolisens gärningsmannaprofilgrupp eller kanske till och med Rikspolisstyrelsens egen professor i kriminologi, som för övrigt bara bodde några kvarter från offret.

Ingen av experterna hade heller hört av sig på eget initiativ, vilket i vart fall var bra eftersom de helt säkert skulle ha utfärdat papper på att det förhöll sig precis så som alla redan visste. Nu slapp de åtminstone stå där med rumpan bar och de vetenskapliga benkläderna nedhasade till fotknölarna.

Med facit i hand skulle det nämligen visa sig att allt det ovan beskrivna – det som mot bakgrund av den samlade kriminologiska forskningen, den beprövade polisiära erfarenheten och den vanliga fingertoppskänsla som alla riktiga poliser så småningom skaffar sig – var helt uppåt väggarna fel.

– Ge mig det väsentliga, Bäckström, sa Bäckströms högsta chef, polismästaren i Västerorts polismästardistrikt, Anna Holt, när Bäckström dagen efter mordet drog ärendet för henne.

– En vanlig fyllskalle helt enkelt, sa Bäckström och nickade tungt.

– Okej, du får fem minuter, suckade Holt, som hade fler ärenden på sin föredragningslista och åtminstone ett som var betydligt tyngre än Bäckströms.

Torsdagen den 15 maj hade solen gått upp över Hasselstigen 1 i Solna redan klockan tjugo minuter över tre på morgonen. Exakt två timmar och fyrtio minuter innan Septimus Akofeli, 25, anlände till samma adress för att dela ut morgontidningen.

Septimus Akofeli var egentligen cykelbud men sedan knappt ett år tillbaka knäckte han även extra genom att bära ut morgontidningar i några kvarter kring Råsundavägen, bland annat till huset på Hasselstigen 1. Dessutom var han flykting från södra Somalia och kom från en liten by som låg bara en halv dagsmarsch från gränsen till Kenya. Han hade kommit till sitt nya hemland samma dag som han fyllde tretton år och anledningen till att han hamnat i Sverige och inte någon annanstans var att hans moster, morbror och ett antal kusiner hade flytt dit fem år tidigare och att alla hans andra släktingar var döda. Eller mördade om man så vill, för det var bara ett fåtal av dem som hade dött av andra orsaker.

Septimus Akofeli var ingen vanlig somalisk flykting som kommit hit på vinst och förlust. Han hade nära anhöriga som kunde ta hand om honom och det fanns starka humanitära skäl att släppa in honom. Allt tycktes också ha fallit väl ut. Eller åtminstone så väl som man hade rätt att begära när det gällde en sådan som han.

Septimus Akofeli hade klarat av både svensk grundskola och svenskt gymnasium med hyggliga och till och med bra betyg i de flesta ämnen. Sedan hade han läst vid Stockholms universitet i tre år. Tagit en filosofie kandidatexamen i språk, med engelska som huvudämne. Klarat av svenskt körkort och blivit svensk medborgare vid tjugotvå års ålder. Sökt ett stort antal jobb och till sist fått ett av dem. Som cykelbud på Miljöbudet – "Budet för dig som värnar om vår jord". Därefter, så fort de första avbetalningarna på hans studielån dumpit ner i brevlådan, hade han skaffat ett extraknäck som tidningsutbärare. Sedan ett par år tillbaka bodde han ensam i en egen lägenhet på ett rum och kök på Fornbyvägen i Rinkeby.

Septimus Akofeli skötte sitt. Han låg ingen till last. Kort och sammanfattningsvis hade han hunnit med mer än de flesta oavsett bakgrund och lyckats bättre än nästan alla med samma bakgrund som han.

Septimus Akofeli var ingen vanlig somalisk flykting. För det första var Septimus ett mycket ovanligt somaliskt förnamn, till och med inom den lilla kristna somaliska minoriteten, och för det andra var han betydligt ljusare i hyn än sina landsmän. Till detta fanns en enkel och gemensam förklaring, nämligen pastorn i den engelska kyrkans afrikamission, Mortimer S. Craigh – S som i Septimus – som förbrutit sig mot det sjätte budet. Gjort Septimus mamma med barn, kommit till insikt om sin svåra synd, erhållit vår Herres förlåtelse och i stort sett omgående återvänt till sin hemförsamling i den lilla byn Great Dunsford i Hampshire, för övrigt belägen i de mest pastorala omgivningar som tänkas kan.

Torsdagen den 15 maj klockan fem minuter över sex på morgonen hade Septimus Akofeli, 25, hittat den mördade kroppen efter Karl Danielsson, 68, i hallen till hans lägenhet på första våningen på Hasselstigen 1, i Solna. Dörren till lägenheten stod på vid gavel och den döda kroppen låg bara en meter innanför tröskeln. Septimus Akofeli hade lagt ifrån sig det exemplar av Svenska Dagbladet som han sekunderna före tänkt stoppa i prenumeranten Danielssons brevlåda. Böjt sig fram och kikat extra noga på kroppen. Till och med klämt försiktigt på hans stela kinder. Sedan hade han skakat på huvudet och ringt larmnumret 112 på sin mobiltelefon.

Klockan sex minuter över sex hade han kopplats till Stockholmspolisens ledningscentral på Kungsholmen i Stockholm. Radiooperatören hade bett honom vänta i telefon, kopplat bort honom medan han larmade ut hans samtal, och omgående fått svar från en radiopatrull från polisen i Västerort som befann sig på Frösundaleden, bara några hundra meter från den aktuella adressen. "Misstänkt mord på Hasselstigen ett, i Solna." Dessutom hade den "mansperson" som ringt låtit "misstänkt klar och samlad" vilket kunde vara bra att veta om det nu inte bara var någon som försökte göra sig lustig på polisens bekostnad utan drevs av mer "allvarliga störningar än så ...".

Vad radiooperatören däremot inte visste var att det var mycket enklare än så. Att just Septimus Akofeli var utomordentligt väl lämpad för att göra den typ av upptäckter som han just gjort. Redan som liten gosse hade han nämligen sett fler mördade och lemlästade människor än nästan alla de andra nio miljoner invånarna i hans nya hemland.

Septimus Akofeli var liten och smal, 167 centimeter lång med en kroppsvikt på femtiofem kilo. Samtidigt både välbyggd och vältränad som man ju naturligt blir om man springer i trappor ett par timmar varje morgon och därefter ägnar dagen åt att flänga omkring på cykel med brev och paket till ivrigt väntande kunder, som dessutom värnade om vår jord och inte borde behöva sitta och rulla tummarna i onödan.

Septimus Akofeli såg bra ut, med mörkt olivfärgad hy, klassiskt rena anletsdrag och en profil som kunde ha varit hämtad från en målning på en mycket gammal egyptisk vas. Om vad som egentligen rörde sig i huvudet på en medelålders svensk polisinspektör som jobbade som radiooperatör vid Stockholmspolisens ledningscentral hade han givetvis ingen aning, och sina minnen från barndomen hade han gjort sitt bästa för att glömma.

Först hade han gjort som han blivit tillsagd och väntat kvar i telefon. Efter ett par minuter hade han skakat på huvudet, kopplat bort det utlovade samtalet som polisen tydligen redan glömt bort, ställt ifrån sig sin tidningsväska och slagit sig ner i trappan utanför lägenhetsdörren för att ändå stanna kvar i huset som han hade lovat.

Ett par minuter senare hade han fått sällskap. Först någon som försiktigt hade öppnat och stängt ytterdörren. Sedan tassande steg i trappan. Så kom två poliser i uniform, först en manlig polis i fyrtioårsåldern, och snett bakom honom en betydligt yngre kvinnlig kollega. Den manlige polisen höll höger hand på pistolkolven, pekade mot honom med vänster arm och hela handen. Hans yngre kvinnliga kollega, som kom strax bakom honom, höll en redan utfälld fjäderbatong av stål i sin högra hand.

– Okej, sa den manlige radiopolisen och nickade åt Akofeli. Nu gör vi så här. Först sträcker vi händerna över huvudet, så reser vi oss upp lugnt och stilla, så vänder vi oss om med ryggen mot oss och så särar vi på benen…

Vilka vi, tänkte Septimus Akofeli och gjorde som han blivit tillsagd.

Hasselstigen är en liten tvärgata till Råsundavägen, på knappt två-
hundra meter, som ligger en halv kilometer väster om fotbollssta-
dion, alldeles i närheten av Svensk Filmindustris gamla studiolo-
kaler i den så kallade Filmstaden i Råsunda. Numera förvandlad
till ett exklusivt bostadsområde med enbart bostadsrätter och helt
andra hyresgäster än dem som bodde på Hasselstigen 1.

Huset på Hasselstigen 1 var byggt på hösten 1945, ett halvår efter
kriget. Grannarna i området brukade tala om det som huset som Gud,
eller åtminstone hyresvärden, hade glömt bort. Det var en tegelkåk
på fem våningar med ett trettiotal mindre lägenheter på ett eller två
rum och kök, drygt sextio år gammalt och sedan länge i behov av
både fasadrenovering, stambyte och det mesta däremellan.

Även hyresgästerna hade sett bättre dagar. Ett tjugotal av dem var
ensamstående och flertalet av dem var pensionärer. Dessutom fanns
åtta äldre par, samtliga pensionärer, samt en medelålders kvinna, 49
år, som bodde i en lägenhet på två rum och kök tillsammans med en
förtidspensionerad son på 29. Bland grannarna ansågs han allmänt
som lite underlig, fast hygglig, harmlös och till och med hjälpsam
om så krävdes, och han hade alltid bott hemma hos sin mamma. På
sista tiden hade även han levt ensam eftersom mamman hade fått
en hjärnblödning och sedan några månader tillbaka var intagen på
ett rehabiliteringshem.

Elva av dem som bodde där prenumererade på en morgontid-
ning, sex Dagens nyheter och fem Svenska Dagbladet, och det var
Septimus Akofeli som sedan ett år tillbaka såg till att de fick den i sin
brevlåda på morgonen. Punktligt kring klockan sex varje morgon
och utan att han missat utbärningen en enda gång.

I fastigheten på Hasselstigen bodde totalt 41 personer. Eller fyrtio
om man nu skall vara noga, eftersom en av dem just blivit mördad,
och redan på torsdag eftermiddag hade polisen i Solna tagit fram
en lista på samtliga i huset, inklusive offret.

Mellan larmet till ledningscentralen och listan på dem som bodde i huset hade det också hänt en hel del. Bland annat hade Solnapolisens spaningsledare, kriminalkommissarie Evert Bäckström, anlänt till mordplatsen redan tjugo minuter i tio på förmiddagen. Bara tre och en halv timme efter det att hans kolleger i "Gropen" fått larmet och rena brandkårsutryckningen med tanke på att det handlade om Bäckström.

Till detta fanns också en högst privat förklaring. Dagen före hade Stockholmspolisens personalläkare avtvingat honom ett löfte om att han omgående måste ändra på sitt liv, och de medicinska alternativ som han radat upp – om nu Bäckström ändå fortsatte att vara Bäckström så att säga – hade skrämt vettet ur även den här patienten. Åtminstone så pass att Bäckström efter en nykter afton och en genomvakad natt hade bestämt sig för att promenera till sitt nya jobb på kriminalavdelningen i Västerorts polismästarområde.

En Golgatavandring utan slut på drygt fyra kilometer. Under en sol utan nåd och hela den ändlösa sträckan från hans trevna lya på Inedalsgatan på Kungsholmen till det stora polishuset på Sundbybergsvägen i Solna. Dessutom i en temperatur som trotsade all mänsklig beskrivning och skulle ha knäckt även en olympisk mästare i maraton.

Klockan kvart över nio på morgonen, torsdagen den 15 maj, stod solen redan högt på en blå och molnfri himmel. Trots att det bara var i mitten av maj var det redan tjugosex grader i skuggan när Bäckström badande i sin egen svett passerade bron över Karlbergskanalen. Förutseende som han var hade han innan han lämnade sin lägenhet klätt sig för de strapatser som väntade. Hawaiiskjorta och shorts, sandaler utan strumpor och till och med en flaska kylskåpskallt mineralvatten som han stoppat i fickan för att vid behov snabbt kunna förebygga hotande vätskeförluster.

Ingenting hade hjälpt. Trots att han för första gången i sitt vuxna liv hade varit frivilligt nykter i ett helt dygn – inte en droppe på tjugofem och en halv timme om man nu skulle vara noga – så hade han aldrig mått sämre.

Jag skall döda den där jävla kvacksalvaren, tänkte Bäckström. Vadå bakfull? Inte en droppe och trots att han var inne på det andra vita dygnet kände han sig lika pigg som en örn som flugit in i en kraftledning.

Precis då ringde det på hans mobiltelefon. Det var vakthavande i Solna.

– Du är efterlängtad, Bäckström, sa vakthavande. Jag har faktiskt jagat dig utan framgång sedan sju i morse.

– Var tvungen att gå på ett tidigt möte på Rikskrim, ljög Bäckström som vid ungefär den tiden äntligen lyckats svimma i sin säng.

– Vad gäller det, tillade han för att undvika ytterligare frågor.

– Vi har ett spaningsmord åt dig. Kollegerna på plats behöver lite råd och vägledning. Det är någon som slagit ihjäl en gammal pensionär. Brottsplatsen lär vara rena slakthuset.

– Vad vet vi mer, grymtade Bäckström, som trots dessa glädjande besked inte mådde ett dugg bättre.

– Själv vet jag inte så mycket mer. Mord, definitivt mord. Offret lär vara en äldre man, en gammal pensionär som jag sa, lär inte se så roligt ut, enligt kollegerna. Okänd gärningsman. Vi har inte ens ett signalement att skicka ut på radion så det är allt jag vet. Var är du nu förresten?

– Gick just över Karlbergskanalen, sa Bäckström. Jag brukar passa på och promenera till jobbet om det inte regnar för jävligt. Det är alltid skönt att få röra på sig, förtydligade han.

– Det säger du, sa vakthavande som hade svårt att dölja sin förvåning. Om du vill kan jag annars skicka en bil som hämtar upp dig.

– Gör det, sa Bäckström. Se till att de fattar att det är brådis. Jag väntar på dem vid de där jävla fotbollshuliganernas klubbhus på Solnasidan av kanalen.

Sju minuter senare hade en radiobil bromsat in med blinkande blåljus, gjort en U-sväng och stannat bredvid uppfarten till AIK:s klubbhus. Både föraren och hans yngre kvinnliga kollega hade klivit ur bilen och nickat vänligt. Tydligen fattade de också vad som gällde eftersom det var chauffören som höll upp dörren på sin sida så han skulle slippa sitta på busplatsen snett bakom föraren.

– Här står du, Bäckström, och väntar på klassisk kriminalhistorisk mark, sa den manliga kollegan och nickade mot buskagen bakom Bäckström.

– Holm, förresten, tillade han och pekade förklarande med tummen mot det egna uniformsbröstet. Och det där är Hernandez, sa han och nickade mot sin kvinnliga kollega.

– Vadå, klassisk mark, sa Bäckström så fort han krånglat sig in i baksätet och mest för att han redan hade tankarna på Holms kvinnliga kollega. Långt mörkt hår, uppsatt i en konstfärdig knut, ett leende som räckte för att lysa upp fotbollsstadion ute i Råsunda och en övervåning som frestade hårt på den blå uniformsskjortan.

– Vadå, klassisk mark, upprepade han.

– Ja, du vet, den där prostituerade tjejen. Det var väl här som man hittade henne. Eller åtminstone vissa av delarna hennes. Det där gamla styckmordet som alla påstår att den där rättsläkaren, han obducenten, och hans kompis, allmänläkaren, skulle ha gjort. Fast fan vet, förresten. Chefen på krim här ute, den gode Toivonen, har visst helt andra idéer om hur det ligger till.

– Då måste väl du ha varit med, Bäckström, inflikade Hernandez samtidigt som hon vred på huvudet och fyrade av ett blixtrande leende. När var det nu? När man hittade henne, menar jag. Jag var visserligen inte född då men det måste väl ha varit någon gång i början på sjuttiotalet? Trettiofem, fyrtio år sedan? Eller?

– Sommaren nittonhundraåttiofyra, sa Bäckström korthugget. Och ett ord till från dig din lilla sugga så skall jag se till att göra parkeringsvakt av dig. I Chile, tänkte han och blängde på kollegan Hernandez.

– Jaså, nittonhundraåttiofyra. Ja, då var jag faktiskt född, sa Hernandez som tydligen inte tänkte ge sig och fortfarande valde att visa alla sina vita tänder.

– Tror jag säkert. Du ser faktiskt betydligt äldre ut, konstaterade Bäckström som heller inte tänkte ge sig. Sug på den du din lilla flatsmälla, tänkte han.

– Vad gäller vårt aktuella ärende så har vi en del att berätta, sa Holm avledande och med en försiktig harkling medan Hernandez vände ryggen åt Bäckström och för säkerhets skull började bläddra i en pärm med anteckningar. Vi kommer just därifrån nämligen.

– Jag lyssnar, sa Bäckström.

Holm och Hernandez hade varit första patrull på plats. De hade just avslutat en tidig morgonfika inne på den nattöppna Statoilmacken bakom Solna centrum när de fått larmet på polisradion. Blåljus och siren och tre minuter senare hade de varit på plats på Hasselstigen 1.

Kollegan på radion hade manat till försiktighet. Han tyckte att den "mansperson" som ringt in larmet inte betedde sig som vanligt folk brukade göra när de ringde in sådana nyheter. Ingen som klättrade på väggarna eller ens hade svårt att kontrollera de egna stämbanden. Misstänkt lugn och samlad helt enkelt och snarare som vissa dårar kunde låta på rösten när de hörde av sig till polisen för att redovisa sina senaste insatser.

– Det var tidningsbudet som ringt in. Invandrarkille. Verkar vara en trevlig grabb så den tror jag nog att vi kan glömma, om du nu skulle fråga mig, sammanfattade Holm.

Vem fan som nu skulle fråga en sådan som du om sådant, tänkte Bäckström.

– Offret då. Vad vet vi om honom?

– Det är lägenhetsinnehavaren. Han heter Karl Danielsson. Äldre ensamstående man, sextioåtta år gammal. Pensionär alltså, förtydligade Holm.

– Och det är vi helt säkra på, sa Bäckström.

– Helt säkra, sa Holm. Jag kände igen honom direkt. Jag var med och tog honom för fylla ute på Solvalla för några år sedan. Han ställde till med ett enastående liv efteråt och anmälde både mig och kollegerna för i stort sett allt mellan himmel och jord. Det var väl inte första gången heller som han har blivit lobbad, om man så säger. Sociala problem, alkohol och hela den biten. Socialt marginaliserad som det ju heter numera.

– En vanlig fyllskalle menar du, sa Bäckström.

– Ja, jo. Så kan man kanske också uttrycka saken, sa Holm och lät plötsligt som om han ville byta ämne.

Fem minuter senare hade de släppt av Bäckström utanför porten till Hasselstigen 1 och Holm hade önskat honom lycka till. Han och kollegan Hernandez skulle åka ner till polishuset för att skriva ingångsanmälan och var det något mer de kunde hjälpa till med var Bäckström givetvis välkommen att höra av sig.

Vad fan det nu skulle vara, tänkte Bäckström och klev ur bilen utan att tacka för skjutsen.

Precis som vanligt, tänkte Bäckström när han klivit ur bilen. Runt avspärrningarna framför huset trängdes den vanliga skocken av journalister och fotografer, grannar och närboende och dem som bara var nyfikna i största allmänhet och inte hade något bättre för sig. Plus det vanliga buset givetvis, som säkert hade hamnat där utan att ens behöva fundera över hur det gått till. Bland annat tre yngre solbrända förmågor som passade på att kommentera Bäckströms klädsel och utseende när han med visst besvär krånglade sig in under avspärrningstejpen.

Bäckström hade vänt sig om och glott på dem för att lägga deras utseenden på minnet till den dagen då de skulle träffas på hans egen arbetsplats. En ren tidsfråga och när det väl blev dags avsåg han att göra den till en minnesvärd upplevelse för de små kräkmedlen.

När han passerade den yngre uniformerade kollegan som stod i porten till huset hade han också gett sin första tjänsteorder i sin nya mordutredning.

– Ring till span och be att de skickar ner ett par gubbar som kan ta lite bra bilder på vår kära publik, sa Bäckström.

– Redan klart, konstaterade kollegan. Det var det första Ankan bad mig om när hon dök upp. Kollegerna från span har säkert varit här och plåtat i ett par timmar nu, tillade han av någon anledning.

– Ankan? Vilken jävla anka?

– Annika Carlsson. Du vet den där långa mörka kollegan som jobbade på rånkommissionen tidigare. Kallas för Ankan.

– Du menar den där flatsmällan, sa Bäckström.

– Det ska du inte fråga mig om, Bäckström, sa kollegan och flinade. Fast det är klart. Man har ju hört ett och annat.

– Som vadå, sa Bäckström misstänksamt.

– Man ska visst passa sig för att bryta arm med henne, förklarade kollegan.

Bäckström hade nöjt sig med att skaka på huvudet. Vart fan är vi på väg, tänkte han när han klev in genom porten till huset på Hasselstigen 1. Vad fan är det som händer med svensk polis? Fagotter, flatsmällor, blattar och vanliga jubelidioter. Inte en normal konstapel så långt ögat såg.

På brottsplatsen såg det ut som det brukade göra när någon slagit ihjäl en gammal fyllskalle i hans egen lägenhet. Kort sagt såg det jävligare ut än vanligt även hemma hos en gammal fyllskalle. Just det här exemplaret låg på rygg på sin egen hallmatta alldeles innanför dörren. Med fötterna mot ytterdörren, särade ben och armarna utsträckta ovanför sitt sönderslagna huvud i en närmast bedjande gest. Av lukten att döma hade både avföring och urin hamnat i hans gråa gabardinbyxor när han dog. Blod i en meterstor pöl på golvet. Väggarna på båda sidor i den smala hallen var nedstänkta från golvet till taklisten, till och med uppe i taket fanns det spår av blod.

Fy fan, tänkte Bäckström och skakade på huvudet. Egentligen borde han ringa till Sköna hem och tipsa dem så att alla de där inredningsbögarna för en gångs skull fick något rejält och folkligt att suga på. Ett litet hemma-hos-reportage i socialgrupp sjutton, tänkte Bäckström, som i just det ögonblicket blev avbruten i sina tankar av att någon knackade på hans axel.

– Hej, Bäckström. Kul att se dig, sa kriminalinspektören Annika Carlsson, 33, och nickade vänligt.

– Hej själv, sa Bäckström och ansträngde sig för att inte låta lika sliten som han kände sig.

Ett fruntimmer som var ett halvt huvud längre än han, som ju ändå var en både reslig och välbyggd man i sina bästa år. Långa ben, smal om midjan, vältränad något så förbannat och med bra höjd på både den högra och den vänstra. Hade hon bara låtit håret växa och satt på sig en kort kjol så hade hon till och med kunnat förväxlas med ett vanligt normalt fruntimmer. Frånsett längden förstås för den var det väl för sent att göra något åt och förhoppningsvis hade hon väl ändå vuxit färdigt trots att hon knappt var torr bakom öronen.

– Har du några särskilda önskemål, Bäckström? Teknikerna är just klara med det inledande och så fort de fått iväg liket till rättsmedicinska kan du få ta dig en titt på vår brottsplats.

– Tar det sedan, sa Bäckström och skakade på huvudet. Vem fan är det där, frågade han och nickade mot en liten mörkhyad figur som satt på huk lutad mot väggen längst bort på våningsplanet.

Med ett slutet och vemodigt ansiktsuttryck och en tygväska där det stack upp några morgontidningar över axeln.

– Det är vårt tidningsbud som ringde in larmet, sa kollegan Carlsson.

– Kan man tänka sig, sa Bäckström. Så det är därför han har en väska med tidningar över axeln.

– Du är skarp, Bäckström, sa Annika Carlsson och log. Närmare bestämt fem Dagens Nyheter och fyra Svenska Dagbladet. Offrets exemplar av Svenskan är det som ligger vid dörren där, fortsatte hon och nickade mot en hopvikt tidning som låg på golvet i entrén till offrets lägenhet. En Dagens Nyheter hade han redan hunnit leverera till en äldre kvinnlig prenumerant som bor på bottenvåningen.

– Vad vet vi om honom då? Tidningsnissen?

– För det första att han verkar helt grön, sa Annika Carlsson. Teknikerna har lyst på honom och hittar inte minsta spår på hans kropp eller kläder. Med tanke på hur det ser ut därinne så borde han ha varit alldeles nedstänkt med blod om det varit han som gett sig på vårt offer. Han berättar själv att han känt på offrets ansikte, på hans kind närmare bestämt, och när han märkte att han var helt stel så förstod han att offret var dött.

– Är han någon jävla läkarstuderande, eller? Det var som fan, tänkte Bäckström. Så pass mycket stake i den lilla sotmusen.

– Jag har förstått att han sett många döda i sitt gamla hemland, sa Carlsson, fast utan leende den här gången.

– Har han passat på att stoppa på sig något då, frågade Bäckström som gick på gamla reflexer när det gällde sådana som sotmusen.

– Han är avvisiterad. Det gjorde första patrullen som första åtgärd när de kom hit. I fickorna hade han ett fodral med sitt körkort, en legitimation från företaget som sköter tidningsdistributionen, en mindre summa i mynt och sedlar, drygt hundra spänn har jag för mig och mest mynt. Plus en mobiltelefon som är hans egen. Den har vi för övrigt tagit numret på, om du nu undrar. Om han snott med sig något har han i vart fall inte haft det på sig och eftersom vi redan letat igenom huset utan resultat har han knappast hunnit gömma undan något.

Det är ju för jävligt. Lata är de också de jävlarna, tänkte Bäckström som inte tänkte ge sig.

– Har han ringt några samtal då?

– Enligt vad han säger har han bara ringt ett samtal. Larmnumret ett ett två. Blivit kopplad till kollegerna i Gropen. Kollegan på vår ledningscentral är den enda som han säger att han pratat med, men det kommer vi naturligtvis att kolla. Han står med på listan över de telefoner som vi skall kontrollera.

– Har han något namn då, sa Bäckström.

– Septimus Akofeli, tjugofem år, flykting från Somalia, svensk medborgare, bosatt i Rinkeby. Han har fått lämna både fingrar och DNA som vi inte hunnit kolla än, men jag är ganska säker på att han är den som han säger att han är.

– Vad sa du att han hette, sa Bäckström. Vilket jävla namn, tänkte han.

– Septimus Akofeli, upprepade Annika Carlsson. Ett skäl till att jag hållit kvar honom är för övrigt att jag tänkte att du kanske ville prata med honom.

– Nej, sa Bäckström och skakade på huvudet. Vad mig anbelangar kan du skicka hem honom. Däremot tänkte jag nog ta mig en titt på vår brottsplats. Om nu de där halvakademikerna från tekniska blir färdiga någon gång.

– Peter Niemi och Jorge Hernandez, kallas Chico förresten, sa Annika Carlsson och nickade. Jobbar på tekniska hos oss här ute i Solna och bättre kan vi inte få om du frågar mig.

– Hernandez? Var har jag hört det, sa Bäckström.

– Han har en yngre syster, Magdalena Hernandez, som jobbar vid ordningen här ute. Henne har du säkert lagt märke till så det kanske är det namnet du far efter, sa Annika Carlsson och log brett av någon anledning.

– Varför då, undrade Bäckström.

– Sveriges snyggaste kvinnliga polis, enligt majoriteten av kollegerna. Själv tycker jag att det är en jättebra tjej, sa kollegan Carlsson och log.

– Det säger du, sa Bäckström. För du har väl redan varit där, tänkte han.

Inne i lägenheten såg det lika jävligt ut som Bäckström hade förväntat sig. Först ett kapprum och en smal hall. Till vänster ett litet badrum och en toalett och därefter ett mindre sovrum. Till höger ett kök med matplats och rakt fram ett vardagsrum. Tillsammans drygt femtio kvadratmeter och när han som bodde där hade städat senast var oklart, men i vart fall inte på den här sidan nyår.

Möblemanget var slitet och nedgånget och inredningen konsekvent. Hela vägen från den obäddade sängen med kudde utan örngott, det nedfläckade köksbordet och den nedsuttna soffgruppen i vardagsrummet. Samtidigt bar de pinaler som stod där vittnesbörd om att mordoffret Karl Danielsson måste ha upplevt bättre dagar. Några hårt slitna persiska mattor. Ett gediget gammaldags skrivbord i mahogny med infällda dekorationer i ett ljusare träslag. En tjugo år gammal teve, men ändå en teve av märket Bang & Olufsen. Och fåtöljen framför den var en engelsk öronlappsfåtölj i läder med matchande fotpall.

Spriten, tänkte Bäckström. Spriten och ensamheten och själv hade han inte mått sämre sedan de där halvaporna på Nationella insatsstyrkan kastat en chockgranat i huvudet på honom för drygt ett halvår sedan. Han hade inte kommit till sans förrän dagen därpå och då hade de redan hunnit spärra in honom på psyket på Huddinge sjukhus.

– Har du några fler önskemål, Bäckström, frågade Annika Carlsson och av någon anledning såg hon nästan lite bekymrad ut när hon gjorde det.

Ett par stadiga supar och en stor stark, tänkte Bäckström. Och om du låter håret växa och sätter på dig en kjol kanske du kan få ge mig en avsugning. Fast något mer skall du nog inte hoppas på, tänkte han, eftersom han sedan drygt ett dygn tvivlade starkt på både den jordiska lustan och den andliga kärleken.

– Nej, sa han och skakade på huvudet. Vi ses nere på station.

Det är något som inte stämmer, tänkte Bäckström när han i sakta mak promenerade tillbaka till polishuset. Vad det nu var? Och hur han nu skulle komma på det med en hjärna som drabbats av akut vätskebrist och förmodligen redan lidit obotliga skador. Jag skall döda den där jävla kvacksalvaren, tänkte han.

Vid tretiden på eftermiddagen hade Bäckström haft det första mötet med spaningsstyrkan i sin nya mordutredning. Det var inte den vassaste styrkan som han anfört under sina tjugofem år som våldsutredare. Inte den största heller för den delen. Totalt åtta personer om man räknade in honom själv och de två teknikerna som snart skulle försvinna till andra uppgifter så fort de klarat av det nödvändigaste som handlade om Karl Danielsson. Återstod en plus fem och med tanke på det han hittills sett och hört av sina medarbetare så kokade det väl ganska omgående ner till en man, kriminalkommissarie Evert Bäckström, *himself*. Vem annars förresten? Det var ju så det alltid brukade bli. Bäckström som stod ensam kvar som det sista hoppet för alla sörjande anhöriga. Även om det i Danielssons fall sannolikt var Systembolaget som stått honom närmast.

– Okej, sa Bäckström. Då ska ni känna er välkomna och tills vidare så gäller det samtliga av er. Blir det några ändringar på den punkten lovar jag att tala om det. Är det någon som känner för att börja?

– Det känner vi för, både jag och kollegan, sa den äldste av teknikerna, Peter Niemi. Vi har knappt hunnit börja med lägenheten så vi har mängder att ta itu med.

Peter Niemi hade varit polis i drygt tjugofem år och jobbat som tekniker i femton. Femtio år fyllda men såg betydligt yngre ut än han var. Ljus, vältränad, en bra bit över medellängd. Han var född och uppvuxen i Tornedalen. Hade bott i Stockholm mer än halva sitt liv men sin dialekt hade han kvar. Snar till leenden och med ett både vänligt och avvaktande uttryck i de blå ögonen. Man behövde inte vara buse för att kunna artbestämma honom och att han inte burit uniform de senaste femton åren var helt ointressant i sammanhanget. Det var budskapet i hans ögon som avgjorde saken. Peter Niemi var polis och han var snäll och vänlig så länge man etedde sig som folk. Gjorde man inte det så var inte Niemi den som klev undan och det fanns fler än en som kommit till smärtsam insikt om den saken.

– Bra, sa Bäckström. Jag lyssnar. Lappjävel, finnkoling, låter som han just ramlat av bussen från Haparanda och ju förr jag slipper höra på fanskapet, desto bättre, tänkte han.

– Jo, men då så, sa Niemi och bläddrade bland sina papper.

Offret hette Karl Danielsson. Pensionär, 68 år. Enligt hans pass som teknikerna hittat i lägenheten var han 188 centimeter lång och han borde ha vägt cirka 120 kilo.

– Kraftigt byggd och rejält överviktig, skulle gissa på en trettio kilos övervikt, sa Niemi som själv fattat liket under armarna när det placerades på båren. Exakta siffror får ni från farbror doktorn.

Vad fan vi nu ska med dem till, tänkte Bäckström surt. Vi ska väl knappast mala korv på vårt mordoffer, tänkte han.

– Brottsplatsen, fortsatte Niemi. Det är offrets egen lägenhet. Närmare bestämt hallen. Jag får för mig att han varit inne på muggen och får första snytingen så fort han kliver ut och drar upp gylfen. Stämmer med både stänkbilderna och det halvt uppdragna blixt-låset om det är någon som undrar. Sedan får han flera slag i rask följd och de avslutande smällarna får han när han redan ligger på golvet i hallen.

– Med vadå, frågade Bäckström.

– Ett blått, emaljerat grytlock i järn, sa Niemi. Det ligger på golvet bredvid liket. Grytan står på spisen ute i köket och dit är det bara tre meter.

– Dessutom, fortsatte han, tycks gärningsmannen även ha använt en tapetserarhammare med ett skaft av trä. Skaftet är avbrutet alldeles vid infästningen till hammarhuvudet och både det och skaftet ligger på golvet i hallen. I höjd med offrets huvud.

– Vår gärningsman är en noggrann liten rackare, suckade Bäckström och riste på sitt runda huvud.

– Så liten tror jag nog inte att han är. Inte av slagvinkeln att döma åtminstone. Dessutom är han ännu noggrannare faktiskt, även om det först var svårt att se eftersom Danielsson var kraftigt nedblodad i ansiktet och på bröstet, sa Niemi. Han är nämligen strypt också. Med sin egen slips. När han ligger där på golvet, och då är han med säkerhet medvetslös och på god väg att dö, så har gärningsmannen dragit åt hans slips och avslutat med att säkra snaran med en vanlig kärringknut. Alldeles i onödan om ni frågar mig. Men visst. Hellre för mycket än för lite, om man nu vill vara på den säkra sidan. Niemi ryckte på axlarna.

– Har du några idéer om vem som gjort det då, frågade Bäckström, trots att han redan visste hur det låg till.

– Ett typiskt fyllskallemord om du frågar mig, Bäckström, sa Niemi och log vänligt. Och då må du betänka, Bäckström, att det är en Tornedaling som du har ställt frågan till.

– Vad tror du om tidpunkten då, sa Bäckström. Inte helt bakom flötet trots allt, tänkte han.

– Kommer till den. Nu ska vi inte rusa åstad, Bäckström, sa Niemi.

– Innan offret blir ihjälslaget har han och en person till, som har lämnat sina fingeravtryck på platsen men som vi ännu inte har någon identitet på, suttit i soffgruppen i vardagsrummet och ätit stekt fläsk med bruna bönor. Värden har förmodligen suttit i den enda fåtöljen och hans gäst i soffan. Man har dukat på soffbordet men dukat av har man alltså inte hunnit med. Vi har säkrat ett flertal avtryck från båda om ni nu undrar och svar får vi förhoppningsvis redan under morgondagen. Har vi tur är vår gärningsman daktad och finns med i vårt fingeravtrycksregister. Till denna förtäring har man druckit fem halvlitersburkar med starköl och drygt en flaska vodka. Vi har en tom flaska och en påbörjad. Den vanliga modellen på sjuttio centiliter och för övrigt av det förnämliga märket Explorer. Båda kapsylerna ligger slängda på golvet framför teven där man suttit och ätit och det mesta talar för att flaskorna var oöppnade när man började. Bland annat så sitter förslutningen på kapsylerna kvar. Ni vet den där perforerade biten längst ner på kapsylen. Som ger ifrån sig det där hemtrevliga knäppande ljudet när man skruvar av den.

Bitvis verkar lappjäveln fullt normal, tänkte Bäckström trots att han plötsligt kände sig alldeles tom i bröstet. Nästan som en nära-döden-upplevelse. Var den nu kom ifrån?

– Något mer? Om gärningsmannen och det som hände innan?

– Jag tror att han som gjorde det är en fysiskt stark person, sa Niemi och nickade eftertryckligt. Det där med slipsen kräver sin man. Sedan har han vänt på kroppen också för först har offret hamnat på sidan eller möjligen på magen, det ser vi bland annat av hur blodet har runnit, men när vi hittar honom ligger han på rygg. Jag tror att det momentet, när han lägger offret på rygg, kommer in när han skall strypa honom.

– Och när är det då, frågade plötsligt Annika Carlsson innan Bäckström ens fått chansen att skjuta in samma fråga.

– Om du frågar en medicinsk lekman som jag, offret skall ju obduceras först i kväll, så skulle jag nog gissa på gårdagskvällen, sa Niemi. Jag och Chico kommer dit ganska så exakt klockan sju i morse och då har offret fullt utvecklad likstelhet och mer om detta och annat kan ni som sagt få veta i morgon. Niemi nickade, såg på de övriga i rummet och gjorde en ansats att resa sig ur stolen där han satt. Vi har redan skickat ner en hel del material till SKL i Linköping för analys men det lär säkert dröja några veckor innan vi får svar på det. Samtidigt tror jag inte att det spelar någon större roll i det här ärendet. Att vi får vänta menar jag. Den här gärningsmannen kommer inte att springa ifrån oss. Kollegerna på tekniska inne på länskrim har lovat hjälpa oss med fingeravtrycken så med lite flax så är den biten klar till helgen.

– Vi behöver helgen, upprepade Niemi samtidigt som han reste sig upp. På måndag tror jag att vi kan ge er en hygglig beskrivning av vad som hänt i lägenheten.

– Tack, sa Bäckström och nickade åt Niemi och hans yngre kollega. När vi lagt vantarna på Danielssons middagssällskap så är detta klappat och klart, tänkte han. En fyllskalle som mördar en annan fyllskalle och svårare än så är det inte.

Så fort teknikerna lämnat rummet hade hans lata och odugliga spaningsstyrka börjat resa en massa krav på både bensträckare och rökpaus. Hade han varit sitt vanliga jag skulle han naturligtvis ha sagt åt dem att hålla käften, men Bäckström hade känt sig märkligt viljelös och bara nickat medhåll. Helst av allt ville han bara gå därifrån, men i brist på bättre hade han gått direkt ut på toaletten och bälgat i sig säkert fem liter kallt vatten.

8

– Då så, sa Bäckström, när de hade återvänt till sammanträdesrummet och äntligen kunde börja igen så att eländet tog slut någon gång. Då tar vi offret. Sedan kan vi spåna en stund och innan vi skiljs åt kan vi gå igenom listan på vad vi gjort och vad vi skall hitta på i morgon. I dag är det torsdag den femtonde maj och jag tänkte att vi skall vara klara till helgen så vi kan ägna den kommande veckan åt mer angelägna arbetsuppgifter än herr Danielsson.

– Vad har vi fått fram om vårt offer, Nadja, fortsatte Bäckström och nickade åt en liten, rund kvinna i femtioårsåldern som satt vid den nedre kortändan av bordet och redan hunnit förskansa sig bakom en ansenlig hög med papper.

– En hel del faktiskt, sa Nadja Högberg. Jag har slagit fram de vanliga uppgifterna och där fanns en hel del smått och gott. Sedan har jag talat med hans yngre syster, det är hans enda nära släkting för övrigt, och även hon hade en hel del att bidra med.

– Jag lyssnar, sa Bäckström trots att han hade tankarna på helt annat håll och trots att det hemtrevliga knäppande ljudet från en kapsyl som just skruvades av formligen ekade i huvudet på honom.

Karl Danielsson var född i Solna i februari 1940 och således sextioåtta år och tre månader när han mördades. Hans pappa hade arbetat som typograf och faktor på ett tryckeri ute i Solna. Mamman hade varit hemmafru och båda föräldrarna var döda sedan länge. Hans närmaste släkting var en tio år yngre syster som bodde i Huddinge söder om Stockholm.

Karl Danielsson var ensamstående. Han hade aldrig varit gift och han saknade barn. I vart fall sådana barn som fanns noterade i de olika register som polisen hade tillgång till. Han hade gått fyra år i folkskolan i Solna, därefter femårig realskola, avlagt realexamen och slutligen läst tre år vid Påhlmans handelsinstitut inne i Stockholm.

Färdig gymnasieekonom vid nitton års ålder. Sedan hade han gjort lumpen som malaj vid Barkarby flygflottilj. Muckat tio månader senare och fått sitt första jobb som assistent på en redovisningsbyrå i Solna, sommaren 1960 och Karl Danielsson var tjugo år gammal.

Samma sommar hade han också hamnat i polisens register för första gången. Karl Danielsson hade kört bil i berusat tillstånd, dömts till sextio dagsböter för rattonykterhet och fått körkortet indraget i sex månader. Fem år senare var det dags igen. Rattonykterhet, sextio dagsböter. Körkortet indraget på nytt under ett år. Sedan hade det dröjt ytterligare sju år innan han gjort tredje resan och den gången hade det varit betydligt allvarligare.

Danielsson hade varit full som ett vårdike. Kört in i en korvkiosk på Solnavägen och därefter smitit från platsen. I Solna tingsrätt dömdes han för rattfylleri och smitning till tre månaders fängelse och hans körkort hade blivit återkallat. Danielsson hade anlitat en stjärnadvokat, överklagat till Hovrätten, presenterat två olika läkarintyg om sina alkoholproblem, fått smitningsåtalet ogillat och fängelsedomen ändrad till vård. Körkortet hade han däremot inte fått tillbaka och tydligen hade han inte heller brytt sig om att försöka ta ett nytt när prövotiden gått ut. De sista trettiosex åren av sitt liv hade Karl Danielsson saknat körkort och några fler rattfylleridomar hade det inte blivit.

Även som vanlig gångtrafikant tycktes han dock ha fortsatt att ådra sig polisens misshag. Under samma period hade polisen satt honom i finkan vid fem tillfällen med stöd av Lagen om omhändertagande av berusade personer, LOB, och sannolikt hade det varit fler gånger än så. Danielsson brukade nämligen konsekvent vägra att uppge sitt namn, vilket han heller inte behövde göra, och sista gången han omhändertagits hade det hela urartat rejält.

Det hade varit på Elitloppsdagen på Solvalla travbana i maj, fem år före hans död. Danielsson var full och stökig och när han skulle hjälpas in i polisbussen hade han börjat fäkta och spjärna emot. Våldsamt motstånd, våld mot tjänsteman och omhändertagandet hade plötsligt förvandlats till ett gripande trots att det slutat precis som vanligt med att man lämpat av honom i en fyllecell på polishuset i Solna. När han släpptes ut sex timmar senare hade Danielsson anmält både dem som gripit honom och dem som jobbade på finkan för misshandel. Totalt tre poliser och två väktare. Ny stjärnadvokat hade anlitats, nya läkarintyg hade skrivits och cirkusen var i full gång. Det hade dröjt mer än ett år till den första rättegången och den hade omgående fått ställas in då åklagarens båda vittnen av okända skäl inte hade infunnit sig.

Eftersom Danielssons advokat var en strängt upptagen man hade det dröjt ännu ett år innan man lyckats hitta tid för en ny rättegång. Även den hade ställts in på grund av att åklagarens vittnen lyst med sin frånvaro. Åklagaren hade tröttnat och skrivit av hela ärendet. Karl Danielsson var en oskyldig man i åtminstone den delen av sitt liv.

– Med tanke på den utomordentligt låga sannolikheten för att omhändertas och gripas vid sådana här brott måste han ha varit på fyllan i stort sett hela tiden, konstaterade Nadja Högberg som visste vad hon talade om. Sedan tio år civilanställd utredare vid polisen i Västerort, men i ett tidigare liv född Nadjesta Ivanova, med en doktorsexamen i fysik och tillämpad matematik från universitetet i Sankt Petersburg. Från den gamla onda tiden dessutom, då Sankt Petersburg hette Leningrad och då de akademiska kraven varit betydligt hårdare än i det nya och befriade Ryssland.

– Vad har han hittat på för annat jävelskap då? Mer än stökat runt när han varit på fyllan menar jag, frågade Bäckström och nickade åt Nadja Högberg.

Inte för att han var det minsta intresserad av mordoffrets samvaro med hans mer eller mindre efterblivna kolleger vid ordnings- och trafikpolisen, utan mest för att kunna koppla grepp på henne så han kunde sätta punkt för detta meningslösa möte. Så att han äntligen kunde släpa sig hem till Inedalsgatan och resterna av det som fram till i går hade varit hans hem. Ställa sig under duschen så att det äntligen blev tyst i huvudet på honom. Bälga i sig ännu några liter iskallt vatten. Frossa vilt på råa grönsaker och till sist få göra allt det där som återstod att göra i ett liv som dagen före berövats både mål och mening.

Att du aldrig kan lära dig att hålla käften, Bäckström, tänkte Bäckström fem minuter senare.

Nadja Högberg hade nämligen tagit honom på orden och ingående börjat redovisa Danielssons olika ekonomiska aktiviteter och de mellanhavanden med de rättsvårdande myndigheterna som dessa i sin tur hade lett till.

Samma år som han dömts första gången för rattonykterhet hade Karl Danielsson befordrats från redovisningsassistent till biträdande chef på byråns enhet för "stiftelser, samfälligheter, ekonomiska och ideella föreningar, stärbhus, privatpersoner och övriga". Sedan hade det tydligen gått av bara farten. Först hade han flyttat över till företagsgruppen som ekonomisk rådgivare och skattekonsult och efter bara några år avancerat till chef för hela gruppen och suppleant i styrelsen.

Veckan efter det att han haft närkontakt med en korvkiosk på Solnavägen, just fyllda trettiotvå, hade han utnämnts till vice verkställande direktör och ordinarie styrelseledamot. Efter ytterligare ett par år hade han tagit över hela rasket och döpt om det till Karl Danielsson Konsulter Aktiebolag. Enligt bolagsordningen verksamma som "ekonomi-, redovisnings- och revisionskonsulter, skatte-, placerings- och investeringsrådgivare", "samt egendoms- och kapitalförvaltare", vilket måste ha varit bra jobbat med tanke på att bolaget under denna storhetstid aldrig verkade ha haft fler än fyra anställda. En kvinnlig sekreterare och tre män med titeln konsult och oklara arbetsuppgifter. Själv var Karl Danielsson bolagets ägare, verkställande direktör och styrelsens ordförande.

Som sådan hade han också klarat sig betydligt bättre än körkortsinnehavaren och gångtrafikanten Karl Danielsson. Under en period på tjugotre år, mellan 1972 och 1995, hade han delgivits misstanke för olika ekonomiska brott vid sammanlagt tio tillfällen. Fyra fall av medhjälp till skattebedrägeri och grovt skattebedrägeri, två fall av valutabrott, två fall av så kallad penningtvätt, ett fall av grovt häleri och ett fall som gällde trolöshet mot huvudman. I samtliga fall hade utredningarna lagts ned. Misstankarna mot Danielsson hade inte gått att styrka och varje gång hade Danielsson gått till motangrepp och anmält sina vedersakare till Justitieombudsmannen eller Justitiekanslern eller till båda två för säkerhets skull.

I detta hade han också varit mer framgångsrik än sina motståndare. En av utredarna vid Stockholmspolisens ekorotel hade prickats av personalansvarsnämnden vid Rikspolisstyrelsen, ådömts varning och fjorton dagars löneavdrag. JO hade tagit en åklagare och en av skattemyndighetens revisorer i örat. JK hade åtalat en kvällstidning och fått den dömd för grovt förtal.

Efter 1995 verkade det ha varit lugnt. Karl Danielsson Konsulter AB hade bytt namn till Karl Danielsson Holding AB. Någon egentlig verksamhet verkade inte förekomma och några anställda fanns heller inte. Nadja Högberg hade beställt hem de senaste årsredovisningarna från Patent- och Registreringsverkets bolagsbyrå och avsåg att ägna helgen åt att gå igenom dem.

Några märkvärdiga inkomster hade han heller inte haft. Nadja Högberg hade tagit fram hans självdeklarationer för de senaste fem åren och hans taxerade inkomst hade hela tiden legat kring 170 000 kronor per år. Hans statliga pension och en mindre privat pensionsförsäkring hos Skandia. Lägenheten där han bodde kostade 4 500 kronor i månaden och efter skatt och hyra återstod drygt fem tusen i månaden till allt annat.

Om en människas framgång kan mätas med de titlar han eller hon ställer ut åt sig själv så hade Karl Danielsson både levt ett framgångsrikt liv och slutat det när det gick som allra bäst. Vid tjugo års ålder hade han inlett sin karriär med att jobba som assistent på en redovisningsbyrå med trettiofem anställda. Fyrtioåtta år senare hade en okänd gärningsman avslutat den genom att krossa skallen på honom med hjälp av ett grytlock i järn och då var bolaget där han arbetat hela sitt vuxna liv i praktiken nedlagt sedan snart femton år. I telefonkatalogen stod han införd som direktör och enligt de visitkort som teknikerna hittat i hans, för övrigt helt tomma, plånbok, var brottsoffret både verkställande direktör och styrelsens ordförande i Karl Danielsson Holding AB.

Fyllskalle, rättshaverist och mytoman, tänkte Bäckström.

– Du har pratat med hans syster, sa Annika Carlsson så fort Nadja Högberg var klar. Vad säger hon om det här som du har berättat?

I allt väsentligt hade hon bekräftat det enligt Nadja Högberg. Som ung hade hennes bror varit "mycket förtjust i tjejer" och "alldeles för glad i att festa". Samtidigt hade det gått bra för honom ända fram till dess att han varit närmare fyrtio, men sedan verkade spriten mer eller mindre ha tagit över hans liv. Hon hade också gjort klart att de aldrig hade haft någon närmare kontakt. Under de senaste tio åren hade de inte ens pratat med varandra på telefon och sista gången de träffats hade varit i samband med moderns begravning tolv år tidigare.

– Hur tog hon det när du berättade att hennes bror hade blivit mördad, frågade Annika.

Men för helvete, tänkte Bäckström och stönade inombords. Ska vi ha en tyst minut, eller?

– Bra, sa Nadja och nickade. Hon tog det bra. Hon jobbar som undersköterska på Huddinge sjukhus och verkar både förnuftig och stabil. Hon sa att det inte hade kommit som någon överraskning direkt. Hon hade oroat sig för det i många år. Med tanke på det liv han levde menar jag.

– Vi får försöka stå ut med sorgen, avbröt Bäckström. Vad tror vi om det här då?

Sedan hade man spånat. Ett enda litet spån som Bäckström för säkerhets skull täljt av alldeles själv.

– Jaha, ja, sa Bäckström, eftersom de andra verkade ha den goda smaken att för en gångs skull hålla truten och låta honom börja.

– En fyllskalle som blir mördad av en annan fyllskalle och är det någon som har något annat förslag så är det väl läge att klämma ur sig det nu, fortsatte han medan han lutade sig framåt, stödde tungt med armbågarna mot bordet och blängde på sina medarbetare.

Ingen verkade ha några invändningar av de unisona huvudskakningarna att döma.

– Bra, sa Bäckström. Nog med förslag. Återstår att stämma av var vi står och rota fram Danielssons middagsgäst från gårdagen.

– Dörrknackningen i huset. Hur går det med den, fortsatte Bäckström.

– I stort sett klar, sa Annika Carlsson. Det är ett par av grannarna som vi inte fått tag i och några bad om anstånd till i kväll eftersom de var tvungna att gå till sina arbeten. Så var det en som hade bokat in ett läkarbesök klockan nio och inte hade tid med oss. Jag räknar med att det är klart till i morgon.

– Rättsläkaren?

– Han har lovat att obducera honom i kväll och i vart fall ge oss ett muntligt besked i början på nästa vecka. Kollegan Hernandez kommer att vara med under obduktionen så förhoppningsvis vet vi det väsentliga redan i morgon bitti, konstaterade Annika Carlsson.

– Har vi pratat med taxi, har vi fått in några tips som är värda namnet, hur går det med genomsökningen av närområdet, kartläggningen av hans umgänge, vad hade han för sig de sista timmarna innan han dog, har vi talat med ...

– Det är lugnt, Bäckström, avbröt Annika Carlsson och log brett. Det rullar på. Vi har faktiskt grynkoll på det här ärendet, så du kan bara ta det lugnt.

Känner mig inte särskilt lugn, tänkte Bäckström, men det skulle han inte drömma om att säga. Istället hade han bara nickat. Samlat ihop sina papper och rest på sig.

– Ses i morgon, sa Bäckström. En sak till, innan vi skiljs. Det gäller det där tidningsbudet som ringde in larmet. Han Sotmus Akofeli.

– Septimus, korrigerade Annika Carlsson, utan att le det minsta lilla. Han heter Septimus Akofeli. Han är faktiskt kollad. Kollegerna har redan jämfört hans fingrar som de tog på Hasselstigen med dem som han fick lämna på Migrationsverket när han kom hit för tolv år sedan. Han är den han påstår och han är för övrigt helt ostraffad om du nu undrar.

– Jag hör vad du säger, sa Bäckström, men det är något med fanskapet som inte stämmer.

– Vad skulle det vara, sa Annika Carlsson och skakade på sitt kortklippta huvud.

– Jag vet inte, sa Bäckström. Jag sliter med frågan och ni andra kan väl åtminstone fundera på saken.

Så fort han lämnat sammanträdesrummet hade han gått direkt till sin nya chef, polismästaren Anna Holt, och redovisat sitt ärende. Offret fyllskalle. Gärningsmannen – med till visshet gränsande sannolikhet – också fyllskalle. Total koll på ärendet. Leverans senast måndag och det hela hade varit avklarat på tre minuter trots att han fått fem. Holt verkade närmast lättad när hon gick. Hon hade ett annat ärende att tänka på och jämfört med det var Bäckströms mord närmast en skänk från ovan.

Där fick det magra eländet lite gott att suga på, tänkte Bäckström när han äntligen klev ut genom entrén till sitt nya pinoläger.

9

Jerzty Sarniecki, 27, var timmerman från Polen. Född och uppvuxen i Lodz och sedan flera år tillbaka en del av den svenska arbetskraftsinvandringen. Sedan en månad tillbaka arbetade han och hans kamrater med att totalrenovera en mindre hyresfastighet på Ekensbergsvägen i Solna, knappt en kilometer från brottsplatsen på Hasselstigen 1. Åttio kronor i timmen direkt i näven, fri att arbeta tjugofyra timmar per dygn sju dagar i veckan om han så önskade. Mat köpte de i den närbelägna Ica-butiken, sov gjorde de i huset som de byggde om och allt annat kunde med fördel anstå till dess de återvände till civilisationen hemma i Polen.

Ungefär samtidigt som Bäckström lämnade polishuset i Solna hade Sarniecki gjort sitt fynd när han kånkade ut en svart plastsäck med byggavfall ur huset för att kasta den i sopcontainern på gatan. Klättrade upp på en ranglig stege och upptäckte en annan påse överst i högen med avfall som i vart fall inte han och hans kamrater hade kastat där. Detta var i och för sig inget ovanligt, att kringboende svenskar utnyttjade möjligheten att underlätta sin sophantering, men eftersom erfarenheten redan lärt honom att de även kunde kasta det mesta som var högst användbart, hade han böjt sig fram och fiskat upp påsen.

En vanlig plastpåse. Prydligt tillknuten upptill och full med något som verkade vara kläder.

Sarniecki hade klivit ner från stegen. Öppnat påsen och tagit ut innehållet. En svart regnrock i plast av den längre modellen. Nästan ny som det verkade. Ett par röda diskhandskar. Hela, obetydligt använda. Ett par tofflor i mörkt skinn, som också såg nästan nya ut.

Varför kastar man sådant, tänkte Sarniecki förvånat och i samma ögonblick upptäckte han att det var blod på det han just hittat. Rikligt med blod som stänkt över regnrocken, tofflornas ljusa sulor mer eller mindre indränkta med blod. Handskarna blodbesudlade trots att någon tydligen försökt spola av dem.

Mordet på Hasselstigen kände han till sedan i förmiddags då deras svenske arbetsledare dykt upp och berättat om det till kaffet. En stackars pensionär tydligen och vanligt hyggligt folk vågade knappt gå ut längre. Tänk på vad du säger, hade han tänkt medan han lyssnat med ett halvt öra. Förbanna inte det paradis som ni svenskar faktiskt lever i för då kan det tas ifrån er, tänkte han, eftersom hans katolske pater hemma i Lodz tidigt hade lärt honom att tänka på det viset.

Trots detta hade han tvingats kämpa med sitt samvete i flera timmar innan han ringde larmnumret till polisen. Undrar hur många timmar det kommer att ta, tänkte han medan han stod där och väntade på bilen som polisen lovat skicka. Hur många timmar à åttio kronor skulle de ta ifrån honom och hans fästmö och barnet som de väntade på hemma i Polen?

En kvart senare hade det kommit en radiobil med två poliser i uniform. Märkligt ointresserade. De hade lagt det han hittat, inklusive påsen som det låg i, i en annan påse. Antecknat hans namn och numret till hans mobil. Sedan hade de åkt därifrån. Fast innan de åkte hade en av dem frågat om han hade något visitkort. Han och hans svärfar funderade på att bygga bastu på sitt gemensamma sommarställe ute på Adelsö och kunde behöva lite hantverkskunnigt folk till hyggligt pris. Jerzty hade gett honom det kort som deras svenske arbetsledare sagt år dem att dela ut så fort de fick sådana frågor. Sedan hade de åkt.

Sent på kvällen hade en lång ljus man, som alldeles uppenbart var polis trots att han var klädd i skinnjacka och vanliga blåjeans, knackat på dörren till huset där han arbetade. Jerzty hade öppnat åt honom eftersom han stod nere i entrén och spikade upp nya gipsskivor medan hans kamrater donade med deras sena middag ett par trappor upp i rummet där de installerat sitt provisoriska kök. Den ljuse mannen log vänligt och höll fram en senig hand.

– *My name is Peter Niemi*, sa Niemi. *I am a police officer. Do you know where i can find Jerry Sarnecki?*

– *That's me*, sa Jerzty Sarniecki. Det är jag, förtydligade han. Jag pratar lite svenska eftersom jag jobbat flera år i Sverige.

– Då är du i samma situation som jag, sa Niemi och log brett. Finns det något ställe där vi kan prata i lugn och ro. Det är några saker som jag skulle vilja fråga dig om.

Bäckström hade gått hela vägen hem. Hela vägen från polishuset på Sundbybergsvägen i Solna till bostaden på Inedalsgatan på Kungsholmen. Det var som om hans fötter och ben plötsligt hade börjat leva sitt eget liv medan hans kropp och hans huvud bara följde med. Helt viljelöst, och när han stängt dörren om sig hade han knappt någon aning om vad han gjort under de senaste timmarna. Det var alldeles blankt på insidan av hans svettiga huvud. Hade han träffat någon? Hade han pratat med någon? Någon som han kände som kunnat se honom i hans elände? Uppenbarligen måste han ha stannat och handlat någonstans eftersom han bar på en kasse med några flaskor mineralvatten och en plastförpackning med en massa mystiska grönsaker.

Vad fan är det här, tänkte Bäckström och höll upp plastlådan. De där små röda måste ju vara tomater, sådana kände han igen och han hade till och med ätit ett och annat exemplar när han var grabb. Allt det där gröna var väl rimligen sallad? Men all den andra mögen? En massa underliga svarta och bruna kulor av varierande storlek. Harskit? Älgskit? Plus något som mest såg ut som likmaskar men måste vara något annat eftersom de inte rörde på sig när han petade på dem.

Vad fan är det som händer, tänkte Bäckström medan han satte kurs mot duschen och slängde av sig kläderna på vägen.

Först hade han stått i duschen i drygt en kvart medan han bara låtit vattnet rinna över sin väl avrundade och harmoniskt byggda lekamen. Samma kropp som alltid varit hans tempel och som en galen personalläkare vid polisen nu bestämt sig för att lägga i ruiner.

Därefter hade han frotterat sig noga, satt på sig morgonrocken, och dukat fram både grönsakslådan och en flaska med mineralvatten. För säkerhets skull hade han dock först kollat en extra gång i sitt kylskåp för att se om det möjligen fanns någon liten läckerbit som hunnit smita undan och gömma sig under gårdagens födo-massaker då han följt doktorns lista och städat ut alla livsfarliga onyttigheter som stod där. Efteråt hade det varit soprent i både Bäckströms skafferi och hans kylskåp och det var fortfarande soprent.

Bäckström hade gått lös på sin grönsakslåda. Försökt koppla bort både hjärna och gom medan käkarna bara malde på, men trots det hade han fått ge upp redan efter halva lådan. Det enda ätliga var faktiskt de där små som såg ut som likmask.

Säkert likmask, tänkte Bäckström medan han ställde in resterna efter grönsaksorgien i sitt tomma kylskåp. Har jag tur så är det likmask, tänkte han. Så har jag åtminstone fått i mig lite protein under de senaste dygnen.

Därefter hade han hällt i sig flaskan med mineralvatten. En och en halv liter. Rakt upp och ner bara. Måste vara nytt världsrekord, tänkte Bäckström och slängde plastflaskan i soppåsen under diskbänken. Vad fan gör jag nu eftersom klockan fortfarande bara är sju, tänkte han, efter en snabb kontroll på sitt nyinköpta schweiziska armbandsur.

Att leta efter kvarglömd sprit var meningslöst. Även den hade han nämligen gjort sig av med kvällen före och på just den punkten hade den galne doktorn varit fullkomligt benhård. Ingen sprit, inget vin, inget öl. Överhuvudtaget ingenting som innehöll ens en tillstymmelse till alkohol, som cider, eller vanlig saft som råkat jäsa, eller en gammal flaska med hostmedicin som tydligen också blivit lyst i bann av farbror doktorn och hans kumpaner.

En hel del hade det blivit eftersom Bäckström sedan en längre tid varit stadd vid bra kassa. Flera oöppnade buteljer med både maltwhisky och vodka. En helt orörd liter med fransk konjak. Nästan ett helt flak med tjeckisk starköl. Ännu fler öppnade buteljer med slattar av varierande storlek. Givetvis inte en droppe vin för sådant var det bara korvryttare och grynslickare som hällde i sig. Inte Bäckström som var en fullt normal svensk man i sina bästa år. Tillika legendarisk mordutredare och det givna svaret på varje kvinnas hemliga drömmar.

Bäckström hade stoppat alltihopa i en låda och ringt på hos en av sina grannar. En svårt alkoholiserad före detta chef på teve tre som tydligen gått över gränsen när de spelade in Robinson någonstans nere på Filippinerna. Fått ett avgångsvederlag på några miljoner så han skulle hinna supa ihjäl sig innan han fick för sig att skriva en bok om sin tid på kanalen och alla åren dessförinnan då han hoppat runt mellan olika bolag inom koncernens mediasektor. Med tanke på det liv han numera levde verkade det också som hans omtänksamma styrelse hade tänkt helt rätt.

– En jävla massa godsaker, Bäckström, konstaterade den presumtive köparen efter en snabb granskning av lådans innehåll. Ska du flytta eller? För det är väl inte så illa att lilla levern håller på att packa ihop?

– Alls icke, ljög Bäckström och log vänligt trots att någon samtidigt försökte slita hjärtat ur kroppen på honom. Jag skall åka bort på en längre semester bara och det är väl onödigt att bjuda de där jävla lägenhetsinbrottarna på brännvin också. Räcker väl bra med all annan skit som de pumpar i sig.

– Där sa du ett sant ord, Bäckström, instämde före detta tevechefen. Du får femtusen för rubbet, sa han, och slog ut med armen i en gest som var så generös att den så när fått honom att sätta sig på rumpan.

Fanskapet måste se dubbelt så här dags, tänkte Bäckström, som själv taxerat partiet till knappt hälften. Fast det är klart. Han slipper ju åka taxi fram och tillbaka till bolaget under några dagar, tänkte han.

– Taget, sa Bäckström och höll fram näven som bekräftelse på affären.

Kontant betalt hade han fått. Vad han nu skulle med pengarna till eftersom han varken åt eller drack och inte ens orkade tänka på fruntimmer.

I brist på bättre hade han tittat på DVD-skivan som hans omtänksamme läkare hade skickat med honom som ett slags extra livlina. En hjälp i hans nya föresatser att leva ett bättre liv. Doktorn visste nämligen av lång och smärtsam erfarenhet att sådana som Bäckström var de allra svåraste patienter som fanns. Vanliga tunga narkotikamissbrukare som var tvungna att sticka sig själva i fötterna i sin desperata jakt på en fungerande åder var i själva verket ingenting jämfört med en mat- och alkoholmissbrukare som Bäckström.

Bäckström och hans gelikar var näst intill obotliga och allt berodde på att de gav fullständigt faderulingen i vad de höll på med. De bara åt och åt och åt. Och drack och drack och drack. Och mådde som prinsar i en bagarbod.

I en amerikansk läkartidning hade han så mer eller mindre råkat snubbla över en utomordentligt intressant artikel där man på en privatklinik i Arizona prövat en chockterapi på sådana som Bäckström. Doktorn hade sökt pengar hos den statliga myndigheten, fått mer än han begärt och avrest till USA för att under några månader studera hur man förändrade beteendet hos personer som åt och drack sig själva till döds.

Det hade varit utomordentligt intressant och när han kom hem hade han med sig ett stort bildmaterial. Bland annat DVD-skivan som han visat för Bäckström och sagt åt honom att ta med sig när han gick hem.

Bäckström hade stoppat in skivan i DVD-spelaren. Djupandats tre gånger, hjärtat bultade som en stångjärnshammare i bröstet på honom, och sedan hade han satt på den. Han hade ju redan sett den en gång och blev det för hemskt var det väl inte värre än att han fick hålla för ögonen. Precis som den där gången då han var fyra år och hans tokiga farsa, som var överkonstapel i Maria, hade släpat med honom på en biomatiné hemma på Söder där Stora stygga vargen hade ägnat en hel timme åt att jaga och försöka tillaga de tre små grisarna. Lille Evert hade tjutit som en gast hela tiden och det var först när han pinkat på sig som han befriats från sitt lidande.

– Den här lilla Grinollen blir aldrig någon riktig polis, konstaterade hans far när han återbördade sin ende son till hans ömma moder och hennes omsorger. Choklad med vispgrädde och nybakade kanelkringlor.

Nu var det alltså dags igen. En halvtimmes reportage från en rehabiliteringsklinik i Mellanvästern för patienter som drabbats av förhållandevis milda blödningar och proppar i hjärta och hjärna och nu skulle återbördas till livet.

Flertalet av dem påminde starkt om Bäckström. Bortsett från att de vinglade omkring med hjälp av rollatorer, med dreglande mungipor, döda ögon och lallande tal. En av dem – som var så lik Bäckström att han hade kunnat vara hans enäggstvilling – var just på väg bort från kameran när hans redan nedhasade byxor hade ramlat ner till fotknölarna och visat de gigantiska ljusblåa blöjor som han bar under. Då hade han vänt sig om mot kameran, lett lyckligt med sina blöta läppar, greppat tag om blöjorna och sammanfattat det som hänt.

– *No panties*, sluddrade patienten, samtidigt som den milda speakerrösten tog över och berättade att just det här exemplaret, som faktiskt bara var fyrtiofem år trots att han såg ut som han gjorde, under många år missbrukat kolesterolhaltiga matvaror, och även druckit stora mängder öl och bourbon, utifrån någon befängd föreställning om att det senare intaget motverkade det första. Patienten hade drabbats av en förhållandevis godartad blodpropp i hjärnan ett par månader tidigare. På den vägen var det, men Bäckström blundade redan och hade en hel del problem innan han hittade avstängningsknappen.

Därefter hade han snabbt slängt på sig en gammal träningsoverall med piketens emblem. Han hade fått den när han varit på kurs tillsammans med alla halvaporna för att något ljushuvud i polisledningen fått för sig att de borde lära sig att samverka om det nu inträffade ett verkligt skarpt läge.

Vem fan som i så fall skulle vända sig till sådana där, tänkte Bäckström medan han med visst besvär snörde på sig sina nyinköpta joggingskor i akt och mening att promenera runt Kungsholmen.

Två timmar senare var han tillbaka och precis när han satte nyckeln i det egna dörrlåset hade han fått en uppenbarelse.

Det är klart att det är på det viset, tänkte Bäckström. Det där lilla ljushuvudet i vit rock hade fått alltihopa om bakfoten och fanns det någon rättvisa här i världen borde han hänga sig i sina egna tarmar. Enbart kröken, inget käk. Då borde ju blodkärlen bli lika renspolade som en fjällbäck på våren, tänkte han. Det behövde man väl inte vara läkare för att fatta. Visste väl varenda tänkande människa att alkohol var det bästa lösningsmedel som överhuvudtaget gick att uppbringa.

Sagt och gjort och efter ytterligare två minuter hade han ringt på hos sin granne, före detta tevechefen.

– Är inte du på semester, Bäckström, sluddrade grannen medan han viftade avvärjande med ett glas med Bäckströms utmärkta maltwhisky.

– Fick lov att skjuta på det några dagar, ljög Bäckström, så nu undrar jag om jag kunde få köpa tillbaka lite av brännvinet som jag sålde till dig häromdagen. Räcker bra med en flaska. Gärna lite maltwhisky om du har någon kvar, sa han och sneglade på glaset som tevechefen höll i handen.

– Bytt är bytt och kommer aldrig mer igen, sluddrade tevechefen och skakade på huvudet. Det som är sålt kommer heller aldrig mer igen. Sedan hade han helt sonika dragit igen dörren och låst den med dubbla slag.

Bäckström hade försökt prata förstånd med honom genom hans brevlåda men det enda resultatet av det var att han dängt igen innerdörren också.

I det läget hade även Bäckström tvingats ge upp. Han hade lommat tillbaka till sin egen lägenhet. Duschat ännu en gång, borstat tänderna och tagit tre av tabletterna som den galne läkaren skrivit ut åt honom, en brun, en blå och en gredelin. Sedan hade han krupit till kojs. Släckt lampan, något avskedsbrev tänkte han inte skriva, och somnat som om någon dängt ett grytlock i huvudet på honom.

När Bäckström vaknade var klockan fyra på morgonen. Från den klarblå himlen sken en sol utan nåd och han mådde till och med ännu jävligare än när han somnat kvällen före.

Bäckström hade kokat svart kaffe och hällt i sig tre koppar på stående fot. Vräkt i sig det som var kvar av grönsakerna och avslutat med ännu en flaska mineralvatten. Sedan hade han gått rakt ut och promenerat hela vägen till polishuset i Solna.

Samma infernaliska väder som dagen före och att termometern knappt hunnit masa sig över tjugo grader måste bero på att det fortfarande var mitt i natten. Strax efter sex hade han vinglat in på jobbet. Svimfärdig av trötthet och galen av bristen på sömn och mat. Ensam i hela huset eftersom alla hans lata och odugliga kolleger låg hemma och snorade i sina sängar.

Måste hitta någonstans där jag kan få sova, tänkte Bäckström. I sitt planlösa irrande hade han till sist hamnat nere i garaget på källarplanet.

– Fan, vad du ser pigg ut, Bäckström, sa garagevakten som tydligen redan var på plats och strök av fingrarna mot overallen innan han räckte fram sin oljiga näve.

– Spaningsmord, väste Bäckström. Har inte fått en blund i ögonen på flera dygn.

– Det är lugnt, Bäckström, sa garagevakten. Du kan få låna knarkspans rörliga holk som jag skruvade ihop åt dem i vintras.

Sedan hade han öppnat dörrarna till en vanlig blå skåpbil och inuti den fanns precis allt som en man i Bäckströms situation behövde. Bland annat fanns där en rejäl säng.

Två timmar senare hade han börjat röra på sig eftersom han vädrade nykokt kaffe i sina näsborrar. Dessutom något annat som väl rimligen måste vara en hallucination. Doften av färska frallor med ost och smör.

– Ledsen att behöva störa dig, Bäckström, sa garagevakten, medan han ställde ifrån sig en stor bricka på golvet och slog sig ner på stolen bredvid sängen, men de där flitnissarna på span tjatar om att de måste ha ut sin holk. Sitter visst och glor på några gamla pundare ute i Rissne. Jag tog med en kopp och några mackor utifall att du är sugen.

Två stora koppar kaffe med rikligt med mjölk, två frallor med ost utan att han ens fattade hur det hade gått till. Sedan hade han tackat sin räddare, så när kramat om honom men besinnat sig i sista stund, och nöjt sig med ett manligt handslag och en dunk i ryggen.

Därefter hade han gått ner i gymmet och duschat, bytt till en ren hawaiiskjorta som han förvarade i en låda på sitt rum, och redan vid halv tio på förmiddagen satt kommissarie Bäckström bakom sitt skrivbord på kriminalavdelningen i Solna. För första gången på två dygn mådde han åtminstone som en halv människa.

Vid tiotiden på fredag förmiddag hade Bäckström fått besök på rummet. Det var Niemis kollega, Jorge "Chico" Hernandez, som utbad sig om audiens hos sin spaningsledare.

Blattar, blattar, blattar, tänkte Bäckström och suckade djupt inombords. Att säga det hade han däremot ingen tanke på. Inte efter alla historier han hört om Peter Niemi som ju också var blatte, finnkoling och nordblatte om man nu skulle vara noga, och tydligen bästa kompis med den tjugo år yngre Hernandez.

– Slå dig ner, Chico, sa Bäckström, och nickade mot sin besöksstol medan han lutade sig tillbaka i sin egen och knäppte händerna över de sorgliga resterna av sin mage. Måste ha gått ner en tio kilo, minst, tänkte han samtidigt som han erfor en lätt oro över vad som hände med den kropp som alltid varit hans helgedom.

– Jag lyssnar, fortsatte han, log och nickade uppmuntrande åt sin besökare. Trots att blattar inte borde få bli poliser. Måste vara ostfrallorna, tänkte han.

Hernandez hade en del att rapportera. Under gårdagskvällen hade han varit med när rättsläkaren obducerade deras mordoffer och han hade börjat med att bekräfta kollegan Niemis skattning av likets längd och vikt.

– Hundraåttioåtta lång och hundratjugotvå kilo, konstaterade Hernandez. Peter är bra på sådant där.

Vafan jag nu behöver veta det för, tänkte Bäckström.

– Vilket ju kan vara bra att hålla i minnet när vi funderar över olika egenskaper hos vår gärningsman, avslutade Hernandez. Kräver en ansenlig fysisk kapacitet att hantera en så pass stor och tung kropp.

Frånsett övervikt och en synnerligen imponerande fettlever hade Danielsson varit i förvånansvärt gott skick. Inga väsentliga anmärkningar från rättsläkaren vad gällde såväl hans hjärta och lungor som hans kärlsystem. Normal prostataförstoring, och allt det där som följde av åldern. I övrigt ingenting särskilt med tanke på det liv han levt.

– Om han bara unnat sig några vita månader varje år, och gett levern en chans att återhämta sig mellan varven, hade han säkert kunnat passera åttio, sammanfattade Hernandez.

Som en fjällbäck om våren, tänkte Bäckström och nickade instämmande. Kanske borde mala korv på fanskapet i alla fall, tänkte han. Kanske konjaksmedvurst rent utav, med tanke på alla år som direktör Danielsson legat i marinad?

– Det där med tapetserarhammaren vill vi däremot ändra på, sa Hernandez. Av röntgenbilderna på kraniet att döma finns det inga skador som matchar hammaren och det gäller både själva hammaren och den andra ändan, den som är böjd och skårad mitt i och som du drar ut spik med. Dessutom sitter brottet på hammarskaftet på fel sida. Inte på den sidan som du slår i spik med. Brottet sitter på andra sidan, samma sida som spikutdragaren, och det får oss att tro att gärningsmannen råkat bryta av skaftet när han försökt bända upp något med spikutdragaren. Problemet är att vi inte hittar några brytmärken inne i lägenheten.

– Något som han tagit med sig, föreslog Bäckström. Ett kassaskrin kanske? Med Danielssons gamla mjölktänder och en tvåkrona som han fått av den snälla tandfen, tänkte han.

– Något sådant ja, instämde Hernandez och nickade. Just nu lutar vi åt att det kan vara en sådan där dokumentportfölj i läder med lås, gångjärn och reglar i mässing eller gulmetall. Finns spår på spikutdragaren som kan tyda på det. En liten flisa på drygt en millimeter som vi är ganska säkra på är läder. Ljusbrunt läder. Fragment av något som vi tror kan vara mässing på den vassa kanten på spikutdragaren. Kan ha hamnat där när den repade mot låset. Vi har skickat det till SKL eftersom vi själva inte har rätt grejor för att ta reda på vad det är.

– Men någon portfölj har ni inte hittat?

– Nej, sa Hernandez. Om det är som vi tror tog han väl med sig den för att kunna öppna den i lugn och ro.

– Det är noterat, sa Bäckström och gjorde för säkerhets skull en anteckning i sin lilla svarta bok. Något mer?

– Låt mig återvända till grytlocket, sa Hernandez. Det är i järn och på ovansidan överdraget med blå emalj. Hör till grytan som står på spisen i köket. Tjugoåtta centimeter i diameter och med ett handtag mitt på. Väger närmare två kilo. Offret har fått åtminstone sex rejäla slag med grytlocket. Det första träffar honom högt upp på höger sida av hjässan. Delas ut snett bakifrån och vi tror att offret får det slaget när han kliver ut från toaletten. Gärningsmannen står och lurpassar på honom bakom dörren till toaletten. Danielsson trillar framstupa med huvudet mot vardagsrummet, fötterna mot ytterdörren, och hamnar på magen eller möjligen snett på sidan. Därefter får han ytterligare två slag i bakhuvudet. Sedan måste gärningsmannen ha vänt på honom och avslutat med minst tre slag mot ansiktet.

– Hur kan ni vara så säkra på ordningsföljden, invände Bäckström.

– Helt säker kan man aldrig vara men det är i alla fall den bild som stämmer bäst med frakturerna på kraniet och övriga iakttagelser på det ställe i hallen där det sker. Hallens utseende, stänkbilder och liknande. På grytlocket finns för övrigt både blod, hårstrån och benfragment från kraniet. Plus det faktum att locket väl matchar offrets skador i huvudet. Vår gärningsman är inte bara stark. Av slagvinklarna att döma måste han vara lång också. Dessutom tror jag att han var rejält förbannad på offret. Redan det första slaget är dödande. De två mot bakhuvudet och nacken kan han ha delat ut för säkerhets skull, så att säga, så dem är vi villiga att bjuda honom på. De tre mot ansiktet, vi talar om minst tre slag, verkar däremot vara rent övervåld. Inte minst med tanke på att han måste ha lagt ifrån sig locket för att kunna vända på offret innan han på nytt tar locket och börjar slå honom.

– Hur lång är han då, frågade Bäckström.

– Danielsson var en och åttioåtta. Gissningsvis minst en och åttio. Om du frågar mig, en decimeter längre än så. En och nittio.

– Om han inte är professionell basebollspelare förstås, retades Bäckström. Skickat på honom ett sådant där slag med armen sträckt över huvudet. Du har väl sett hur de gör när de kastar? Eller tennisspelare kanske. Som slagit en serve med ett grytlock.

– Förekomsten av professionella basebollspelare i det aktuella området torde vara förhållandevis låg, konstaterade Hernandez utan minsta antydan till leende. Torde även gälla tennisspelare, tillade han och snörpte på munnen.

Kul kille, tänkte Bäckström. Äntligen en blatte med humor.

Hernandez hade valt att byta ämne. Först hade han berättat om den polske byggjobbarens containerfynd.

– Vad vi väntar på nu är besked från SKL om blodspåren kommer från offret. Gör de det så är det onekligen högintressant. Några fingrar har vi tyvärr inte lyckats hitta. Vare sig på regnrocken, diskhandskarna eller tofflorna. Storleken på både rocken och tofflorna stämmer dock med Danielsson. Stor och grov, fyrtiofyra i skonummer.

– Hur många månader tar det innan vi får svar från SKL då, undrade Bäckström.

– Vi har faktiskt lyckats tjata oss till en förtur, sa Hernandez. Efter helgen är senaste budet från kollegerna i Linköping. Om vi sammanfattar det hela så här långt, fortsatte Hernandez, så talar vi sannolikt om en gärningsman som är fysiskt stark, väl över medellängd och hyser kraftigt agg till sitt offer. Om det där med kläderna visar sig stämma, och att de tillhört Danielsson precis som grytlocket och tapetserarhammaren, så verkar han också ganska förfaren. Han sätter på sig offrets regnrock för att inte få blod på kläderna. Tar av sig sina egna skor och sätter på sig offrets tofflor av samma skäl. Tar på sig offrets diskhandskar för att inte lämna avtryck. Det enda som stör oss är beteendet hos offrets middagsgäst för han har nämligen i ett tidigare skede under kvällen avsatt en mängd avtryck på både tallrikar, glas och bestick. Som han inte verkar ha gjort det minsta försök att torka bort.

– Mig stör det inte. Inte det minsta, sa Bäckström och skakade på huvudet. Fyllskallar är funtade på det viset, nämligen. Först sitter han och krökar med Danielsson. Sedan kroknar han plötsligt på honom och när Danielsson går på muggen sparkar han av sig dojorna, slänger på sig tofflor, regnrock och diskhandskar, fattar grytlocket och skrider till verket så fort Danielsson kliver ut från figan och står där och svajar och skall justera gylfen. Det som hänt innan dess har han förmodligen glömt.

– Peter och jag har väl också funderat i de banorna, sa Hernandez och nickade. Dessutom får vi för oss att det inte bara handlar om ilska utan att det även kan finnas mer rationella motiv.

– Som vadå?

– Att han rånat honom, sa Hernandez.

– Precis, instämde Bäckström med emfas. Vilket väl visar vilket jävla slughuvud han är. Råna en sådan där som Danielsson. Måste vara som att försöka klippa en flintskallig.

– Jag är rädd för att det kanske inte var så den här gången, sa Hernandez. I översta högra lådan i Danielssons skrivbord hittar vi nämligen en bunt med vinstbongar från Solvalla. Utkvitterade bongar hopbuntade med en gummisnodd och prydligt lagda i datumföljd. Den översta bongen är från loppen ute på Valla samma eftermiddag och kväll som Danielsson blir mördad, i förrgår således. Den är på tjugotusen sexhundratjugo kronor och pengarna har tagits ut i kassan på Solvalla strax efter loppet. Det var första loppet på V65-kupongen för övrigt och det var vid halv sjutiden på kvällen. Men pengarna hittar vi alltså inte. Hans plånbok till exempel, som för övrigt ligger på hans skrivbord inne i sovrummet, är helt tom frånsett en bunt med visitkort.

– Det säger du, sa Bäckström. Det säger du, upprepade han. Måste ju vara jätteklippet för en sådan där som Danielsson, tänkte Bäckström.

– Några saker till, sa Hernandez. Sådant som vi hittat och sådant som vi inte hittar men borde ha hittat.

– Lyssnar, sa Bäckström samtidigt som han grep efter pennan och den lilla svarta.

– Vi hittar en travbong men inga pengar, vi hittar spår efter något som vi tror är en dokumentportfölj men ingen portfölj. Vi hittar en oöppnad och en öppnad förpackning med Viagra. Utskrivna på Karl Danielsson på recept som vi också hittar. Sex tabletter av åtta finns kvar. Enligt uttagen på receptet skulle han ha förbrukat ytterligare åtta tabletter sedan början av april. Dessutom en förpackning som ursprungligen innehållit tio kondomer men där det bara finns två kvar.

– Vårt offer hade åtminstone två strängar på sin lyra. Även om han behövde hjälp för att få upp instrumentet, sa Bäckström och flinade.

– Vi hittar två bankfacksnycklar men bankfacket har vi inte hittat än, fortsatte Hernandez. Däremot ingen mobil, ingen dator och inga kreditkort. Inga sådana räkningar heller för den delen. Vi hittar en vanlig fickalmanacka med ett fåtal noteringar. Men ingen dagbok, inga foton eller privata anteckningar.

– Typisk fyllskalle, instämde Bäckström. Vad fan skall en sådan med en mobil till? Ringa systembolaget och beställa hem på telefon? Vem fan delar ut kreditkort till en gammal alkis? Så korkade är de inte ens på socialen. Något mer, tillade han.

– I hans skrivbord ligger flera buntar med taxikvitton, sa Hernandez.

– Färdtjänst. Det har väl alla alkisar i det här socialparadiset, som vi andra betalar åt dem.

– Nej, sa Hernandez. Finns inte en chans. Vanliga kvitton. Jag får för mig att han handlat med dem.

– Med taxikvitton? Varför då? Går de att äta, sa Bäckström.

– Att han känner någon taxichauffor, köper hans överblivna kvitton för kanske tjugo procent av beloppet på kvittot och sedan säljer dem vidare för kanske femtio procent av beloppet till någon som kan använda dem som avdrag i sin affärsrörelse. Något har han säkert lärt sig under alla år som han jobbade med redovisning och några kontakter från den tiden har han säkert kvar, sa Hernandez.

– Jag trodde gamla fyllon samlade på tomglas, sa Bäckström.

– Inte den här kanske, konstaterade Hernandez.

Vafan det nu har med saken att göra och så dyrt som brännvinet har blivit, tänkte Bäckström och ryckte på axlarna.

– Var det allt, sa han.

– Ja. Det är väl det hela så långt, sa Hernandez och reste sig. Du och dina medarbetare kommer dessutom att få en pm om vad Peter och jag kommit fram till hittills, inklusive en del bilder från brottsplatsen och obduktionen, senare under dagen. Kommer på mailen.

– Bra, sa Bäckström. Rent häpnadsväckande bra med tanke på att det var en lappjävel och en tangokavaljer som slagit sina små huvuden ihop, tänkte han.

12

Kriminalinspektören Annika Carlsson hade varit på jobbet redan halv åtta på morgonen trots att hon inte kommit i säng före midnatt kvällen före.

Hon hade knappt hunnit sätta sig bakom sitt skrivbord förrän Peter Niemi ringt henne på mobilen för att berätta om deras klädfynd.

– Jag har jagat Bäckström men han svarar inte, förklarade Niemi.

– Jag har också jagat honom. Han dyker väl upp så småningom. Jag är orolig för honom. Han verkar inte må bra. Såg riktigt dålig ut igår. Jag vet inte om du tänkte på det?

– Jo, ja, och skit samma förresten, sa Niemi, men eftersom både polacken och hans kamrater måste höras, och ju förr desto bättre, så ringer jag dig.

– Och det tackar vi för, sa Carlsson. Niemi är bra, tänkte hon. Riktigt bra. Inte bara duktig på det han gör utan en sådan där som verkligen bryr sig.

– Jag har varit på plats som jag sa och containern har vi rotat igenom utan att hitta något av värde. Hittar ingenting i närområdet heller om du undrar. Tog till och med dit en hundpatrull trots att det var mitt i natten. Sedan har jag pratat med grabben som fick tag i påsen med kläderna. Trevlig pojk. Pratar nästan bättre svenska än en sådan som jag, konstaterade Niemi och log så att det hördes på rösten. Men eftersom det var lite stressigt med allt det andra så blev det bara helt kort.

– Så nu vill du att jag skall göra det ordentligt och med bandspelare och protokoll, sa Carlsson och log även hon så att det hördes. Varför kan inte alla män vara som Niemi, tänkte hon.

– Jo, sa Niemi. Det är ju sådana vi är, vet du.

– Då ska jag fixa det, sa Annika Carlsson. Eftersom det är du, tänkte hon.

Sedan hade hon ringt Bäckström igen på hans mobil men den var fortfarande avstängd trots att klockan nu närmade sig halv nio. Annika Carlsson hade skakat på huvudet, tagit med sig Felicia Pettersson, hämtat ut en tjänstebil och åkt ner till Ekensbergsgatan för att prata med Jerzty Sarniecki och hans fyra landsmän som höll på att renovera en mindre hyresfastighet i Solna, hundra mil norr om deras hemland.

Felicia Pettersson, 23, hade gått ut polishögskolan i januari samma år. Nu gjorde hon sin första praktik på kriminalavdelningen i Solna och redan efter en vecka hade hon fått hjälpa till med en mordutredning. Felicia var född i Brasilien. Barnhemsbarn från São Paolo och när hon bara var ett år hade hon blivit adopterad av ett svenskt par som båda arbetade som poliser och bodde på Mälaröarna utanför Stockholm. Nu hade hon själv blivit polis som så många polisbarn före henne. Ung och utan praktisk erfarenhet, men med bra förutsättningar för yrket. God fysik, lugn och sansad och verkade som hon trivdes med det hon gjorde.

Kommer säkert att bli hur bra som helst, hade Annika Carlsson tänkt första gången hon träffade henne.

– Du hittar till Ekensbergsvägen, Felicia, frågade Annika så fort hon satt sig på sätet bredvid föraren och spänt fast säkerhetsbältet.

– Svar ja, chefen, sa Felicia Pettersson och nickade.

– Det är inte så lyckat att du talar polska också, sa Annika.

– Självklart, chefen. Svar ja. Flytande, det trodde jag alla gjorde, sa Felicia och log.

– Något mer som jag borde känna till, frågade Annika Carlsson. Hon är klipsk också, tänkte hon.

– Mina kompisar kallar mig faktiskt Lisa, sa Felicia. Det får du också om du vill.

– Mig kallar de för Ankan, sa Annika Carlsson.

– Vill du det då, sa Lisa och sneglade förvånat på henne.

– Helst inte, sa Annika Carlsson och skakade på huvudet. Tycker du att jag ser ut som en anka?

– Verkligen inte, fnös Lisa Pettersson. Jag tycker du är skithäftig. *And I mean it.*

Annika Carlsson och Felicia Pettersson hade haft tur. Klockan var visserligen bara nio på morgonen men Jerzty och de andra satt redan och åt lunch. De hade stigit upp så fort det ljusnat, ätit frukost vid fyra och börjat jobba vid halv fem. Klockan nio var det hög tid för lunch om man skulle orka hålla på fram till kvällen.

– *Sorry to disturb you in your breakfast*, sa Annika Carlsson, log, och visade sin polislegitimation. *My name is detective inspector Annika Carlsson and this is my collegue detective constable, Felicia Pettersson. By the way, does anyone of you speak swedish? Or understand swedish?*

– Jag talar lite svenska, sa Jerzty medan tre av hans kamrater hade skakat på huvudet och en nickat tveksamt. Jag kan vara tolk om du vill.

– Vi har några frågor bara, fortsatte Annika. Går det bra om vi slår oss ner?

– Det går bra, sa Jerzty och reste sig snabbt. Tog bort en verktygslåda från en ledig stol som redan stod vid deras hemsnickrade bord medan en av hans kamrater gick och hämtade en pall och erbjöd sin egen stol till *detective constable* Pettersson.

Två unga vackra kvinnor. Som dessutom var svenska poliser trots att en av dem såg ut som om hon kom från Västindien. Vänliga, glada, vackra att se på och inte alls fel att fantisera om när man slog i ännu en spik. De hade blivit sittande i en timme. Vad det nu spelade för roll? Åttio kronor var ändå bara åttio kronor och arbete var inte det som de saknade mest här i livet.

Hade de gjort några iakttagelser under onsdag kväll eller natten till torsdag?

De hade jobbat fram till klockan åtta på kvällen. Sedan hade de slutat eftersom grannarna annars brukade klaga på dem. De hade ätit sitt kvällsmål. Pratat, spelat kort, gått och lagt sig vid tio. Ingen av dem hade lämnat huset under den tiden eftersom det regnat hela kvällen.

Under natten då? Någon av dem som hade sett något eller hört något?

De hade sovit. Ingen av dem hade några problem med sömnen. Ingen av dem hade sett eller hört något. De hade legat i sina sängar och sovit. En av dem hade varit uppe en kortare sväng för att gå på toaletten. Det var allt.

– Leszek, han är murare, förklarade Jerzty och nickade mot kamraten som lättat på blåsan. Toaletten ligger mot gatan, med fönster, tillade han och förekom nästa fråga från Annika Carlsson.

– Fråga honom om han vet vad klockan var då.

– Han vet inte, sa Jerzty efter några snabba meningar på polska och en huvudskakning som svar på hennes fråga.

– Han tittade inte på klockan. Han hade tagit den av sig och lagt den bredvid sängen.

– Regnade det fortfarande, frågade Annika Carlsson som redan läst de papper de fått från väderlekstjänsten. Avtagande regn under onsdagskvällen som hade upphört en halvtimme efter midnatt, torsdag den 15 maj.

– Inte så mycket, sammanfattande Jerzty efter en kort konversation på polska. Det var mörkt också. Som mörkast. När vi vaknade var det vackert väder. Då var klockan fyra på morgonen.

Kring midnatt, tänkte Annika Carlsson.

– Fråga honom om han såg något eller hörde något. Människor, bilar, ljud. Eller om han inte såg något eller hörde något. Allt är intressant som du förstår.

Mer polska. Tveksamma huvudskakningar. Leenden från både Jerzty och Leszek. Sedan hade den senare nickat bestämt, sagt ännu något på polska, och ryckt på axlarna.

– Jag lyssnar, sa Annika Carlsson. Skärp dig Ankan, tänkte hon. Du börjar låta som Bäckström och det gör man inte om man är skithäftig.

– Han såg en katt, sa Jerzty och log lyckligt.

En liten röd katt. De brukade ofta se den så förmodligen bodde den alldeles i närheten trots att den inte hade något halsband på sig. De hade till och med bjudit den på mjölk vid ett tillfälle.

Men inga människor, inga bilar, inga mänskliga ljud. Det var mörkt, det var tyst, det duggade. Ingen teve eller radio som stod på, inga ljus i fönstren. Inte ens en hund som skällt. En ensam röd katt som hade strukit förbi nere på gatan. Det var allt.

13

Kriminalinspektören Lars Alm, 60, hade arbetat vid kriminalpolisen i Solna i drygt tio år. Åren dessförinnan hade han först jobbat på gamla våldsroteln i polishuset på Kungsholmen inne i stan, så småningom hade han flyttat över till utredningsavdelningen i City. Sedan hade han flyttat till Solna. Han hade skiljt sig och gift om sig och hans nya fru, som var sjuksköterska på Karolinska sjukhuset, hade en trevlig lägenhet i Solna centrum. Alm hade gångavstånd till jobbet, två minuters promenad och då var det ointressant om det snöade eller regnade småspik.

Det var ett gott skäl att börja vid Solnapolisen men det fanns fler än så. Alm var utbränd. Åren på våldet inne i Stockholm hade krävt sin tribut. Solna borde rimligen vara lite bättre, hade han tänkt. Att äntligen få slippa de svallvågor efter helgens krogliv inne i City som punktligt varje måndag brukade skölja över hans skrivbord. Fast där hade hans förhoppningar kommit på skam. Helst skulle han ha velat pensionera sig, men efter att ha räknat på saken hade han bestämt sig för att försöka hålla ut till sextiofem. En sjuksköterska hade heller ingen lön att tala om och ingen av dem ville svälta när de blev gamla.

Han hade försökt ordna sitt liv så gott det gick. Undvikit gruppen för grova brott, spaningsroteln, knarket och rånkommissionen. Tagit över det där lite enklare som handlade om vardagsbrotten, de där brotten som drabbade vanligt folk, inbrott i bostäder och bilar, enklare misshandelsfall, skadegörelser. Själv tyckte han att han hade lyckats ganska bra och han brukade redovisa det antal ärenden som förväntades av honom. Försökt anpassa sig till genomsnittet för sådana som han.

På måndagen den 12 maj hade stormen dragit fram över Västerorts polisdistrikt. Två okända gärningsmän hade rånat en värdetransport ute vid Bromma flygplats. Skjutit ihjäl den ena väktaren och sånär även mördat hans kollega. Grovt rån, mord och mordförsök. Redan några timmar senare hade justitieministern varit med i samtliga nyhetsprogram i teve. Deras nya chef, polismästaren Anna Holt, hade säkert också kunnat hålla sig för skratt. En månad på nya jobbet och så hände detta.

Den första vågen hade han klarat. Trots att chefen för kriminalavdelningen, kommissarie Toivonen, flyttat över mängder av kolleger från andra avdelningar och arbetsuppgifter så hade han skonat Alm. På torsdag morgon hade även han ryckts med. Då hade Toivonen stormat in på hans rum och förklarat att nu var det gilla läget som gällde.

– Det är någon som slagit ihjäl en gammal fyllskalle uppe på Råsundavägen, sa Toivonen. Ett sådant där ärende som normala kolleger fixar före lunch men med tanke på allt annat jävla elände som drabbat oss är jag tvungen att sätta Bäckström på det.

– Vad hade du tänkt att jag skulle göra då, sa Alm som insåg att detta inte var ett ämne för diskussioner.

– Se till att den där lilla feta olyckan inte missar öppet mål, sa Toivonen och sedan hade han helt sonika gått därifrån.

Så hade det också blivit. Efter ett uppehåll på mer än tio år hade Alm fått en mordutredning på halsen och eftersom han visste vem Evert Bäckström var hade han mått bättre.

Alm kände nämligen Bäckström väl sedan tidigare. I slutet på åttiotalet hade de båda arbetat som mordutredare på gamla våldsroteln i Stockholm. Några år senare hade Bäckström plötsligt fått jobb på Rikskriminalens mordkommission. Helt obegripligt. Någon i ledningen för rikskriminalen måste antingen ha drabbats av en hjärnblödning eller blivit mutad av kriminalchefen i Stockholm. Alm och alla normala kolleger hade tagit färjan till Åland och firat i ett helt dygn. Femton år senare hade hämnden drabbat honom med all kraft.

I sin nöd hade han pratat med Annika Carlsson som både var kvinna och en allmänt vettig kollega. Erbjudit sig att kartlägga offrets person, hans umgänge och vad han haft för sig timmarna innan han dog. Bara han fick sitta kvar på sitt rum och slapp träffa Bäckström mer än vad som var oundgängligen nödvändigt.

– Låter som ett utmärkt förslag, sa Annika Carlsson och nickade. Hur är han förresten? Jag har ju hört alla de där vanliga historierna om Bäckström men jag har aldrig träffat honom förrän i morse. Helt kort bara när han var nere och kikade på vår brottsplats.

– Hade du träffat honom ordentligt så hade du kommit ihåg det, sa Alm och suckade.

– Är han lika sanslös som alla säger? Många av de där historierna måste väl ändå vara skrönor.

– Värre, sa Alm. Han är värre. Varje gång jag slagit på nyheterna och sett att en kollega blivit skjuten har jag bett till Vår Herre att det ska vara Bäckström. Om vi nu ändå måste drabbas av något så ohyggligt så varför inte börja med Bäckström och skona alla normala, hyggliga kolleger? Det hjälper inte, sa Alm och skakade på huvudet. Den där lilla feta jubelidioten är odödlig. Han har ingått något slags pakt med Belsebub. Vi andra har fått honom för våra synders skull och jag fattar inte vad vi skall hitta på för att verkligen förtjäna honom.

– Jag förstår vad du menar, sa Annika Carlsson och nickade eftertänksamt. Det här blir kul och i värsta fall får jag väl släpa ner honom i garaget och bryta upp armarna på honom, tänkte hon.

Alm hade fått rena smakstarten på sin kartläggning av mordoffret Karl Danielsson. Så fort de som kände offret hade nåtts av ryktet om hans hastiga frånfälle, det hade spridit sig som en gräsbrand, hade de hört av sig till polisen. Polisens växel hade för en gångs skull fungerat, tipsen hade strömmat in, och redan när Alm gick hem på kvällen efter den första dagen kände han att han hade bra grepp om situationen.

Han hade namn och fullständiga uppgifter på ett tiotal personer i offrets närmaste umgänge. Samtliga män och utan att kunna veta säkert trodde sig Alm ändå ha förstått att de hade samma stora intresse i livet som deras mördade "vän" och "sällskapsbroder". Han hade pratat med flera av dem på telefon. Från dem hade han bland annat fått namn på andra vänner till offret som ännu inte hört av sig och han hade redan hållit förhör med ett par av dem. När Alm promenerade hem vid sjutiden på kvällen för att tillsammans med hustrun äta kåldolmar med rårörda lingon var han så nöjd som man nu kunde vara om man tvingats ha ihop det med kommissarie Evert Bäckström.

Om Bäckström äntligen tog sitt medborgerliga ansvar och bara dog rakt upp och ner skulle han inte behöva oroa sig det minsta för den här utredningen, tänkte Alm.

14

Bäckström hade ägnat förmiddagen åt att få lite ordning på den mordutredning som hans medarbetare redan höll på att stöka till bortom allt förstånd. Dessutom mådde han betydligt bättre än på länge eftersom hans känsliga näsborrar hela tiden kunnat känna den himmelska doften av färska frallor med mycket ost och smör.

De där jävla viktväktarna kan ta sig i dalen, tänkte Bäckström. Du kan i stort sett käka som en vanlig människa bara du låter bli att blanda med en massa flytande godsaker. Sedan gör du ett uppehåll, fastar, super till rejält och spolar rent i alla små kärl och sedan är du tillbaka på ruta ett igen.

Redan strax efter elva hade hans mage börjat mullra på det där trivsamma och välbekanta sättet som gjorde att han med säkerhet visste att det var hög tid att han fick sig något till livs.

Därför hade han gått ner i personalmatsalen för att i lugn och ro komponera en väl avvägd lunch som var i harmoni med hans egna iakttagelser och slutsatser.

Först hade han stannat till vid salladsbyffén och lagt upp en trevlig liten hög med rårivna morötter, några gurkstänger och tomatklyftor. Undvikit både älg- och harskit och några likmaskar hade de tydligen inte trots att de hade smakat nästan som människoföda enda gången han provat. Därefter hade han snusat i de olika kannorna med olja och dressing och till slut bestämt sig. Rhode Islandsås fick det bli, tänkte Bäckström. Det visste han av erfarenhet att den var fullt ätlig. Han brukade till och med själv köpa hem den på flaska och hälla den över sina hemlagade hamburgare med mycket ost och majonnäs.

Väl framme vid serveringsdisken hade han tvekat länge mellan dagens kött, pannbiff med stekt potatis, gurka och gräddsås, dagens pasta, carbonara med stekt fläsk och rå äggula, och dagens fisk, stekt rödspätta med kokt potatis och gurkmajonnäs. Hans starka och okuvliga karaktär hade segrat och han hade valt fisk trots att det väl mest var fagotter, flatsmällor och frimicklare som åt fisk. Kan vara värt att pröva ändå, tänkte Bäckström som plötsligt kände sig både lugn och upphöjd.

Återstod måltidsdryck, vanligt vatten, saft, mineralvatten, eller lättöl? Det fick bli en liten lättöl som en enkel och självklar eftergift till den avhållsamhet han redan nu så övertygande hade bevisat. Dessutom hade den smakat så jävligt att den måste ha varit rena hälsodrycken.

En kvart senare hade han varit klar. Återstod kaffe och hög tid att han firade sin triumf med en liten mazarin. Kanske också en ännu mindre så kallad dammsugare i grön chokladdoppad marsipan.

Besinning, Bäckström, besinning, tänkte Bäckström och med ett närmast stoiskt lugn hade han lagt tillbaka dammsugaren och nöjt sig med en ensam mazarin på sin lilla assiett, tagit sitt kaffe och gått och satt sig i ett avskilt hörn för att i godan ro kunna avsluta sin frugala måltid.

15

En timme senare hade han haft det andra mötet med sin spanings-
styrka. Bäckström hade känt sig väl avstämd, balanserad och upp-
levde att han äntligen hade total kontroll över situationen. Han
hade inte ens känt av några blodtrycksrusningar när han bett kri-
minalinspektör Lars Alm att inleda mötet med att redovisa sina rön
om deras offer och vad han haft för sig under de sista timmarna av
sitt så sorgligt söndersupna liv.

– Då kanske du vill börja, Lars, sa Bäckström och log vänligt mot
den apostroferade. Gamle Träskalle från våldet i Stockholm och hur
fan en sådan som han kunde ha fått bli polis var ett mysterium som
inte ens jag fixar, tänkte han.

Kriminalinspektören Lars Alm hade hört Seppo Laurén, en av de
yngsta av mordoffrets grannar, hemma i hans och mammans lägenhet
på Hasselstigen 1. Att Alm gett just honom den äran berodde på
att Laurén tio år tidigare hade dömts till sextio dagsböter för ringa
misshandel. En av totalt sju åtalade AIK-supportrar som efter en
match på Råsunda misshandlat en av motståndarlagets anhängare på
tunnelbanestationen i Solna centrum. Det var den enda noteringen
som fanns om honom i polisens register och Laurén var den som
kommit lindrigast undan av de sju. Samtidigt var han också den ende
i huset som blivit dömd för ett våldsbrott och granne med offret.

– Du eller jag, Lars, hade Annika Carlsson frågat och nickat åt
Alm.

– Jag kan höra honom, sa Alm.

– Tack, Lars, svarade Annika.

Ett barn i en vuxen mans kropp, tänkte Alm när han avslutat för-
höret och lämnat Laurén. Säkert decimetern längre än han själv,
säkert tio kilo tyngre med breda axlar och långa dinglande armar.

En vuxen man. Om det inte hade varit för det långa ljusa håret som hela tiden föll ner i pannan på honom, som han hela tiden fick fösa undan med vänsterhanden och en knyck på nacken, det troskyldiga uttrycket i hans ögon, ett barns ögon, och blå var de också, den ostyriga kroppen, den slängiga hållningen. Ett barn i en vuxen mans kropp och nog är det väl för sorgligt ändå, tänkte Alm när han lämnade honom.

Vid fyratiden på onsdag eftermiddag den 14 maj hade Karl Danielsson kommit hem till sin bostad på Hasselstigen 1, i Solna. Han hade klivit ur en taxi, betalat och i porten stött ihop med Seppo Laurén, 29.

Laurén, som var förtidspensionerad trots sin förhållandevis låga ålder, bodde för tillfället ensam. Hans mamma, som han normalt delade lägenhet med, hade drabbats av en hjärnblödning och var sedan en tid tillbaka intagen på ett rehabiliteringshem. Danielsson hade berättat för Laurén att han varit inne i stan, besökt banken och uträttat lite mindre ärenden. Dessutom hade han stuckit åt Laurén två hundralappar och bett att han skulle handla mat åt honom. Själv skulle han åka ut till Solvalla på kvällen och få svårt att hinna med. Rimmat sidfläsk, färdiglagade bruna bönor, två rejäla portioner, några burkar tonic, Cola och sodavatten. Det var det hela och växeln kunde han behålla.

Laurén hade uträttat liknande ärenden åt Danielsson under många år. När han återvände från den närbelägna Ica-butiken klev Danielsson just in i en ny taxi och han verkade vara på gott humör. Hade sagt något om att nu var det "Valla och de stora pengarna som väntade".

– Minns du vad klockan var då, frågade Alm.

– Ja, sa Laurén och nickade. Det minns jag precis. Jag tittar ofta på klockan. Därefter hade han hållit fram sin vänsterarm och visat den.

– Hur mycket var den då, sa Alm och log vänligt.

– Den var tjugo över fem, sa Laurén.

– Vad gjorde du sedan då, frågade Alm.

– Jag hängde påsen med varorna på hans dörr och sedan gick jag upp till mig och spelade dataspel. Det brukar jag göra, förklarade han.

– Det här stämmer för övrigt bra med övriga uppgifter som vi fått in, konstaterade Alm och bläddrade bland sina anteckningar. Danielsson har spelat på första loppet på V65 ute på Solvalla med start klockan arton. Tar väl högst en kvart att åka dit med taxi och då hade han gott om tid att lägga sitt vad innan det var dags.

– Vänta nu, vänta nu, sa Bäckström avvärjande. Mellan raderna får jag för mig att den där Laurén inte har alla besticken kvar i lådan.

– Han är förståndshandikappad, sa Alm. Klockan kan han däremot. Det har jag kollat nämligen.

– Fortsätt, grymtade Bäckström. Vilket sammanträffande, tänkte han. Träskalles första vittne är en annan jubelidiot och båda påstår att de kan klockan.

I första loppet hade Danielsson spelat fem hundra kronor vinnare på häst nummer sex, Instant Justice. En skrälloddsare som gett drygt fyrtio gånger pengarna och vinstbongen hade teknikerna hittat i hans skrivbordslåda.

– Det är vi helt säkra på, envisades Bäckström. Fanskapet kan ju lika gärna ha fått den eller snott den, tänkte han.

Helt säkra, enligt Alm. Han hade nämligen pratat med en gammal god vän till Danielsson som ringt honom på telefon och berättat. Det var också han som hade tipsat Danielsson om Instant Justice. En före detta körsven och travtränare ute på Valla, numera pensionär, Gunnar Gustafsson, som hade känt Danielsson sedan de gick i folkskolan tillsammans.

– Gustafsson lär vara något av en legend ute på Solvalla, konstaterade Alm. Enligt en av mina hästintresserade kolleger är han allmänt känd som Gurra Kusk och han lär inte strö tips omkring sig så det där med att han var god vän med Danielsson stämmer nog. Danielsson lär för övrigt ha kallats för Kalle Kamrer bland de gamla barndomskompisarna från Solna och Sundbyberg.

– I vilket fall, fortsatte Alm, medan han stämde av mot sina anteckningar, berättade Gustafsson att han sitter på restaurangen ute på Solvalla med några vänner, när plötsligt Danielsson dyker upp och är på ett alldeles strålande humör. Då var klockan halv sju ungefär. Gustafsson erbjuder honom att slå sig ner men Danielsson tackar nej. Han skall åka hem. Har lovat att bjuda en annan gammal skolkamrat på middag lite senare. Dessutom har även han anledning att fira eftersom Danielsson och han delat på kupongen.

– Vad heter han då, sa Bäckström. Han som Danielsson hade bjudit på middag?

– Honom känner både du och jag, sa Alm. Han är gammal klasskamrat till Danielsson från folkskolan i Solna. På året lika gammal som Danielsson, sextioåtta alltså. När du och jag kände honom så jobbade han på span inne på gamla våldsroteln i Stockholm. Roland Stålhammar. Rolle Stålis, Stålmannen eller bara Stålis. Kärt barn har ju många namn.

Där satt den, tänkte Bäckström. Roland "Stålis" Stålhammar, tagen på så gott som bar gärning och med mycket gammal rost i kalsongerna, om man nu frågade Bäckström.

– Då så, sa Bäckström. Lutade sig tillbaka i stolen, knäppte händerna över magen och log förnöjt. Vad är det som gör att jag plötsligt får för mig att det här ärendet är klart, sa han.

– Berätta lite för de yngre kollegerna här. Berätta för dem om vår före detta kollega Roland Stålhammar, fortsatte Bäckström, och nickade fryntligt mot Alm.

Alm verkade inte särskilt förtjust men han hade ändå berättat.

– Roland Stålhammar var en av de där legendariska kollegerna uppe på gamla våldsroteln. Jobbade på rotelns egen spaningssektion. Kände varenda buse i hela länet. Det var till och med så att buset gillade honom skarpt trots att han under sina år på roteln måste ha släpat in hundratals av dem i finkan. Han gick i pension nittonhundranittionio. Utnyttjade den där möjligheten som äldre poliser hade på den tiden att gå i pension redan vid femtionio års ålder.

– Jaa, sa Alm och suckade av någon anledning. Vad kan jag säga mer? Född och uppvuxen i Solna. Bott här hela sitt liv. Idrottsintresserad. Först som aktiv och sedan som ledare. Utåtriktad. Dynamisk. Hade lätt för att få kontakt med folk. Något av en eldsjäl om man så säger.

– Men inte bara väl, avbröt Bäckström, med listig min. Det fanns väl en hel del annat också?

– Ja, sa Alm och nickade kort. Stålhammar är gammal boxare. Tillhörde Sverigeeliten på sin tid. Svensk mästare i tungvikt flera år i rad i slutet av sextiotalet. Vid ett tillfälle gick han till och med upp i ringen mot Ingemar Johansson, vid en välgörenhetsgala på Cirkus ute på Djurgården. Ingemar Johansson, Ingo, som han kallades, vår gamle professionelle världsmästare i tungviktsboxning, förtydligade Alm och nickade av någon anledning mot Felicia Pettersson.

– Jag blir nästan tårögd när jag hör dig beskriva den gamle hedersmannen, sa Bäckström. Känner knappt igen Rolle Stålis på din beskrivning. En och nittio lång, hundra kilo muskler och ben och med den kortaste stubinen i hela kåren. Brukade dra på sig fler anmälningar för övervåld än alla vi andra på roteln tillsammans.

– Jag hör vad du säger, sa Alm. Men riktigt så enkelt var det väl ändå inte. Stålhammar var en eldsjäl som jag sa. Han har räddat många ungdomar som kommit på glid från att råka riktigt illa ut. Om jag inte minns fel var väl han den ende av oss som jobbade gratis som övervakare på sin fritid.

– När han inte söp som en borstbindare för det var väl ändå det som var hans bästa gren, sa Bäckström som redan kände trycket stiga. Är det väl fortfarande som det verkar ...

– Jag kanske kan komplettera den här bilden, sa polisassistenten Jan O. Stigson, 27, med en försiktig handviftning. Med anledning av vårt ärende menar jag.

– Är du också gammal boxare, Stigson, sa Bäckström som började bli rejält sur.

En radiopolis i tiden. Rakad skalle, kroppsbyggare, IQ som ett golfhandicap, på oklara grunder inlånad från radiobilarna för att hjälpa till med en mordutredning. Vem mer än en stollig finnpajsare som Toivonen kunde komma på en sådan idé, tänkte Bäckström. Från Dalarna var han tydligen också fanskapet. Lät som ett knäckebrödspaket när han pratade. En knätofsdansare som halkat rakt in i en mordutredning och vart fan är vi på väg inom svensk polis, tänkte han.

– Gör det, instämde Annika Carlsson med en beslutsam nick. Så slipper vi andra sitta här och lyssna medan Bäckström och Lars kivas om en gammal kompis. För det orkar ingen av oss höra på.

Vem fan tror hon att hon är, tänkte Bäckström och glodde surt på henne. Jag får fan ta ett ledningssamtal med henne direkt efter mötet, tänkte han.

– Vi fick in en del uppgifter under gårdagens dörrknackning, sa polisassistenten Stigson. Jag tror att ett par av dem kan ha hög relevans med anledning av vad kollegan Alm här har berättat om före detta kollegan Roland Stålhammar.

– Jag lyssnar, sa Bäckström. Vad väntar vi på? Är det hemligt eller?

– Änkefru Stina Holmberg, sjuttioåtta, sa Stigson och nickade åt Bäckström. Hon bor i en lägenhet på bottenplanet i huset på Hasselstigen 1. Det är en rar gumma. Hon är pensionerad lärarinna men verkar både pigg och helt klar i huvudet och hon har inga problem med hörseln. Hennes lägenhet ligger rakt under Danielssons och eftersom huset är ganska lyhört så har hon haft en hel del intressanta uppgifter att tillföra utredningen.

Stigson nickade eftertryckligt och såg på Bäckström.

Det här är fan ta mig inte inte sant, tänkte Bäckström. Knätofsdansaren måste vara släkt med det där vittnet Laurén. Halvbröder förmodligen med tanke på att de hade olika efternamn.

– Jag väntar fortfarande, sa Bäckström och slog ut med händerna i en uppgiven gest.

Det hade varit fest hemma hos Danielsson på onsdag kväll den 14 maj. Enligt fru Holmberg hade den börjat vid niotiden på kvällen, höga röster, skratt och skrål, och ungefär en timme senare hade det urartat ordentligt. Danielsson och hans gäst hade spelat grammofon på högsta volym, enbart Evert Taube enligt fru Holmberg, medan de sjöng med i refrängen.

– Eldarevalsen och Briggen Bluebird av Hull och Fritiof och Carmencita och jag inte vad, men det tog aldrig slut, förtydligade fru Holmberg.

Det var heller inte första gången som sådant hade inträffat, och eftersom hon själv var lite rädd för Danielsson hade hon ringt till en av sina grannar och bett om hjälp. Britt-Marie Andersson, en yngre kvinna som bodde högst upp i huset.

– Den där Danielsson var nog inte god att tas med, förklarade fru Holmberg. Även om det kanske låter hemskt att säga så om någon som är död. Stor och grov karl som söp hela dagarna. Jag minns en gång då han skulle hjälpa mig in genom porten och var så full att han ramlade och höll på och slå omkull både mig och mina kassar.

– Så då ringde ni till er yngre väninna, Britt-Marie Andersson, och bad henne hjälpa er, konstaterade polisassistenten Stigson som själv hållit förhöret, tagit upp det på band och nu läste högt ur det.

– Ja, henne är det ordning och reda på. Säga ifrån på skarpen till sådana där som Danielsson kan hon också, så det är inte första gången jag bett henne om hjälp.

– Vet ni vad fröken Andersson gjorde då, då, undrade Stigson.

– Fru Andersson, inte fröken. Hon är skild eller om karlen hennes gick och dog. Det vet jag faktiskt inte. Men hon gick väl ner och sa åt honom för en stund senare så var det lugnt och tyst igen.

– Vet fru Holmberg hur mycket klockan var då? När det blev tyst igen alltså, förtydligade Stigson.

– Det var väl någon gång runt halv elva på kvällen. Som jag minns det alltså.

– Vad gjorde fru Holmberg sedan då?

– Jag gick och lade mig, sa fru Holmberg. Tur var väl det förresten. Hade jag stuckit ut näsan hade väl jag också blivit ihjälslagen.

– Den där yngre grannen då? Som hon bad om hjälp. Vad säger hon då, frågade Bäckström.

– Britt-Marie Andersson. Huga, huga, sa polisassistenten Stigson med ett lyckligt leende.

– Vadå, huga huga, sa Bäckström.

– Vilken kvinna, sa Stigson och suckade djupt. Vilken kvinna. Blond, äkta blondin, det är jag helt säker på. Vilken kropp, vilken överbyggnad. Huga, huga. Släng dig i väggen, Dolly Parton, om jag så säger, förtydligade Stigson med ett saligt smil på läpparna.

– Kunde hon prata också, frågade Bäckström.

– Visst, sa Stigson och nickade. Hon var jättetrevlig och tur att jag hade bandspelaren med mig för som hon såg ut, jag menar med den kroppen…

– Men för helvete, avbröt Annika Carlsson. Berätta vad hon sa.

Nu är det bäst att knätofsen passar sig, tänkte Bäckström. Carlsson är ju alldeles svart i synen så snart sliter hon väl armar och ben av lille Stigson, tänkte han.

– Visst, visst, sa Stigson som fått plötslig fått färg på kinderna. Bläddrade nervöst i sina papper och började läsa på nytt.

Vittnet Britt-Marie Andersson uppger i sammanfattning följande, läste Stigson.

Vid tiotiden på onsdagskvällen har fru Holmberg ringt fru Andersson och bett henne om hjälp med grannen Danielsson. Fru Andersson har gått ner till Danielsson och ringt på hans dörr varpå Danielsson öppnat och då verkat påtagligt berusad. Hon har sagt åt honom att dämpa sig och om han inte gör det har hon hotat med att ringa polisen. Danielsson har bett om ursäkt och därefter stängt dörren till sin lägenhet. Fru Andersson har stått kvar ett par minuter utanför dörren och lyssnat men när grammofonen stängts av har hon tagit hissen upp till sin egen lägenhet. Ungefär en kvart senare har Danielsson ringt till fru Andersson på hennes bostadstelefon. Han har skällt på henne och varit allmänt oförskämd. Sagt åt henne att hon inte skulle lägga sig i sådant som inte angick henne. Därefter har han slängt på luren och enligt fru Anderssons egen uppskattning var klockan då ungefär halv elva på kvällen.

– Verkar stämma bra det, insköt Alm. Jag fick de första telefonlistorna strax före mötet. Enligt telefonlistan som avser vårt offers telefon, grannarnas i huset har jag inte fått in än, har han ringt från sin bostadstelefon till en annan fast telefon klockan tjugotvå och tjugosju på kvällen. Strax före halv elva alltså. Ge mig förhöret med Andersson, sa Alm.

– Jajamänsan, sa Stigson och gav Alm en maskinskriven A4.

– Ja, sa Alm och nickade efter ett snabbt ögonkast på papperet han fått. Det är numret till Anderssons bostadstelefon. Sista samtalet som Danielsson ringer för övrigt.

För sedan så blir han ihjälslagen och rånad av den gamle eldsjälen Rolle Stålhammar, tänkte Bäckström som hade svårt att dölja sin förtjusning.

– Det är en annan sak som stör mig lite grann. Kanske lika bra att jag nämner det nu innan jag glömmer bort det, sa Alm och såg av någon anledning på Bäckström.

– Ja, det kanske är lugnast det, sa Bäckström och log vänligt.

– När jag gjorde slagningen på Stålhammar noterade jag att han bor på Järnvägsgatan i Sundbyberg. Det är bara några hundra meter från Ekensbergsgatan där den där polacken hittade regnrocken och det där andra, tofflorna och diskhandskarna. Ligger i den naturliga gångriktningen om jag så säger. Om man skall gå närmaste vägen hem från Hasselstigen till Järnvägsgatan så passerar man Ekensbergsgatan på ungefär det ställe där polacken hittade kläderna.

– Det säger du, sa Bäckström och log slugt. Vem hade kunnat tro det om en gammal ungdomsledare?

– Du, Stigson, fortsatte han. Den där kvinnan Andersson. Hon såg aldrig vem Danielssons gäst var? Eller du kanske glömde bort att fråga henne, med tanke på allt det där andra menar jag?

– Nej. Klart jag frågade det, sa Stigson och sneglade nervöst på kriminalinspektören Annika Carlsson. Det är klart det. Nej. Hon såg aldrig vem han var. Men när hon pratade med Danielsson så hörde hon att det var någon annan inne i vardagsrummet. Men hon gick ju aldrig in i lägenheten så hon hade inte sett vem det var.

– Jag har tänkt på en annan sak, sa Bäckström och såg av någon anledning på Alm.

– Ja?

– Du berättade i början att många av Danielssons gamla kompisar hört av sig direkt då de fått höra att han blivit mördad.

– Ja.

– Men inte Roland Stålhammar?

– Nej, bekräftade Alm. Han har inte hört av sig.

– Han om någon borde väl annars ha gjort det? Gammal polis och allt. Suttit och supit med offret strax innan han dog, konstaterade Bäckström belåtet.

– Ja, det stör mig också om du undrar, sa Alm. Om han nu vet om att Danielsson blivit mördad och det nu var han som var där kvällen före, helt säkra på det kan vi ju inte vara trots vad Gurra Kusk säger. I så fall stör det mig alldeles kolossalt.

– Mmhm, sa Bäckström och nickade begrundande. Nätet dras åt, tänkte han. Undrar just om jag hinner belöna mig själv med en liten dammsugare och en kaffetår med lite grädde på toppen, tänkte han.

– Vad tror ni om en liten bensträckare, förresten, sa Bäckström och tittade på klockan. Ska vi säga en kvart? Knappast rätt tidpunkt för ett ledningssamtal, tänkte han, när kollegan Carlsson, med mycket smala ögon, omgående stormade ut ur rummet.

Ingen hade haft några invändningar.

16

Jaha, ja, tänkte Bäckström när han och hans medarbetare slagit sig ner igen. Då återstår väl bara att knyta ihop säcken utan att förivra sig och ha för bråttom.

– Du, Nadja, sa Bäckström och nickade fryntligt mot Nadja Högberg, har du fått fram något mer om vårt offer?

Det mesta var väl klart enligt Nadja Högberg. Utom Danielssons gamla aktiebolag för det hade hon tänkt gå igenom i helgen. Dessutom verkade det finnas ett bankfack som hon ännu inte hade hittat. Nycklarna gick till ett fack på ett av Handelsbankens kontor som låg på Valhallavägen inne i Stockholm och så långt var det klart. Problemet var att varken Danielsson eller hans bolag, enligt banken, disponerade något fack på det kontoret. Numret på facket framgick heller inte av nycklarna och eftersom det fanns hundratals bankfack på bara det kontoret så var det inte alldeles enkelt.

– Banken och jag sliter med frågan, sa Nadja Högberg. Det kommer att lösa sig.

En sak som hon redan hade klarat av var alla buntarna med verifikationer som teknikerna hittat i Danielssons lägenhet.

– Det är massor, sa Nadja. Vinstbongar från Solvalla på mer än en halv miljon, taxikvitton, restaurangnotor och en massa andra fakturor som gäller allt ifrån inköp av kontorsmöbler till måleriarbeten i en lagerlokal ute i Flemingsberg söder om stan. Totalt handlar det om fakturor på mer än en miljon och alla avser de senaste månaderna.

– Fanskapet, måste varit en hävert på hästar, sa Bäckström som bara hade lyssnat med ett halvt öra. En halv miljon på några månader, tänkte han.

– Tror jag inte ett ögonblick, sa Nadja och skakade på huvudet. Att spela på hästar är ett nollsummespel. Har man tur och kan lite om hästar så går det kanske jämnt ut på sikt. Han har handlat med vinstbongar bara. Svårare än så är det inte och några av dem är säkert hans egna. Han säljer dem till någon som måste förklara för skattmasen hur han kunnat köpa en ny Mercedes trots att han inte haft några inkomster. Likadant med verifikationerna. Han har sålt dem till personer som använt dem för att göra kostnadsavdrag i sin rörelse. Kontakterna skaffade han sig säkert när han jobbade som redovisningsexpert och revisor och några märkvärdiga kunskaper krävs inte.

Fast bättre än att samla tomglas som alla andra gamla fyllon, tänkte Bäckström.

– Ursäkta, sa Alm och gjorde en ursäktande handrörelse eftersom det just ringde på hans mobil.

– Alm, sa Alm, och sedan hade han mest suttit och hummat i ett par minuter medan Bäckström blängde allt surare på honom.

– Ursäkta, sa Alm, när han avslutat samtalet.

– Så lite, sa Bäckström. Låt inte oss störa. Det var säkert jävligt viktigt.

– Det var Niemi, sa Alm. Jag passade på att ringa honom under bensträckaren och tipsa honom om Rolle Stålhammar.

– Är Stålhammar daktad, sa Bäckström. Varför har du inte sagt det?

– Nej, sa Alm och skakade på huvudet. Stålhammar är inte daktad men däremot lämnade han sina fingrar till Niemi i samband med ett gammalt mord i Stockholm för en massa år sedan. Stålhammar och hans kollega, var det inte Brännström han hette, hade gjort hembesök hos en gammal knarkare som bodde på Pipersgatan och i stort sett granne med Polishuset. Det var ingen hemma, men de hade passat på att rota genom hans kvart när de ändå var där. Brännström tyckte att det luktade lite lattjo i lägenheten och drog ut underdelen på en gammal bäddsoffa som stod i vardagsrummet. Där låg han som bodde där. Nerstuvad i sin egen bäddsoffa med en isdubb inslagen i skallen. Så när teknikerna kom fick både Rolle och Brännis lämna jämförelseavtryck så att man skulle kunna sortera bort deras fingrar.

– Du tror inte att det var de som gjorde det då, sa Bäckström och flinade förtjust. Jag har för mig att Brännström brukade åka långfärdsskridskor. Också en riktig jubelidiot, tänkte han. Han och Stålhammar måste ha varit rena radarparet. Två blinda som turas om att leda varandra.

– Det här var i juli, sa Alm. Offret hade legat där en vecka och om du ursäktar…

– Visst, sa Bäckström.

– För att komma till saken, sa Alm, så ringde Niemi för att berätta att han just jämfört Stålhammars fingrar med de avtryck han säkrat på bland annat glas, flaskor och bestick hemma hos Danielsson.

– Och, sa Bäckström.

– Ja, sa Alm. Det är Stålhammars fingrar.

– Kan man tänka sig, sa Bäckström. Den fine gamle mannen.

– Nu gör vi så här, sa Bäckström som just hade tänkt färdigt och att det bara tagit honom en halv minut visade väl att han började bli sig själv igen, tänkte han.

– Du Annika, sa han och nickade åt kollegan Carlsson. Du pratar med åklagaren om vad vi har på Stålhammar. Vore perfekt om vi bara kunde åka och hämta honom och sätta honom i finkan över helgen. Så kan vi börja härja med honom på måndag morgon. Tre dagar i finkan utan en droppe brännvin brukar bita bra på gamla alkisar.

– Jag ordnar det, sa Annika Carlsson och hon hade inte ens snörpt på munnen.

– Så kan väl du Nadja försöka hitta numret på Danielssons bankfack. Säkert knökfullt med en massa gamla kvitton och annan skit. Ta det med åklagaren också förresten så det slipper bli en massa snack efteråt.

– Offrets gamla kompisar, fortsatte Bäckström och nickade åt Alm. Ta fram foton på dem så kör vi ett nytt varv bland grannarna och ser om vi inte kan få fram några ögonvittnen också. Helst sådana som sett Stålhammar lulla runt i kvarteret iförd tofflor, diskhandskar och en nerblodad regnrock.

– Jag har redan gjort det på elva av dem, sa Alm, och grävde fram en plastficka ur sin pärm. Körkortsfoton eller passfoton på samtliga. Dessutom slagningslistor. Det är väl möjligt att vi måste komplettera efter hand men Stålhammar finns redan med.

– Finemang, sa Bäckström. Då tänkte jag börja med att låna dina foton, sa Bäckström utan att tala om varför. Nu är det tuta och köra som gäller, Alm. Stålhammar har prio ett och allt annat har ingen prio alls. Överens?

Alm hade nöjt sig med att nicka och rycka på axlarna. Som alla dåliga förlorare, tänkte Bäckström.

– Du följer med mig, sa Bäckström och pekade med ett tjockt pekfinger på polisassistenten Stigson. Så ska vi åka förbi hemma hos Stålhammar och slå en diskret liten flukt och se vad fanskapet har för sig. Ja, det var väl det hela, tills vidare åtminstone.

– Jag då, sa Felicia Pettersson och pekade för säkerhets skull på sig själv.

– Du ja, sa Bäckström med extra tryck i stämman. Fundera på det där tidningsbudet. Han den där lille Sot… han Akofeli. Det är något med honom som inte stämmer.

– Men vad skulle han ha med Stålhammar att göra? Felicia såg frågande på Bäckström.

– Bra fråga, sa Bäckström som redan var på väg ut. Tål att fundera på, Felicia, upprepade han. Så fick även Sothönan lite gott att suga på, tänkte Bäckström. Vad fan nu Akofeli hade med deras gärningsman att göra? Icke ett pillekvitt om du frågar mig, tänkte han.

– Fixa en bil åt oss Stigson, sa Bäckström så fort de kommit på säkert avstånd från Annika Carlssons känsliga öron.

– Redan klart, sa Stigson. Stålhammars adress har jag. Järnvägsgatan nummer…

– Tar vi sedan, avbröt Bäckström. Ring den där kvinnan Andersson på Hasselstigen och fråga om vi kan titta förbi.

– Visst, visst, sa Stigson. Chefen tänkte visa bilder på Stålhammar för henne?

– Först tänkte jag passa på att kika på hennes lökar, sa Bäckström som började må som vanligt igen. Allt har sin tid, så även bilderna på Stålhammar, tänkte han.

– Lökar, sa Stigson, suckade och skakade avvärjande på sin rakade skalle. Jag lovar chefen. Här snackar vi meloner, jättemeloner.

17

Men för helvete, tänkte Bäckström så fort hon hade öppnat dörren. Britt-Marie Andersson var ju en gammal kärring! Måste vara sextio bast, minst, tänkte han. Själv en man i sina bästa år som skulle fylla femtiofem först till hösten.

Stort blont hår, porslinsblå ögon, röd mun, tänder som var så vita att de säkert var av riktigt porslin, solariebrun, den blommiga klänningen avtagen en bra bit ovanför knäna, generös urringning och sova på magen var inte att tänka på. Vilket jävla öde, tänkte Bäckström. Sextio bast och den Bäckströmska supersalamin hade hon därmed missat långt före millennieskiftet.

För att göra bilden komplett hade hon även en liten hund som for runt och bjäbbade. En sådan där mexikansk kackerlacka som man kunde dränka i en tekopp och som för säkerhets skull hette Puttegubben.

– Såja, såja, lugnade matte, tog upp kräket och pussade honom på nosen.

– Lilla Puttegubben blir alltid sotis när matte får herrbesök, förklarade fru Andersson, blinkade och log med sin röda mun.

Då ska du nog passa dig för att köra en trekant med honom och lille Stigson, tänkte Bäckström som för övrigt sällan missade ett tillfälle att tänka i sådana banor.

Sedan hade han snabbt plockat fram bilderna på Danielssons kompisar för att få ett slut på eländet och komma därifrån någon gång. Deras värdinna hade satt sig i en låg rosafärgad plyschfåtölj och placerat sina besökare i den blommiga soffan mitt emot. Allt medan Puttegubben på nytt for runt och bjäbbade tills hans matte förbarmade sig och tog upp honom i knät.

Fast knätofsdansaren hade varit salig. Rena pedofilstuket fast tvärtom, tänkte Bäckström, och när kärringen Andersson lutat sig fram över bordet för att kunna titta närmare på fyllskallen Danielssons alla fyllskallekompisar hade lille Stigson blivit alldeles blank på ögonen.

– Jag känner igen nästan alla, sa fru Andersson. Rätade på sig och djupandades för säkerhets skull medan hon log stort mot sina besökare. Det är ju Danielssons gamla kamrater. De har ränt här i alla år som jag har bott här och jag tror aldrig att jag har sett någon av dem nykter. Är inte den där någon gammal före detta polis förresten, frågade hon samtidigt som hon placerade sin långa röda pekfingernagel på Roland Stålhammars passfoto.

– Jo, sa Bäckström. Pensionerad.

– Då var det väl han då som var hemma hos Danielsson och levde rövare samma kväll som han blev ihjälslagen.

– Varför tror fru Andersson det, frågade Bäckström.

– Jag såg honom när jag var ute med Puttegubben, sa Britt-Marie Andersson. Han kom promenerande på Råsundavägen. Det var vid åttatiden någon gång. Han kan mycket väl ha varit på väg hem till Danielsson.

– Men den som var inne hos Danielsson såg ni aldrig, sa Bäckström samtidigt som han gav Stigson onda ögat.

– Nej, den såg jag aldrig, sa fru Andersson. Men jag vet inte hur många gånger jag har sett den där Rolle, så heter han väl har jag för mig, ränna ut och in hos Danielsson.

– Någon annan, sa Bäckström och nickade mot högen av foton.

– Det där är faktiskt min före detta svåger, Halvar Söderman, sa fru Andersson och pekade på fotot av före detta bilhandlaren Halvar "Halvan" Söderman, sjuttioett år. Jag var gift med hans äldre bror, Per Söderman, Per A Söderman, förtydligade fru Andersson med särskild betoning på A:et.

– En helt annan människa än sin yngre bror för han är en riktig slarver. Det kan jag försäkra, men min make gick tyvärr bort för tio år sedan.

Dog säkert av nedfallande gods, tänkte Bäckström. Sneglade en sista gång på Britt-Marie Anderssons onekligen aktningsvärda behag, tackade för hjälpen, fick med sig en motvillig Stigson och tog adjö. Stigson såg ut som om Bäckström hade slitit hjärtat ur kroppen på honom och mot alla reglementen hade han böjt sig fram och kramat om kärringen innan de äntligen kom därifrån.

– Vilken kvinna, vilken kvinna, suckade Jan O. Stigson, när han satt sig bakom ratten för att köra dem till Järnvägsgatan så de kunde ta en diskret liten titt på Stålhammars bostad.

– Du har inte tänkt på att hon kan vara mormor till dig, frågade Bäckström.

– Snarare morsa, invände Stigson. Tänk dig det Bäckström. Att du hade en morsa med den kroppen.

– Du gillar din lilla mamma, sa Bäckström försåtligt. Samma moder som måste ha utsatt honom för tidiga incestuösa övergrepp, tänkte han.

– Det gör väl alla, sa polisassistenten Stigson och såg förvånat på sin chef. Älskar sin mamma menar jag.

Definitivt ett incestoffer. Stackars jävel, tänkte Bäckström och nöjde sig med att nicka.

18

Bäckström hade gjort det enligt boken. Först hade han låtit Stigson köra några vändor i kvarteren runt Stålhammars bostad. Inte minsta spår av honom.

Sedan hade de tagit sig in i huset där han bodde och lyssnat genom brevlådan till hans lägenhet. Inte ett ljud.

Då hade Bäckström ringt honom på hans bostadstelefon. Ett flertal signaler från lägenheten därinne men de hade inte utlöst några hörbara mänskliga aktiviteter.

Då hade han ringt honom på hans mobil.

– Rolle, grymtade Stålhammar, men Bäckström hade inte sagt ett ljud. Hallå, hallå, upprepade Stålhammar. Då hade Bäckström avslutat samtalet.

– Jag är hundra på att han har dragit, sa Bäckström och nickade till Stigson i samma ögonblick som Stålhammars granne hade öppnat dörren och ställt sig och glott på dem. En liten senig gubbjävel på cirkus sjuttio bast, tänkte Bäckström.

Sådant hände sällan enligt boken men Bäckström hade naturligtvis löst det uppkomna läget.

– Vet du vart Rolle har tagit vägen, frågade Bäckström med fryntlig min. Det är en gammal kompis till oss och vi skulle behöva snacka med honom.

– Ja, det behöver man väl inte vara något större snille för att räkna ut, väste gubben och blängde på Bäckströms hawaiiskjorta och Stigsons rakade skalle.

Några upplysningar i övrigt hade han inte och om de inte genast pallrade sig därifrån skulle han ringa efter radiopolisen.

På vägen tillbaka till polishuset hade Bäckström förklarat de vanliga självklarheterna för Stigson. Att han skulle tala med span så att de höll koll på Stålhammars adress och omgående hörde av sig till Annika Carlsson om han nu skulle dyka upp. Att ge Stålhammars mobilnummer till de kolleger som höll på med mobilspaning för att se om de möjligtvis kunde hitta masten där Stålhammar befann sig när han svarade.

– Du antecknade tiden då jag ringde, sa Bäckström.

– Fjorton fyrtiofem och tjugo, nickade Stigson. Det är lugnt chefen, försäkrade han.

När han steg ur bilen nere i garaget hade han stött ihop med kollegan Annika Carlsson som utbett sig ett samtal med Bäckström och gett Stigson onda ögat.

– Vad kan jag hjälpa dig med, Annika, sa Bäckström och log milt.

– Jag har talat med åklagaren. Det är Tove som skall hålla i det. Det är en jätteschysst tjej, försäkrade hon.

Så henne har du också varit på, tänkte Bäckström. Att säga det hade däremot varit oklokt. Vem vill inleda helgen med att få skallen spräckt, tänkte han.

– Ska du eller jag hålla kollen under helgen, fortsatte Carlsson.

– Vore fint om du kunde ta det, sa Bäckström. Jag ligger lite knackigt till från förra jobbet nämligen. Jag var tvungen att ta ut alldeles för mycket övertid på slutet och eftersom jag vill vara med om det skulle hetta till så tänkte jag vara ledig i helgen, ljög Bäckström.

Inga problem, enligt Carlsson.

När Bäckström återvänt till sitt rum för att packa ihop det nödvändigaste och se till att komma hem någon gång hade Niemi plötsligt stuckit in näsan och haft en massa synpunkter.

– Kan jag slå mig ner, sa Niemi och eftersom han redan hade satt sig hade Bäckström fått nöja sig med en nick.

– Vad kan jag göra för dig då, sa Bäckström. Lappjävel, tänkte han.

Inte så mycket enligt Niemi. Frågan var väl snarast vad han kunde göra för Bäckström.

– Ett råd i all välmening, sa Niemi.

– Jag lyssnar, sa Bäckström.

– Jag tror du ska ta det lugnt med Rolle Stålhammar, sa Niemi. Han är inte den där typen som behöver ett grytlock för att släcka ljuset för en sådan där som Danielsson. Dessutom var de polare. Här känns han helt fel.

– Verkligen, sa Bäckström och log fryntligt. Rätta mig om jag har fel men först sitter Danielsson och Stålhammar och super och lever rövare fram till cirkus kvart över tio på kvällen. Sedan kommer grannen ner och skäller ut dem. Strax efteråt blir Danielsson ihjälslagen. Men inte av Stålhammar för han har redan lommat hem för att sova sin skönhetssömn. Istället har det i stort sett omgående dykt upp en okänd gärningsman, osynlig och ljudlös och spårlös, för varken du eller Fernandez tycks ju ha hittat minsta lilla efter honom, trots att det tydligen var han som bankade ihjäl Danielsson. Är det rätt uppfattat?

– Jag vet att det låter konstigt, sa Niemi, men…

– Är det rätt uppfattat, upprepade Bäckström och glodde surt på Niemi.

– Ja, eftersom jag inte tror att Rolle skulle göra något sådant mot en kompis, så är det väl så det måste ha gått till. Hur otroligt det än kan låta.

– Det tror däremot inte jag, sa Bäckström. Och nu får du faktiskt ursäkta.

Niemi hade ryckt på axlarna, önskat trevlig helg och gått därifrån. Bäckström hade nöjt sig med en kort nick. Sedan hade han lämnat det dårhus som numera var hans arbetsplats och promenerat hela vägen hem.

19

En timme senare satt Bäckström vid köksbordet i sin trevna lya och medan han svettade av sig det värsta hade han plockat fram papper och penna för att få lite ordning på sitt nya liv.

Få se nu, tänkte Bäckström, och blötte pennan mot tungan. Först två dygns fasta, tänkte han. Absolut renlevnad in i minsta detalj, enbart grönsaker, vatten och annat godis. Så åter till ett mer balanserat dietprogram under två dagar och om han nu hade räknat rätt borde han, enligt Bäckströmmetoden, kunna ta sig en rejäl bläcka redan på söndag. Det fixar jag lätt, tänkte Bäckström.

Det hade blivit tidigare än så eftersom han redan på fredag kväll fått en uppenbarelse.

Först hade han ställt sig i duschen, frotterat sig noga efteråt, satt på sig morgonrocken, satt sig i soffan och tittat på filmen som doktorn hade gett honom. Sett hela filmen. Satt på sig träningskläder, promenerat runt halva Kungsholmen och klämt i sig tre lättöl så fort han klivit innanför dörren igen. Det hade inte hjälpt. Örnen hade på nytt flugit in i kraftledningen.

I det läget hade han inte haft något val. Tagit en brun och en blå, fallit ihop som en klubbad säl och där någonstans, mellan sömn och dvala, hade han fått en gudomlig uppenbarelse.

Det hade varit mörkt och lite dimmigt i hans sovrum, hur det nu kunde komma sig, när plötsligt en lång och mager gammal man som bar vita kläder och hade skägg ner till naveln, hade klivit fram till hans säng, lagt sin blåådriga hand på hans axel och talat till honom.

– Min son, sa gubben. Min son, lyssnar du på mig?

Vadå farsan, tänkte Bäckström förvirrat, eftersom det här var en mager gammal stöt med vitt skägg som inte var det minsta lik den rödbrusiga fyllskalle som varit överkonstapel på polisstationen i Maria, och som enligt hans tokiga morsa även var upphovsman till Bäckström.

– Herre Gud, tänkte Bäckström som plötsligt fattade hur det låg till. Herre Gud!

– Min son, upprepade den skäggiga. Hör du vad jag säger?

– Jag lyssnar, far, sa Bäckström.

– Det liv du lever är inte längre helt utan delat, mullrade gubben. Du har slagit in på fel vägar min son, du har lyssnat till de falska profeterna.

– Förlåt pappa, pep Bäckström.

– Gå i frid min son, sa gubben och klappade honom på nytt på axeln. Se till att åter vandra den rätta vägen. Bli en hel människa igen.

– Jag lovar far, sa Bäckström, satte sig upp i sängen och var plötsligt klarvaken.

Budskapet han fått var tydligt nog. Han hade duschat på nytt, satt på sig byxor, en ren skjorta och kavaj. När han klev ut på gatan hade han höjt ögonen mot det oändliga blå ovanför sitt runda huvud och tackat sin Herre och Skapare.

– Du ska ha stort tack, Pappa, sa Bäckström, och två minuter senare satt han vid det vanliga bordet på sin kära gamla kvarterskrog.

– Var fan har du varit, Bäckström, sa servitrisen, som var finska och till och från brukade få sig en ordentlig genomkörare i Bäckströms Hästenssäng, förutsatt att han inte hade något bättre för sig, förstås.

– Spaningsmord, sa Bäckström manligt och korthugget. Legat i som en rem hela veckan men nu har jag äntligen fått grejerna på plats.

– Vojne, vojne. Det är tur att de har dig, Bäckström. Då kan du behöva lite gott, sa servitrisen och log moderligt.

– Självklart, sa Bäckström. Sedan hade han beställt in en stor stark och en rejäl rackare före maten.

Isterband med rödbetor och stuvad potatis. För säkerhets skull hade han också backat upp med lite leverpastej och några stekta ägg på ett par assietter vid sidan om. Sedan hade han firat helg som han alltid haft för sed och när han tog taxi till jobbet vid niotiden på måndag morgon hade han redan slängt den galne doktorns film i soppåsen. Bara man orkade titta efter ordentligt såg man ju dessutom att han och blöjnissen inte var det minsta lika varandra.

– Falska profeter, fnös Bäckström.

– Ursäkta, sa taxichauffören och såg förvånat på honom.

– Polishuset i Solna och det gör inte mig någonting om du kommer fram i dag, sa Bäckström som numera var Bäckström igen.

20

När Bäckström kom in på sitt tjänsterum låg det en lapp på hans bord från den kollega i huset som hade hand om mobilspaningen. Bäckströms busringning till Stålhammar på fredag eftermiddag hade till sist landat i en mast på andra sidan Öresund, i centrala Köpenhamn.

– Kunde ge mig fan på det, morrade Bäckström och ringde upp Annika Carlsson på sin mobil.

– God förmiddag, Bäckström, sa Carlsson.

– Skit i det nu, svarade Bäckström på sitt mest artiga vis. Den där jävla Stålhammar tycks ha dragit till Köpenhamn.

– Inte nu längre, sa Annika Carlsson. De ringde just från vakten och påstod att han satt nere i vestibulen. Han vill träffa oss.

Tio minuter senare satt Bäckström, Carlsson och Stålhammar i ett förhörsrum på krim. Stålhammar verkade ha haft en hektisk helg av klädseln och utseendet att döma. Tredagarsstubb, svett, otvättade kläder och lukt av både gammal och ny fylla. I övrigt var han sig lik. En stor grov karl, med skarpa, fårade anletsdrag och utan en strimma fett på den muskulösa kroppen.

– Det är för jävligt Bäckström, sa Stålhammar och gned med högerknogen i ögonvrån. Vad är det för jävla gangsters som slagit ihjäl Kalle?

– Vi hade hoppats att du skulle kunna hjälpa oss med den frågan, sa Bäckström. Så vi har letat efter dig i flera dagar.

– Drog ner till Malmö i torsdags morse, sa Stålhammar och kliade sina röda ögon. Det var väl då det hände om jag fattat saken rätt.

– Vad gjorde du i Malmö då, frågade Bäckström. Här är det jag som ställer frågorna, tänkte han.

– Har en gammal krok därnere. Jävla skarp donna, så när Kalle och jag satte en vinnare i onsdags, och man plötsligt gick med tio papp i lädret, var det inte så mycket att om. Tog tåget ner. Har

svårt för de där jävla planen. Satan så trånga. Måste fan vara ben-
amputerad japan för att få plats. Ingen servering har de heller. Tog
morgontåget. Var framme strax efter lunch.

– Har hon något namn, frågade Bäckström.

– Vem, sa Stålhammar och tittade förvånat på Annika Carls-
son.

– Donnan nere i Malmö, förtydligade Bäckström.

– Klart hon har, sa Stålhammar. Marja Olsson. Bor på Staffansvä-
gen fyra. Står i katalogen. Jobbar som undersköterska på sjukhuset
där nere. Hon hämtade upp mig på Centralen i Malmö. Du får gärna
ringa henne om du inte tror mig.

– Vad gjorde ni sedan då, sa Bäckström.

– Sedan gick vi inte utanför dörren förrän på fredag då vi åkte
till Köpenhamn och åt en jävla ordentlig lunch. Höll på hela dagen
och halva natten.

– Sedan då?

– Ja sedan åkte vi väl tillbaks. Någon gång frampå morgonkulan.
Till Malmö alltså. Hem till Marja då, och där blev det väl som
vanligt igen. Var ute och handlade lite på lördagen innan bolaget
stängde. Sedan gick vi loss igen.

– Ni gick loss igen?

– Visst, sa Stålhammar och suckade. Hon har en jävla kondis den
tjejen och själv har man ju varit piggare. Kom väl inte ur bingen
förrän på söndag kväll då Blixten ringde på mobben och berättade
vad som hänt.

– Blixten?

– Björn Johansson. En annan gammal polare från plugget. Du
kanske vet vem han är? Känd man på byn. Gammal Solnaprofil. Det
var han som hade Blixtens el nere i Sumpan men nu har grabben
hans tagit över. Ja, han berätta vad som hade hänt, och då var det ju
inte läge att ligga och häcka nere i Malmö längre, så jag tog nattåget
upp för att hjälpa er att få tag på den fan som slagit ihjäl Kalle.

– Det var snällt av dig, Roland, sa Bäckström. Verkar som den
gode Stålis ändå tänkt till mellan alla suparna och bestämt sig för
att streta emot lite, tänkte han.

– Ja, vad fan. Det är klart jag ställer upp. Så nu är jag här, alltså,
förtydligade han.

Det hade tagit två timmar att utreda vad Stålhammar haft för sig från torsdag morgon, då han plötsligt rest till Köpenhamn, fram till måndag morgon, då han dykt upp i polishuset i Solna. Sedan hade man brutit för lunch.

Bäckström hade bunkrat upp rejält eftersom han insåg att det här kunde bli en seg historia. Köttbullar och potatismos med gräddsås och både dammsugare och mazarin den här gången. Annika Carlsson hade tagit en snabb pastasallad och en mineralvatten innan hon sett till att Alm och de andra började kontrollera de uppgifter som Roland Stålhammar lämnat om sin vistelse i Malmö och Köpenhamn. Stålhammar hade nöjt sig med en smörgås och en kopp kaffe som Annika hämtat åt honom nere i cafeterian.

Nu börjar vi närma oss, tänkte Bäckström när man väl var på plats igen. Stålhammar hade dessutom börjat svettas på ett ganska lovande sätt och när han fört kaffekoppen till munnen hade han för säkerhets skull använt båda händerna.

– Du var på Solvalla i onsdags förra veckan, onsdag den fjortonde maj, sa Bäckström. Kan du berätta om det?

Han hade kommit dit redan vid fyratiden på eftermiddagen för att titta på värmningen och gå runt och lyssna lite bland de gamla polarna.

– Värmningen, frågade Annika Carlsson, som inte hade sagt så mycket före lunch.

Stålhammar hade förklarat. När man tog ut hästarna på banan före loppet för att värma upp dem.

– Som att stretcha, du vet. Värma upp alltså. Innan du ger dig ut och kutar på riktigt, förklarade Stålhammar.

Någon timme senare hade Kalle Danielsson dykt upp. De hade pratat med Gunnar Gustafsson som försäkrat att hans tips från dagen före fortfarande stod sig. Instant Justice hade skött sig perfekt under den första värmningen. Hans gamla skada verkade ha läkt ihop.

– Enligt Gurra var det en helt annan häst, sa Stålhammar. Inte så jävla het längre men samma fenomenala fysik. Det där är ett riktigt jävla lokomotiv om du frågar mig, Bäckström.

– Hur fick ni kontakt med varandra ute på Valla, frågade Annika Carlsson. Hade ni bestämt före var ni skulle träffas eller?

– Han ringde väl mig på sin mobil, sa Stålhammar och skakade på huvudet. Antar jag åtminstone, sa han.

– Så Kalle hade en mobil, sa Annika.

– Har väl alla nu för tiden, sa Stålhammar och såg förvånat på henne.

– Har du hans nummer? Numret till hans mobil, förtydligade Bäckström.

– Näej, sa Stålhammar och skakade på huvudet. Varför skulle jag ha det? Jag brukade ringa honom hem eller också sprang vi på varandra ute på stan. Var han inte hemma så brukade jag lämna meddelande på svararen. Så brukade han höra av sig. Dessutom hade han numret till min mobbe.

– Vänta nu Roland, envisades Bäckström. Det är klart att du måste ha Danielssons mobilnummer. Det här är något som inte stämmer, tänkte han.

– Nej, sa Stålhammar. Hör du inte vad jag säger, upprepade han och glodde surt på Bäckström.

– Har du sett om Danielsson hade någon mobil, frågade Carlsson. Är du säker på det? Det här är något som inte stämmer, tänkte hon.

– Nu när du säger det så har jag faktiskt inte det, sa Stålhammar.

Suck, tänkte Bäckström, utväxlade ett ögonkast med sin kollega, och bestämde sig för att byta spår.

– Vi tar det sedan, sa Bäckström. Du och Danielsson lär ha vunnit en massa pengar, sa han.

Han och Danielsson hade satt femhundra kronor vinnare på en pånyttfödd Instant Justice, delat på kupongen, och två minuter efter start var de drygt tjugotusen rikare.

– Sedan då, sa Bäckström.

– Kalle tog ut pengarna, sa Stålhammar, och sedan tog han en brännare hem för att fixa med middagen. Vi skulle ju ändå ses hemma hos honom och käka en bit så jag tyckte det var bäst. Så man inte blev frestad. När man börjar dra mot de sjuttio har man lärt känna sig själv, förklarade han.

– Helt rätt tänkt också, fortsatte Stålhammar, för redan efter nästa löp var jag helt gul. Var tvungen att låna en hundring av en gammal polare så jag inte skulle behöva gå hem till Kalle. Klockan var ju närmare åtta redan och man vill ju inte sitta och käka mitt i natten. Ja, om vi inte snackar vickning, förstås.

Suck, tänkte Bäckström.

– Har han något namn, frågade han.

– Vem då, sa Stålhammar och skakade förvånat på huvudet. Kalle?

– Han som du lånade hundringen av.

– Blixten, sa Stålhammar. Det trodde jag att jag hade sagt. Snackade vi inte om honom före lunch?

– Du tog taxi hem till Danielsson. Hem till Hasselstigen ett, frågade Bäckström som hade Britt-Marie Anderssons vittnesmål i färskt minne.

– Visst, sa Stålhammar och nickade.

– Det är du helt säker på, sa Bäckström.

– Nej, fan heller när jag tänker efter. Hundringen räckte ju inte och den där snåla irakiern som körde sparka av mig på Råsundavägen. I och för sig inte hela världen för det var bara några hundra meter från Kalles port, så det fick bli apostlahästarna sista biten.

– Tog du något kvitto?

– Skulle göra, sa Stålhammar. Brukar ge alla kvitton till Kalle. Han brukar visst kränga dem till någon gammal polare som säljer vitvaror. Men blatten bara drog.

– Så du gick sista biten, konstaterade Bäckström. Han är inte helt bakom flötet den gamle fyllskallen, tänkte han.

– Sedan då, sa Bäckström.

Först hade man delat på pengarna. Nästan åtminstone. Stålhammar hade fått 10 300 i näven, tio tusenlappar och tre hundringar, men eftersom Danielsson saknat växelmynt hade Stålhammar bjudit honom på den sista tian.

– Gammal polare, så det var väl inte hela världen, sa Stålhammar och ryckte på sina breda axlar.

Sedan hade man ätit, druckit och pratat. Börjat någon gång vid halv niotiden med fläsk och bruna bönor, några starköl och supar. När man klarat av maten hade Kalle blandat grogg på vodka och tonic medan Stålhammar föredrog att dricka rent. Man hade pratat ännu mer, både humöret och flaggan i topp, och Kalle hade lagt på några gamla plattor med Evert Taube.

– Den mannen kunde sina saker, sa Stålhammar med känsla. Det har väl fan inte skrivits en begriplig låt här i landet sedan Evert tog ner skylten.

– Hur länge spelade ni musik då, frågade Annika Carlsson.

– Ett bra tag, sa Stålhammar och såg förvånad på henne. Det var en sådan där gammal vinylare, en LP, och vi hade väl kört den åtminstone ett par gånger. Gamla Higland rover, en båt från Aberdeen, hon låg uti San Pedro och lasta gasolin, gnolade Stålhammar. Du hör ju själv, Carlsson. Texterna sitter fortfarande som en gammal sportkeps på huvudet, konstaterade han.

– Hur länge höll ni på och sjöng då, frågade Bäckström.

– Ja, tills någon tokig grannkärring ringde på dörren och började gapa och skrika. Jag stod ju i vardagsrummet och diggade Evert så jag slapp se eländet, men hördes gjorde hon ta mig fan.

– Vad var klockan då, envisades Bäckström.

– Inte den blekaste, sa Stålhammar och ryckte på sina breda axlar. Fast jag vet ju var den var när jag kom hem och ringde Marja för då tittade jag på uret före. Man vill ju inte ringa folk hem mitt i natten.

– Hur mycket var den då?

– Halv tolv om jag inte minns fel, sa Stålhammar. Jag minns att jag funderade på att det kanske var lite i senaste laget men sedan hade jag väl hunnit bli lite sugen också. Så jag tog mod till mig och slog en signal. Fast först hade jag firat hemma. Hade en skvätt i skafferiet och det var väl när jag tog den som jag bestämde att man kanske borde dra söderöver.

– När lämnade du Danielsson då, sa Bäckström. Hur vi nu kollar det där sista, tänkte han.

– Så fort kärringen började väsnas insåg jag väl att det var läge att gå hem och knoppa. Så jag tog adjö av Kalle och lommade hem. Tog högst tio minuter inklusive ett och annat snedsteg på vägen, sa Stålhammar, log och skakade på huvudet. Trycket hade ju gått ur partyt så att säga och Kalle hade kroknat och ringt upp kärringen som varit nere och skällt. Stod och gafflade med henne när jag gick.

– Danielsson stod i telefon och skällde på grannen när du gick, upprepade Bäckström.

– Precis, instämde Stålhammar. Så det var liksom läge att knalla hem och få lite lugn och ro.

– Nog är det bra jävligt, fortsatte Stålhammar och gned sig på nytt med knogen i ögonvrån.

Medan jag ligger där och slaggar och drömmer ljuva drömmar

om Marja, så är det någon jävla galning som bryter sig in hemma hos Kalle och slår ihjäl honom.

– Varför tror du att någon bröt sig in, frågade Bäckström.

– Det påstod åtminstone Blixten, sa Stålhammar och såg förvånat först på Bäckström och sedan på Annika Carlsson. Enligt vad han hade hört skulle dörrjäveln till Kalles lägenhet ha hängt och flaggat på trekvart. Någon jävel som brutit sig in och rånat honom. Slagit ihjäl honom när han låg och sov.

– När du gick, sa Bäckström avledande. Minns du om Kalle låste dörren då?

– Gjorde han alltid. Kalle var en försiktig man, sa Stålhammar. Inte för att jag tänkte på det då, men det är jag hundra på att han gjorde. Jag brukade retas med honom för det. Att han alltid låste om sig. Själv låser jag aldrig när jag är hemma.

– Var han rädd för någon, frågade Bäckström. Eftersom han alltid låste.

– Han ville väl inte att någon skulle ta sig in och sno hans grejor. Han hade ju en hel del värdefulla prylar.

– Som vadå, sa Bäckström som varit på plats och sett eländet med egna ögon. Morsning, tänkte han.

– Jaa, sa Stålhammar, och såg ut som han tänkte skarpt. Hans gamla skivsamling måste ha varit värd en hel del schaber. Och det där skrivbordet som han hade, kostade ju multum.

– Det där som stod i hans sovrum, sa Bäckström. Hur man nu kånkade ut det och hur en sådan som Stålhammar kunde fått bli polis, tänkte han.

– Precis. Stålhammar nickade. Antika grejor. Kalle hade en hel del sådant. Äkta mattor och en massa gamla fina saker.

– Jag har lite problem med det du säger, sa Bäckström. När vi hittade honom var dörren olåst, det fanns inga brytmärken på den. Inifrån kan man låsa den med nyckeln eller med vredet. Utifrån kan man bara låsa med nyckel. När kollegerna kom dit stod den på vid gavel, men det fanns inga märken på den. Teknikerna tror att när gärningsmannen gått därifrån så har han bara skjutit igen dörren men eftersom balkongdörren i vardagsrummet stod på glänt så har det blivit korsdrag och ytterdörren har åkt upp. Hur tolkar du det?

– Tolkar, sa Stålhammar förvånat. Om teknikerna säger så, så är det väl så. Det skall du fan inte fråga mig om. Jag är gammal spanare. Inte tekniker. Fråga Pelle Niemi eller någon av hans gubbar.

– Jag och kollegerna har tänkt i lite andra banor, sa Bäckström och nickade mot Annika Carlsson. Vi får för oss att Kalle Danielsson måste ha släppt in gärningsmannen för att det var någon som han kände och litade på. Sug på den du, tänkte han.

– Nu är du ute och far, Bäckström, sa Stålhammar och skakade på huvudet. Vem fan av oss gamla kompisar skulle ha anledning att slå ihjäl Kalle?

– Du har inga förslag, sa Bäckström. Jag och kollegan Carlsson hade hoppats på det nämligen.

– Ja, den enda av de gamla polarna som jag i så fall skulle kunna tänka mig är väl Manhattan. Av de gamla polarna menar jag. Som hade ett horn i sidan till Kalle, menar jag.

– Manhattan? Manhattan som ligger i New York?

– Nej, fan, sa Stålhammar. Som den där jävla sötsliskiga drinken på whisky och likör. Hur fan man kan komma på tanken att hälla likör i whisky? Borde fan vara straffbart.

– Manhattan, upprepade Bäckström.

– Manne Hansson, förklarade Stålhammar. Kallades Manhattan bland polarna. Jobbade som bartender på gamla Carlton under sin aktiva tid. Kunde vara en elak jävel när han fick brännvin i kroppen. Han gick med i något bolag på Kalles inrådan och det gick visst alldeles åt helvete. Då var han inte glad.

– Manne Hansson, upprepade Bäckström. Var får vi tag på honom då?

– Blir nog inte så lätt är jag rädd, sa Roland Stålhammar och flinade. Bästa tipset är väl Solna kyrkogård. Ungjävlarna hans strödde visst ut askan i minneslunden för att hålla nere kostnaderna.

– När var det då, sa Bäckström. Vad har jag gjort för att förtjäna det här, tänkte han.

– När Eldkvarn brann, sa Stålhammar. Åtminstone tio bast sedan om du frågar mig.

– Det är en sak som jag undrar över, Roland, sa Annika Carlsson. Du är ju gammal kollega så det där med att kolla telefoner, det kan du säkert lika bra som jag.

– Lite av tagen har man väl kvar, instämde Stålhammar med självmedveten min.

– När du lämnade Kalle Danielsson stod han i telefon och skällde på sin granne. Det samtalet har vi kollat. Det ringde han strax före klockan halv elva. Sedan säger du att du gick direkt hem till dig och att det tog dig uppskattningsvis tio minuter. Det skulle betyda att du kom hem ungefär tjugo minuter i elva.

– Stämmer bra det, sa Stålhammar och nickade.

– Sedan säger du att du ringde din väninna i Malmö vid halv tolvtiden.

– Ja, det minns jag. För då kollade jag på uret före. Ville inte ringa för sent som jag sa.

– Vad gjorde du under mellantiden då? Du kommer hem tjugo i elva och ringer henne halv tolv. Det är femtio minuter däremellan. Nästan en timme. Vad gjorde du då?

– Det har jag ju sagt, sa Stålhammar och såg förvånad ut.

– I så fall måste jag ha glömt det, sa Annika Carlsson. Berätta det igen är du snäll.

– Jag hade en skvätt kvar i skafferiet. Det var ju läge att fira också, så jag började med att dra i mig den. Sedan ringde jag Marja. Visst. Det började väl rinna till när jag satt där och tog en liten fösare, sa Stålhammar och log snett.

– Femtio minuter, upprepade Annika Carlsson och utböt ett snabbt ögonkast med Bäckström.

– Måste ha varit en rejäl skvätt, sa Bäckström.

– Nu ska du inte vara sådan, Bäckström, sa Stålhammar. Jag satt väl där och filosoferade helt enkelt.

– En helt annan sak, sa Bäckström. Minns du om Kalle Danielsson hade någon portfölj eller attachéväska. En sådan där lite finare historia i läder med lås i mässing.

– Ja, det hade han, sa Stålhammar och nickade. Ljusbrunt läder. Riktig sådan där direktörsväska. Såg den senast då jag var hemma och käkade hos honom den där kvällen innan han blev mördad. Det minns jag säkert.

– Det minns du, sa Bäckström. Varför minns du det?

– Han hade lagt den på teven, sa Stålhammar. Inne i vardagsrummet där vi satt och käkade. Jävla mysko ställe att lägga en väska på. Jag har visserligen ingen sådan där väska men om jag hade en så skulle jag väl knappast lägga den på teven. Varför undrar du det förresten?

– Den saknas, sa Bäckström.

– Jaha, sa Stålhammar och ryckte på axlarna. När jag gick därifrån hade han den kvar i varje fall. Då låg den fortfarande på teven.

– När vi kom dit på morgonen så hade han inte det, sa Bäckström. Du har ingen aning om vart den kan ha tagit vägen.

– Nu får du väl ändå ge dig Bäckström, sa Stålhammar och blängde på honom med sina djupt liggande ögon.

– Jag tror vi bryter här, sa Bäckström och nickade till sin kollega.

– Inte mig emot, sa Stålhammar. Behöver komma hem och ställa mig i duschen.

– Du måste nog ge oss några minuter till Roland, sa Annika Carlsson och log vänligt. Vi måste nog prata med åklagaren innan du går härifrån.

– Okej, sa Roland Stålhammar och ryckte på axlarna.

En timme senare hade biträdande chefsåklagaren, Tove Karlgren, beslutat att anhålla före detta kriminalinspektören Roland Stålhammar. Det var Bäckström och Carlsson som hade övertygat henne och trots att det mumlats en del i korridorerna hade hon gått på deras linje. Stålhammar hade haft gott om tid att både slå ihjäl Karl Danielsson och kasta kläder och annat på vägen hem. Det fanns åtskilligt som talade mot honom och mycket som man måste kolla. Skäligen misstänkt för mord och medan utredarna granskade hans uppgifter och gjorde husrannsakan i hans lägenhet var det lugnast för samtliga inblandade om Stålhammar satt i finkan.

Strax innan Bäckström gick hem för dagen hade Peter Niemi ringt honom på hans telefon. Det första beskedet från SKL om de blodiga kläderna hade just kommit på Niemis fax.

– Danielssons blod, konstaterade Bäckström innan han ens ställt frågan.

– Jojomensan, sa Niemi.

Men inga spår i övrigt som inte kom från Danielsson, enligt SKL och Niemi. Inga fibrer, hårstrån eller fingeravtryck. Återstod eventuella spår av DNA men det skulle ta ett tag att få fram.

Skit samma, tänkte Bäckström, och ringde efter en taxi.

21

Dagen därpå, på tisdagen efter lunch, hade spaningsstyrkan haft sitt tredje möte och samtliga inklusive deras två tekniker hade varit närvarande. Just som mötet skulle börja hade också chefen för Solnakriminalen, kommissarie Toivonen, kommit in i rummet. Nickat kort och glott surt på de som redan satt där, innan han själv slog sig ner längst bak i rummet.

Nio personer varav en riktig polis, tänkte Bäckström. I övrigt en ren finnkoling, en lappjävel, tillika finnkoling, en chilenare, en ryska, en yngre sothöna, en attackflata, en knätofsdansare och den käre gamle Lars Träskalle Alm, gravt förståndshandikappad sedan födseln, och vart fan är kåren på väg egentligen, tänkte han.

– Okej, sa Bäckström. Då kör vi. Hur går det med husisen hemma hos Stålhammar? Bäckström nickade uppfordrande åt Niemi.

Man var i stort sett klara enligt Niemi. För att göra en lång historia kort hade man heller inte hittat något som talade mot Stålhammar. Inte några oförklarliga kontantbelopp, inte några byxor med stänk av blod, inte någon dokumentväska med spår efter en tapetserarhammare.

Han har väl gömt undan grejorna och sett till att städa efter sig. All degen har han säkert grävt ner under en sten, tänkte Bäckström. Precis vad man kunde förvänta sig av det där ljushuvudet.

– Det lilla vi hittar talar snarast för Rolles egen version, sa Niemi.

– Vad skulle det vara då, frågade Bäckström. Kan man tänka sig. Nu är vi plötsligt Rolle med gärningsmannen, tänkte han.

På sängen i sovrummet hade man hittat lämningarna efter Stålhammars besök i Malmö och Köpenhamn. En halvt uppackad sportbag med kläder, rena och smutsiga om vart annat, en resenecessär, en halvt urdrucken flaska med Gammeldansk. Allt det där vanliga som en sådan som Stålhammar kunde tänkas ha med sig hem efter en kortare vistelse i Malmö och Köpenhamn.

– Plus en drös med kvitton, sa Niemi. Tågbiljetter tur och retur Malmö plus tur och retur Köpenhamn. Krognotor från fem olika krogar i Malmö och Köpenhamn. Ett tiotal taxikvitton och diverse annat. Totalt utlägg på drygt niotusen svenska kronor. De tider han uppgivit stämmer för övrigt med hans verifikationer.

– Som han hade sparat för att ge till sin gode vän kvittohandlaren Karl Danielsson. Så fort han kom hem, sa Bäckström och flinade. Hur jävla dum kan man bli, tänkte han.

– Enligt vad han själv säger, insköt Alm. Jag har hört honom om detta och det är vad han påstår. Men jag förstår hur du tänker, Bäckström.

– Vad har du gjort åt det då, frågade Bäckström och log.

– Jag pratade med kvinnan nere i Malmö som han varit tillsammans med. Telefonförhör, sa Alm. Frågade henne om samma sak. Då berättade hon spontant att hon själv hade reagerat och ställt frågan när de var i Köpenhamn. Hur det kom sig att Stålhammar plötsligt samlade på en massa kvitton. Då hade han berättat att han hade en kompis hemma i Stockholm som han brukade ge dem till.

– Kan man tänka sig, sa Bäckström och log fryntligt. Rolle Stålis som med stora åtbörder börjar plocka på sig kvitton varpå hans lilla flickvän undrar vad han ska med dem till. För det var väl knappast hans före detta arbetsgivare som ville ha dem.

– Som sagt, sa Alm. Jag förstår hur du tänker.

– Har du något mer, frågade Bäckström. Innan jag kavlar upp ärmarna och kör skiten ur Rolle Stålhammar, tänkte han.

– Det är ju det där med tiderna. De där femtio minuterna då han påstår att han suttit hemma och filosoferat innan han ringer till Marja Olsson nere i Malmö. Ringt till henne har han nämligen gjort. Klockan elva och tjugofem på kvällen så ringer han från sin fasta bostadstelefon till Marja Olssons bostadstelefon.

– Återstår fyrtiofem minuter för att tänka upphöjda tankar, konstaterade Bäckström. Vad har du gjort åt dem då?

– Till att börja med har jag provgått från Hasselstigen ett, via containern med klädfyndet på Ekensbergsgatan, hem till Stålhammars bostad på Järnvägsgatan. Det tar åtminstone en kvart om du inte skall halvspringa.

– Trettio minuter kvar, konstaterade Bäckström. Räcker gott för att banka in skallen på Danielsson. Sno hans stålar och byta till rena kläder. Kasta regnrock, tofflor och diskhandskar på vägen hem.

– I och för sig, instämde Alm. Problemet är hans granne. Om det han säger är riktigt så går det inte, sa han.

Jag visste det, tänkte Bäckström. Sammansvärjningen för att till varje pris hjälpa den gamle legenden Rolle att dra skägget ur brevlådan var tydligen i full gång.

Grannen hette Paul Englund, 73. Pensionerad vaktmästare vid Sjöhistoriska museet i Stockholm och för övrigt samme man som hotat Bäckström och Stigson med att han skulle ringa radiopolisen. Englund hade en son som arbetade som fotograf på tidningen Expressen och redan kvällen före hade han ringt sin pappa och berättat att hans granne numera satt anhållen misstänkt för mord. Det var möjligen inte så lyckat att nämnde granne stuckit åt hans far en reservnyckel till sin lägenhet. Så att sonen kunde få lite hemmahos-bilder från mördarens egen kula?

Pappa Englund hade bestämt avvisat varje tanke på något sådant. Någon nyckel hade han inte. Stålhammar var en stökig alkoholist och värsta sortens granne. Han välkomnade varje minut som han slapp ha honom på samma våningsplan och redan tidigt nästa morgon hade han ringt till Solnapolisen för att meddela sina iakttagelser av Stålhammar kvällen för mordet på Danielsson. Nu när han äntligen fick chansen att bli av med honom för gott. Om han verkligen insett konsekvenserna av det han ville berätta är det möjligen så att han istället valt att tiga.

– Vad säger han då, sa Bäckström.

– Att han såg Stålhammar gå in i porten till huset där de båda bor på onsdag kväll ungefär kvart i elva på kvällen. Han är helt säker på att det var Stålhammar han såg men eftersom han inte är så förtjust i honom och brukade undvika att prata med honom hade han väntat någon minut innan han själv följde efter.

– Morsning, sa Bäckström. Hur fan kan han vara så säker på det och vad gjorde han själv ute på stan mitt i natten? Hur kan han vara så säker på att klockan var kvart i elva? Var han nykter förresten, sa Bäckström. Det är väl som det brukar vara. Han har tagit fel på dag helt enkelt. Eller missat tiden med någon timme.

Eller sett någon annan granne. Om han inte bara hittat på alltihopa för att han vill göra sig märkvärdig eller för att han önskar skiten ur Stålhammar.

– Låt oss inte skena iväg nu, Bäckström, sa Alm som njöt av varje sekund. Om det nu ändå är som vittnet säger så kan Stålhammar näppelunda ha mördat Danielsson. Det kan i vart fall inte ha gått till som vi tror. Inte strax efter halv elva på kvällen.

– För att ta det i tur och ordning, fortsatte Alm. Varje kväll efter sena nyhetsprogrammet på teve fyra, det som slutar med vädret vid halv elva på kvällen, brukar Englund gå ut med sin tax. Han går alltid samma promenad runt kvarteret och det brukar ta honom och jycken ungefär en kvart. Fast inte den här kvällen för när han skall svänga till höger upp på Esplanaden så blir han stoppad av uniformerad polis som mer eller mindre schasar undan honom och säger åt honom att gå tillbaka samma väg han kom. Det gör han också. Motvilligt eftersom han väl är lika nyfiken som alla andra. Men när det inte händer något, han står kvar nere på Järnvägsgatan och lyssnar några minuter, så går han hem och när han är i höjd med grannfastigheten, vi pratar om tjugo meter från hans egen port, så ser han Stålhammar gå in i huset.

– Vad gör kollegerna från ordningen där då, frågade Bäckström.

– De har spärrat av Esplanaden eftersom piketen förbereder ett tillslag i en lägenhet hundra meter längre upp på gatan. Detta med anledning av ett tips om en misstänkt person som skulle vara inblandad i skjutningen och rånet ute på Bromma ett par dagar tidigare.

– Tiderna, sa Bäckström. Vad säger oss detta om tiderna?

– För det första att det måste vara efter halv elva onsdag kväll den fjortonde maj. Någon annan möjlighet finns inte. Tillslaget inleds vid den tiden med att kollegerna från ordningen försöker säkra området.

– Han och jycken kanske stod där och häckade i en halvtimme, sa Bäckström. Hur fan kan du vara så säker på att han inte gjorde det?

– Helt säker kan man aldrig vara, sa Alm. Jag vet bara vad han säger och jag har suttit och tjatat med honom i två timmar om detta.

– Och vad säger han mer då, sa Bäckström. Vore kul att få veta? Helst före jul, tänkte han.

– Han säger att han väntar några minuter, sedan går han hem, ser Stålhammar gå in genom porten, väntar någon minut för att slippa prata med honom innan han själv går in i huset, tar hissen upp till sin lägenhet. Så fort han kommit innanför dörren ringer han sin son. Ringer från sin mobiltelefon till sonens mobil. Lika nyfiken som alla andra kort sagt och sonen är faktiskt på plats uppe på Esplanaden när hans pappa ringer, eftersom tidningen redan fått tips om vad som är på gång.

– Och då är alltså klockan tio minuter i elva enligt den telefon-kontroll som vi gjorde i förmiddags, avslutade Alm.

– Det säger du, sa Bäckström och glodde surt på sin sagesman. Har gubbtjyven fast telefon i bostaden?

– Ja, sa Alm, och jag förstår vad du menar, Bäckström. Själv säger jag bara vad han sagt till mig.

– Man undrar ju onekligen varför han ringer på mobilen, sa Bäck-ström. En snål gammal gubbjävel som han. Varför mobilen?

– För att han redan hade mobilen i handen när han klev in i lägenheten. Enligt vad han säger, sa Alm.

– Jag är ledsen, Bäckström, fortsatte Alm, som inte verkade det minsta ledsen. Men det mesta talar ändå för att det är som Stålis säger. Att han lämnade Danielsson klockan halv elva, gick direkt hem, och var hemma hos sig en kvart i elva.

Bäckström hade föreslagit en bensträckare. Teknikerna hade varit tvungna att gå. Hade viktiga saker att ta itu med. Även Toivonen hade passat på att avvika. Av någon anledning verkade han betydligt gladare än när han kom. Han hade till och med nickat uppmunt-rande åt Bäckström när han gick.

– Grattis, Bäckström, sa Toivonen. Kul att du är dig lik.

22

Ännu ett tokigt vittne, tänkte Bäckström en kvart senare när han och spaningsstyrkan hade återsamlats. I värsta fall var det väl inte värre än att Stålhammar återvänt till Hasselstigen senare under natten och slagit ihjäl och rånat Danielsson. Precis vad man kunde vänta sig av en sådan som Stålis. Suttit där hemma på Järnvägsgatan och filosoferat över den sista skvätten då plötsligt alkoholdimman lättat i huvudet på honom och han blir klar över att tjugotusen är dubbelt så mycket som tio tusen. Varpå han lullat tillbaka hem till Danielsson och föreslagit att de ska fortsätta partaja. Iklätt sig hans regnrock, tofflor och diskhandskar och dunkat till honom med hans eget grytlock. Så kan det mycket väl ha gått till, tänkte han.

– Synpunkter, sa Bäckström och såg på de fem som satt kvar i rummet. Fem mindre vetande om man nu frågade honom. En ryska, en yngre sothöna, en attackflata, en knätofsdansare, en Träskalle och chefsskapets förbannelse, tänkte han.

– Jag är i alla fall inte villig att släppa Stålhammar, sa Annika Carlsson, och log uppmuntrande mot sin chef.

Det skall man behöva höra från en flatsmälla, tänkte Bäckström.

– Jag lyssnar, sa han.

– Blir det inte lite konstigt ändå att det skulle ha dykt upp en annan gärningsman hemma hos Danielsson precis som Stålhammar gått därifrån, sa Carlsson och såg på Alm.

– Han har kanske stått och väntat på att han skulle göra just det, sa Alm. Gå därifrån menar jag så han blev ensam med sitt offer.

– Så har han blivit insläppt också, envisades kriminalinspektören Carlsson. Vilket väl i så fall tyder på att det måste ha varit någon annan av Danielssons gamla kompisar. Har vi hunnit kolla dem förresten, tillade hon och nickade mot Alm.

– På gång, sa Alm och skruvade olustigt på axlarna.

– Jag är nog också böjd att hålla med Bäckström och Annika, sa Nadja Högberg. Har man vuxit upp i gamla Sovjetunionen som jag har gjort så har man slutat tro på tillfälligheter och vi har i vart fall inga uppgifter som tyder på att någon skulle ha bevakat Danielssons lägenhet. Jag är inte så förtjust i vårt vittne heller för den delen. Hur kan han vara så säker på att det var Stålhammar som han såg? Samme man som han tycks ogilla så djupt. Kan vi verkligen utesluta att han inte sett det han ville se? Att han ringer till sin son strax före elva behöver dessutom inte alls ha med vårt ärende att göra. Kan mycket väl handla om att han blev nyfiken på alla poliser han sett uppe på Esplanaden. Kanske ville tipsa sin son om att något var på gång. Med tanke på att sonen jobbar som tidningsfotograf, menar jag. Varför han nu skulle göra det på mobilen om han redan var hemma i bostaden. Låt oss inte glömma bort det. Det här vittnet känns inte bra.

En flatsmälla plus en ryska, tänkte Bäckström. Fast en slug ryska, tänkte han.

– Jag tror inte vi kommer längre här. I vart fall inte nu, sa Bäckström. Är det något annat?

– Det ska väl i så fall vara Danielssons andra gamla kompisar, sa Alm. Som du undrade över Annika. Alm nickade åt Annika Carlsson.

– Vad vet vi om dem då, sa Bäckström.

Ett tiotal gamla "Solnakisar" enligt Alm. Som vuxit upp, gått i skolan och arbetat i Solna och Sundbyberg. I samma ålder som Danielsson själv eller till och med äldre och förvisso inga typiska mördare om man nu såg till deras ålder.

– Låt oss inte glömma bort att en mördare som fyllt sextio faktiskt är något mycket ovanligt, sa Alm. Det gäller även vid mord på så kallade fyllskallar.

– Fast på den punkten har jag inga problem med Stålhammar, invände Bäckström.

– Medges, sa Alm. I en rent statistisk och kriminologisk mening är väl han den som känns bäst.

Fegis, tänkte Bäckström.

– Själv är jag polis, sa han. Inte statistiker eller kriminolog.

– Gamla gubbar, ensamma, dricker för mycket, frun har lämnat dem, barnen som aldrig hör av sig, visst, några av dem finns till och med i PBR, mest rattfylla och vanliga fyllor, en av dem har levt rövare på krogen och dömts för misshandel trots att han var fyllda sjuttio när det hände, suckade Alm, som mest lät som han tänkte högt.

– En riktig krutgubbe, log Bäckström. Vad heter han då?

– Halvar Söderman, fyller sjuttiotvå till hösten. Det var på hans kvarterskrog och tydligen kom han ihop sig med ägaren om något han hade ätit veckan före. Påstod att man försökt förgifta honom. Söderman är gammal bilskojare, kallas för Halvan. Han som äger krogen där det hela hände är jugoslav och tjugo år yngre vilket tydligen inte hindrade Söderman från att slå av käkbenet på honom. Halvan Söderman är en legendarisk gammal Solnarövare enligt de äldre kollegerna som jag pratat med. Före detta raggarkung, bilskojare, haft flyttfirma, varit vitvaruförsäljare och allt annat mellan himmel och jord. Har ett flertal gamla noteringar i Person- och belastningsregistret. Dömd för det mesta från bedrägerier till misshandel. Jag gjorde en så kallad historisk slagning på honom och han finns i våra papper sedan drygt femtio år tillbaka. Avtjänat fem fängelsedomar genom åren. Längsta påföljd två år och sex månader. Det var i mitten på sextiotalet då han dömdes för bland annat misshandel, grovt bedrägeri, rattfylleri och lite annat. Fast de senaste tjugofem åren har han lugnat ner sig åtskilligt. Åldern tycks ha tagit ut sin rätt. Ja, bortsett från juggen då.

– Ja, du ser, sa Bäckström, med fryntlig min. Sätter du ett grytlock i händerna på en sådan som Halvan kan han säkert sänka en hel piketbesättning. Nyfiken fråga förresten. Har han något alibi för onsdag kväll den fjortonde maj?

– Han påstår det, sa Alm. Jag har bara pratat med honom på telefon men han påstår att han har det.

– Vari består det då, frågade Annika Carlsson, som mest verkade allmänt nyfiken.

– Det vill han däremot inte gå in på, sa Alm. Han bad mig dra åt helvete och sedan slängde han på luren.

– Vad tänkte du göra åt det då, flinade Bäckström.

– Tänkte faktiskt åka hem till honom och höra honom, sa Alm, som dock inte verkade särskilt glad åt uppdraget.

– Säg till innan så hänger jag på, sa Annika Carlsson och rynkade på ögonbrynen.

Stackars Halvan, tänkte Bäckström.

– Något annat, frågade han, och mest för att kunna byta ämne.

– De flesta av dem har alibi, sa Alm. Gunnar Gustafsson och Björn Johansson, Gurra Kusk och Blixten som de ju kallas bland kamraterna, har till exempel alibi. De har suttit på restaurangen ute på Valla fram till elvatiden. Därefter åkt hem till en tredje kamrat och spelat poker. Han bor i en villa ute i Spånga.

– Har han något namn, sa Bäckström. Han som bor i Spånga.

– Jonte Ågren. Kallas för Bällstajonte. Före detta plåtslagare och firman hans låg tydligen nere vid Bällstaån. Sjuttio år. Ostraffad, men känd kraftkarl. Lär ha varit en sådan där som bockade rör och plåt med nävarna när han var yngre. En av de få som fortfarande är gift förresten, men den kvällen när det spelades poker var hustrun bortrest. Besökte sin syster nere i Nynäshamn. Säkert vis av tidigare erfarenheter om du frågar mig, Bäckström.

– Några fler, sa Bäckström som mot sin vilja blivit intresserad.

– Mario Grimaldi, sextiofem, sa Alm. Invandrare från Italien. Kom hit på sextiotalet då han jobbade på Saab nere i Södertälje. Blev bästa kompis med Halvan Söderman som ju var bilskojare och även med hans tio år äldre bror, som för övrigt också var bilskojare. Kallades givetvis för Helan om ni nu undrar, men eftersom han är död sedan tio år tillbaka tror jag att vi åtminstone kan glömma honom. Fast Mario lever. Slutade på Saab efter några år och blev pizzabagare. Enligt uppgift lär han fortfarande äga ett par pizzerior och en pub här ute i Solna och Sundbyberg, men om det nu är sant står han i vart fall inte med på några papper.

– Har han något smeknamn då, undrade Bäckström.

– Bland sina kompisar kallas han visst för Gudfadern. Alm skakade beklagande på huvudet. Honom har jag heller inte fått tag på men det lär väl lösa sig.

– Ja, du ser, sa Bäckström uppmuntrande. Finns en hel del gråa pantrar att sätta tänderna i och själv sätter jag fortfarande mina slantar på före detta kollegan Stålhammar. Något mer, tillade han, samtidigt som han tittade på klockan.

– Jag har hittat Danielssons bankfack, sa Nadja. Det var inte helt lätt men det gick.

– Det har du, sa Bäckström. Hon är slug kärringen. Typisk ryss, tänkte han. Kan vara något rent kusligt sluga de där ryssjävlarna.

– Jag har lagt en nyckel till facket på ditt bord, sa Nadja.

– Finemang, sa Bäckström som framför sig redan såg en liten tur på stan och en stor stark.

23

På Bäckströms skrivbord låg en bankfacksnyckel, en kopia på åklagarens beslut, samt en handskriven lapp från Nadja. Namn och telefonnummer till den kvinnliga tjänsteman på banken som skulle hjälpa till med det praktiska.

Det var det hela men eftersom Bäckström i grunden var en nyfiken människa hade han gått förbi Nadja Högbergs rum på vägen ut.

– Berätta hur du bar dig åt, Nadja, sa Bäckström.

Ingen större konst, enligt Nadja. Först hade hon skaffat en lista på de kunder som hade bankfack i Handelsbankens kontor i korsningen Valhallavägen–Erik Dahlbergsgatan, i Stockholm. Mest privatpersoner, som hon valde att vänta med, men också ett hundratal juridiska personer. Enskilda firmor, handelsbolag, kommanditbolag, aktiebolag, några föreningar och ett par dödsbon. Hon hade börjat med den största gruppen, aktiebolagen.

Därefter hade hon tagit fram uppgifter på de personer som satt med i styrelserna, företagsledningar, tecknade firmorna eller av andra skäl kunde kopplas till de olika bolagen. Inte minsta spår efter någon Karl Danielsson.

– Däremot hittade jag ett aktiebolag där Mario Grimaldi och Roland Stålhammar sitter i styrelsen och Seppo Laurén, du vet Danielssons unge granne på Hasselstigen, är verkställande direktör. Lite för mycket för min smak, sa Nadja Högberg och skakade på huvudet.

– Ja, vad fan, är inte han efterbliven? Laurén alltså?

– Möjligt, sa Nadja. Alm påstod väl det, själv har jag inte träffat honom, men han är i vart fall inte omyndigförklarad eller försatt i konkurs så det finns inga formella hinder mot att ha honom som verkställande direktör. Det var säkert det som var själva poängen för Danielsson.

– Det är ju helt fenomenalt, sa Bäckström. Ryskan borde fan vara chef för Säpo, tänkte han. Se till att det blev lite drag under filttofflorna.

– Det är ett litet fåmansbolag. Vilande sedan drygt tio år, så det driver alltså ingen verksamhet. Verkar inte ha några tillgångar heller. Inga att tala om i vart fall. Det heter förresten Skrivarstugan Aktiebolag. Enligt bolagsordningen så erbjuder de skrivhjälp åt intresserade privatpersoner och företag. Allt ifrån reklambroschyrer till femtioårstal. De två kvinnor som grundade bolaget jobbade tydligen på något reklamföretag som sekreterare och de hade väl tänkt sig det hela som ett slags extraknäck. Kunderna tycks dock ha uteblivit så det såldes redan efter ett par år till dåvarande kriminalinspektören Roland Stålhammar.

– Det säger du, sa Bäckström, som såg lika listig ut som han lät.

– Frågar du mig så tror jag att Stålhammar och Grimaldi var bulvaner åt Karl Danielsson. Och om det nu ligger något i det som jag hört om Stålhammar så har han säkert ingen aning om den saken.

– Vad har Danielsson haft det till då? Aktiebolaget Skrivarstugan menar jag.

– Undrar jag också, sa Nadja. För någon verksamhet tycks man inte haft. Däremot har man fortfarande ett bankfack.

– Jag ringde till banken, fortsatte Nadja och efter lite motvilligt grävande i sina kundpärmar så hittade man en gammal fullmakt för Karl Danielsson som gav honom tillgång till bolagets fack. Senast han besökte facket var för övrigt samma dag som han blir mördad, på eftermiddagen onsdagen den fjortonde maj. Gången dessförinnan var i mitten av december förra året.

– Det säger du, sa Bäckström. Vad har han i facket då?

– Det är ett fack av den minsta modellen, sa Nadja. Trettiosex centimeter långt, tjugosju centimeter brett och drygt åtta centimeter högt. Så särskilt mycket kan det väl inte vara. Vad tror du själv?

– Med tanke på Danielssons person så skulle jag gissa på lite travbongar och gamla kvitton, sa Bäckström. Du då, Nadja?

– Kanske en potta rågad med guld, sa Nadja och log brett.

– Var han nu skulle ha fått den ifrån, invände Bäckström och skakade på huvudet.

– När jag var barn hemma i Ryssland, fel av mig... När jag var barn i Sovjetunionen, och det var ledsamt och fattigt och tråkigt för det mesta och hemskt alldeles för ofta, brukade min gamle far försöka muntra upp mig. Glöm aldrig bort det Nadja, brukade han säga, att vid regnbågens slut står alltid en potta rågad med guld.

– Gammalt ryskt ordspråk, sa Bäckström.

– Verkligen inte, fnös Nadja. Citerade du sådana ordspråk på den tiden så hamnade du hos KGB. Men om du vill kan vi slå vad om flaska vodka, sa Nadja och log på nytt.

– Då sätter jag min flaska på kvitton och travbongar, sa Bäckström. Och du Nadja?

– På en potta rågad med guld, sa Nadja som plötsligt verkade ganska vemodig. Trots att den inte får plats i ett så litet bankfack, men för att hoppet är det sista som överger oss ryssar.

Slug, jävligt slug, tänkte Bäckström. Fast lika galen som alla ryssar.

Sedan hade han bett Annika Carlsson köra dem. Vem fan orkade lyssna på ett incestoffer från Dalarna medan han satt och yrade om en fet gammal blondin, tänkte Bäckström. Kollegan Carlsson hade i vart fall haft den goda smaken att hålla käften medan hon körde och bara en kvart efter det att de lämnat polishuset i Solna hade hon parkerat tjänstebilen utanför banken.

Den kvinnliga kamreren hade varit mycket tillmötesgående. Nöjt sig med att titta på deras legitimationer, följt med dem ner i valvet, låst upp facket med sin och Bäckströms nyckel, tagit ut den lilla plåtlådan och ställt den på ett bord.

– En fråga innan du går, sa Bäckström och hejdade henne med ett leende. Danielsson besökte sitt fack för knappt en vecka sedan. Det lär ha varit du som hjälpte honom. Minns du något från det besöket?

Tveksam huvudskakning innan hon svarade.

– Vi har ju banksekretess på det här stället, sa hon och log urskuldande.

– Då vet du säkert också att vi är här med anledning av ett mord och då gäller inte banksekretessen längre, sa Bäckström.

– Jag vet, sa hon. Jo, jag minns hans besök.

– Varför då?

– Han var en sådan kund som man lade märkte till trots att han inte var här så ofta, sa hon. Alltid lite stora gester, lite för stora gester, luktade sprit gjorde han också. Jag minns att vi skämtade om det vid något tillfälle när han varit här. Hur länge det skulle dröja innan Ekobrottsmyndigheten dök upp på vårt kontor.

– Minns du om han hade någon portfölj med sig. En attaché-portfölj i ljusbrunt läder med mässingsbeslag, frågade Annika Carlsson.

– Ja, det minns jag. Den hade han alltid med sig. Även förra veckan då han var här för att hämta saker ur sitt fack.

– Varför tror du det, frågade Annika Carlsson. Att han var här för att hämta saker menar jag?

– Medan jag lyfte ut lådan så slog han upp sin portfölj. Den var helt tom. Ja, sånär som på ett anteckningsblock och några pennor.

– Tack, sa Bäckström.

– Vad tror du om de här, frågade Annika Carlsson, och höll upp ett par plasthandskar så fort kamreren hade lämnat dem.

– För att pilla upp en liten låda med en massa kamrersfingrar på, sa Bäckström och skakade på huvudet. Så det skiter vi i. Sådant kan Niemi och hans kompisar hålla på med. Travbongar och gamla fakturor, tänkte han.

– Okej, Annika, sa Bäckström, flinade och vägde lådan i handen. Ska vi sätta en slant?

– En hundring, inte mer, sa Annika Carlsson. Jag brukar aldrig slå vad. Jag sätter den på travbongar och kvitton. Du då, Bäckström?

– En potta rågad med guld. Det vet du väl, Annika. Att vid regn-bågens slut står alltid en potta rågad med guld, sa Bäckström och öppnade lådan.

Helvete, tänkte han medan hans ögon blev lika runda som hans huvud. Varför i helvete åkte jag inte hit ensam? Jag hade inte ens behövt torka min egen röv under återstoden av mitt liv, tänkte han.

– Är du synsk, Bäckström, sa Annika Carlsson och såg på honom med uppspärrade ögon som var lika runda som hans.

24

Drygt ett halvår tidigare hade chefen för Rikskriminalpolisen, Lars Martin Johansson, ringt till sin medarbetare, polisintendenten Anna Holt, och frågat om han fick bjuda henne på middag.

– Det låter trevligt, sa Anna Holt och försökte låta bli att visa sin förvåning. Första gången, trots att vi känt varandra i mer än tio år, tänkte hon. Undrar vad han vill den här gången. Av erfarenhet visste hon att Johansson alltid hade en avsikt med det han gjorde och nästan alltid en dold agenda.

– När hade du tänkt dig, frågade Holt.

– Helst i kväll, sa Johansson. Senast i morgon.

– I kväll går faktiskt bra, sa Holt. Undrar vad han vill ha av mig den här gången, tänkte hon. Måste vara något alldeles extra.

– Utmärkt, sa Johansson. Vi ses klockan nitton och jag mailar över adressen till krogen dit jag tänkte ta dig. Ta en taxi och be om ett kvitto så betalar jag.

– Det löser sig, sa Holt. En nyfiken fråga bara. Vad vill du jag ska göra den här gången?

– Anna, Anna, sa Johansson och suckade. Jag vill att du ska äta middag med din chef. Jag hoppas att du kommer att få trevligt. Som svar på din fråga. Nej, jag tänkte inte be dig om någon tjänst. Däremot tänkte jag berätta en hemlighet för dig. Den handlar uteslutande om mig så du kan vara helt lugn.

– Jag är lugn, försäkrade Holt. Skall bli trevligt att träffa dig också. Bra på att sälja in saker är han också, tänkte hon så fort hon lagt på luren.

Undrar vad han vill egentligen, tänkte hon när hon klev in i taxin för att åka och träffa honom. Trots hans bedyranden om motsatsen hade hon svårt att släppa tanken på att det handlade om något helt annat än att han skulle berätta en hemlighet om sig själv för henne. Johansson var helt enkelt inte den typen som berättade hemligheter.

Han hade inga som helst problem med att bevara dem och allra minst dem som handlade om honom.

Knappt ett halvår tidigare hade han satt henne och ett snabbt växande antal av hennes kolleger på att i hemlighet gå igenom Palmeutredningen för att se om de kunde hitta något som alla andra utredare hade missat.

Med tanke på att materialet var gigantiskt, och att hela projektet borde ha varit dödsdömt från början, hade det inträffat något som bara kunde beskrivas som ett mirakel. De hade hittat två tidigare okända och högst sannolika gärningsmän. En som planerat mordet och en som hade hållit i vapnet. Den förste var död sedan många år tillbaka medan den andre verkade vara i livet. Okänt var han fanns, eftersom han tycktes hålla sig undan. De hade plötsligt fått en bild av vad som egentligen hade hänt.

De hade hittat ett flertal besvärande omständigheter som talade mot de två misstänkta. De hade till och med hittat vittnen och teknisk bevisning till stöd för sina misstankar. Till sist även den av gärningsmännen som ännu levde. Timmarna innan de skulle gripa honom hade han drabbats av en oförklarlig olyckshändelse. Han och hans båt hade sprängts i bitar på norra Mallorca, och allt det som Holt och hennes kolleger hade kommit fram till hade följt honom ner i djupet. I den verklighet där bland andra Anna Holt, hennes kolleger och hennes chef levde, var utredningen om mordet på statsministern numera ett avslutat kapitel.

Om det nu var detta som Johansson tänkte prata om var det en hemlighet som han i så fall delade med andra. Den övertygelse som blivit till deras sanning men aldrig skulle gå att leda i bevis. Och hade de haft fel skulle de inte kunna visa det heller.

Berätta en hemlighet om sig själv? *My Butt*, tänkte Anna Holt, när hon klev ur taxin utanför krogen.

De hade träffats på Johanssons egen kvarterskrog. En liten italiensk restaurang som låg bara några kvarter från hans bostad uppe på Söder. Utmärkt mat, ännu bättre viner, en Johansson som var på sitt mest ämabla humör. Tillika en personal som behandlat honom som den kung han säkert var på det stället och henne som om hon vore hans krönta gemål.

Säkert har han sagt åt dem före, tänkte Holt. Att de var arbetskamrater, och att det inte var "någon jävla älskarinna" som han hade tagit dit.

– Jag sa åt dem innan du kom att vi jobbade ihop, sa Johansson och log. Så de inte skulle få några griller i sina små huvuden.

– Ante mig nästan, sa Holt och log tillbaka. Mannen som kan se runt hörn, tänkte hon.

– Ja, visst är det märkligt, Holt, sa Johansson. Att jag kan se runt hörn, menar jag.

– Lite kusligt ibland, faktiskt, sa Holt. Fast just nu trivs jag utmärkt, tillade hon. Dessutom stämmer det inte alltid, tänkte hon.

– Vandringsman och siare, nickade Johansson. Fast det stämmer inte alltid, ska du veta. Det har hänt att även jag har haft fel.

– Var det den hemligheten du tänkte berätta?

– Verkligen inte, sa Johansson med värdig min. Skulle inte drömma om att berätta något sådant. Då skulle all min norrländska trovärdighet försvinna i ett nafs. Johansson log på nytt och markerade med sitt vinglas.

– Du är väldigt underhållande, Lars. När du är på det humöret. Men eftersom jag håller på att dö av nyfikenhet…

– Jag ska sluta, avbröt Johansson. Slutar om en vecka. Har sagt upp mig med omedelbar verkan.

– Jag hoppas verkligen inte att det har hänt något, sa Holt. Vad har han nu hittat på, tänkte hon. Vad är det han sitter och säger?

Ingenting, enligt Johansson. Ingenting hade hänt och han hade verkligen inte hittat på något. Däremot kommit till insikt. En rent personlig insikt.

– Jag har gjort mitt, sa Johansson. Egentligen skulle jag ha gått om ett och ett halvt år men eftersom jag gjort mitt, efter drygt fyrtio år är jag färdig med mitt liv som polis, finns det ingen anledning att sluta med att bara sitta av tiden.

– Jag har talat med min hustru, fortsatte han. Hon tycker det är en utmärkt idé. Jag har talat med regeringen och rikspolischefen. De försökte övertyga mig om att stanna kvar tiden ut. Jag har tackat dem för deras förtroende, men vänligen avböjt. Jag har också tackat nej till ett antal erbjudanden om andra jobb och uppdrag.

– När tänkte du berätta det på jobbet då, frågade Holt.

– Det blir offentligt på torsdag efter regeringssammanträdet.

– Vad ska du göra istället då, frågade Holt.

– Jag ska odla min kål och försöka åldras med behag, sa Johansson och nickade eftertänksamt.

– Men varför berättar du det för mig då? Före alla andra på jobbet menar jag?

– För att jag hade en fråga också, sa Johansson.

Jag visste det, tänkte Holt. Jag visste det, tänkte hon.

– Men eftersom du ser ut som du gör just nu, så tänkte jag börja med att lugna dig. Jag har inte bjudit hit dig för att fria till dig. Svar nej. Hur mår din kollega Jan Lewin, förresten.

– Bra, sa Holt. Hur mår din kära hustru, Pia?

– Mitt liv menar du, sa Johansson och blev plötsligt allvarlig. Hon mår som en pärla i guld.

– Frågan då, påminde Holt. Du hade en fråga.

– Den ja, sa Johansson. Jag måste ha något elfel i huvudet numera, för så fort jag byter ämne så…

– Var allvarlig nu, Lars. Försök att vara allvarlig.

– Vill du bli polismästare i Västerorts polisområde, sa Johansson.

Polismästare i Västerorts polisområde? Hon hade ju redan ett jobb. Ett jobb som hon trivdes med. Arbetskamrater som hon gillade, varav en som hon hade inlett ett förhållande med en månad tidigare. Det senare var väl i så fall det enda skälet till att byta jobb, tänkte Holt. Förhållanden på den egna arbetsplatsen slet på kärleken, tänkte hon. Slet på mer än så förresten.

Tjugotusen mer i månaden i lön. Arbetsplatsen på promenadavstånd från hennes bostad. Ett välskött polisområde. Ett av de bästa i hela länet. Den utmaning som bestod i att få leda hundratals medarbetare varav åtskilliga räknades bland de duktigaste poliserna i landet. Helt bortsett från allt detta fanns det enbart en anledning till att Johansson frågat just henne.

– Finns bara ett skäl till att jag frågar dig, sa Johansson. Ett, upprepade han och höll upp sitt långa pekfinger.

– Vilket är det då?

– Att du är den bästa, sa Johansson. Svårare än så är det inte.

– En praktisk fråga, sa Holt. Kan du verkligen ge mig ett sådant erbjudande? Är det inte polisledningen i Stockholm som bestämmer den saken?

– Numera regeringen, sa Johansson. I samråd med rikspolisstyrelsen och, i det här fallet, polisledningen i Stockholm. Länspolismästaren i Stockholm kommer för övrigt att höra av sig till dig. Alldeles oavsett vad du säger till mig här och nu. Fundera på saken.

– Jag lovar, sa Holt. Att hon var bra visste hon och till skillnad från alltför många av sina medsystrar hade hon inga problem med att säga det om det behövdes. Men att hon skulle vara den bästa? Att det skulle komma från Johansson. Lite magstarkt med tanke på hur mycket jag bråkat med honom genom åren, tänkte hon.

– Bra, sa Johansson och log. Nu skiter vi i det här, nu ska vi enbart ha trevligt. *No more business. Back to pleasure*. Du får bestämma ämnet, Anna.

– Berätta, sa Holt. Berätta varför du plötsligt bestämt dig för att sluta som polis?

– Som sagt, sa Johansson och verkade lika förtjust. Nu ska vi ha trevligt. *No more business*. Men om du vill kan jag berätta för dig varför jag blev polis. Hur det hela började så att säga.

– Varför blev du polis? Han är sig lik, tänkte Holt.

– Därför att jag gillar att ta reda på saker, sa Johansson. Det har alltid varit min stora passion.

Det, och så Pia förstås. Denna ofattbara lycka, att hunnen mer än halvvägs på sin jordavandring få träffa kvinnan i sitt liv.

Och nu när du vet vem som mördade statsministern är det inte lika roligt att ta reda på saker längre, tänkte Anna Holt. Återstår din hustru för henne älskar du ju fortfarande, tänkte hon.

25

En vecka senare hade länspolismästaren i Stockholm ringt och frågat om hon fick bjuda Holt på lunch. Helst så fort som möjligt.

– Låter jättetrevligt, sa Anna Holt. Eftersom de satt i styrelsen för samma nätverk för kvinnliga poliser, eftersom de gillade varandra, respekterade varandra, eftersom det inte fanns minsta skäl till att tacka nej.

– Låter jättetrevligt. När hade du tänkt dig, upprepade Holt.

– Kan du på fredag nästa vecka, frågade länspolismästaren. Jag tänkte att vi kunde ta det på mitt rum så vi får vara i fred för alla nyfikna karlar.

– Låter som en utmärkt idé, instämde Holt.

Lyckligtvis en som inte är det minsta lik Johansson, tänkte hon när hon lade på luren.

Fredag en vecka senare hade hon fått frågan på nytt.

– Kan du tänka dig att bli polismästare i Västerort? Jag skulle bli väldigt glad om du tackade ja.

– Ja, sa Holt och nickade. Det blir jag gärna.

– Då säger vi så, sa länspolismästaren som inte verkade det minsta förvånad.

Anna Holts utnämning hade blivit offentlig i början på januari och måndagen den tredje mars hade hon tillträtt sin nya tjänst. Byråkratins kvarnar malde långsamt. Den här gången hade de malt fortare än de brukade göra.

Med tanke på det jobb hon valt hade också smekmånaden varat betydligt längre än vad hon hade rätt att begära. Efter sex veckor som chef för Västerorts polismästarområde hade länspolismästaren kontaktat henne på nytt.

– Vi måste träffas, Anna, sa hon. Helst omgående. Jag tänkte be dig om en tjänst.

Varför får jag plötsligt för mig att du låter nästan som Johansson, tänkte Anna Holt.

– Du ville be mig om en tjänst, inledde Anna Holt när hon ett par timmar senare satt på länspolismästarens rum.

– Ja, sa hon och såg ut som man gör när man tar sats.

– Kläm fram det då, sa Holt och log.

– Evert Bäckström, sa länspolismästaren.

– Evert Bäckström, upprepade Anna Holt som inte ens försökte dölja hur häpen hon blivit.

– Talar vi om kommissarie Evert Bäckström som tills vidare är placerad på Stockholmspolisens godsspaningsrotel? *The Evert Bäckström*, om jag så säger.

– Jag är rädd för det, sa länspolismästaren och log även hon. Gjorde ett gott försök i varje fall. Ett leende som hon fick kämpa sig till.

– Du har en ledig kommissarietjänst på kriminalen i Västerort. Jag vill att vi placerar Bäckström där, förtydligade hon.

– Med tanke på att vi känner varandra och att jag respekterar dig…

– Den respekten är ömsesidig ska du veta, insköt länspolismästaren.

– …så utgår jag från att du har mycket starka skäl.

– Om, sa länspolismästaren med känsla. Du skulle bara veta. För att ta det praktiska först så tänkte jag mig att vi sätter honom där tills vidare, som en tidsbegränsad placering, så slipper vi alla formella problem och har fortfarande fria händer om det skulle visa sig att det inte fungerar. Jag lovar att sköta den biten. Den behöver du inte tänka på.

– Vänta nu, sa Holt och satte upp händerna i en avvärjande gest. Innan vi gör något vill jag nog lyssna på dina argument. Drygt en månad på nya jobbet, tänkte Holt. Så trillar plötsligt Bäckström ner från skyn. Rakt i armarna på mig. Som en fallen ängel, eller snarare en medelålders, vingbruten och mycket tjock kerub.

– Jag har ett flertal argument om du orkar lyssna, sa länspolismästaren och tog sats på nytt. Om du orkar lyssna?

– Ja. Visst. Jag lyssnar, sa Holt.

I botten hade Bäckström en högre tjänst. Han hade ju faktiskt varit kommissarie vid rikskriminalens mordkommission tills dess hans högste chef hade sparkat ut honom och fått honom återförd till Stockholm där han hade sin ursprungliga befattning.

– Av skäl som jag faktiskt aldrig blivit riktigt klar över, sa länspolismästaren. Någon dålig utredare är han ju inte. Han har klarat upp ett flertal mycket grova brott.

– Nåja, sa Holt som hade jobbat med honom. Han far runt som en elefantjord och river upp allt i sin väg. När dammet väl lagt sig brukar åtminstone hans arbetskamrater hitta ett och annat av värde. Bortsett från tillvägagångssättet kan jag kanske hålla med dig. När Bäckström finns i närheten så händer det i vart fall saker.

– Ja, karlen tycks ju ha en fullkomligt obändig energi, konstaterade länspolismästaren och suckade djupt.

– Ja, det är helt obegripligt med tanke på hur han lever och hur han ser ut, instämde Holt.

– Hans nuvarande placering på godset är ett olyckligt val. Det är inte så att någon av hans chefer kommit på honom med något. Men det skvallras något alldeles förskräckligt. Jag tycker inte heller att man gjort tillräckligt för att hjälpa honom. Man har inte gett honom arbetsuppgifter som intresserar honom. Bäckström känner sig orättvist behandlad. Tyvärr har han väl visst fog för det och facket är på mig hela tiden. Han har ju dessutom utmärkta vitsord. Lysande vitsord till och med.

Så kallade transportvitsord, tänkte Holt. Hur det nu kan komma sig, tänkte hon och nöjde sig med att nicka.

– Anna, sa länspolismästaren och suckade på nytt. Jag får för mig att du är den ende som kan hantera karlen. Om även du skulle misslyckas så lovar jag att ta tillbaka honom. Ge honom sparken till och med, trots att facket redan kräver mitt huvud på ett fat.

– Jag lyssnar fortfarande, sa Holt.

– Under det senaste halvåret har han dessutom sprungit runt och yrat om Palmemordet där han påstår sig ha kommit på någon mystisk sammansvärjning. Själv var jag dum nog att låta honom göra en föredragning om saken. Jag försäkrar dig Anna …

– Jag vet, sa Anna Holt. Jag har själv lyssnat på honom.

– Det var ju rent befängt, speciellt med tanke på att en av dem som han pekar ut som en del av konspirationen plötsligt tar kontakt med mig och vill att jag skall hjälpa honom. Hjälpa Bäckström, alltså. En högt uppsatt ledamot av riksdagen. Påstår att Bäckström blivit utsatt för ett rent rättsövergrepp. Ett flertal sådana till och med.

– Du vill att Bäckström ska få något annat att tänka på, sa Holt.

– Precis, sa länspolismästaren. Grova våldsbrott är ju det enda han tycks ha i sitt huvud. Sådana saknar ni ju inte ute i Västerort.

– Okej, sa Anna Holt. Jag lovar att göra mitt bästa men innan jag fattar något beslut vill jag i så fall tala med den som kommer att bli hans närmaste chef och höra vad han säger om saken. Det är jag faktiskt skyldig att göra.

– Gör det, Anna, sa länspolismästaren. Jag håller tummarna ska du veta.

– Bäckström, sa kommissarie Toivonen som var chef för kriminalen i Västerort. Vi talar om Evert Bäckström? Att han skulle börja hos mig?

– Ja, sa Holt. Toivonen, tänkte hon. En av legenderna inom Stockholmspolisen. Toivonen som aldrig klev undan, aldrig ödslade tid på artigheter. Som alltid sa vad han tänkte och tyckte.

– Ja, upprepade Holt. Jag förstår att du känner viss tveksamhet.

– Det är okej, sa Toivonen och ryckte på axlarna. Jag har inga problem med Bäckström. Börjar han jävlas så är det han som kommer att få problem.

– Det är okej, upprepade Holt. Vad är det han säger, tänkte hon.

– Helt okej, sa Toivonen och nickade. När kommer han?

Äntligen, tänkte Toivonen när han lämnade sin chef. Det hade tagit tjugofem år men nu var det äntligen dags. Trots att han nästan givit upp hoppet om att få chansen att kvittera alla utestående mellanhavanden. Nu du din lille fetknopp, nu jävlar, tänkte kommissarie Toivonen, och den han tänkte på var sin nye medarbetare, kommissarie Evert Bäckström.

Toivonen hade mörkat för sin chef, Anna Holt. För mer än tjugofem år sedan hade han som ung polisaspirant, "räv" som det hette på den tiden och fortfarande heter bland poliser i Toivonens generation, gjort tre månaders praktik på våldsroteln inne i Stockholm. Som handledare hade han tilldelats kriminalinspektören Evert Bäckström.

Istället för att försöka lära "rävjäveln" något om utredningsarbete, hade Bäckström gjort honom till sin egen slav. Trots Toivonens stolta bakgrund, generationer av bönder och krigare från Karelen, hade Bäckström behandlat honom som en rysk livegen. Använt honom för att sortera kaoset på Bäckströms skrivbord, tömma hans papperskorg, sopa hans golv, koka kaffe, handla wienerbröd, köra runt Bäckström på stan i tjänstebilen i diverse mystiska ärenden som mycket sällan verkade ha med tjänsten att göra, stanna för att handla korv med mos till honom när han blev sugen. Betala med sin magra aspirantlön eftersom Bäckström alltid hade glömt plånboken på jobbet. En gång när de blivit kommenderade till en ambassadbevakning hade Bäckström till och med fått honom att putsa hans skor och väl på plats hade han presenterat honom för vakten som "min egen rävjävel, finnkolingen du vet".

Toivonen var flerfaldig svensk mästare i brottning, såväl grekisk-romersk som fri stil, och hade med lätthet kunnat bryta varenda ben i kroppen på Bäckström utan att ens behöva ta händerna ur fickorna. Tanken hade funnits där hela tiden men eftersom han bestämt sig för att bli polis, riktig polis till skillnad från hans handledare, hade han bitit ihop och avstått. Generationer av Karelska bönder och krigare som blandat bark i sitt bröd sedan Hedenhös. Tjugofem år senare hade det plötsligt blivit ljusare tider. Betydligt ljusare.

På natten hade Toivonen drömt de ljuvaste drömmar. Först hade han mjukat upp den lille fetknoppen med en vanlig lindena, provat en hel och en halv nelson, plus lite annat smått och gott som man brukade bli diskad för på den tiden han varit aktiv. Eftersom Bäckström nu var uppvärmd och klar hade han därefter bjudit honom på några flygande maror som han slagit i rask följd. Slutligen kopplat en bensax om hans tjocka lilla hals. Där låg han nu, tjugofem år senare, blåröd i ansiktet och fäktade med sina feta små händer medan Toivonen suckade av välbehag och klämde ännu lite hårdare.

26

Ett par år innan han hamnat hos polisen i Solna hade kommissarie Evert Bäckström förvisats från sitt naturliga hemvist vid Riksmordkommissionen till Stockholmspolisens godsspaningsrotel. Eller polisens hittegodsmagasin som alla riktiga poliser, inklusive Bäckström själv, kallade denna slutförvaringsplats för stulna cyklar, borttappade plånböcker och vilsegångna polissjälar.

Bäckström var ett offer för onda anslag. Hans före detta chef, Lars Martin Johansson, som var lappjävel, surströmmingsätare och smygsosse, hade helt enkelt inte klarat av Bäckströms framgångsrika kamp mot den allt grövre brottsligheten. Istället hade han tvinnat ett rep av förtalets alla trådar, hängt snaran om halsen på Bäckström och själv sparkat bort stolen under honom.

Jobbet på hittegodsmagasinet hade givetvis varit en ren straffkommendering. Under de två år som följde hade man tvingat Bäckström att leta efter stulna cyklar, en försvunnen grävskopa, en segelbåt som visade sig ha förlist i ytterskärgården, diverse miljöfarligt avfall och vanliga skithustunnor. Det hade kunnat knäcka den starkaste, men Bäckström hade härdat ut. Han hade gjort det bästa av situationen. Tagit upp en av sina gamla kontakter, en känd konsthandlare, fått ett bra tips, återfunnit en stulen oljemålning värd femtio miljoner, gjort sig en välförtjänt hacka vid sidan av medan hans halvdebila chefer nöjt sig med att stjäla äran från honom. Det var han van vid och det kunde han leva med.

På hösten året efter hade samme uppgiftslämnare gett honom intressanta informationer om vem som mördat statsminister Olof Palme och själv hade han inte tövat en sekund. Ganska snart hade han också fått slag på både mordvapnet och en konspiration bland fyra högt uppsatta medborgare. Helt säkert djupt involverade i mordet. De hade gemensamma rötter som sökte sig långt tillbaka i tiden. Ända till sextiotalet då de studerat juridik tillsammans vid Stockholms universitet och vid sidan av studierna ägnat sig åt minst sagt perversa och kriminella aktiviteter. Bland annat hade de en hemlig förening som de döpt till Fittans Vänner.

När Bäckström skulle höra en av de sammansvurna, som för övrigt var en före detta överåklagare och numera riksdagsledamot för kristdemokraterna, hade de dunkla krafter som Bäckström kommit på spåren slagit tillbaka och försökt förgöra honom. Hans ärkefiende Lars Martin Johansson, som hela sitt liv gjort drängtjänst åt makten, hade skickat på honom polisstatens egen grupp av yrkesmördare, den Nationella insatsstyrkan. De hade försökt ta kål på Bäckström och bland annat kastat en chockgranat i huvudet på honom. När de så skändligen misslyckats i sitt uppsåt hade de spärrat in honom på mentalsjukhus.

Men Bäckström hade rest sig, kommit tillbaka och gett igen. Mot alla odds. Fått med sig facket, viktiga krafter inom media och tydligen en och annan resursstark och anonym person som i hemlighet måste ha sympatiserat med hans kamp för folklig rättvisa. Ensam var sällan stark, det var ju det som var den dystra sanningen, men Bäckström hade än en gång visat att han var starkare än alla andra.

Redan efter några månader hade han varit tillbaka på jobbet. Nya avfallshögar, men samtidigt goda chanser att uträtta lite tjänster vid sidan om åt sådana som förtjänade det. Tanken på att slutgiltigt lösa mordet på statsministern hade han tillfälligt fått lägga åt sidan. Bäckströms seger hade förvisso haft sitt pris, men han hade gott minne, gott om tid och förr eller senare skulle han få chansen att driva in alla utestående fordringar.

Det verkade också som om hans fiender började vika ner sig. Lappjäveln Johansson hade plötsligt sagt upp sig med omedelbar verkan, det hette ju så när sådana som han fick sparken, och för bara en månad sedan hade personalchefen vid Stockholmspolisen hört av sig och erbjudit honom en tjänst som kommissarie och våldsbrottsutredare vid polisen i Västerort. Plötsligt fullvärdig polisiär medborgare med tillgång till allt det godis som lagrats i polisens datorer. Möjlighet att hjälpa en och annan stackars kompis i nöd och den som var varnad var också väpnad. Inga skithustunnor och borttappade plånböcker, bara vanliga normala förbrytare som hade huggit huvudet av sin fru, pepprat barnflickan full med hål och förgripit sig på grannens minderåriga dotter.

– Jag lovar att tänka på saken, sa Bäckström med värdig min och nickade åt personalchefen.

– Vore bra om du ville göra det, Bäckström, sa personalnissen och bläddrade nervöst bland alla sina papper. Inte för länge bara, för du är efterlängtad ska du veta. Toivonen, han som blir din nye chef, ville helst att du skulle komma omgående.

Toivonen, tänkte Bäckström. Finnpajsaren, hans egen rävjävel, som han lärt räcka vacker tass redan för tjugofem år sedan. Kan inte bli bättre, tänkte Bäckström.

Tanken hade varit att Bäckström skulle ha inställt sig på sitt nya jobb som våldsutredare vid Västerortspolisen måndagen den 12 maj. Det var då hans förordnande trädde i kraft. Eftersom Bäckström ändå var Bäckström, hade han bestämt sig för passa på att inleda med lite extra ledighet. Ringt till Västerort och meddelat att just den dagen var han tyvärr förhindrad att komma. Ett gammalt ärende från hans förra jobb, som gällde dumpning av miljöfarligt gods, skulle upp i rätten den dagen och Bäckström var tvungen att finnas på plats för att vittna.

Dagen därpå gick heller inte. Då var han kallad till en större hälsokontroll hos Stockholmspolisens personalläkare. En omfattande historia som förväntades ta hela dagen. Först på onsdagen hade han möjlighet att infinna sig på sin nya arbetsplats. Dagen före hade han så fått beskedet som så när tagit livet av honom – av en läkare som visat sig vara en sentida doktor Mengele – och när han onsdagen den 14 maj stapplade iväg till polishuset i Solna var det med döden i hjärtat.

Numera, knappt en vecka senare, var han sig själv igen.

Bäckström is back, as always, tänkte Bäckström som givetvis pratade flytande engelska. Kräsen och rutinerad tevetittare som han ju också var.

Måndagen den 12 maj var Anna Holts smekmånad definitivt över och det hade inte det minsta med Bäckström att göra.

På förmiddagen hade två rånare prejat och rånat en värdetransport just som den passerat ut genom grindarna till VIP-entrén på Bromma flygplats. När rånarna redan lastat in bytet och skulle åka från platsen hade den ene av de två väktarna med hjälp av en fjärrkontroll utlöst färgampullerna som låg i penningsäcken. Sedan hade allt gått över styr. Rånarna hade gjort en U-sväng och kört på den förste av väktarna när han försökte fly. En av rånarna hade hoppat ur bilen, avlossat ett flertal skott med ett automatvapen, dödat den ena väktaren och skadat den andra svårt. Sedan hade de åkt därifrån, övergett fordonet och säcken med pengarna knappt en kilometer från brottsplatsen. Själva hade de lyckats försvinna spårlöst.

Holts elände hade bara börjat. Samma natt hade en känd finsk buse blivit skjuten utanför sin flickväns bostad i Bergshamra när han skulle sätta sig i bilen för att åka därifrån. Oklart vart och varför men i handen hade han burit en mindre resväska med allt från rena kalsonger och en tandborste till en tio millimeters pistol och en springkniv. För sent att ställa frågan. Två skott i bakhuvudet och definitivt död.

Toivonen som ledde spaningsarbetet efter Brommarånarna hade sedan länge slutat tro på en slump som betedde sig på det viset. Här fanns ett samband och redan nästa dag hade hans tekniker bekräftat det. Hans senaste mordoffer hade spår av röd färg på bägge handlovarna. Färg som var svår att tvätta bort och vars kemiska sammansättning stämde på molekylen när med den som värdetransportföretagen använde i sina färgampuller. Det var också där den borde ha hamnat om han nu varit med om rånet, i glipan mellan rånarens handskar och ärmen på hans svarta jacka.

Det är någon som börjat städa efter sig, tänkte Toivonen.

När Bäckströms "fyllskallemord" hade inträffat två dagar senare hade Anna Holt närmast känt sig lättad. Äntligen ett normalt ärende tänkte hon. En skänk från ovan till och med. Snart nog skulle hon få anledning att ändra uppfattning på den punkten.

27

– Vad i helvete gör vi nu, väste Bäckström och glodde först på sin medarbetare och sedan på bankfackslådan.

– Vi måste omgående ringa någon av cheferna så att vi har ryggen fri, sa Annika Carlsson. Vi måste se till att de kommer hit och förseglar...

– Stäng den där jävla lådan, sa Bäckström som inte orkade se eländet. Att släpa med sig en bokstavstrogen flatsmälla när han för en gångs skull blivit insläppt i Ali Babas skattkammare. Ingen kontakt hade han på mobilen heller.

– Väggarna i sådana här valv är säkert väldigt tjocka, sa Annika Carlsson. Om du vill kan jag springa upp och ringa, tillade hon och tog upp sin egen mobil.

– Nu gör vi så här, sa Bäckström och pekade på henne med sitt korta och tjocka långfinger. Du står här, gör ingenting, och om någon jävel kommer in så skjut honom. Och slarva för helvete inte bort den där jävla lådan.

Sedan hade han gått upp i banklokalen och ringt till Toivonen. Snabbt förklarat det läge som uppstått och bett om direktiv. För att hålla ryggen fri, tänkte Bäckström. Hade det funnits någon rättvisa här i världen skulle han ha varit på väg till Rio så här dags.

– Vem har du med dig, frågade Toivonen som inte lät särskilt upphetsad.

– Ankan, Ankan Carlsson.

– Du har med dig Ankan, upprepade Toivonen. Hur mycket pengar snackar vi om då?

– Det måste vara miljoner, stönade Bäckström.

– Och du tog med dig Ankan?

– Ja, sa Bäckström. Fan vad konstig han låter på rösten, tänkte Bäckström. Han kan väl inte vara packad? Inte så här dags.

– Ja, men då så. Fråga om du kan få en vanlig pappkasse, ta med er hela lådjäveln och kom hit så skall jag prata med Niemi så ordnar han resten. Ankan, tänkte Toivonen. Det här är för bra för att vara sant.

– Men vi måste ju ha ryggen fri, sa Bäckström. Jag menar...

– Det har du redan, avbröt Toivonen. Ankan är trogen reglementet intill döden och sista kommatecknet, lika tillmötesgående som en gammal trafikpolis och lika vidlyftig som ett rutigt papper. Passa dig för att hitta på något bara för då får du smaka på handfängslena hennes.

Så fort han avslutat samtalet hade Bäckström fått en papperskasse av kamreren på banken. Skrivit kvitto på bankboxen. Själv burit den till bilen och haft den i knät hela den långa resan ut till polishuset i Solna. Annika Carlsson hade kört och ingen hade sagt något.

Så fort Toivonen hade avslutat samma samtal hade han gått ut i korridoren, ropat till sig sina närmaste medarbetare och förtrogna, föst in dem på sitt rum och stängt dörren.

Sedan hade han berättat historien i snabba drag och som brukligt var sparat poängen till sist.

– Vilken av kollegerna tror ni att den lille fetknoppen tog med sig, sa Toivonen som var så förtjust att han hoppade där han stod.

Tveksamma huvudskakningar.

– Ankan, Ankan Carlsson, sa Toivonen och log från öra till öra.

– Stackars jävel, sa Peter Niemi, och skakade på huvudet. Vi får ta ifrån honom tjänstevapnet så han inte hittar på några dumheter med sig själv.

En kvart senare hade Bäckström personligen placerat pappkassen med pengarna på Niemis skrivbord. Ankan Carlsson hade troget vaggat vid hans sida hela vägen från garaget till Niemis rum. Försöker hon skrämmas flatsmällan? Plötsligt går hon som en jävla kroppsbyggare, tänkte Bäckström som så dags hatade varje fiber i Annika Carlssons vältränade kropp.

– Hur mycket pengar tror du det handlar om, Bäckström? Talar vi miljoner, eller, sa Niemi med oskyldig min.

– Det tänkte jag att du skulle tala om, sa Bäckström. Ta hit någon jävel som kan räkna och ge mig en kvittens på lådjäveln. Jag måste härifrån, tänkte Bäckström. Ta mig ut ur huset. Få i mig en stor rackare.

Två timmar senare satt han på sin egen kvarterskrog med sin andra rackare och sin andra stora stark. Det hade inte hjälpt, inte ännu åtminstone, och det hade inte blivit bättre av att Niemi ringt mitt i och rapporterat.

– Två miljoner niohundratusen kronor, sa Niemi. Tjugonio buntar på vardera hundratusen, det var väl det hela, sa Niemi och lät lika ointresserad som om han läst från protokollet som han redan hade framför sig. Inga avtryck, inga andra spår heller, men han har väl varit försiktig och haft handskar på sig när han fingrat på degen. Det brukar de ha. Gratulerar förresten.

– Va, sa Bäckström. Lappjäveln sitter och driver med mig, tänkte han.

– Till alla pengarna du hittade. Danielsson tycks inte ha varit någon vanlig fyllskalle, konstaterade Niemi. Är det något annat jag kan hjälpa dig med?

– Hallå, hallå, jag hör dig väldigt dåligt nu, sa Bäckström, knäppte av telefonen och beställde in en till.

– Ge mig en bamse, sa Bäckström.

– Vojne, vojne, Bäckström, sa hans finska servitris, log och nickade moderligt.

28

Nytt möte med spaningsstyrkan. Blixtinkallade redan klockan åtta på morgonen. Toivonen ville bli informerad om det nya läget. Bäckström hade varit tvungen att gå upp mitt i natten för att hinna dit. Taxi, smällande huvudvärk, stanna på vägen och fylla på med vätska och en extra påse halstabletter, två huvudvärkstabletter till, snart en vecka sedan Danielsson blev mördad. Själv kunde han så här dags ha suttit på stranden vid Copacabana med en malt i näven och en lokal sothöna på varje knä, tänkte Bäckström. Om det inte hade varit för den där flatsmällan.

När han satt i taxin hade åklagaren ringt och meddelat att om det inte framkom "något nytt och besvärande om Roland Stålhammar" under deras möte, så avsåg hon att släppa ut honom efter lunch.

– Jag hör vad du säger, sa Bäckström. Det enda som besvärar mig är väl att han i så fall har en hygglig reskassa när han drar.

– Sådana som Stålhammar brukar väl aldrig lyckas hålla sig undan, invände åklagaren. Åker de till Thailand, för det är väl oftast dit de åker, så brukar de ändå komma hem frivilligt efter någon månad.

– Jag vet faktiskt inte, sa Bäckström. Umgås inte med sådana som Stålhammar. Men om du säger det så. Var det något mer, frågade han.

– Det var väl allt. Jag tycker förresten att du och dina medarbetare gjort ett bra arbete hittills, sa åklagaren försonligt.

Vad vet du om polisarbete din lilla snipfitta, tänkte Bäckström och stängde av mobilen.

Exakt klockan åtta hade Toivonen klivit in i rummet och till skillnad från förra gången verkade han vara på ett lysande humör.

– Läget, Bäckström, sa Toivonen, och klappade honom på axeln. Du ser pigg ut, hoppas du haft en bra natt.

Rävjävel, tänkte Bäckström.

– Då kanske du skulle börja, Nadja, sa Bäckström och nickade mot henne. Inte nog med att han blivit blåst på nästan tre miljoner. På toppen av det hade ryskan blåst honom på en flaska vodka och hur fan krånglar jag mig ur det, tänkte Bäckström.

Nadja Högberg hade pratat med de två kvinnor som tjugo år tidigare startat Aktiebolaget Skrivarstugan och som en av de första åtgärderna också skaffat ett bankfack åt bolaget på Valhallavägen i Stockholm.

– Båda jobbade på en reklambyrå i närheten, förklarade Nadja, så det var praktiskt och bra. Det där med bolaget var tänkt som ett extraknäck.

En tanke som inte hade fallit särskilt väl ut. Man hade haft dåligt med kunder redan från början och när deras chef på reklambyrån upptäckte vad de höll på med hade han sagt ifrån. Antingen sluta på byrån eller göra sig av med sitt extraknäck.

Vid den tidpunkten var deras aktiekapital på femtio tusen kronor i stort sett förbrukat. De hade talat med den man som skötte deras bokföring, Karl Danielsson, och bett om hjälp. Danielsson hade ställt upp, sålt deras bolag för en krona till en av sina andra klienter. En person som de för övrigt aldrig hade mött och inte ens visste vad han hette. Danielsson hade gjort i ordning alla papper. De hade träffat honom på hans kontor och skrivit på dem. Köpeskillingen på en krona hade de avstått ifrån. Det var det hela.

– Fast han lär ha erbjudit sig, sa Nadja. Hade visst tagit fram en krona och lagt på bordet.

– Fin gest, sa Bäckström. Har du något mer, Nadja?

– En hel del, sa Nadja. Helt bortsett från de där två komma nio miljonerna i hans bankfack så tror jag att vi fått vårt brottsoffer bakom vår fot, konstaterade hon med den lediga svenska som ibland var en del av hennes person.

– Vadå, helt bortsett från, sa Bäckström. Två komma nie mille och jag kunde varit i Rio så här dags, tänkte han.

– I hans bolag Karl Danielsson Holding AB, verkar det finnas betydligt mer än så, sa Nadja Högberg.

– Fyllskallen hade ännu mer deg? Hur mycket då, sa Bäckström misstänksamt.

– Jag tänkte återkomma till det, sa Nadja. Först tänkte jag säga något om hur mycket han kan ha hämtat ut ur bankfacket samma dag som han blir mördad.

– Bankboxen är av den minsta modellen, trettiosex centimeter lång, tjugosju centimeter bred och drygt åtta centimeter hög, den rymmer alltså sjutusen sjuhundrasjuttiosex kubikcentimeter, det vill säga närmare åtta liter, fortsatte hon. Om man tänker sig att man fyller den med tusenlappar i buntar på hundratusen så rymmer den ungefär åtta miljoner.

– Åtta mille, i den lilla lådjäveln, sa Bäckström. Det är ju fan ta mig kriminellt, tänkte han.

– Hade det handlat om Euro, i den högsta valören på femhundra Euro och de sedlarna är för övrigt betydligt mindre än våra tusenlappar trots att de är värda nästan fem gånger så mycket, så rymmer den ungefär femtio miljoner, sa Nadja och smålog. Hade den innehållit dollar i den högsta valören, den på fem tusen dollar, ni vet den där med president Madison på framsidan, porträtt av Madison brukar man visst kalla den, så hade det legat närmare en halv miljard svenska kronor i Danielssons bankfack, konstaterade Nadja och log stort.

– Du driver med oss Nadja, sa Alm och skakade på huvudet. Alla de där säckarna som våra rånare kånkar iväg med då. Hur förklarar du dem?

– Danielsson måste ha varit världens rikaste fyllskalle, sa Bäckström. Måste han väl ändå ha varit, tänkte han.

– Sedlar i lägre valörer, sa Nadja. Kanske hundralappar i snitt. Fyller du vår låda med hundralappar får du in drygt en miljon. Fyller du den med tjugor får du plats med knappt tre hundra tusen.

– Så fanskapet kan ha haft en halv miljard i sitt jävla bankfack, sa Bäckström som mot sin vilja blivit helt fascinerad.

– Tror jag inte ett ögonblick, sa Nadja och skakade på huvudet. Jag tror att han som mest haft åtta miljoner där. För att svara på din fråga, Bäckström, så tror jag heller inte att han var världens rikaste fyllskalle. Däremot vet jag att många av världens rikaste män är fyllskallar.

– Vilket innebär att han kan ha tagit med sig drygt fem miljoner, för en vecka sedan, sa Annika Carlsson. Hem till den lägenheten, tänkte hon. I en väska som han lagt i vardagsrummet ovanpå sin teve.

– Om det nu är en attachéväska eller så kallad diplomatportfölj av den vanligaste modellen, av de beskrivningar som jag sett verkar det ju vara det, så rymmer den inte fem miljoner i tusenlappar, sa Nadja. Alla de här beräkningarna grundar sig ju på antaganden, konstaterade hon. Jag har gjort följande antaganden om ni nu orkar lyssna.

– Jag lyssnar gärna, sa Toivonen med samma förnöjda smil.

– För det första har jag antagit att han varit där för att hämta pengar, sa Nadja. I och för sig kan han ju ha hämtat något annat som anteckningar eller något sådant, men jag har antagit att han hämtat pengar.

– För det andra antar jag att det i så fall handlat om tusenlappar i buntar på hundratusen, likadana som dem som vi hittar i facket, och för det tredje att han stoppat dem i en väska av den vanligaste attachémodellen.

– Hur mycket blir det då, sa Toivonen, och flinade av någon anledning åt Bäckström.

– Max tre miljoner, sa Nadja. Fast då måste han packa dem ordentligt så själv tror jag att det är mindre än så. Kanske ett par miljoner, sa hon, och ryckte på axlarna. Allt detta är ju spekulationer som ni säkert förstår.

– Är det någon som kollat om Niemi har köpt ny bil, sa Stigson och flinade åt de andra.

– Passa dig grabben, sa Toivonen och blängde på honom. Du nämnde hans bolag, Nadja. Hur mycket pengar finns det där då?

– Enligt bolagets årsredovisningar har det ett eget beskattat kapital på drygt tjugo miljoner kronor, sa Nadja. Observera att det är ett bolag med minsta tillåtna aktiekapital, hundra tusen kronor. Med Danielsson som verkställande direktör, styrelsens ordförande och ende ägare. Övrig styrelseledamot är hans gamla kompis Mario Grimaldi och suppleant i styrelsen är Roland Stålhammar.

– Kan man tänka sig, sa Toivonen och log snett. Hur mycket av det är luft då, fortsatte han.

– Tio miljoner har jag hittat, konstaterade Nadja. Aktier, obligationer och andra värdeinstrument som ligger i bolagets depåer hos SE-Banken och Carnegie. Resterande dryga tio miljoner ska finnas i utländska depåer men eftersom jag inte har de papper från åklagaren som jag behöver för att kunna fråga dem, så vet jag inte. Gissningsvis tror jag att pengarna finns där. Årsredovisningarna verkar vara upprättade efter konstens alla regler. Problemet är ett annat.

– Vilket är det, då, frågade Toivonen.

– Hans bokföring. Vi saknar hans bokföring. Han är ju skyldig att spara den i tio år men vi har inte hittat en enda bokföringshandling, konstaterade Nadja med en axelryckning.

– Det här låter nästan som något som vi borde lämna över till Ekobrottsmyndigheten, sa Toivonen.

– Tycker jag också, sa Nadja. Om ni vill att jag ska hinna med något annat så är det nödvändigt.

– Då gör vi så. Skriv ett underlag så skall jag fixa det på momangen, sa Toivonen. En fråga till. När börjar Danielsson tjäna alla dessa pengar?

– Under de senaste sex, sju åren, sa Nadja. Innan dess är hans bolag inte så mycket att hurra för. Men för en sex, sju år sedan börjar det gå bättre och bättre. Tjänar ett par miljoner per år på olika investeringar, aktier, obligationer, optioner och andra värdepapper, och med ränta på ränta så har tillgångarna i vart fall följt med utvecklingen på börsen.

– Intressant, sa Toivonen och reste sig. Danielsson tycks inte ha varit någon vanlig fyllskalle, sa han. Log och nickade av någon anledning mot Bäckström.

29

– Har vi något mer, frågade Bäckström och blängde efter Toivonen
när han försvann ut.

– Det var det där som chefen bad mig göra, sa Felicia Petters-
son och markerade med en artig handrörelse. Det där med att det
var något konstigt med tidningsbudet. Han som hittade kroppen.
Septimus Akofeli heter han. Jag tror jag har hittat det. Det som är
konstigt alltså. Jag gick igenom hans telefonlista nämligen, och då
upptäckte jag en del som i vart fall strider mot vad han själv uppgivit
i förhöret med honom.

Tänka sig, tänkte Bäckström. Sothönan har värpt. Trots att hon
fortfarande bara är en liten kyckling.

– Vad var det då, sa Bäckström som helst ville gå på toaletten och
klämma i sig några liter kallt vatten, ytterligare ett par magnecyl och
en liten mintpastill på toppen. Kanske lämna det här dårhuset och
åka hem till sin trevna lya där både kylskåp och skafferier numera
var återställda till gammal god standard.

– Akofeli har en betalkortsmobil, sa Felicia Pettersson. En
sådan där mobil där man inte vet vem som har abonnemanget.
Torsdag den femtonde maj då Danielsson hittas har han ringt
totalt tio samtal. Det första är sex minuter över sex på morgonen
då han ringer till ledningscentralen. Det samtalet pågår i drygt
tre minuter innan det bryts, etthundranittiotvå sekunder för att
vara exakt, sa hon och nickade bekräftande mot papperet som
hon höll i handen. Omedelbart därefter, klockan nio minuter över
sex, ringer han ett annat nummer som går till en betalkortsmobil.
Samtalet bryts efter femton sekunder när svararen går igång. Då
ringer han omgående samma nummer igen och även det samtalet
bryts efter femton sekunder. Sedan dröjer det en minut innan han
ringer samma nummer en tredje gång. Det samtalet bryts redan
efter fem sekunder. Elva minuter över sex närmare bestämt, och
det är ju intressant.

– Varför då, sa Bäckström och skakade på huvudet. Varför är det så intressant.

– Det är då som första patrull på plats går in i porten på Hasselstigen ett. Jag får för mig att när Akofeli hör att det kommer någon så bryter han samtalet och stoppar på sig mobilen.

– De andra samtalen då, sa Bäckström och försökte se så skarp ut som man nu kunde med den baksmällan.

– Vid niotiden ringer han till sin arbetsplats för att tala om att han blir försenad, sa Pettersson och såg av någon anledning på Annika Carlsson.

– Han bad mig om lov först, bekräftade Carlsson och nickade.

– Nästa samtal är också till hans arbete. Det ringer han strax före tio när han lämnat Hasselstigen ett.

Först ett till ledningscentralen, sedan tre till någon jävla betalkortsmobil, sedan två till jobbet. Ett plus tre plus två blir … Ja, vad fan blir det nu, tänkte Bäckström som redan hade tappat tråden.

– Det sjunde samtalet rings strax efter lunch, fortsatte Felicia Petersson. Klockan tolv och trettioett för att vara exakt. Då ringer han till ett företag som är kund hos budfirman där han jobbar. Han skall hämta ett budpaket, men har fått fel portkod.

– Hur vet du det, frågade Bäckström.

– Därför att kunden är på lunch. Han svarar inte. Så då ringer han sitt åttonde samtal till budfirman där han jobbar för att se om de kan få fram rätt portkod.

– Du har pratat med dem, sa Bäckström. Varför gjorde du det? Var det så klokt? Ungjävlar, tänkte han.

– Jag tror det, sa Felicia och nickade. Men jag kommer till det strax.

Vad fan är det sothönan sitter och säger, tänkte Bäckström. Får ta mig fan bli ett ledningssamtal, tänkte han.

– Det nionde samtalet ringer han strax efter det att han slutat på sitt jobb, vid sjutiden på kvällen, och det tionde och sista samtalet rings fyra timmar senare. Kvart över elva på kvällen. Båda samtalen är till samma betalkortsmobil som han ringt på morgonen. Han får inget svar och båda samtalen bryts redan efter sju sekunder, vilket måste bero på att abonnenten stängt av sin telefon. Så av totalt tio samtal har han alltså ringt fem stycken till samma betalkortsmobil under den här dagen och vem som har det abonnemanget vet vi alltså inte.

– Det är väl inte konstigare än att han ringt någon kompis för att skvallra om det han varit med om, sa Bäckström och lät lika sur som han kände sig. Alla sådana där har väl betalkortsmobiler. Det är väl det som är själva poängen. Att man inte ska veta vem som ringer.

– Ja, jag vet. Jag har själv en betalkortsmobil. Ganska praktiskt faktiskt, sa hon och såg på Bäckström utan att verka det minsta besvärad.

– Okej, sa Bäckström och försökte mjuka upp rösten eftersom Annika Carlssons ögon redan hade smalnat betänkligt. Du får ursäkta, Felicia, men jag fattar fortfarande inte varför detta skulle vara så konstigt?

– Därför att han är försvunnen, sa Felicia Pettersson. Septimus Akofeli är försvunnen.

– Försvunnen, sa Bäckström. Vad är det hon sitter och säger, tänkte han.

– Försvunnen, fortsatte Felicia och nickade. Förmodligen försvinner han redan på fredagen. På morgonen har han delat ut tidningar som vanligt men han dyker aldrig upp på budfirman där han jobbar på dagarna. Det är första gången det händer och han har faktiskt jobbat där i mer än ett år. Hans mobil är också helt död från och med fredag. Avstängd. Sista samtalet som han ringer från sin mobil är det från kvart över elva på torsdag kväll, till betalkortsmobilen med okänd innehavare, och då är den alltså avstängd.

– Jag lyssnar, sa Bäckström och nickade uppmuntrande. Sotmusen har snott väskan, tänkte han.

– På hans jobb har man ringt honom flera gånger under fredagen, fortsatte Felicia. När han inte kommer till jobbet på måndagen åker en av hans arbetskamrater hem till honom och ringer på dörren. Han bor ute i Rinkeby, på Fornbyvägen sjutton, men där är det ingen som öppnar. Då går han ut på gården och kikar in genom hans fönster. Han bor i en etta på nedre botten och gardinerna är inte fördragna. Lägenheten verkar tom enligt hans jobbarkompis. Så om han inte har gömt sig för att han inte vill öppna, så är han inte hemma. Senare samma dag anmäler hans chef på budfirman honom som försvunnen och eftersom han bor i vårt polisområde är det här som anmälan hamnar. Jag hittade den när jag började slå på honom och det var då som jag ringde till hans jobb.

– För att nu besvara chefens fråga, avslutade Felicia Pettersson och såg på Bäckström med mycket korrekt min.

– Det här är inte bra, sa Bäckström och skakade på huvudet. Vi får försöka rota rätt på… på Akofeli. Tar du det, Annika?

– Jag och Felicia, sa Annika Carlsson och nickade.

– Bra, sa Bäckström och reste sig med ett ryck. Håll mig underrättad, sa han.

– En sak till, sa Bäckström, stannade i dörren och lät sin fältherreblick svepa över sina medarbetare för att slutligen stanna på Felicia Pettersson.

– Det där med samtalen till den där betalkortsmobilen och att han plötsligt är försvunnen är naturligtvis inte bra. Det måste vi reda ut och bra att du kom på det, Felicia. Men det är ändå inte det som stör mig, sa Bäckström, och skakade på huvudet.

– Det är något annat som stör mig med Akofeli, upprepade han.

– Som vadå, frågade Annika Carlsson.

– Vet inte, sa Bäckström. Sliter med frågan, sa han och nickade och log trots huvudvärken. Där fick de lite gott att suga på, tänkte han när han klev ut i korridoren eftersom det enda som störde honom just nu var avsaknaden av en stor, mycket stor och mycket kall, tjeckisk pilsner.

Sådana som sotmusen orkade han knappt bry sig om. Det vet väl alla som vet något, tänkte han. All skit som sådana där håller på med och jag ger mig fan på att det var han som smög undan portföljen. Om det inte var Niemi eller Hernandez förstås. Att det inte var Stålhammar fattade väl varenda snorunge. Han var säkert överlycklig över det lilla han kunnat norpa ur offrets plånbok.

Stålhammar slår ihjäl Danielsson. Snor innehållet i hans plånbok och vinglar hem till Järnvägsgatan. Missar väskan med miljonerna.

Akofeli hittar liket. Snokar igenom Danielssons kvart. Hittar väskan. Gömmer undan den. Öppnar den i lugn och ro. Upptäcker att han plötsligt blivit miljonär. Drar till Otahejti och svårare än så är det inte. Och var det inte han så var det väl Niemi och hans kumpan chilenaren och hög tid att få något i lilla krävan, tänkte han.

30

Miljöbudet hade sina lokaler på Alströmergatan på Kungsholmen. På vägen dit hade Annika Carlsson och Felicia Pettersson diskuterat det uppkomna läget. Allt annat hade varit konstigt och närmast att betrakta som en tjänsteförsummelse för ett par riktiga konstaplar.

– Vad tror vi om det här då, Felicia, sa Annika Carlsson.

– Jag hoppas jag har fel, sa Felicia, men det mest troliga är väl tyvärr att Akofeli snott väskan och gömt undan den någonstans i närheten innan han ringde till ledningscentralen. Vi har ju bara hans egna ord på att han ringde direkt dit sedan han hittat Danielsson.

– Ja, det kanske är så illa. Det verkar inte helt osannolikt i varje fall.

– Vilket väl innebär att Akofeli försvunnit ur landet så här dags, konstaterade Felicia.

– Jag har redan pratat med åklagaren, sa Annika Carlsson. Så fort vi är klara med budfirman så tar vi Akofelis bostad.

– Måste se till att fixa nycklar också, sa Felicia Pettersson.

– Redan pratat med fastighetsskötaren, sa Annika Carlsson och log. Vem tar du mig för egentligen?

– Jag tar dig för någon som man gillar, sa Felicia. Småretas lite ibland, du vet.

Miljöbudet låg på gatuplanet, hade skylt ovanför dörren och ett halvdussin cyklar som stod uppställda över hela trottoaren.

– Ska du gå förbi här med en barnvagn blir du tvungen att kliva ut i gatan, konstaterade Annika Carlsson med rynkade ögonbryn.

– *Cool it babe*, sa Felicia Pettersson och log stort mot henne. Vad tror du om att ta det sist?

– Du får sköta snacket, avgjorde Carlsson. Det här är din grej.

Först hade de pratat med Akofelis chef, som hette Jens Jonasson, "kalla mig Jensa, det gör alla som jobbar här", såg ut som en vanlig svensk datanörd och verkade vara obetydligt äldre än Akofeli. Mest av allt hade han verkat orolig. Det syntes tydligt i hans ögon trots de tjocka glasen.

– Det här är inte likt mister Seven, sa han. Septimus alltså. Vi kallar honom Seven, eftersom det betyder det på latin, förklarade han, samtidigt som han skakade på huvudet för att ge eftertryck åt det han sa. Han har inte missat en dag sedan han började här och det är ett och ett halvt år sedan nu.

– Hur är han som person, frågade Annika Carlsson, trots löftet hon gett fem minuter tidigare.

– Grymt bra, sa hans chef. Jävel på att hoja, superkondis, ställer alltid upp även om det kan bli värsta snörallyt ibland. Ärlig, schysst, bra mot kunderna. Toppenkraft. Miljömedveten. Det är viktigt här. Det är vi noga med. Alla som jobbar här måste vara miljömedvetna.

– Vad tror du har hänt då, frågade Felicia Pettersson. Här är det jag som ställer frågorna, tänkte hon.

– Det måste ju ha med det där jävla mordet att göra. Att han har sett något som han inte borde. I värsta fall är det väl så illa att någon röjt honom ur vägen. Det är åtminstone så som snacket går här på jobbet.

– Verkade han orolig eller så när han kom hit på torsdagen?

– Nej. Han ville knappt snacka om det. Alla var ju på honom och ville veta. Jag menar. Hur ofta händer det att du springer på en döing som just blivit mördad? Aldrig hänt mig i alla fall, sa Jensa och putsade upprört på sina glasögon. Ingen annan heller som jobbar här, ingen som jag känner. Vad händer sedan då, plötsligt så är han bara försvunnen. Det är väl ändå ett märkligt sammanträffande. Rent tidsmässigt, menar jag.

– Jag hör vad du säger, sa Felicia. Vem är hans bästa kompis här på jobbet?

– Lawman, sa Jensa, Nisse Munck. Pluggar juridik. Farsan hans lär vara värsta höjdarjuristen. Han är här förresten. Sitter nere i cykelkällaren och putsar på sin egen racer. Han tävlingshojar. Fast knappast Girot eller Touren om du frågar mig, sa Jensa samtidigt som han sänkte rösten. Vill du snacka med honom?

– Gärna, sa Felicia. Om han har tid att slita sig från hojen.

Lawman var påtagligt lik sin chef, komplett med glasögon och allt, men frånsett de långa muskulösa benen inte särskilt lik en tävlingscyklist.

– Det är klart jag frågade, sa Lawman. Straffrätt är ju min grej. Det är där jag tänkte sätta upp lådan så fort jag blir klar. Brottmåls-advokat, egen låda, förtydligade Lawman.

– Vad svarade han då, frågade Felicia Pettersson.

– Sa att han inte ville snacka om det, sa Lawman. Det kan man ju förstå. Kan ju inte ha varit så kul. Jag gick in på nätet och kikade så fort jag kom hem i torsdags och det verkar ju ha varit värsta motorsågsmassakern. Fast i artikeln snackade de om en yxa.

– Men ni pratade inte om det som han hade upplevt, upprepade Annika Carlsson.

– Jag försökte, sa Lawman. Mister Seven ville inte snacka. Okej, okej. Jobb att sköta. Nya kunder hela tiden. Det är ju inte så att vi hojar tandem på det här stället. Eller?

– Det var allt? Annika Carlsson nickade mot honom.

– Ja, jo.

– Ingenting annat han sa. Eller frågade om?

– När du säger det, sa Lawman. Han hade faktiskt en fråga. Det var strax innan jag stack från jobbet. Lite mysko fråga men du ska veta att alla här frågar mig hela tiden.

– Om juridik, juridiska problem, sa Felicia.

– *Yes*, sa Lawman och nickade. Oavbrutet gratiskonsultationer. Mest familjerätt. Vad händer om tjejen sparkar ut mig ur kvarten och jag inte står med på hyreskontraktet. Hur blir det med kylskå-pet som vi båda pröjsat. Den typen av frågor. Trots att jag sagt att det är straffrätt som är min grej.

– Den mysko frågan, påminde Felicia.

– Han frågade om det där med nödvärnsrätten, sa Lawman. Hur det var i Sverige om någon hoppade på en och man försökte försvara sig. Hur långt man fick gå, alltså.

– Vad svarade du då, då?

– Först sa jag att det var en jävla mysko fråga. Sedan frågade jag faktiskt om det var Seven som slagit ihjäl gubben för att han flugit på honom för att han gett honom fel tidning eller något sådant. Vissa kunder kan bara vara lite för mycket ibland. Men det var det inte. Seven sa åt mig att allt sådant kunde jag lägga ner. Inget sådant. *No way*, sa Lawman.

– Kommer du ihåg exakt hur han formulerade sig, envisades Felicia.

– Hur långt man hade rätt att gå. Antag att någon försöker slå ihjäl dig. Har du då rätt att slå ihjäl den personen? Ungefär så var frågan.

– Vad svarade du på det då, upprepade Annika Carlsson.

– Ja. Och nej. Det borde väl ni veta förresten? Rätt att använda det motvåld som angreppets farlighet motiverar. Plus det extra våld som är nödvändigt för att avvärja angreppet. Att han skulle glömma allt annat. Som att dela ut en extra spark som tack för senast när gärningsmannen låg där och käkade gräs.

– Fick du ett intryck av att Seven frågade för egen räkning? Att han själv blivit utsatt för våld, frågade Annika Carlsson.

– Driver du med mig, sa Lawman. Seven har vuxit upp i Somalia. Vadå utsatt för våld? Gå in på nätet och kika. Väkommen till jorden, konstapeln.

– Jag menar här hemma i Sverige, förtydligade Annika Carlsson. Att han råkat ut för något här hemma i Sverige.

– Ja, det frågade jag, sa Lawman. Det förnekade han bestämt och det har jag redan sagt. Frånsett alla rassar förstås som en sådan som Seven måste leva med. Skicka hem dem till Grottköping istället, om du undrar vad jag tycker.

– Fick du ett intryck av att han frågade för någon annans räkning, sa Felicia Pettersson.

– Det frågade jag däremot inte om, sa Lawman. Med tanke på vad han varit med om på morgonen så var väl inte det så konstigt förresten. Att jag utgick från att det handlade om honom själv menar jag. Är det så konstigt?

– Verkligen inte, sa Felicia och log.

Sedan hade de gått. Jensa hade följt med dem ut på gatan och därmed gett Annika Carlsson ett osökt tillfälle att leva upp till sitt rykte i polishuset i Solna.

– Apropå miljömedvetenhet, sa Carlsson. Hur tror du det funkar om man kommer här med en barnvagn och ska försöka ta sig förbi på trottoaren?

– Fixa, fixa, *me fix*, sa Jensa och höjde både händerna i en avvärjande gest.

– Bra, sa Annika Carlsson. Då förutsätter jag att det är ordnat när vi dyker upp nästa gång.

– Hur tolkar vi det här då? Det där med hans frågor om nödvärns-rätten, sa Felicia. Mysteriet tätnar, kriminalinspektören. Hög tid att upplysa en yngre kollega.

– Att Danielsson dog på kvällen innan Akofeli hittar honom är helt klart, sa Annika Carlsson.

– Rättsläkaren, instämde Felicia och nickade.

– Inte bara han, sa Annika Carlsson. Jag var där före klockan sju och då hade inte Niemi och Chico kommit än så jag passade på att känna på honom.

– Aj, aj, aj, sa Felicia och log brett. Inte titta med fingrarna. Det tjatade alltid min lärare i kriminalteknik om när jag gick på sko-lan.

– Måste ha glömt det, sa Annika Carlsson. Dessutom hade jag handskar på mig.

– Och?

– Han var stel som en planka, sa Annika Carlsson. Så jag har inga som helst problem med farbror doktorn. Inte den här gången. Vi är helt överens.

– Då så, sa Felicia. Vad tror du om att käka lite innan vi drar ut till Rinkan? Finns ett hyggligt sushiställe nere i Solna centrum.

– Taget, sa Annika Carlsson, som redan hade tankarna på annat håll. Vad är det här egentligen, tänkte Annika Carlsson. Det här blir konstigare och konstigare, tänkte hon.

31

Medan hans medarbetare förmodligen rände runt som yra höns hade Bäckström uppsökt en diskret restaurang nere i Solna centrum. Ätit fläskfilé med gräddstuvade champinjoner och potatiskroketter och druckit en stor stark. Till och med smugit ner ett par små rackare medan han höll skärpt uppsikt mot ingången. Kunde långt ifrån uteslutas att Toivonen och Niemi försökte smygsupa på arbetstid och han var inte den som tänkte låta sig överraskas av ett par törstiga finnkolingar.

Efter en kopp kaffe och liten Napoleonbakelse, en stunds meditation och eftertanke, hade han så återvänt till polishuset. Stärkt till såväl kropp som själ hade han tagit vägen genom garaget och träffat på sin gode vän garagevakten.

– Du vill låna holken och luta dig en stund, konstaterade hans medbroder.

– Är den ledig då, frågade Bäckström.

– Det är grönt. Knarknissarna har suttit och häckat hela natten så nu ligger de hemma i bingen och grisar.

– Väck mig om två timmar, sa Bäckström. Jag har varit igång i stort sett hela dygnet nu så det hög tid för framstupa sidoläge.

Två timmar senare satt han på sitt rum. Klar som kristall i knoppen, tungan skarp som en rakkniv, och den första som blivit varse detta var deras åklagare som ringde för att meddela att hon släppt ut Roland Stålhammar ur finkan.

Ärendet hade komplicerats. Enligt åklagaren verkade ju Danielsson inte ha varit någon vanlig fyllskalle. Milt uttryckt, och själv skulle hon ha varit överlycklig om hon bara haft tiondelen av de pengar som han hade haft.

Samma sak gällde för övrigt Stålhammar. Inte heller han var någon vanlig fyllskalle. Han var gammal kollega till Bäckström också, och mot bakgrund av de nya fakta som framkommit om offret kunde man faktiskt tänka sig helt andra motiv och gärningsmän än ett vanligt fyllegräl och en annan, helt vanlig, fyllskalle.

– Ja, visst, sa Bäckström. Jag är helt enig med dig. Oavsett vad man tycker om fyllskallar som Stålhammar så får man ändå inte glömma bort att den stora majoriteten av alla fyllskallar faktiskt aldrig slår ihjäl någon eller ens blir ihjälslagna. Faktum är att andelen fyllskallar som slår ihjäl någon lär vara exakt lika stor som andelen fyllskallar som blir ihjälslagna.

– Hur menar du då, sa åklagaren misstänksamt.

– Att Stålhammar är en ovanlig fyllskalle, sa Bäckström. Där fick hon lite gott att suga på, rena Mensa-testet, tänkte han när han lade på luren.

Sedan hade han tagit fram papper och penna och ägnat de följande två timmarna åt att dra upp alla stora och små linjer i sin utredning. Avslutat med att skriva en minneslista med sådant som hans medarbetare närmast skulle ta itu med. Läsa innantill borde de väl ändå klara, tänkte Bäckström och tittade på klockan. Redan fem och hög tid att gå hem, tänkte han, och hunnen så långt i sina tankar hade han avbrutits av en diskret knackning på sin dörr.

– Kom in, grymtade Bäckström.

– Ledsen att jag stör dig, sa Nadja Högberg. Det är väl hög tid att gå hem, tänkte jag själv göra åtminstone, men innan du går skulle jag ge dig den här, sa hon och räckte över en plastpåse som av formen av döma innehöll en rejält tilltagen butelj. Vodka och en hederlig liter, rysk av etiketten att döma och av ett märke som han varken kände till eller kunde läsa sig till vad det hette.

– Vad förskaffar mig den äran, sa Bäckström med fryntlig min. Slå dig ner förresten och stäng dörren så vi slipper lyssna till onda tungor.

– Vårt lilla vad, sa Nadja. Jag har haft dåligt samvete för det.

– Jag trodde det var jag som var skyldig dig en flaska. Tänkte faktiskt ta vägen förbi systemet när jag åkte hem, ljög Bäckström. Dåligt samvete? Varför säger du så?

– Redan när vi slog vad började jag väl ana att Danielsson kunde sitta på en hel del pengar, sa Nadja. Jag höll på med hans bolag, så det där med pottan rågad med guld var väl inte helt gripet ur luften. Det är jag som är skyldig dig en flaska. Du är inte skyldig mig något.

– En liten hutt kanske, sa Bäckström, nickade och såg ännu fryntligare ut. Så här efter en hård arbetsdag fylld av id och ävlan. De är för jävla listiga de där ryssarna, tänkte han. Där sitter kärringen och håller färgen och tänker blåsa mig på hela vadet. Sentimentala mitt i alltihop. Dagen därpå får hon plötsligt dåligt samvete och vill göra rätt för sig.

– Det ska vara en liten då, sa Nadja. Det är den bästa vodkan förresten, bättre än både Stolichnaya, Kubanskaya eller Moskovskaya. Heter Standard, men säljs inte på bolaget. Mina släktingar brukar ta med sig några flaskor när de kommer hit på besök.

– Skall bli en intressant smakupplevelse, sa konnässören Bäckström som redan tagit fram två glas och en påse halstabletter ur sin skrivbordslåda. Här har vi både glas och tilltugg, förklarade han och pekade på halspastillerna.

– Jag har en burk saltgurka i kylskåpet, sa Nadja och såg tveksamt på påsen med minttabletter. Jag tror jag hämtar den istället.

Inte bara saltgurka visade det sig. När hon återvände medförde hon förutom gurkan både surdegslimpa, rökt korv och lufttorkad skinka.

Måste vara alla världskrig som de varit med om, tänkte Bäckström. En riktig ryss ser alltid till att ha skafferiet inom räckhåll om det skulle braka lös.

– Skål, Nadja, sa Bäckström, bet av en rejäl korvskiva och höjde sitt glas.

– Nazdarovie, sa Nadja, log med alla guldtänderna, knyckte på nacken och sänkte supen utan att bita av eller ens blunda.

Fan, tänkte Bäckström en kvart senare efter ytterligare en rejäl rysk rackare, en hel saltgurka och en halv korv. Mycket hjärta hos de där ryssjävlarna. Bara man bemödar sig lite och vinner deras förtroende, tänkte han.

– Kan vi ha det bättre än så här, Nadja, sa Bäckström och skänkte i den tredje supen. Det enda vi saknar nu är en balalajka och några kosacker som hoppar runt på skrivbordet.

– Vi har det bra, sa Nadja. Kosackerna avstår jag gärna ifrån men en balalajka kanske hade varit trevligt.

– Berätta om dig själv, Nadja, sa Bäckström. Hur kommer det sig att du hamnade här? Hos Moder Svea, här i den Högan Nord. Mycket hjärta, tänkte han, och maken till vodka hade han aldrig varit i närheten av. Måste se till att ordna hem en egen låda, tänkte han.

– Orkar du lyssna då, sa Nadja.

– Jag lyssnar, sa Bäckström. Lutade sig tillbaka i stolen och log sitt varmaste leende.

Sedan hade Nadja berättat. Hur Nadjesta Ivanova hade lämnat ett sönderfallande Sovjetimperium. Hamnat i Sverige och blivit Nadja Högberg, som sedan tio år jobbade som civilanställd utredare vid kriminalpolisen i Västerort.

Alldeles lätt hade det inte varit. Efter avslutad examen hade hon fått arbete som riskanalytiker inom kärnkraftsindustrin. Arbetat vid flera kärnkraftverk i Östersjöregionen.

Första gången hon bett om lov att få lämna sitt hemland var 1991, två år efter befrielsen 1989. Då jobbade hon på ett kärnkraftverk i Litauen som låg bara några mil från Östersjön. Hon hade aldrig fått något svar. En vecka senare hade hon blivit uppkallad till sin chef som meddelade att hon hade blivit omplacerad till ett annat kärnkraftverk som låg hundra mil norrut, strax norr om Murmansk. Några tystlåtna män hade hjälp henne att packa sina få tillhörigheter. Kört henne till den nya arbetsplatsen och inte vikit en tum från hennes sida under de två dygn som det tagit.

Två år senare hade hon struntat i att be om lov. Med hjälp av "kontakter" hade hon tagit sig över gränsen till Finland. Mötts av nya kontakter och redan morgonen därpå vaknat i ett hus på landet någonstans i Sverige.

– Det var hösten nittonhundranittiotre, sa Nadja och log snett. Jag satt i sex veckor och pratade med mitt nya värdfolk, jag har aldrig blivit så väl omhändertagen och ett år senare, så fort jag lärt mig svenska, blev jag svensk medborgare, fick egen bostad och jobb.

Den militära underrättelsetjänsten. Fina grabbar, inte som de där idioterna på Säpo, tänkte Bäckström samtidigt som han kände sitt hjärta värmas av fosterländsk glöd.

– Vad fick du för jobb då, sa Bäckström.

– Det har jag glömt, sa Nadja och log snett. Fast sedan fick jag ett nytt som tolk vid Stockholmspolisen. Det var nittonhundranittiofem, så det kommer jag ihåg.

Säpo, tänkte Bäckström. Snåla jävlar som aldrig fattat att ryssar är mest hjärta om man förstår att ta dem på rätt sätt.

– Högberg, då, sa Bäckström nyfiket.

– Det är en annan historia, sa Nadja och log. Vi träffades på nätet, sedan skiljde jag mig från honom. Han var lite för rysk för min smak om du förstår vad jag menar, sa hon och markerade med glaset.

– Skål, förresten, sa Nadja och log på nytt.

– Nazdarovie, sa Bäckström. Enbart hjärta, tänkte han.

32

Kriminalinspektören Lars Alm och polisassistenten Jan O Stigson hade tillbringat det mesta av dagen med att höra ett par av Danielssons gamla kamrater, Halvar "Halvan" Söderman och Mario "Gudfadern" Grimaldi. Alm hade hoppats att Annika Carlsson skulle följa med honom, med tanke på vad Söderman hittat på med restaurangägaren, men sedan hade tydligen andra och viktigare göromål kommit emellan och han hade fått nöja sig med Stigson.

De hade börjat med Halvar Söderman som bodde på Vintergatan nere i Gamla Solna, alldeles bakom fotbollsstadion och bara några hundra meter från brottsplatsen. Först hade de ringt på hans telefon. Inget svar. Sedan hade de åkt hem till honom och ringt på hans dörr. Efter ett flertal resultatlösa signaler hade han plötsligt slängt upp ytterdörren i den uppenbara förhoppningen att kunna dänga den i huvudet på Stigson. Alm hade varit med förr och varsnat faran. Så fort han skymtade något bakom tittögat i dörren hade han skjutit Stigson åt sidan, gripit tag i dörrkarmen och gett den en extra skjuts. Söderman hade landat på rumpan ute i sin egen trapphall och han var inte glad.

– Hoppsan, sa Alm. Det där kunde gått riktigt illa.

– Vad i helvete håller ni på med era jävla galningar, skrek Söderman.

– Polisen, sa Alm. Vi vill prata med dig. Vi kan göra det här eller vi kan ta ner dig till station. Vi kan till och sätta dig i finkan först om du fortsätter att jävlas med oss.

Söderman var inte dum på det viset. Han hade nöjt sig med att blänga och två minuter senare satt de bänkade runt bordet i hans lilla matrum.

– Dig känner jag igen förresten, sa han och glodde på Alm. Jobbar inte du på våldet inne i Stockholm?

– Det var förr, sa Alm. Nu jobbar jag här i Solna.

– Ja, du är väl gammal polare med Rolle, konstaterade Söderman. Kan inte du snacka förstånd med de där idioterna som satt honom i finkan.

– Han släpptes för en timme sedan, sa Alm utan att gå in på skälen.

– Sörru grabben, sörru, sa Söderman och flinade. Får man bjuda på något?

– Det är bra ändå, sa Alm. Vi ska inte bli långvariga.

– Men en fika kan du väl ändå klämma? Jag ska själv ha en java. Bryggarn är laddad och klar.

– Kaffe blir bra, sa Alm.

– Och du då, sa Söderman och nickade åt Stigson. Du vill ha en banan förstås?

– Kaffe blir bra, sa Stigson.

– Var det länge sedan ni böt, sa Söderman och nickade åt Alm.

– Böt, sa Alm. Hur menar du?

– Ja, från schäfrar till schimpanser, sa Söderman och flinade.

– Det är ett tag sedan, sa Alm.

Söderman hade dukat fram finporslinet. Erbjudit socker, mjölk, grädde och till och med en liten kask om någon nu var på det humöret. Renat hade han alltid hemma. Konjaken var tyvärr slut. Däremot hade han en skvätt bananlikör i skafferiet.

– Ifall det skulle dyka upp kärringar, förklarade han och nickade till Alm. Men det är okej i fall apan vill ha, fortsatte han och nickade mot Stigson. Är det okej för hans husse så är det okej för mig.

– Svart blir bra för mig, sa Alm. Apan vill också ha svart.

– Ja, det är mycket svart nu för tiden, suckade Söderman. Häromdagen roade jag mig med att räkna medan jag knallade ner till Solna centrum för att handla. Vet du hur många jag såg? På en fyrahundra meters promenix?

– Tjugosju, sa Alm.

– Nej, suckade Söderman och hällde upp kaffe. Slutade räkna vid hundra.

– Vet du hur gammal jag var innan jag såg min första riktiga neger, fortsatte han.

– Nej, sa Alm.

– Jag är född trettiosex, sa Söderman. Jag var sjutton bast innan jag såg min första neger. Det var nittonundrafemtiotre nere i gamla

Solna centrum, utanför Lorry. Krogen, du minns. De hade just öppnat det året. Det var fan folkfest. Alla skulle fram och morsa och dunka rygg och snacka engelska, vilken jävla engelska förresten, och fråga om han kände Louis Armstrong. Jag hade med mig en donna som hette Sivan. Sivan Frisk, och där satt det inte långt inne ska du veta. Hon var fan fuktig ner till fotknölarna innan jag lyckades släpa henne därifrån.

– Andra tider, sa Alm neutralt.

– Det är det som är skillnaden, sa Söderman och suckade. En går bra, två till och med. Speciellt om du vuxit upp på ett sådant här ställe. Gammal arbetarstadsdel. Gamla Solnagrabbar i min generation. Men tre blir för mycket. En går bra, två går bra, tre är en för mycket.

– En helt annan sak, sa Alm.

– Du undrar vad jag hade för mig i onsdags kväll förra veckan, avbröt Söderman. Samma kväll som någon jävla galning slog ihjäl Kalle.

– Ja, sa Alm. Vad gjorde du då?

– Det har jag redan berättat, sa Söderman. Det ringde något jävla ljushuvud från snuthäcken och tjatade. Om det var i går eller i förrgår? Minns inte.

– Vad sade du då, då, frågade Alm, utan att gå in på att det var han som hade ringt.

– Jag försökte förklara att jag hade alibi men han ville inte lyssna på det örat. Så jag lade på luren. Bad honom fara åt helvete gjorde jag också.

– Berätta för mig då, sa Alm. Ge mig gärna några namn på sådana personer som kan bekräfta ditt alibi.

– Visst, skulle jag mycket väl kunna göra, sa Söderman. Men det tänker jag alltså inte göra.

– Varför det då?

– För fjorton dagar sedan skulle jag flyga upp till Sundsvall för att besöka en gammal kompis som blivit lite risig. Han har fått cancer i prostatan och har väl haft bättre dagar än nu. När jag står där då, vid utgången till planet, och skall kliva på, så börjar tjejen vid disken tjata om att hon vill se min legitimation. Observera, jag är nykter och fin så det var inget sådant.

– ...så jag ger henne biljetten men hon ger sig inte. Kräver att få se legitimation. Jag förklarar för henne, att jag har fan ingen legitimation. Svänglappen drog dina kompisar in för tio år sedan. Passet har jag hemma i byrålådan. Vem fan tar med sig pass för att åka till Sundsvall, förresten? Men jag försöker ta det lilla lugna. Förklarar att jag är fullvärdig svensk medborgare sedan drygt sjuttio bast. Så länge jag är hemma i Sverige och inte har hittat på någon skit så behöver jag inte visa legget. Inte för att flyga till Sundsvall med svenskt inrikesbolag. Står faktiskt i grundlagen om du orkar kolla. Men, fan heller. Plötsligt så dyker det upp två sådana där, sa Söderman och nickade mot Stigson. Så något Sundsvall blev det inte.

– Trist, sa Alm och skakade på huvudet. Det är de där terroristerna som har ställt till det för oss.

– Skitsnack, sa Halvar Söderman. Du tycker jag är jävligt lik Usama Bin Ladin?

– Inte mycket, sa Alm och smålog. Men…

– Det var då jag bestämde mig, avbröt Söderman. Att jävlas tillbaka. Om du och dina kolleger bara hade hittat minsta lilla avtryck som tydde på att jag hade slagit ihjäl Kalle Danielsson så hade inte du suttit hemma hos mig och tjatat om mitt alibi. Då hade jag suttit uppe på krim. Inte första gången i så fall, men det vet du säkert redan.

– Varför tror du han blev ihjälslagen, sa Alm. Det finns ju andra sätt att ta livet av folk.

– Efter vad jag har hört så var det någon som slagit ett grytlock i huvudet på honom, sa Söderman.

– Vem har sagt det då, frågade Alm.

– Jag ska ge dig en ledtråd, sa Söderman. Jag har bott här ute i hela mitt liv. Jag har ränt på Valla och Råsunda och varenda krog härute, sju dagar i veckan, så länge jag bott här. Jag har krängt bilar till poliser, sålt vitvaror och teveapparater till poliser. Jag har flyttat på deras pinaler så fort kärringen sparkat ut dem eller de har hittat en ny gnagare. Jag har alltid gett dem den vanliga rabatten. Hur många snutar på station i Solna tror du jag känner?

– En hel del, sa Alm.

– Så jag är rädd för att vi inte kommer så mycket längre. Det var inte jag som slog ihjäl Kalle. Varför skulle jag göra det? Han hade sina sidor, Kalle, men det har vi väl alla, och hade jag velat dra ner gardinen för honom hade jag inte behövt något jävla grytlock. Dessutom har jag alibi men eftersom jag inte behöver tala om hur det ser ut så tänker jag heller inte göra det. Men om du och dina gelikar fixar så jag kan åka till Sundsvall utan att behöva visa passet så är du välkommen tillbaka. Då kan vi snacka som folk.

Söderman hade stått på sig. Trots att Alm hade suttit kvar och tjatat med honom i ytterligare en halvtimme hade de inte kommit längre. När de satt i bilen på väg hem till Grimaldi hade Stigson passat på att lätta på trycket.

– Det är missfirmelse av tjänsteman, sa Stigson. Kalla någon för apa.

– Schimpans, sa Alm och suckade. Det var jag som sa apa.

– Ja, men vi är ju kolleger, sa Stigson och såg förvånat på honom. Det blir ju något helt annat.

– Du har inte funderat på att byta frisyr, sa Alm av någon anledning.

– Vi skulle ha släpat upp gubbjäveln i finkan och vridit upp armarna på honom, sa Stigson som inte verkade lyssna.

– Om du nu verkligen tycker det, föreslår jag att du byter jobb, sa Alm.

Grimaldi hade varit Södermans motsats. Svarat på sin telefon när de ringt och bestämt tid. Öppnat dörren på den andra signalen, handhälsat och bjudit dem att stiga in i hans prydliga lägenhet.

De hade slagit sig ner i soffgruppen i vardagsrummet. Trogen sitt ursprung hade Grimaldi erbjudit mineralvatten, lemonad, italienskt kaffe, en aperitif. Eller ett glas rödvin kanske? Han hade öppnat en flaska till lunch, och det mesta fanns kvar, så det var alls inget extra besvär.

– Tack, men vi ska inte bli långvariga, sa Alm.

Vad hade Grimaldi haft för sig onsdag kväll för en vecka sedan, då hans gode vän Karl Danielsson blivit mördad hemma i sin lägenhet? Bara en halv kilometer från Grimaldis egen bostad?

– Jag minns inte, sa Grimaldi. Om jag skulle gissa så tror jag att jag var hemma. Jag är mest hemma nu för tiden.

– Du minns inte, upprepade Alm.

– Jag skall förklara, sa Grimaldi.

Ett år tidigare hade han fått diagnosen tidig Alzheimer. Sedan dess åt han bromsmediciner. Trots medicinerna hade hans närminne försämrats dramatiskt på de senaste månaderna. Ville de prata med hans läkare gick det bra att ringa vårdcentralen i Solna. Själv hade han glömt bort namnet på honom. Receptet och medicinen hade han däremot kvar. Stod i hans badrumsskåp och det gick givetvis bra att titta efter.

– Du har inte funderat på att föra några slags löpande anteckningar, som en slags dagbok, föreslog Alm.

Det hade han inte. Hade någon föreslagit det skulle han säkert ha glömt bort det också. Undrat varför han satt där med papper och penna i handen.

– Och det finns ingen i din närhet som kan tänkas veta sådant, sa Alm. Vad du haft för dig om dagarna menar jag, förtydligade han.

– Lyckligtvis inte, sa Grimaldi och log vänligt. Lyckligtvis är jag helt ensam i livet. Vem skulle vilja utsätta någon som han älskar, för en sådan som har blivit som jag?

Längre än så hade de inte kommit. På vägen ut hade de tittat i hans badrumsskåp, antecknat namnen på de preparat som fanns i hans medicinburkar och namnet på hans läkare som stod på receptet.

– Snacka om Gudfadern, sa Stigson när de satt i bilen på väg tillbaka till polishuset. Gubben är ju kristallklar i knoppen. Vad hette han, den där maffiabossen i New York? Han som körde samma upplägg och spelade tokig. Vad hette han nu?

– Minns inte, sa Alm.

33

När Annika Carlsson och Felicia Pettersson anlände till Akofelis lägenhet var Niemi och Hernandez redan på plats.

– Stig på, stig på. Vi är så gott som klara, sa Niemi. Jag försökte ringa dig på mobilen för en timme sedan, men den var avstängd. Det var Toivonen som skickade hit oss. Tycker inte om när viktiga vittnen försvinner ur hans mordutredningar. Eller också börjar han bara bli mänsklig på gamla dagar och oroar sig av det skälet.

– Vi hade stängt av mobbarna, sa Annika. Felicia och jag ville kunna prata i lugn och ro.

– Lite tjejsnack sådär, sa Felicia och glittrade med ögonen mot Chico Hernandez.

– Om mig förstås, sa Chico med en självmedveten axelryckning som inte verkade enbart spelad.

– Om den läckraste kollegan i hela huset, sa Felicia och suckade. Om Magda, din syster. Schysst kepa du har, förresten, Chico. Har du snott den i charkdisken på Ica, eller?

Den åsyftade "kepan" var en engångsmössa av vit plats. Obligatorisk huvudbonad för varje ansvarskännande tekniker som inte ville smitta ner brottsplatsen med egna hårstrån och mjäll. Att bära den i andra sammanhang, som under en glad afton på krogen när man ville träffa någon, eller om man bara medverkade i en av alla dessa våldsamt populära teveserier om kriminaltekniker, hade inte gagnat vare sig ens eget utseende eller de förhoppningar man hyste. Ensam hemåt i natten och halverade tittarsiffror.

– Det är inte mössan det sitter i, sa Chico med en talande axelryckning och återvände till att belysa det inre av Akofelis köksskåp.

Ett rum och kök; med matplats, en liten tambur och ett oväntat spatiöst badrum med plats för både toalett, dusch, badkar, tvättmaskin och torktumlare. Sparsamt möblerat, välstädat.

I det enda rummet, som var obetydligt större än ett vanligt studentrum, fanns en säng, prydligt bäddad med ett randigt överkast från Ikea, en garderob, en liten soffa, en teveapparat med DVD-spelare, en bokhylla som mest verkade innehålla kurslitteratur från universitetet, ett tjugotal pocketböcker, DVD- och CD-skivor, en träningsbänk klädd med grön galon, en skivstång, ett par hantlar och en liten stapel med vikter. Däremot inget som påminde om Akofelis afrikanska ursprung, inga mattor, skinn eller bonader, inga statyetter, masker eller andra prydnadsföremål. Inte ens en affisch eller några foton på väggarna.

Ute i köket fanns ett bord med två stolar. På golvet under köksbordet stod en skrivare till en dator men ingen laptop, ingen vanlig pc heller. Köksbordet var helt säkert också hans arbetsplats och med tanke på att lägenheten låg på bottenvåningen hade det varit dumt att ställa datorn på bordet när han inte var hemma. Fönstret ut mot gården låg kant i kant med bordet. Problemet var att datorn saknades.

Man hade inte hittat någon dokumentportfölj. Inte Akofelis mobil heller. Dessutom saknade man det där vanliga som brukade saknas när någon gett sig av i all hast. Kläder, skor, nycklar till lägenheten, pengar, id- och kreditkort. Det som störde bilden var att man hittat hans pass.

– Låg nedstucket bakom skohyllan i hans garderob, sa Niemi. Han har uppenbarligen gömt det så det var tydligen viktigt för honom.

– Tror du han har försvunnit frivilligt, frågade Annika Carlsson.

– Det mesta talar väl ändå för det, sa Peter Niemi. Har han råkat ut för något så har det i vart fall inte hänt här. I så fall lovar jag att käka upp Chicos mössa, tillade han och log brett.

– Passet då? Hans dator?

– Passet stör mig lite, instämde Niemi och nickade. I och för sig kan han ha haft ett annat pass, vi får kolla om han har kvar sitt gamla Somaliska pass, men just ett svenskt pass borde vara guld värt för honom om han nu har dragit iväg ner till Europa. Datorn stör mig mindre. Gissningsvis en laptop som han väl i så fall har tagit med sig.

– Hälsa Magda, sa Felicia och glittrade med ögonen mot Chico Hernandez när hon och Annika lämnade lägenheten. Fråga om hon vill hänga med ut någon kväll och röja med alla tjejerna.

Chico hade nöjt sig med att ge henne fingret.

– Jag tycker Chico är lite knepig, sa Felicia, när de satt i bilen på väg tillbaka. Han verkar inte fatta det enklaste. Fattar inte att jag råstöter på honom. Tror säkert att jag är lesbisk och ute efter hans syrra.

– Många killar är sådana, sa Annika Carlsson och log. Inte bara killar, förresten.

– Hur då?

– Jaa, lite korkade så där. Noll radar, säger fel saker, gör fel saker. Alldeles i onödan.

– Hallå, och vem är världsmästare då? Tänker vi på samme man, eller, sa Felicia.

– Jag vet åtminstone vem du tänker på, sa Annika Carlsson och smålog.

– Jag tror att han är lite rädd för dig faktiskt, sa Felicia. Han är nog inte så hård som han försöker verka.

– Det tror du.

– Så fort du tittar på honom så rycker han upp sig, den lilla tjockisen, sa Felicia.

– Tänk på att det är din chef du pratar om, sa Annika.

– Vilket väl är tur för honom, fnös Felicia. Annars skulle han få höra ett och annat.

När Niemi återvänt till polishuset hade Bäckström tydligen redan gått hem. Istället hade han pratat med Toivonen och gett honom en kort sammanfattning.

– Ni har hittat hans pass, sa Toivonen. Mobben, datorn och det där vanliga saknas. Är det rätt uppfattat?

– Ja, sa Niemi. Men inga spår av grejor som kan ha tillhört Danielsson.

– Hans tidningsväska då? Eller barnvagn eller vad han nu använder när han bär ut tidningar. Grabben bär väl ut hundratals tidningar varje dag. Jag förmodar att han inte håller dem under armen.

– Tänkte inte på det, sa Niemi och flinade. Finns ingen sådan väska eller vagn i lägenheten. Inte i hans förråd heller för där har

vi varit och där är det helt tomt. Någon egen cykel verkar han inte
ha haft. Men nu när du säger det så. Jag minns att när jag pratade
med honom på Hasselstigen så hade han dessutom en sådan där
axelremsväska i tyg med tidningar i. Den har vi heller inte hittat.
Fast den kan han ju ha haft som resväska om han stack. Verkar inte
ha haft särskilt mycket prylar, grabben.

– Och ingen större väska på hjul? Eller gammal barnvagn? Eller
trilla?

– Nej, sa Niemi och skakade på huvudet.

– Vad fan skulle han ta med sig den för, sa Toivonen. Om han nu
har dragit söderöver menar jag.

– Inte den blekaste, sa Niemi.

34

När Bäckström kom hem från jobbet var klockan redan åtta på
kvällen. Han var på ett utmärkt humör och medförde en till hälften
urdrucken liter av den bästa ryska vodka som gick att uppbringa.
Den första halvan hade han och Nadja hällt i sig på hans kontor
i jakt på den sanning som blott stod att uppleta på botten av bu-
teljen.

Spaningarna fortsätter, tänkte Bäckström och som första åtgärd
hade han gått ut i köket, hällt upp ännu en rejäl rackare, tagit fram
en pilsner ur kylen och brett sig en smörgås med mycket leverpastej
och gurkmajonnäs. Dukat en bricka som han ställt på soffbordet
framför teven. Måste säga åt ryskan att ta med sig några pilsner till
jobbet, tänkte han.

Sedan hade han tagit av sig alla kläderna, gått ut och duschat och
avslutat med att mumma sig och borsta tänderna. Ofta när han
borstade tänderna brukade han tänka på sin mamma. Så även denna
gång men han hade aldrig riktigt förstått varför. Det löser sig, tänkte
Bäckström trankilt. Satte sig i soffan, slog på tevenyheterna för att
kunna avnjuta allt inhemskt och globalt elände som inträffat under
det sista dygnet, tillsammans med sin enkla kvällsmåltid.

Sedan måste han ha somnat för när han vaknade var klockan
redan två på natten och någon stod och ringde på hans ytterdörr.

Måste vara den där jävla grannen som supit upp det han lurade till
sig förra veckan, tänkte Bäckström, som redan hade alla replikerna
klara. Köpa mer kunde han bara glömma och försökte han röra
hans ryska vodka var han dödens.

Det var kollegan Annika Carlsson. Fullt påklädd och alert som
det verkade.

– Jag är ledsen om jag väckte dig, Bäckström, sa hon. Men din
mobil var avstängd och vi hade inte ditt hemnummer på jobbet, så
jag chansade och åkte hem till dig.

– Inte det minsta, sa Bäckström. Jag var redan på väg upp. Jag brukar alltid ta en löprunda så här på morgonkulan. För du har väl knappast kommit hit för att få ett nummer, tänkte han.

– Jag förstår om du undrar …

– Säg inget, sa Bäckström och avbröt henne, med höjd hand för säkerhets skull.

– Jag är inte dum i huvudet, tillade han. Låt mig slänga på mig kläderna först.

35

Axel Stenberg var sjutton år. Han var 185 centimeter lång, välbyggd och vältränad. Starkare än de flesta vuxna män och vigare än nästan alla oavsett ålder. En idrottstalang som var för lat för att träna men ändå en av de bästa i skolan i både fotboll, ishockey, gymnastik och simning. I kraft av den förmåga som han föddes med. Han och hans idrottslärare hade ett komplicerat förhållande. Varför gjorde han inget av sina stora fysiska förutsättningar och den gåva som han fått när han föddes?

Axel hade blont lockigt hår, blåa ögon, vita tänder och lätt för att le. Redan när han gick i småskolan hade alla tjejerna frågat chans på honom och sedan hade det bara fortsatt. Till alla lärare utom gymnastikläraren hade han ett enkelt och uselt förhållande. Hur kunde han bara strunta i sina studier? Han var ju långt ifrån obegåvad.

Axel hade ett intresse i livet, tjejer. Den som intresserade honom just nu hette Hanna, var lika gammal som han och hade flyttat in i huset där han bodde för bara en månad sedan.

Hanna Brodin var sjutton år. Hon var 175 centimeter lång, vacker, välbyggd, vältränad. Hon hade långt mörkt hår, bruna ögon, vita tänder och ett stort leende. Eftersom hon hade varit bäst i klassen ända sedan hon gick i småskolan hade hon ett enkelt och utmärkt förhållande till alla sina lärare. Trots att alla grabbarna frågat chans på henne lika länge och på alla upptänkliga vis.

Nu senast var det Axel som hade stött på henne och eftersom hennes mamma hade åkt på konferens med sina nya arbetskamrater hade de hamnat hemma hos henne första gången de fått vara ensamma tillsammans och ifred med bara varandra. Axel hade gjort de förväntade framstötarna men i det spel som de just hade inlett var hon lika rutinerad som han och hade inte haft några problem med att parera dem.

Och eftersom de båda var lika intresserade av den andra hade det dragit ut på tiden.

– Vad tror du om ett kvällsdopp, sa Axel. Årets första.

– Blir inte det lite kallt, invände Hanna. Dessutom vet jag inte var jag har min baddräkt. Mamsingen och jag har knappt hunnit packa upp än.

– Jag tänkte näcka, sa Axel och log.

– Det vill man ju inte missa, sa Hanna och log tillbaka. Men om det är för kallt får du bada själv.

Sedan hade Axel tagit henne till sin egen badplats. Hans och kompisarnas, om man nu skulle vara noga. Den låg bara hundra meter nedanför huset där han och Hanna bodde. En stor och mjukt avrundat klipphäll som stupade rakt ner i Ulvsundasjöns vatten. Avskilt och diskret, perfekt för soliga dagar, mjuka skrevor med mycket grönska om man ville komma nära någon. Perfekt att dyka från eftersom det var fyra meter djupt ända in till berget.

Axel hade hållit sitt löfte. Kastat av sig alla kläderna, dykt på huvudet rakt ut, snett ner.

Hanna hade satt sig på berget och tittat på honom. Midnatt, men ljust nog för att se och resten kunde hon föreställa sig.

Det där har han säkert kört förut, tänkte Hanna, som ändå gillade det hon såg. Killar, tänkte hon. Lite väl förutsägbara ibland.

Axel hade gjort det många gånger förut och alltid från samma ställe. En lagom bred spricka i berget två meter ovanför vattnet, ett par snabba steg, ett rejält avstamp, sträckt kropp, sträckta armar, handflatorna pressade mot varandra och bara en virvel på ytan, ett knappt hörbart plask, när han försvann ner i vattnet. Så en ordentlig kick med båda benen, böja ryggen bakåt, sträckta armar och allt som behövdes för att avsluta den perfekta bågen under vattnet och komma upp till ytan igen.

Men inte den här gången för plötsligt hade hans händer stött mot något. Något mjukt, stort, inklätt i tyg eller kanske en presenning, något som vaggade och flöt mot bottnen men som inte gick att se i det mörka vattnet. Axel hade tagit händerna till hjälp. Trevat, hittat ett handtag, hittat ett till, sträckt sig neråt, känt ett hjul, känt ett hjul till.

En golfbag, tänkte Axel som hade en morbror som var tandläkare men helst hade spelat golf på heltid om han själv fått bestämma. Han brukade använda sin systerson som caddie, bjuda honom på en stor stark efter det artonde hålet, sticka åt honom några hundralappar innan de skiljdes, blinka åt honom och få honom att lova att inte berätta något för hans syster. Framför allt att inte slösa bort pengarna på oväsentligheter som skolböcker eller andra böcker med, för den delen.

Axel hade alltid hållit sina löften. Tjejer fanns det hur många som helst, mer än det fanns pengar till om man nu skulle göra något kul som kostade. Vad var det för dåre som slängde en golfbag i vattnet? I hans morbrors bag fanns det klubbor som tillsammans kostade lika mycket som en bra begagnad bil.

Vad fan håller han på med, tänkte Hanna irriterat. Han måste ha varit nere åtminstone ett par minuter nu, tänkte hon. I samma ögonblick som hon hade rest sig för att kränga av sig tröjan så hade han kommit upp till ytan. Vinkat åt henne.

– Vad fan håller du på med, sa Hanna irriterat.

– Det är någon dåre som slängt i en golfbag, sa Axel. Vänta ska du få se, sa han och försvann under ytan igen.

Den hade inte suttit fast i botten. Hur den nu skulle kunnat göra det eftersom det bara var släta berget tills man kom tjugo meter ut från strandkanten. Han hade fattat ett av handtagen, dragit den med sig under ytan, lätt att bogsera under vattnet, tio meter bort till det ställe där det snabbt grundade upp. Hade inte ens behövt gå upp för att andas medan han gjorde det. Sedan hade Hanna fått hjälpa honom att dra upp väskan på torra land. Det var först nu han kände hur tung den var.

– Vadå golfbag, sa Hanna. Jag tycker det ser ut som en sådan där vagn som tidningsbuden brukar ha när de bär ut morgontidningen.

Shit, tänkte Axel.

– Grattis Axel, sa Hanna och log. Du är härmed ägare till tvåhundra genomblöta exemplar av Dagens Nyheter.

Shit, tänkte Axel. All uppdämd energi, inget sex på hela kvällen, en och annan antydan kanske, men nu hade han gjort bort sig och vad gjorde han med kärran. Tittar efter, tänkte han och sedan är det väl bara att släpa upp den och slänga den bland buskarna.

Först hade han snört upp väskan, öppnat locket i tyg. Det som låg i fyllde hela väskan och var inpackat i svart plast. Först hade han känt efter med händerna. Hårt, runt, definitivt inte några golfklubbor, inga tidningar heller för den delen. Sedan hade han rivit upp plasten för att kunna se vad det var.

– Blir det någon hittelön, frågade Hanna som satt sig på huk på berget. Lite väl barnslig kanske, tänkte hon.

– *Shit*, vrålade Axel och tog ett språng bort från väskan. *Shit*, *shit*, *shit*, skrek han och fäktade avvärjande med händerna i luften.

– Vad håller du på med, sa Hanna som började bli ordentligt irriterad. Tränar för en Oscar eller?

– Fan, sa Axel. Det ligger en döing i väskan. Sedan hade han sprungit iväg för att hämta sina kläder. Helnäck också, tänkte han.

– Vad fan gör vi nu, sa Axel och nickade mot väskan som stod kvar nere vid strandkanten. Titta en gång till för säkerhets skull hade han inte en tanke på och enklast vore väl att bara gå därifrån. Han var ju åtminstone inte näck längre. Fast frös så han skakade, gjorde han. För att inte tala om Petter-Niklas som plötsligt sett ut som han hade legat i en isvak hela vintern.

– Vi drar, föreslog Axel. Vi drar, upprepade han.

– Är du knäpp, sa Hanna. Vi måste ringa snuten, det fattar du väl?

Sedan hade Hanna Brodin, sjutton år, slagit larmnumret ett ett två på sin mobil och snabbt blivit kopplad till polisens ledningscentral. Det hade inte varit några som helst problem för hon lät precis som sådana som hon brukade låta när de ringde för att berätta att de just hade hittat ett lik i vattnet.

– Det ligger och flyter i strandkanten, frågade den kvinnliga radiooperatören. Stackars tjej, tänkte hon. Sjölik var aldrig kul, det visste hon av personlig erfarenhet.

– Det ligger i en väska, sa Hanna.

– I en väska i vattnet, förtydligade radiooperatören. Vad är det hon säger, tänkte hon.

– Den låg i vattnet. Väskan alltså. Men så skulle min kille hoppa i och bada och då hittade han den. Och då drog vi upp den på land och tittade i den. Han tittade. Inte jag.

– Det löser sig, sa radiooperatören. Stå kvar där ni är, du och din kille, gå inte tillbaka till väskan, lägg inte på luren, så ska jag se till att det kommer en radiobil som kan hjälpa er, så kan du och jag prata under tiden.

– Tack, sa Hanna.

Min kille, tänkte Axel. Lät inte helt hopplöst trots det som hänt med pitten och att han frös så han skakade.

Första patrull på plats var en radiobil från Västerorts polismästarområde med polisinspektören Holm och polisassistenten Hernandez. Varken Hanna eller Axel hade behövt sträcka upp armarna, sära på några ben eller ens bli avvisiterade. Holm hade lyst på dem med sin ficklampa, nickat vänligt, och presenterat sig.

– Jag heter Carsten Holm, sa han. Det här är min kollega Magda Hernandez.

Sedan hade Holm gått fram till väskan, lyst med sin ficklampa, nickat åt Hernandez och tagit fram sin bärbara radio.

Hernandez hade tagit med sig Hanna och Axel. Plockat fram en filt ur bagageluckan och föreslagit att de skulle sätta sig i baksätet.

– Så slipper ni frysa, sa Magda och log. Det här ska snart vara fixat och sedan lovar vi att köra er hem.

Jeeesus vilken snut, tänkte Axel. Första elvapoängaren i mitt liv, tänkte han.

36

Annika Carlsson hade sammanfattat läget medan hon körde: Två ungdomar på sjutton år. En tjej och en kille. Bodde på Jungfrudansen i Solna, högst upp på berget ovanför Ulvsundasjön. Gått ner för att ta ett bad vid halv tolvtiden på natten. Deras hus låg bara hundra meter från badplatsen.

– Grabben har tydligen hoppat i ensam medan hans tjej har suttit kvar på land och tittat på. Han har mer eller mindre dykt rakt på en större väska som jag fattade det, sa Annika Carlsson. Sedan har han bogserat in den till strandkanten och dragit upp den på land. När han tittat i väskan så upptäcker han att den innehåller en död kropp.

– Hur fan vet vi att det är Akofeli då, sa Bäckström. Mitt i natten, svart som en säck och en sotmus i en väska, tänkte Bäckström. Vadå Akofeli? Morsning, här ute kryllar det ju av sotmöss, tänkte han.

– Holm och Hernandez var första patrull på plats, förklarade Annika Carlsson. Holm är nästan säker på att det är Akofeli. Dessutom påstår han att han känner igen väskan. Samma väska som Akofeli tydligen använde när han bar ut tidningar. En sådan där större variant på hjul.

– Holm och Hernandez. Andra gången på en vecka. Lite för mycket för min smak, fnös Bäckström. Undrar om vi har ett par små seriemördare som kör radiobil?

– Så illa är det nog inte. Fast jag förstår hur du tänker, sa Annika Carlsson och log. Det stämmer med deras schema och det har de ju inte lagt själv. Den här månaden jobbar de natten från onsdag till torsdag.

– Vad är det för fel med att hitta liken på dagtid, gnölade Bäckström. Då ser man ju åtminstone vad man har hittat.

– Ledsen att jag väckte dig, sa Annika Carlsson. Men jag tänkte att det nog var bäst att du fick vara med från första början.

– Klokt av dig Annika, sa Bäckström. Så fick du ju chansen att se hur jag bor också. Utifall att, tänkte han.

– Och du skulle ju ändå ut på din morgonrunda, konstaterade hon och log. Jag blev faktiskt lite överraskad också.

– Överraskad?

– Över hur fint du bodde. Snygga möbler, snyggt och fint hemma. Välstädat.

– Jag gillar att ha ordning och reda omkring mig, ljög Bäckström. Vojne, vojne, tänkte han eftersom han personligen fått betala av varenda borttorkad dammråtta i sin säng från Hästens.

– De flesta manliga kolleger jag känner som lever ensamma brukar bo i rena svinstiorna, sa Carlsson.

– Lortgrisar, sa Bäckström indignerat. Tacka fan för det förresten, tänkte han. Vem fan orkar städa när en sådan som du har varit där och snott tjejen från dem.

– Du är en man med många bottnar, Bäckström, konstaterade Annika Carlsson och log mot honom.

Resten av färden hade genomförts under tystnad. Carlsson hade kört över bron vid Karlbergskanalen och fortsatt längs stranden mot Ulvsundasjön. Kört säkert ett par kilometer på promenadvägen längs sjön. Uppför en brant ringlande backe. Avspärrningar, fordon, strålkastare, de första nyfikna som redan fanns på plats trots att det var mitt i natten.

– Här är det, sa Annika Carlsson, när de klev ur bilen för att ansluta sig till alla kolleger som ledningscentralen skickat dit.

– Är det lika långt från andra hållet, frågade Bäckström. Om man kommer från Huvudstasidan?

– Ja, sa Annika Carlsson och nickade. Jag förstår hur du tänker, sa hon.

Grusväg, backar, flera kilometer att gå, gärningsmannen måste haft en bil, tänkte Bäckström. Det här är inget ställe dit man släpar en väska med ett lik, tänkte han.

37

Bäckström hade börjat med att titta på liket. Stämmer bra, tänkte Bäckström sedan han försäkrat sig om att inte någon annan och helt ovidkommande sotmus hade dykt upp i hans egen mordutredning. Rätt sotmus, tänkte Bäckström, och han såg till och med ännu vemodigare ut än när Bäckström sett honom sitta i trappan utanför Danielssons lägenhet.

Sedan hade han fått syn på Toivonen som stod en bit bort och blängde på honom med händerna nerkörda i fickorna. Bäckström hade gått fram till honom och gett honom lite gott att suga på.

– Vad tror du Toivonen, sa Bäckström. Mord, självmord, olyckshändelse?

– Du pratar för mycket skit, Bäckström, sa Toivonen. Försök att göra lite nytta för en gångs skull. Tala om för mig hur det kommer sig att grabben fick sluta på det där viset, sa Toivonen och blängde först på Bäckström, sedan på väskan med kroppen.

– Nu tror jag väl att du är ute och far ändå, Toivonen, sa Bäckström och log vänligt. Du menar att vårt stackars offer skulle varit inblandat i några oegentligheter eller kanske till och med kriminella aktiviteter?

– Vad tror du själv, sa Toivonen, och nickade mot väskan nere vid strandkanten.

– Det finns ingenting som tyder på det, sa Bäckström, och skakade på huvudet. Allt talar för att sotmusen Akofeli var en mycket hedervärd och hårt arbetande ung man. Jobbade egentligen som cykelbud. Bar ut tidningar mitt i natten som extraknäck. Trots sin fina akademiska examen. Man får nästan ett intryck av att han var lite filantropiskt lagd.

– Akofeli hade kunnat gå hur långt som helst, fortsatte Bäckström. Hade han bara fått hålla på en tjugo, trettio år till så ger jag mig fan på att han kunnat skaffa en egen flakmoped som han kört omkring med.

– Om du inte vill bada, Bäckström, så föreslår jag att du håller käften, sa Toivonen. Det är faktiskt en ung grabb som blivit mördad som du står här och pratar skit om.

– Nu kan vi det här, sa Bäckström en kvart senare till Annika Carlsson. Vad tror du om att köra mig hem.

– Självklart, Bäckström. Jag förstår att det rycker i löptarmen.

På vägen tillbaka till hans trevna lya hade de pratat om sitt senaste ärende.

– Säg åt Niemi och Hernandez att de tar sig en ny titt i grabbens bostad, sa Bäckström. Se till att de gör det ordentligt den här gången.

– Jag förstår hur du menar, instämde Carlsson. Med tanke på att han låg i sin egen tidningsvagn, menar du.

– Du är skarp Annika, sa Bäckström och flinade. Jag har svårt att tro att han släpade med sig vagnen till budfirman. Han åkte väl hem emellan och lämnade den.

– Tror jag också, sa Annika Carlsson. Tidningsutbärningen brukade han vara klar med vid sextiden. Sedan började han jobba klockan nio på budfirman. Han borde till och med ha hunnit sova någon timme däremellan.

– Vad tror du om att bjuda på en kopp kaffe, förresten, frågade Annika när hon stannade framför Bäckströms port. Dessutom är det en sak som jag vill prata med dig om.

– Visst, sa Bäckström. De är som galna i dig, tänkte han. Till och med en notorisk grynslickare som Ankan Carlsson försöker få till det.

38

Medan Bäckström stod i köket och pysslade med sin nyinköpta italienska espressomaskin hade Annika Carlsson bett att få gå husesyn.

– Känn dig som hemma, sa Bäckström, som inte hade något att frukta. Under helgen hade hans finska servitris använt sin lediga dag till att gå fram som en vit tornado i hans lägenhet.

– Jag ska guida dig runt, sa Bäckström.

Först hade han visat henne sitt nykaklade badrum och den nya duschkabinen med både ångbad, stereo och en liten utfällbar stol som man kunde sitta och filosofera på medan vattnet strömmade och vederkvickte både kropp och själ.

– Styrkan på duschstrålarna ställer du in på panelen där, sa Bäckström och visade.

– Det är inte dåligt, sa Annika Carlsson, och såg närmast lysten ut på ögonen.

Därefter hade han fört henne till det allra heligaste, hans egen lilla verkstad där han senast under helgen hade betalat för sin egen städning genom att ge den vita tornadon en rejäl genomkörare i hans säng från Hästens sängfabrik.

– Det är en sådan där från Hästens, va, frågade Annika Carlsson. En sådan kostar väl hur mycket som helst, sa hon och kände för säkerhets skull på madrassen.

– Du har så fint, Bäckström, suckade Annika när de fem minuter senare satt i Bäckströms vardagsrum och avnjöt varsin nybryggd cappucino och varsin liten biscotti. Bara det här soffbordet måste ju ha kostat skjortan, sa Annika, och drog med handen över den svarta bordsskivan. Det är marmor, va?

– Kolmårdsmarmor, sa Bäckström.

– Men hur har du råd med allt det här på en polislön, sa Annika

Carlsson. Säng från Hästens och plasmateve, två stycken till och med, och skinnsoffa och musikanläggning från Bang och Olufsen. Äkta mattor på golven och det där armbandsuret du har. Det är väl en riktig Rolex? Har du fått ärva eller vunnit på lotto, eller?

– Den som spar, han har, sa Bäckström, som inte hade den minsta lust att gå in på sina extraknäck vid sidan av tjänsten. Allra minst med kollegan Carlsson. Det var något du vill prata om, påminde han, för att få henne att byta ämne.

– Ja, jag sitter här och samlar mod, sa Annika Carlsson och log vänligt mot honom. Vissa saker är svåra att prata om som du säkert vet.

– Jag lyssnar, sa Bäckström och log sitt manligaste leende.

– Om man bara lyssnar på dig så kan man ju lätt få för sig att du bara är en sådan där lite utbränd och fördomsfull kollega. Du vet en sådan där som väldigt många av oss tyvärr blir i det här jobbet.

– Jag förstår vad du menar, sa Bäckström som redan var klar över hur han skulle lägga upp taktiken.

– Men så enkelt kan det ju inte vara, sa Annika Carlsson och skakade energiskt på sitt kortklippta huvud. Jag har ju sett dig i jobbet. Du är ju den mest professionella utredare jag någonsin har träffat. Mitt i det där buffliga som du också har. Det där med Akofeli till exempel. Du var ju den ende av oss som direkt fattade att det var något som inte stämde med honom. Och när vi stod där nere i bankvalvet och du öppnade den där bankboxlådan fick jag för mig att du måste vara synsk. Har du något sådant i släkten, Bäckström?

– Finns nog lite på min mors sida, om jag ska vara ärlig, ljög Bäckström. Hon var åtminstone den virrigaste kärringen på hela Söder, tänkte han.

– Det ante mig, sa Annika Carlsson och nickade. Det ante mig.

– Sedan har jag ju min starka gudstro också, sa Bäckström och suckade. Inget märkvärdigt ska du veta. En enkel barnatro bara, som jag burit med mig genom livet sedan jag var liten grabb.

– Jag visste det, Bäckström, sa Annika Carlsson, och såg upphetsat på sin värd och chef. Jag visste det. Det är den som ger dig styrkan. Den där fullständigt oböndiga kraften som du också har.

– Men jag förstår vad du menar, Annika, sa Bäckström och höjde handen i en närmast bjudande gest för att få stopp på henne.

– ... när du pratar om mitt förhållningssätt till omvärlden, menar jag. Det är väl tyvärr så att den där utbrändheten som förr eller senare drabbar alla som har vårt jobb, att den börjar kräva sin tribut även från mig. Det är den som gör att jag, allt oftare tyvärr, låter min tunga springa före mitt förstånd.

– Jag är glad att jag lyckades se igenom den ytan, sa Annika Carlsson allvarligt.

– När vi ändå är inne på känsliga saker, sa Bäckström, så har jag själv något som jag skulle vilja prata med dig om.

– Jag lyssnar, sa Annika.

– Jag tror inte att du ska vara så hård mot unge Stigson, sa Bäckström.

– Jo, men du hörde väl hur han gick på när han pratade om den där kvinnan med de där, ja brösten alltså, sa Annika Carlsson och visade för säkerhets skull mot sina egna.

– Jag vet, sa Bäckström. Rena sexismen. Bland det värsta jag har hört i tjänsten. Men tyvärr finns det nog en förklaring, är jag rädd.

– Hur menar du då?

– Jag är rädd för att kollegan Stigson är ett offer för incestuösa övergrepp. Tidiga sådana, tyvärr.

– Herre Gud, sa Annika och såg på Bäckström med uppspärrade ögon. Är det något som han har berättat för dig, eller?

– Nej, sa Bäckström. Sådant berättar de nästan aldrig skall du veta. Men jag känner igen alla de där tydliga tecknen och efter att ha hört honom prata om den där grannen till Danielsson, ja den där kvinnan Andersson, hon med de där brösten, så är jag ganska säker på att det är hans mor som förgripit sig på honom. Jag skulle inte bli det minsta förvånad om det visade sig att Stigsons mamma är en ren kopia av vårt vittne fru Andersson.

– Vad gör vi, frågade Annika Carlsson.

– Vi avvaktar, sa Bäckström. Vi har det i åtanke, vi är alerta och beredda att hjälpa, men vi avvaktar.

39

Var fan kommer de ifrån, tänkte Bäckström när han stängt dörren efter sin gäst. Alla stolliga fruntimmer, den ena tokigare än den andra, tänkte han.

Ungefär samtidigt som Bäckström tog adjö av kollegan Annika Carlsson, hade Hanna och Axel sökt tröst hos varandra och hamnat i Hannas säng.

Så fort Axel trängt in i henne hade han fått utlösning. Inte för att det var första gången och för att Hanna, åtminstone, var en klar åttapoängare. Den delen av sitt liv hade Axel klarat av redan när han var tretton. Det var mycket svårare än så. Trots att det var första gången med Hanna så var det enda som Axel haft i sitt huvud, sedan flera timmar tillbaka, en ung kvinnlig polis som hette Magda Hernandez. Den första elvapoängaren i hans liv trots att det inte skulle finnas några sådana på en tiogradig skala.

Sedan hade han försökt rycka upp sig och göra ett nytt försök men tankarna på Magda Hernandez och närheten till Hanna hade gjort att han hamnat i isvaken igen.

– Jag fattar inte det här, sa Axel. Det har aldrig hänt förr, sa han, och helst skulle han bara velat ta till lipen och springa därifrån.

– Det gör ingenting, sa Hanna och drog med naglarna längs hans nakna och kallsvettiga rygg. Du måste ju fortfarande vara jättechockad. Din stackare, tänkte hon, eftersom det inte var första gången i hennes liv heller.

– Vet du vad, fortsatte hon. Nu sover vi så fixar vi det andra i morgon. Det är väl inte hela världen. Undrar hur många gånger det har blivit sagt, tänkte hon.

Axel hade bara låtsats sova och så fort Hanna hade somnat hade han smugit sig upp, tyst tagit på sig kläderna och slunkit ut genom ytterdörren.

Det kanske var lika så gott, tänkte Hanna när hon hörde att dörren gick i lås. Livet gick vidare med eller utan Axel och dessutom hade hon ju skolan att tänka på om bara några timmar.

Måste komma ihåg att ringa Magda, tänkte hon innan hon somnade. Så vi kan snacka om den där debriefingen som hon ville att jag skulle gå på.

40

På torsdag morgon, åtta dagar efter mordet på Karl Danielsson, hade Lars "Dojan" Dolmander hört av sig till sin biktfader kommissarie Toivonen.

Dojan hade inställt sig personligen i polishuset. Han vägrade att tala med någon annan än "min gamle polare Toivonen". Han hade heta tips att lämna om rånet ute vid Bromma och Toivonen var den enda polis i hela kåren som han hade förtroende för.

Under de senaste tio åren av ett missbrukarliv i stadigt förfall hade Dojan dragit sig fram som uppgiftslämnare. Det fanns inte en rövare i hela Västerorts polismästarområde som inte Dojan hade golat ner vid fler tillfällen än ett, och med tanke på det var det hans smala lycka i livet att han tidigt valt att enbart göra affärer med Toivonen.

Han var numera alltför nergången för att kunna livnära sig på sina egna brott. Hans förtidspension brukade vara slut dagen efter utbetalningen och skulle han överleva fram till nästa fick han sälja ut andra än sig själv. Nya och alltid lika "heta" tips och då åtminstone några av dem varit precis lika heta som Dojan alltid påstod att de var, hade han fortfarande Toivonens förtroende.

– Du ser pigg ut Dojan, sa Toivonen. Tatuerad som en brysselmatta över hela kroppen. Trettiotre år gammal och att han ännu levde var ett rent mirakel, tänkte han.

– Slutat med de tunga grejorna, sa Dojan. Sista året har jag enbart kört röka, ja, och så brännvin förstås, och det är ju rena hälsokosten jämfört med all annan skit som man smällt i sig genom åren.

– Det säger du, sa Toivonen som mest levde på kött, frukt och grönsaker. När inte han och Niemi och de andra grabbarna i Finska Rytteriet gick ut på lokal och bejakade sitt ursprung, förstås. Fast det var ju ett tag sedan, tänkte han.

– Jag skall fatta mig kort, sa Dojan och nickade affärsmässigt. Du

vet värdetransportrånet ute vid Bromma. I måndags förra veckan
när de eldade ner de där två nissarna från Securitas.

– Hört det nämnas, ja, instämde Toivonen, med ett snett le-
ende.

– På kvällen samma dag så är det någon som pälsar av Kari Viir-
tanen ute i Bergshamra. Tok-Kari eller Tokarev som han kallades.
Du vet efter den där ryska puffran, Tokarev. Den där tiomillimeters
automatpistolen som han alltid sprang och viftade med.

– Kärt barn har många namn, sa Toivonen.

– Hur som helst, sa Dojan, så finns det ett samband mellan mor-
det på Viirtanen och rånet ute på Bromma.

– Har jag också hört, sa Toivonen och log. Skärp dig nu, Dojan.
Du har inget nytt att komma med?

– Grejen är alltså den, sa Dojan som inte tänkte ge sig, att Viir-
tanen var med vid rånet ute på Bromma. När nissarna från be-
vakningsbolaget utlöser färgampullerna i säcken så blir han tokig.
Säger åt sin chaffis att köra tillbaka och sedan eldar han ner väk-
tarnissarna. Han och chaffisen drar, lämnar bilen, lämnar degen.
Inga röda sedlar som kan fördystra de grabbarnas liv. De tunga
gubbarna, de som ligger bakom rånet, blir tokiga på Tokarev och
städar undan honom samma kväll. Chaffisen har förmodligen redan
gjort honom sällskap och om jag vore som du skulle jag kolla den
där balubanissen som ni plockade upp ur Ulvsundasjön i natt.

– Gårdagens nyheter, Dojan, sa Toivonen, och tittade för säker-
hets skull på klockan. Och vem Akofeli var, har han förmodligen
inte en aning om, tänkte han.

– Trodde väl det, sa Dojan. Men nu kommer jag alltså till sa-
ken.

– Kan knappt bärga mig, sa Toivonen, och suckade.

– Du vet den där gamla kamreren som bodde på Hasselstigen
ett. Danielsson heter han förresten, Kalle Danielsson, han som de
dansade kastrulldansen med förra onsdagen. Det finns även ett
samband mellan mordet på honom och värdetransportrånet ute
vid Bromma.

– Varför tror du det, sa Toivonen. Hur känner du till Danielsson
förresten?

– Träffat honom ute på Valla, sa Dojan. Han hängde med Rolle
Stålhammar. Stålis du vet. Din gamle kollega.

– Honom känner du, sa Toivonen.

– Knullar björnarna i skogen, fnös Dojan. Han grep mig första gången när jag var fjorton bast. Stod och slanga soppa uppe på Karlavägen mitt inne i stan. Plötsligt stannar en bil. Ut far en lirare stor som ett hus. Tar fjortonårig Dojan i örat och slänger in mig fram. Tio minuter senare sitter jag på krimjouren i Stockholm och väntar på att socialkärringen skall komma och släppa ut mig. Jag hade ju fan en oläst bil som stod på Östermalm och väntade. Visserligen hade jag fått soppatorsk men den biten är ju lätt åtgärdad för sådana som jag.

– Så Rolle Stålhammar minns du, sa Toivonen.

– En av de schysstaste snutar jag sprungit på. Tog med mig på boxning ett par gånger till och med, när jag var grabb. Fast det sket sig ändå, sa Dojan och ryckte på axlarna.

– Du träffade Stålhammar och Danielsson ute på Solvalla, påminde Toivonen.

– Visst, sa Dojan. Förra onsdagen. Vid sexblecket någon gång. Bara några timmar innan Danielsson hade närkontakt av tredje graden med sina egna köksprylar. Stålis och jag böt några ord. Han frågade hur det gick för mig. Sa att jag såg för jävlig ut. Att jag såg så jävlig ut att han inte ens vågade be mig hälsa på en gammal polare från plugget. Ja, det var Danielsson alltså. Fast det var ju med glimten i ögat. Som han sa det, alltså. Både Stålis och Danielsson verkade vara på ett jävla gott humör, så Danielsson sträckte fram kardan och presenterade sig.

– Kalle Danielsson, sa gubbjäveln, och det kände jag ju lång väg att han fått sig en och annan rökare under dagen. Hade jag själv suttit på vagnen hade jag förmodligen trillat av när han andades på mig. Mycket brännvin i den mannen.

– Vad sa du då, då?

– Dojan, sa Dojan. Vad fan skulle du ha sagt? Jag menar om du var jag, alltså?

– Ursäkta en enfaldig fråga, sa Toivonen. Men vad har det här med värdetransportrånet att göra? Vad finns det för samband mellan Danielsson och rånet?

– Grabbarna bakom rånet. Snackar inte Tokarev och han som körde. Snackar de tunga gubbarna. Dem som redan städat undan både Tokarev och chaffisen för att de strulade till det så förbannat. Har du någon aning om vilka de är?

– Ja, vi har väl alla våra idéer om den saken, sa Toivonen. Jag lyssnar.

– Farshad Ibrahim, sa Dojan.

Rätt, tänkte Toivonen.

– Hans tokiga lillebror, Afsan Ibrahim.

Rätt igen, tänkte Toivonen.

– Och sedan deras jävligt läskiga kusin. Den där stora jäveln. Hassan Talib, sa Dojan. Farshad Ibrahim, Afsan Ibrahim, Hassan Talib, upprepade han.

Tre rätt av tre, tänkte Toivonen.

– Vad får dig att tro att de låg bakom rånet, frågade han.

– Snacket går, sa Dojan. Snacket går om du är den som orkar lyssna, förtydligade han och kupade handen bakom örat.

Snacket går, tänkte Toivonen som redan hade lyssnat till samma tungor och dessutom kunde räkna ut ett och annat på egen hand.

– Jag fattar fortfarande inte hur Danielsson kommer in i den här bilden, sa han.

– Han och Farshad kände varandra, sa Dojan.

– Nu är du väl ändå ute och far, Dojan. Vad får dig att tro det, sa Toivonen. Vad fan är det fanskapet säger, tänkte han.

– Kommer till det, sa Dojan. Alltså, när Rolle och hans polare Danielsson tagit adjö, sedan vi hälsat på varandra ute på Valla alltså, så kommer jag plötsligt på, att den mannen har jag sett tidigare samma dag. Det var vid lunchblecket någon gång. Kommer knallande på Råsundavägen i godan ro, tänkte kila ner till min pizzagubbe och få lite i magen. Vem ser jag trettio meter längre ner på gatan som står och snackar med någon gammal lirare i hörnan vid Hasselstigen. Tjugo meter från pizzabagarn dit jag är ställd.

– Lyssnar.

– Farshad Ibrahim, sa Dojan.

– Och honom känner du?

– Gissa om. Vi har tjänat av på samma ställe. Delade korridor på Hall för tio år sedan. Om du inte tror mig kan du säkert slå fram det på din dator. Högst densamme Farshad Ibrahim och jävligare än den mannen finns inte.

– Vad gjorde du då?

– Vände tvärt, sa Dojan. Farshad är den där sorten som slår ihjäl folk för säkerhets skull och om han nu höll på med sin vanliga skit så ville inte jag bli indragen när jag bara skulle gå och käka en pizza.

– Du är säker på att den han stod och pratade med var Kalle Danielsson?

– Hundratjugo, sa Dojan och nickade. Hundratjugo procent, förtydligade han.

– Hur kan du vara så säker på det, envisades Toivonen.

– Därför att det är mitt levebröd, sa Dojan.

– Jag hör vad du säger, sa Toivonen. Hur fan slipper jag ifrån Bäckström om nu det här är sant, tänkte han.

– Vad tror du om en tusing, sa Dojan.

– Vad tror du om en tjuga, sa Toivonen.

– Halva vägen var, föreslog Dojan, som inte verkade ta åt sig.

– Det blir två hundra, sa Toivonen.

– Om du säger det så, sa Dojan och ryckte på axlarna.

41

Samtidigt som Toivonen hade pratat förtroligt med Dojan hade Bäckström haft ett extrainkallat möte med sin spaningsstyrka med anledning av mordet på Septimus Akofeli.

Som vanligt var det Niemi som hade börjat. Han hade följt med kroppen till rättsläkarstationen medan Chico Hernandez tagit med sig en annan kollega och åkt tillbaka till Akofelis lägenhet för att göra en ny teknisk undersökning. Nu fanns de båda på plats.

– Han är strypt, sa Niemi. Det är den enda dödsorsaken. I övrigt inga skador på kroppen. Han är helt naken för övrigt. Strypt med en snara som dragits åt i nacken, märket efter knuten sitter där. Frågar ni mig så tror jag att han var vid medvetande och blev överrumplad när det skedde.

– Varför tror du det, frågade Annika Carlsson.

– Han har sådana märken på fingrarna. Som man får när man försöker dra isär en snara. Bland annat har han brutit av ett par naglar trots att han har ganska korta naglar.

– Vad tror du det är för slags snara, sa Bäckström.

– Vad själva snaran beträffar, den har vi alltså inte hittat, så är den av lite tunnare modell. Kan vara allting från ett grövre snöre, en klädlina, kanske en vanlig elsladd, men en persiennsnodd går också bra. Själv skulle jag kunna tänka mig en elsladd av den tunnare modellen.

– Varför då, frågade Annika Carlsson.

– För att det är bäst, sa Niemi och log snett. Lättast att dra åt. Du drar till och virar runt, sitter som berget, sedan är det klart.

– Du menar att det skulle vara ett proffs som har gjort det, sa Alm.

– Vet ej, sa Niemi, och ryckte på sina breda axlar. Samtidigt har jag svårt att tro det. Hur många har vi som är proffs på strypning här i landet? Alla jägarsoldater och insatskolleger och jugoslaver som stökat runt nere på Balkan. De påstår ju det åtminstone fast här hemma tycks de i alla fall kunna hålla fingrarna i styr.

– Gärningsmannen har ansenliga kroppskrafter. Han är längre än Akofeli, så mycket kan jag säga, sa Niemi.

– Som den som ströp Danielsson, konstaterade Bäckström.

– Jo, jag har slagits av samma tanke, instämde Niemi.

– Vad vet vi om tidpunkten, sa Bäckström.

– Gissningsvis samma dag som han försvann, sa Niemi. Det vill säga fredagen den sextonde maj någon gång på förmiddagen, dagen eller kvällen.

– Varför tror du det, sa Bäckström.

– Inte för att vi har några spår på kroppen som säger att det är så. Men det brukar vara så nu för tiden. När de slutar ringa på sina mobiltelefoner, när de inte kommer till jobbet, inte använder sina betalkort, när deras vanliga rutiner blir avbrutna. Det är då det har hänt något. Så är det nästan alltid, sa Niemi och nickade eftertryckligt.

Finnpajsaren, är inte helt bakom flötet, tänkte Bäckström, som använde samma tumregel sedan trettio år tillbaka.

– Kroppen är i bra skick, fortsatte Niemi. Strypt, naken, hopvikt, paketerad i svart plast och med hjälp av vanlig silvertejp, han är instoppad i sin egen tidningsvagn. Plasten kommer från tre olika svarta plastsäckar, sådana där vanliga sopsäckar ni vet. Silvertejpen är av standardmodell, knappt fem centimeter bred. Jag tror att det skett i ett svep. Innan likstelheten satte in. I väskan finns också ett sänke. Fyra skivstångsvikter på vardera fem kilo och totalt tjugo kilo, som har tejpats ihop med samma silvertejp. Eftersom Akofeli vägde cirka femtio kilo, sänket tjugo och väskan cirka tio, exakt vikt på den får ni så fort den torkat, så talar vi alltså om ett paket på cirka åttio kilo.

– Bil, sa Alm. Kroppen har körts med bil från brottsplatsen till fyndplatsen.

– Allt annat är högst osannolikt, instämde Niemi. Jag läste en intressant liten uppsats häromdagen, i Kriminalteknisk tidskrift, som handlade om gärningsmän som dumpar sina offer i terrängen. Det är ytterst ovanligt att någon bär eller släpar en kropp mer än sjuttiofem meter.

– Om de har en vagn eller en trilla då, sa Bäckström.

– Några hundra meter, högst, sa Niemi. Det vanliga vid längre transporter är att man först transporterat trillan och kroppen i ett fordon.

– Brottsplatsen då, sa Bäckström.

– Du tänker på Akofelis lägenhet på Fornbyvägen sjutton, sa Niemi och utböt ett ögonkast med Hernandez.

– Vi var där igen tidigt i morse, insköt Hernandez. Vi hittade ingenting då heller, men med tanke på hur han har blivit mördad så kan det mycket väl vara brottsplatsen, trots att vi inte hittar några spår. Dessutom finns det andra omständigheter som talar för att det är så.

– Vilka då, menar du, sa Alm.

– Tidningsvagnen, som med säkerhet har tillhört offret, vikterna som använts som sänke. Vi är ganska säkra på att de tillhör offret. Han har en sådan där träningsbänk, en skivstång och ett par hantlar. Men förvånansvärt lite vikter till skivstången.

Bäckström nickade.

– Det säger du.

– Som fanns kvar i lägenheten alltså, förtydligade Hernandez.

– Avstånd, sa Bäckström.

– Mellan offrets lägenhet och fyndplatsen är det drygt en mil och man kan köra bil i stort sett hela vägen. Ända fram till den där berghällen som stupar ner i vattnet. Den som ligger vid krönet på backen. Det är trettio meter från grusvägen ner till vattnet. En nivåskillnad på tretton meter.

– Men man får inte köra bil där, sa Annika Carlsson.

– Om man inte är polis eller jobbar vid gatukontoret eller park-förvaltningen, eller bara är hantverkare och ska dit i något annat ärende. Kommer man från sydöst, det vill säga från det håll som vetter mot Kungsholmen, så är bilkörning tillåten i stort sett hela vägen fram till fyndplatsen. Återstår en promenad på hundra meter. Uppförsbacke visserligen, men. Hernandez ryckte på axlarna i en talande gest.

– Hittar ni några bilspår då? Ovanför fyndplatsen menar jag, sa Annika Carlsson.

– Massor, sa Chico, och log. Så vi har inte kunnat göra något vettigt med något av dem.

– Chico, sa Bäckström. Berätta för en gammal stöt som jag hur du tror att det har gått till.

Där fick du lite gott att suga på din lille tangojuckare, tänkte Bäckström som redan hunnit inkassera en gillande nick från kollegan Carlsson.

Hernandez hade haft vissa problem att dölja sin förvåning.

– Du vill att jag skall berätta hur jag tror att det hela har gått till, frågade han.

– Ja, sa Bäckström och log uppmuntrande. Lika korkad som alla sådana där, måste alltid fråga om, tänkte han.

– Okej, sa Hernandez. Med reservation för att det alltså är vad jag tror. Vad själva inledningen av det hela beträffar är jag helt överens med Peter. Offret blir överrumplat, strypt bakifrån, avklädd, hopvikt på mitten, han är både smal och vältränad och när han levde kunde han säkert ställa sig med båda handflatorna mot golvet och med raka ben. När kroppen vikts ihop så har gärningsmannen fixerat den med tejp som går runt hans vrister, över ryggen, runt axlarna och tillbaks igen. Tejpen hopfäst vid utgångsläget, vid vristerna alltså.

– Sedan blir han paketerad i plast från plastsäckar som skurits upp till plastsjok och sedan har paketet förseglats med samma silvertejp. Paketet stoppas in i hans tidningsvagn. Det är en hög trilla med två hjul och två handtag som hålls ihop av en rektangulär ram i metall. På framsidan sitter en större säck i smärting, det vill säga ett lite tjockare vattentätt tyg av presenningstyp. Det finns också snören eller remmar insydda i säcken som gör att du kan dra ihop den eller öppna upp den. Upptill har säcken ett lock i samma material, som du också förseglar med en rem.

– Hur lång tid tar det här då, frågade Bäckström. Hela vägen från strypningen fram till att du knyter ihop säcken om honom.

– Är man tillräckligt stark och händig, och har grejorna som man behöver till hands, så tar det högst en halvtimme, sa Chico. Är man två, eller flera, så är det klart på en kvart.

– Du tror att det kan ha varit fler gärningsmän än en, sa Alm.

– Kan i vart fall inte uteslutas, sa Hernandez och ryckte på axlarna. En räcker bra, två går dubbelt så fort. Är man fler springer man väl mest i vägen för varandra. Men visst.

Vilket väl alla utom en Träskalle kan fatta, tänkte Bäckström och gav Alm onda ögat.

– Sedan, då, frågade han.

– Först körs han i trillan från lägenheten. Gissningsvis tar man hissen ner till bottenplanet. Ut till gatan där man kan parkera bilen är det tio meter. In med trillan i bilen och sedan i väg. Totalt en timme men eftersom sådana här transporter nästan alltid görs på natten och Akofeli sannolikt mördas på förmiddagen, det är väl då som han slutar ge några livstecken ifrån sig, så har man väl väntat tills det blir mörkt innan man kastar honom i sjön, åtminstone. Mördat honom, paketerat honom, gjort klart för transporten. Antingen lagt trillan i bilen och åkt därifrån. Väntat tills det blir mörkt. Eller återvänt samma kväll och hämtat honom. Jag tror inte att man ville ha honom kvar i hans egen lägenhet längre än nödvändigt.

– När har man dumpat honom i Ulvsundasjön då? Samma kväll, eller?

Bäckström såg frågande på först Hernandez, som skakat på huvudet, och sedan Niemi, som nöjt sig med att vrida på det.

– Svårt att säga, sa Niemi. Kroppen är så väl paketerad att det inte går att säga. Han kan ha åkt i redan på fredagen men det kan också ha skett betydligt senare än så. Vi har förresten haft dykare där sedan i morse som gått över botten. De har inte hittat något.

– Något mer, frågade Bäckström.

– Inte i nuläget, sa Niemi och skakade på huvudet. Vi hör av oss så fort vi hittar något. Eller inte hittar något, tillade han och smålog.

– Okej, sa Bäckström, som trängtade efter både kaffe och kakor. Då gör vi om dörrknackningen och den här gången är det alltså Akofeli som står överst på listan. Huset på Hasselstigen ett och Akofelis bostad på Fornbyvägen. Allt om Akofeli och eventuella kontakter med Danielsson plus allt annat också som kan vara av intresse. Har vi folk så det räcker?

– Näpo i Tensta har lovat att hjälpa till med Fornbyvägen, sa Annika Carlsson. Det är ju deras område och de har bra kontakter med dem som bor där. Hasselstigen ser det just nu ut som vi får klara själva. Jag tänkte hålla i det.

– Bra, sa Bäckström.

Sedan hade han bett Stigson stanna kvar och så fort de var ensamma hade han klappat honom vänligt på armen och kört ännu en Bäckström två, den som kollegan Carlsson efterlyst samma natt.

– Jo, du Oidipus, sa Bäckström. Inga kramar den här gången, va?

– Du menar hon med …, sa Stigson och kupade händerna framför bröstet.

– Hon med melonerna, bekräftade Bäckström.

– Jag har snackat med Ankan om det, sa Stigson som redan hade fått färg på kinderna.

– Utmärkt, sa Bäckström. Är hon väldigt lik din morsa förresten?

– Vem? Ankan?

– Vittnet Andersson, sa Bäckström. Du vet vem jag menar. Hon med jättemelonerna.

– Inte det minsta, sa Stigson. Min morsa är ganska smal faktiskt.

Typiskt, tänkte Bäckström. Det säkraste tecknet av alla. Förnekelsen. Den totala förnekelsen.

42

Närpolisen i Tensta och Rinkeby hade under hela sin historia lagt huvuddelen av sina resurser på att skapa goda relationer till de människor som bodde i området. Till nittio procent invandrare från jordens alla hårt ansatta hörn. Till en majoritet flyktingar från länder där de inte tilläts tänka eller ens leva. Det hade inte varit lätt och det faktum att dem som arbetade på Näpo till nittio procent utgjordes av vanliga svenskar hade heller inte gjort det lättare. Svenskar sedan generationer eller möjligen invandrare i den andra eller tredje generationen. Väl etablerade i det svenska samhället, redan rotade i den svenska myllan.

Brottsbekämpningen hade fått sitta emellan. Allt det där vanliga polisarbetet hade blivit eftersatt. Här handlade det istället om att bygga broar mellan människor, skapa relationer, förtroenden. Om det allra enklaste som att bara kunna prata med varandra.

– Vi kommer att fixa det här, sa chefen för Näpo när han diskuterade upplägget med Annika Carlsson. Vi kan snacka helt normalt med varandra.

Därefter hade han och hans kolleger ägnat två dagar åt att tala med Akofelis grannar. Totalt ett hundratal personer. De hade klistrat upp affischer med hans bild hela vägen från hans bostad på Fornbyvägen till närmast belägna T-banestation. De hade gjort det i portar, på husväggar, stolpar och anslagstavlor i ett väl tilltaget område runt omkring. De hade till och med ställt sin portabla polisstation på torgen i både Rinkeby och Tensta och haft mordoffret Septimus Akofeli som veckans specialerbjudande.

Ingen hade sett något, ingen hade hört något. De få de hade talat med hade mest skakat på huvudet. De flesta förstod faktiskt inte ens vad de sa.

Dörrknackningen på Hasselstigen 1 hade – åtminstone i en relativ mening – gått bättre. Pettersson och Stigson, anförda av Annika

Carlsson, och förstärkta med ett par kolleger från ordningspolisen i Solna, hade pratat med samtliga som bodde i huset. Med två undantag fanns det ingen som kände igen Akofeli. Ingen hade sett något eller hört något. Många hade haft frågor, många hade varit bekymrade. Vågade man ens bo kvar i huset längre?

Det första undantaget hette änkefru Stina Holmberg, 78.

Stina Holmberg var morgontidig. Själv var hon övertygad om att det berodde på åldern. Ju äldre man blev, desto mindre sömn behövde man. Ju närmare döden man kom, desto mer måste man ta vara på sin vakna tid. Hon hade sett Akofeli komma och gå vid ett flertal tillfällen under det senaste året. Mellan halv sex och sex på morgnarna. Om det inte hade hänt något speciellt förstås, som att det blivit snökaos eller stopp i tunnelbanan.

Vid ett tillfälle hade hon till och med pratat med honom. Det var dagen efter det att hennes granne blivit mördad.

– Saken var den att jag ännu inte hade fått min Svenska Dagbladet, förklarade fru Holmberg.

Veckan före hade fru Holmberg bytt från Dagens Nyheter till Svenska Dagbladet och hon hade blivit lovad sin nya tidning från och med måndagen kommande vecka. De fyra första dagarna hade hon trots det fått Dagens Nyheter. På fredagen hade hon gått upp tidigt för att kunna passa på tidningsbudet och prata direkt med honom. Hon hade visserligen försökt ringa till prenumerationsavdelningen på både DN och SvD men eftersom hon inte hade någon knapptelefon hade hon aldrig kommit fram och så småningom gett upp.

Akofeli hade lovat att hjälpa henne trots att han hade verkat stressad. Sagt att han själv skulle tala med dem. Sedan hade han gett henne en Svenska Dagbladet som han "hade i reserv", utan att gå in på orsaken till att han hade det sedan jämnt ett dygn tillbaka.

– Och nu fungerar det faktiskt alldeles utmärkt, konstaterade fru Holmberg.

Under helgen hade hon visserligen inte fått någon tidning alls, det hade tydligen blivit något fel eftersom flera av hennes grannar heller inte hade fått någon, men sedan några dagar tillbaka fungerade det alldeles utmärkt. Den enda anmärkningen hon hade var väl möjligen att det nya tidningsbudet brukade dyka upp en halvtimme senare än det bud som hon pratat med.

– Han verkade så trevlig, sa fru Holmberg och skakade på huvudet. Den där mörkhyade pojken alltså. Lite stressad som jag sa, vem skulle väl inte vara det om man hade ett sådant jobb, men snäll och tillmötesgående. Jag kan då aldrig tänka mig att han skulle ha gjort Danielsson något illa, tillade hon.

– Varför tror fru Holmberg det, frågade Stigson. Att han skulle gjort er granne något illa menar jag. Hon vet inte om att Akofeli blivit mördad, tänkte han.

– Men varför skulle ni annars leta efter honom? Det kan väl ett barn räkna ut, sa fru Holmberg vänligt och klappade honom på armen.

Det andra undantaget var Seppo Laurén, 29 år.

– Det är han som bär ut tidningen. Han är Hammarbyare, sa Seppo, och lämnade tillbaka fotot på Akofeli till polisassistenten Stigson.

– Hur vet du det, sa Stigson. Stackars jävel, tänkte han. Helt bakom flötet trots att han ser fullt normal ut.

– Jag hade AIK-tröjan på mig, sa Seppo.

– Du hade AIK-tröjan på dig?

– Satt och lirade dataspel. Fotbollsspel. Så, då hade jag den tröjan på mig.

– Hur träffade du tidningsbudet då, sa Stigson.

– Skulle kila ner till macken och handla lite att käka. De har nattöppet.

– Då stötte du ihop med tidningsbudet.

– Ja, fast jag har ingen tidning. Läser inte tidningen.

– Var det här i huset som du stötte ihop med honom?

– Ja, sa Seppo och nickade. Grannen har tidning.

– Hur vet du att han höll på Hammarby, frågade Stigson.

– Han frågade om jag höll på AIK. Kollade väl in min tröja.

– Och då sa du att du gjorde det. Höll på AIK alltså.

– Jag frågade vad han höll på.

– Och vad sa han då?

– Att han höll på Hammarby, sa Seppo och såg förvånat på Stigson. Det sa jag ju att han sa. Hammarby.

– Är det enda gången du har pratat med honom?

– Ja.

– Minns du när det var?

– Nej, sa Seppo och skakade på huvudet. Fast det var inte snö i alla fall. Vinter alltså.

– Det är du säker på?

– Då skulle jag väl haft en jacka på mig. Du kan väl inte gå ut på vintern i bara tröja?

– Nej, det är klart, sa Stigson. Det gör man ju inte.

– Nej, för då kan man bli förkyld, konstaterade Seppo.

– Fast du minns inte närmare än så? Jag menar tiden alltså. När du pratade med honom.

– Måste varit ganska nyss eftersom mamma ligger på sjukhuset. När hon var hemma fick jag inte spela dataspel så länge. Så fanns det alltid mat hemma också.

– Jag förstår, sa Stigson. Hur tyckte du att han var då? Tidningsbudet alltså.

– Han var snäll, sa Seppo.

Den siste i huset som de pratat med var fru Andersson. Annika Carlsson hade försett Stigson med ett förkläde och Felicia Pettersson hade tagit steget fullt ut och sagt åt honom redan innan de ringde på dörren att den här gången var det hon som ställde frågorna.

Fru Andersson kände inte igen Akofeli. Hade aldrig sett honom vilket kanske inte var så konstigt med tanke på att hon brukade sova ganska länge på morgnarna.

– Jag går tidigast upp vid åtta, sa Britt-Marie Andersson och log. Då brukar jag dricka kaffe och läsa tidningen i lugn och ro och sedan brukar jag och lilla Puttegubben gå på en liten morgonpromenad.

– Men det som hänt är ju rent förskräckligt, sa hon. Man undrar ju vad det är som pågår eller om man ens vågar bo kvar här längre.

Att hennes granne Karl Danielsson skulle haft något "samröre" med tidningsbudet Akofeli höll hon också för "helt uteslutet".

– Inte för att jag kände Danielsson särskilt väl, det vill jag verkligen inte påstå, det lilla vi träffades räckte gott och väl, och att han skulle ha haft något samröre med den där unge mannen, som nu tycks ha blivit mördad, det tror jag är helt uteslutet.

– Varför tror fru Danielsson det, frågade Felicia Pettersson.

– Ja, men Danielsson var ju rasist, sa fru Andersson. Det behövde man inte ens känna honom särskilt väl för att fatta.

Inget att tillföra och någon kram hade hon inte fått. Felicia Pettersson hade gett kollegan Stigson ett varnande ögonkast när deras vittne sträckte fram handen mot honom och lutade sig bara en aning framåt med ett stort vitt leende och en hävande barm.

– Då får vi verkligen tacka fru Andersson för all hjälp, sa Stigson och skakade hennes hand. Tack än en gång.

Duktig pojke, tänkte Felicia när de gick.

43

Medan flertalet av hans kolleger knackade dörr hade kriminal-
inspektören Alm suttit på sitt rum och grubblat över alla gråa
pantrar som trots sin ålder plötsligt dykt upp i en mordutredning.
I djupa grubblerier och för säkerhets skull bakom stängd dörr.

Mot sin vana hade han till och med tagit fram papper och penna
och börjat skissa på ett antal hypotetiska gärningsförlopp som alla
hade det gemensamt att Danielssons gamla barndomskamrater
fanns med som gärningsmän. En, två eller flera av dem och detta
trots att han djupt och innerligt hatade alla nya påfund som profi-
lering och gärningsanalyser.

Resultatet av de förhör han hållit med Söderman och Grimaldi
var djupt otillfredsställande. Den förste hade helt enkelt vägrat att
svara på frågor och den andre hade inte ens kommit ihåg vad han
haft för sig. Beroende på en medicinsk åkomma som praktiskt nog
inte lät sig kontrolleras. I vart fall inte av Alm.

Han hade pratat med en av sina äldre kolleger som kände till
Grimaldi och i stort sett fått ett snett leende och en blinkning till
svar.

– Jag såg honom för ett par veckor sedan när jag och frugan var
inne och åt på den där nya pizzerian uppe i Frösunda som alla säger
att han äger trots att han inte finns med på några papper. Det tycks
i vart fall inte vara några fel på jacken hans.

– Hur menar du då, sa Alm.

– Ja, han satt där och flätade fingrar med någon blond donna och
om jag säger att hon var hälften så gammal som han, så har jag i vart
fall inte tagit i för mycket.

Vi som byggde Sverige, tänkte Alm. Var det inte så de kallade sig
de där gamla stötarna som bombhotade regeringen? Kan man det
så klarar man säkert av att slå ihjäl en gammal kompis oavsett vad
nu brottsstatistiken tycker om den saken, tänkte han.

Det som komplicerade ekvationen var mordet på Akofeli, därför också behovet av papper och penna.

Någon av Danielssons gamla kompisar slår ihjäl honom. Tar väskan med alla pengarna. Här kunde man inte ens utesluta Rolle Stålhammar med hans knackiga alibi. Helt och hållet upphängt på ett vittne som hatade honom och säkert skulle ha tagit gift på motsatsen om han nu hade vetat hur det hela verkligen låg till. Allt i sin iver att bli av med en stökig granne.

Man kunde heller inte utesluta att det handlade om två eller flera gärningsmän i samverkan. Att Kalle Danielsson hade fungerat som svart bankir åt till exempel Grimaldi. Att han inte gjort rätt för sig. Att Grimaldi och hans kumpan Halvan Söderman hade gjort hembesök, slagit ihjäl honom och tagit väskan med alla pengarna.

Om det inte vore för Akofeli.

Akofeli hittar Danielsson mördad. Hans gamla kamrater, som slagit ihjäl honom, har missat väskan med pengarna. Kommer på detta, återvänder, upptäcker att Akofeli tagit väskan, åker hem till honom, slår ihjäl honom, dumpar kroppen i Ulvsundasjön.

Driver du med mig, tänkte Alm, och den han tänkte på var sig själv. Sedan hade han strukit ett tjockt svart streck över sin senaste gärningshypotes.

Akofeli mördar Danielsson och tar väskan med alla pengarna. Danielssons gamla kompisar upptäcker detta, åker hem till Akofeli, mördar honom, tar tillbaka väskan och dumpar kroppen.

Varför då, tänkte Alm. Varför skulle Akofeli mörda Danielsson? Och hur i hela fridens namn kom hans gamla kompisar på att det var tidningsbudet som hade gjort det?

Mysteriet tätnar, tänkte Alm, suckade djupt och drog ännu ett tjockt svart streck över sitt papper.

Sedan hade han gått hem till sin kära hustru. Ätit stekta lammkotletter med vitlökssmör, sallad och bakad potatis. Då det snart var helg, eller åtminstone torsdag, hade de smygfirat genom att dela på en flaska vin.

44

Medan hans enklare fotfolk helt säkert kutade runt som nyss nackade höns på Hasselstigen och ute i Rinkeby hade Bäckström ägnat sig åt lite mer krävande tankeverksamhet tillsammans med sin enda medarbetare värd namnet, Nadja Högberg, doktor i matematik och fysik. Liksom han själv även konnässör och framstående vodkakännare. En värdig samtalspartner i en värld där man annars var omgiven av enbart idioter och detta trots att hon var fruntimmer, tänkte Bäckström.

När Bäckström återvänt till polishuset efter en näringsrik och väl balanserad måltid hade Nadja knackat på hans dörr och frågat om hon fick slå sig ned och diskutera innehållet i Danielssons fickalmanacka. Hon hade med sig originalet i en bevispåse av plast men för tids vinnande hade hon istället gett honom ett par datautskrivna papper med samtliga anteckningar som fanns i almanackan, ordnade i tidsföljd.

– Det han antecknat är både summariskt och kryptiskt, sammanfattade Nadja. Under perioden från den första januari i år till den fjortonde maj, totalt nitton och en halv vecka, har han gjort totalt etthundratrettioen olika noteringar. Knappt en om dagen i genomsnitt.

– Jag lyssnar, sa Bäckström, lade ifrån sig papperen han fått på sitt skrivbord, knäppte händerna över magen och sjönk tillbaka i sin stol. Det är skalle på den kvinnan, tänkte han.

– Den första anteckningen är från årets första dag, nyårsdagen, tisdag den första januari, och lyder, citat, herrmiddag med grabbarna, Mario, slut citat. En tidig middag som det verkar eftersom den enligt almanackan lär ha börjat redan klockan två på eftermiddagen.

– De ville väl inte ta några risker, flinade Bäckström.

– Säkert så. Att det sög lite, instämde Nadja. Den näst sista anteckningen är från samma dag som han dör, onsdagen den fjortonde maj. "fjorton och trettio, Banken". Det är för övrigt den enda anteckningen under hela perioden som handlar om att han skulle ha besökt banken.

– Med tanke på uttagen behöver han väl inte ränna där varje dag, sa Bäckström.

– Den vanligaste anteckningen, fortsatte Nadja, förekommer totalt trettiosju gånger. I stort sett varje onsdag och söndag under perioden januari till maj har han antecknat "Solvalla", eller "Valla" eller "Travet". Jag gissar att de avser samma sak, att han besökt Solvalla travbana för att spela och gjort det i stort sett varje gång det varit lopp där. Den sista anteckningen i almanackan är också från hans dödsdag. "sjutton noll noll, Valla". Han har alltså inte skrivit in något som avser kommande dagar, veckor eller månader. Verkar leva med kort planering.

– Inga andra travbanor än Solvalla? Stämmer ju bra med vad vi redan vet, tänkte Bäckström.

– Inga som han antecknat i varje fall, sa Nadja och skakade på huvudet.

– Nej, vem fan orkar åka till Jägersro för att samla gamla travbongar, sa Bäckström.

– Sextiofyra anteckningar har en blandad karaktär. Ett besök på banken som jag nämnde, två läkarbesök, lite sådant, resten är så gott som uteslutande namnen på hans gamla kompisar. Rolle, Gurra, Jonte, Mario, Halvan och så vidare. En, två eller flera av dem, åt gången. Flera gånger i veckan.

– Ett omfattande sällskapsliv, skrockade Bäckström. Har vi något av intresse då?

– Har vi något av intresse då, upprepade han.

– Jag tror det, sa Nadja. Totalt handlar det om trettio anteckningar.

Nu ser ut hon ut på det där viset igen, tänkte Bäckström. Ryskan är skarp som en jävla rakkniv, tänkte han.

– Lyssnar fortfarande.

– Fem av dem återkommer i slutet av varje månad, dagarna varierar lite men det är alltid under den sista veckan i månaden, och det är samma anteckning hela tiden. "Stort R, tiotusen"

– Hur tolkar du den då?

– Att någon som har initialen R i sitt för eller efternamn varje månad fått tiotusen av Danielsson.

– Älskarinna, sa Bäckström, som plötsligt kommit att tänka på kondomerna och Viagratabletterna som de hittat i hans lägenhet. Fast själv knullar man ju alltid gratis, tänkte Bäckström med självmedveten min och trots att det var långt ifrån sant.

– Tror jag också, sa Nadja och log. Med tanke på det så tror jag att R:et avser första bokstaven i hennes förnamn.

– Man du har ingen aning om vem hon är, sa Bäckström.

– Jag jobbar på det. Just börjat, sa Nadja och log.

– Då så, sa Bäckström och flinade belåtet. Då lär jag veta namnet på donnan senare i dag, tänkte han.

– Sedan har jag en anteckning från fredagen den fjärde april. "SL tjugotusen."

– SL, sa Bäckström och skakade på huvudet. Om han nu köpt månadskort på Stockholms Lokaltrafik för tjugotusen så borde det väl ha räckt till både hans polare och hans grannar.

– Någon med initialerna SL, har fått tjugotusen fredagen den åttonde februari. Jag jobbar på det också, sa Nadja.

Skönt att höra att det är någon mer som jobbar, tänkte Bäckström, som själv dignade under en fullkomligt orimlig arbetsbörda sedan snart fjorton dagar tillbaka.

– Fast det är sedan som det börjar bli riktigt intressant, sa Nadja. Riktigt intressant, om du frågar mig, Bäckström.

Riktigt intressant?

Ungefär en gång i veckan, fyra till sex gånger varje månad, och totalt tjugofyra gånger under hela perioden, återkom tre signaturer; "HT", "AFS" och "FI", stora bokstäver genomgående. De förekom ungefär lika ofta och var alltid åtföljda av en siffra. En viss signatur hade alltid samma siffra, "HT 5", "AFS 20", "FI 50". Mönstret var genomgående med ett undantag. Vid ett tillfälle hade signaturen FI följts av siffran 100 samt ett U och ett utropstecken; "FI 100 U!"

– Hur tolkar du det, sa Bäckström som för säkerhets skull satt och tittade i papperen han hade fått medan han kliade sitt runda huvud med den lediga högerhanden.

– HT, AFS och FI, tror jag är namnsignaturer, sa Nadja. Siffrorna fem, tio, tjugo, femtio och hundra tror jag avser pengar som betalats ut. Något slags enkel kod således.

– Då tycks han ju ha kommit billigt undan den gode Danielsson, flinade Bäckström. En femma eller en tjuga eller en femtiolapp, kan till och med jag leva med, tänkte Bäckström. Till och med en hundring faktiskt, om det inte blir någon vana förstås. Men det verkade det ju inte ha blivit heller. En gång bara.

– Tror inte jag, sa Nadja och skakade på huvudet. Jag tror att det är multiplar, sa Nadja.

– Multiplar, sa Bäckström. Nazdarovie? Njet? Da? Vad fan menar hon, tänkte han.

– Att signaturen FI, som får femtio, får tio gånger så mycket som signaturen HT, som får fem. Utom en gång då han hade fått hundra och alltså tjugo gånger så mycket.

– Precis, sa Bäckström. Självklart, sa han. Och den här göken AFS, som får tjugo varje gång, får alltså fyra gånger så mycket som den där HT, men bara hälften av vad FI får ...

– Fyrtio procent med undantag för den gången då FI fick hundra, korrigerade Nadja.

– Precis, precis, skulle just säga det. Men det här Bea då? Efter varje sådan här utbetalning står det alltid Bea, sa Bäckström, och pekade för säkerhets skull i listan han fått. Till exempel "FI femtio, Bea", eller "HT fem, Bea". Hur tolkar du det?

– Jag tror det är en förkortning för betala, sa Nadja. Sådana där som Danielsson använder ofta sådana där förkortningar. Till exempel "bet" som alltså betyder att du har "betalat". Eller "bea" som kanske betyder att du ska "betala" ett visst belopp.

– Jaha, ja, sa Bäckström, strök sig om hakan och bemödade sig att att se slugare ut än han kände sig. Hur mycket deg pratar vi om då?

– Vad pratar vi för deg alltså, upprepade han för säkerhets skull med tanke på de tunga matematiska beräkningar som man nu höll på med.

– Nu är vi inne på rena spekulationer som du säkert förstår, sa Nadja.

– Jag lyssnar, sa Bäckström, lade för säkerhets skull ifrån sig sina papper och lutade sig tillbaka. Passa på nu, Nadja, tänkte han. När du talar till den ende inom hela polisverket som har skalle nog att begripa vad du säger.

– Om vi antar att Danielsson tog ut två miljoner kronor samma dag som han blev mördad och betänker att det då var nästan ett halvår sedan han var nere i sitt bankfack förra gången, och att han tog ut lika mycket den gången, så tror jag att han varje månad har betalat ut cirka sjuttontusen kronor till HT, närmare sjuttiotusen till AFS och närmare etthundrasjuttio tusen till FI.

– Det vill säga totalt cirka tvåhundrafemtio tusen varje månad, fortsatte hon. På sex månader blir det en och en halv miljon. Tar vi hänsyn till andra kostnader som han säkert haft i samband med den här verksamheten, plus de etthundrasjuttio tusen som FI fick den där gången då han hade multipeln hundra u plus utropstecken, så hamnar vi på ungefär två miljoner. Om vi snackar runda slängen alltså, sammanfattade Nadja med den språkliga frihet som numera var en del av hennes svenska personlighet.

– Jag förstår precis hur du menar, sa Bäckström som i vart fall tagit till sig det väsentliga. Vore jag sådan där jävla analytiker på Kuten så skulle jag hänga mig i garderoben om jag träffade Nadja, tänkte han.

– Vad gör vi åt det här då, frågade Bäckström. Det är ju ändå jag som är chef, tänkte han.

– Jag tänkte lägga ut det på vår aktuella KUT-info, sa Nadja. Se om det finns någon på våra underrättelserotlar som har något att bidra med.

– Gör det, sa Bäckström och nickade välvilligt. Hur nu de där halvidioterna skulle kunna tillföra något på den här nivån, tänkte han.

– I värsta fall är det väl inte värre än att vi knäcker det själva, tillade han.

Trettio minuter senare hade kommissarie Toivonen kommit instörtande på Bäckströms rum. Han var högröd i ansiktet och viftade med den senaste KUT-infon som han just printat ut från sin mail.

– Vad i helvete håller du på med, Bäckström, morrade Toivonen.

– Utmärkt, sa Bäckström. Tackar som frågar. Hur mår du själv förresten? Rävjävel, tänkte han.

– HT, AFS och FI, sa Toivonen och viftade med sina papper. Vad i helvete är det du håller på med, Bäckström?

– Jag får plötsligt för mig att du kan tala om det, sa Bäckström och flinade godmodigt. Rätta mig om jag har fel, Finnkoling, tänkte han.

– HT, som i Hassan Talib, AFS, som i Afsan Ibrahim. FI, som i Farshad Ibrahim, sa Toivonen och glodde på honom.

– Ringer inte den minsta klocka, sa Bäckström, och skakade på huvudet. Vad är det för Pellejönsar?

– Du har aldrig hört de namnen, sa Toivonen. De borde väl annars vara kända även på hittegodsavdelningen där du jobbat de senaste åren. Grabbarna på parkeringsbyrån vet säkert vilka de är. Men inte du?

– Då hade jag väl för fan inte behövt lägga ut dem på KUT-info, sa Bäckström. Är du dum i huvudet, eller? En så kallad retorisk fråga och sug på den du din lille Finnpajsare, tänkte Bäckström och log brett.

– Du ska passa dig jävligt noga, Bäckström, sa Toivonen.

Och sedan hade han bara gått därifrån.

Innan kommissarie Toivonen gick hem för dagen hade han träffat polismästaren Anna Holt. Det var hon som hade bett honom om ett informellt samtal mellan fyra ögon. Utan mineralvatten, protokoll och sakliga oväsentligheter.

Efter mötet med Bäckström hade han gått direkt ut till Nadja. Talat om för henne hur läget var och bett henne att hålla skärpt uppsikt över alla informationer som kunde handla om rånet ute på Bromma.

– Jag är ledsen, sa Nadja. Jag hade inte en aning om att det kunde finnas ett samband mellan vårt ärende och rånet. Hade jag vetat det hade jag naturligtvis kommit till dig först.

– Bra, sa Toivonen, som lät bistrare än vad han avsett. I morgon ska vi inleda hela programmet mot bröderna Ibrahim och deras kusin. Jag vill inte att det kommer ut på stan och jag vill inte läsa om det i tidningen.

– Oroa dig inte för Bäckström, sa Nadja och klappade på hans arm. Jag lovar att hålla ordning på honom.

– Dig har jag aldrig varit det minsta orolig för, sa Toivonen.

Sedan hade han gått en rask promenad runt Solna för att sänka sitt blodtryck innan han informerade sin högsta chef.

– Slå dig ner, sa Anna Holt. Kan jag bjuda dig på något?

– Tack, det är bra ändå, sa Toivonen och satte sig.

– Berätta, sa Holt.

– Det finns ett samband mellan rånet ute vid Bromma och mordet på Kari Viirtanen. Jag tror till och med att tekniska kan styrka det så fort de är klara med skåpbilen som de använde vid rånet. Det var Viirtanen som sköt väktarna. Däremot vet vi inte vem som körde åt honom. Vi har några namn att välja på som du säkert förstår. Vi jobbar på det.

– Varför sköt han dem då?

– För att den stackarn som dog utlöste färgampullerna som låg i säcken. Då blev Kari tokig eftersom det inte skulle ha funnits några ampuller i den säcken.

– Berätta, sa Holt.

Pengarna kom från London. Svenska, danska och norska sedlar som växlats in i England och Skottland. Dessutom engelska pund som de svenska bankerna och växlingskontoren hade beställt. De hade flugits från London till Bromma i en vanlig privatjet med två besättningsmän och fyra engelska affärsmän som passagerare. Och som för övrigt inte hade en aning om att de i sista sekunden fått sällskap av drygt elva miljoner i en liten säck av tyg.

– Värdetransportfirmorna gör allt oftare så här. Är det inte väldigt stora belopp så improviserar man och skickar dem med transporter som inte är schemalagda. Av flygsäkerhetsskäl får man heller inte ha några färgampuller i säckarna. De kan tydligen utlösas av tryckförändringar, och av andra orsaker med för den delen, och det vore mindre lyckat om man sitter i ett flygplan.

– Det kan jag tänka mig, sa Holt.

– Eftersom väktarna själva inte får öppna säckarna när de kommit fram, det är ett krav som facket drivit igenom för att undvika misstankar om stölder från personalens sida, så blir det i regel så att när pengarna väl är här och flyttas över till bilen så körs de till värdedepån utan färgampuller. De här transporterna görs ofta i vanliga omärkta bilar och eftersom depån som de skulle till ligger bara en kvarts körning från Bromma flygplats, och det handlade om ett så pass litet belopp som elva miljoner, så blev det så den här gången också.

– Litet belopp? Hur stort är ett stort belopp då, sa Holt och log.

– Tre eller fyra siffror, i miljoner, sa Toivonen och log även han.

– Vad var det som gick snett den här gången då?

– Väktaren som blev skjuten var tyvärr alltför ambitiös för sitt eget bästa. Utan att fråga sin chef om lov hade han tagit med sig en extra tomsäck som innehöll färgampuller och i den lägger han värdesäcken från London. Så fort rånarna fått sin säck och dragit iväg, så han kunde känna sig säker, så utlöste han färgampullerna med fjärrkontrollen. Den har en räckvidd på tvåhundrafemtio meter men den här gången hade han tydligen lite för bråttom eftersom färgampullerna small av redan efter femtio meter.

– Men räcker det då, avbröt Holt. För att färga in sedlarna i den inre säcken, menar jag.

– Nej, sa Toivonen och log snett. Det gjorde det inte, och det var inget större fel på sedlarna som vi hittade i deras övergivna bil. De parkerade för övrigt bilen tjugo meter från Hells Angels högkvarter knappt en kilometer från flygplatsen. Ville väl jävlas med dem kanske, innan de kutade därifrån.

– Problemet var att det visste inte Kari Viirtanen, konstaterade Holt. Att sedlarna gick att använda.

– Nej, sa Toivonen och nickade. Han blev precis lika tokig som Tok-Kari alltför ofta blev. Chaffisen gör en U-sväng, Kari har redan vevat ner rutan och börjat skjuta på väktarna som försöker springa därifrån. Den av dem som kutar iväg på förarens sida blir för övrigt påkörd så han som körde verkar heller inte vara någon trevlig människa.

– Vet vi något om vapnet, frågade Holt.

– En UZI automapistol i kaliber tjugotvå, sa Toivonen. Vapentechnikerna är ganska säkra på den saken. Minsta magasinet rymmer sextio skott och man hittar drygt trettio hylsor på platsen. Den väktare som dör har fått fem skott i ryggen, som fastnat i hans skyddsväst, och tre i huvudet, som dödat honom omedelbart. Den andra har också fått ta emot ett tiotal skott men inget som dödar honom. De återstående tio var väl bommar, konstaterade Toivonen.

– Låter som ett insiderjobb, konstaterade Holt.

– Definitivt, instämde Toivonen. Våra engelska kolleger letar efter honom på sin kant och vi försöker spåra hans kontakter på vår kant. Har vi tur så lossnar det och när det väl har lossnat på den ena kanten brukar det göra det även på den andra.

– Viirtanen skjuts av dem som finns bakom rånet, frågade Holt.

– Ja, det finns fler som är tokiga.

– Han som körde då?

– Han lär väl dyka upp så småningom, sa Toivonen med ett snett leende.

– Om jag fattade dig rätt på mötet igår så tror ni att pojkarna Ibrahim och deras ruggiga kusin är de som ligger bakom.

– Det pratas ju alltid en massa, sa Toivonen. En sådan här historia kräver mycket jobb och många inblandade. Man skall stjäla bilar, man skall stjäla nummerplåtar som passar till bilens märke och modell, beställa fotanglar och lägga ut flyktsträckan. Det är alltid någon som låter käften gå. Bröderna Ibrahim och Hassan Talib är våra lågoddsare den här gången. Satsa alltid på en säker vinnare, sa Toivonen som brukade besöka Solvalla Travbana även utanför tjänsten.

– Sambandet med mordet på Danielsson och det där tidnings-budet då?

– Om vi tar det i tur och ordning så talar allt för att det finns ett samband mellan Danielsson och tidningsbudet. Den där stacka-ren som de plockade upp ur Ulvsundasjön i natt. Kollegan Niemi är till och med villig att sätta en slant på att det kan vara samme gärningsman eller samma gärningsmän. En, två eller till och med flera, sa Toivonen.

– Men har morden på Danielsson och Akofeli något samband med vårt rån?

– Hade du frågat mig i morse om det fanns något sådant samband hade jag bara skakat på huvudet. Men nu får jag för mig att jag vet bättre, sa han, och lämnade över en tunn plastficka med papper till Holt.

– Läs själv, fortsatte han. Mitt samtal med en anonym uppgifts-lämnare plus de uppgifter som Nadja Högberg har hittat i Daniels-sons fickalmanacka kompletterade med hennes egna slutsatser ...

– Okej, sa Holt. Ge mig fem minuter.

– Jag tror som du, sa Holt fyra minuter senare.

– Jo, det gör nog alla som är funtade som du och jag, sa Toivonen. Vad som återstår är väl närmast att få detaljerna på rätt plats men vi kan nog utgå från att Karl Danielsson fungerat som privatbankir åt bröderna Ibrahim och deras kusin.

– Som knappt två dagar efter rånet får ett akut penningbehov i storleksordningen två miljoner svenska kronor, konstaterade Holt.

– Det är dyrt att städa efter sig, sa Toivonen.

46

Efter mötet med Toivonen hade Holt promenerat hem till sin bostad på Jungfrudansen i Solna och stannat för att handla på vägen. Hennes lägenhet låg bara ett par kilometer från polishuset, och fick hon chansen föredrog hon att promenera hem. En dag som denna gjorde hon det gärna. Sol från en blå och molnfri himmel. Tjugosex grader och svensk högsommar trots att man ännu bara befann sig i slutet på maj.

Sedan hon blivit chef för Västerorts polismästarområde brukade hon allt oftare tänka på det som sitt eget kungarike, eller kanske drottningdöme, och vikten av att vara en god och upplyst monark som värnade om rätt och rättvisa och om alla de människor som bodde där. Holt *County*, tänkte Holt, för så hade det väl hetat, i folkmun åtminstone, om hon nu hade varit kvinnlig sheriff i mellanvästern eller sydstaterna.

Mer än trehundrafemtio kvadratkilometer land och vatten mellan Mälaren i väster och Edsviken och Saltsjön i öster. Mellan tullarna mot Stockholms innerstad i söder, Norra Järva, Jakobsberg och Mälarens yttre skärgård i norr. Ett drottningdöme med drygt trehundratusen invånare. Ett halvdussin som var miljardärer, åtskilliga hundra som var miljonärer, några tiotusen som inte hade mat för dagen utan tvingades leva på det sociala. Plus alla vanliga människor däremellan.

Ett rike med femhundra poliser varav många med rätta räknades till de bästa i landet. Och så Evert Bäckström förstås. Plus alla helt vanliga, normala kolleger däremellan.

Nu hade den eldsprutande draken slagit klorna i det som var hennes land och hennes ansvar. Fyra mord inom loppet av en vecka. Lika många som man normalt skulle ha på ett helt år i ett område som ändå räknades till de mest brottsutsatta i landet.

Vad jag behöver är en vit riddare på en ädel springare som kan döda draken åt mig, tänkte Holt och började fnissa när hon tänkte på vad som skulle ha hänt om hon hade sagt det högt på något möte med det nätverk för kvinnliga poliser där hon satt i styrelsen.

Den som dödar draken får prinsessan och halva kungariket tänkte Holt och smålog, och blir det någon av kollegerna här ute ligger väl lilla Magdalena Hernandez bra till i rollen som prinsessan, tänkte hon. Åtminstone om de manliga kollegerna får rösta om saken.

Själv var hon för gammal, 48, till hösten, tänkte Holt och suckade. Dessutom hade hon redan en man som hon trivdes bättre och bättre med. Till och med var kär i, kanske älskade till och med, även om hon hittills försökt skjuta de tankarna ifrån sig. Det räcker om min vite riddare dödar draken åt mig, tänkte hon.

Den som dödar draken får prinsessan och halva kungariket, avgjorde Anna Holt och nickade för sig själv så fort hon fattat beslutet.

Och helst vill jag att han gör det omgående, tänkte polismästaren i Västerorts polismästarområde.

47

På fredagen hade kriminalinspektören Alm tänkt smita lite tidigare från jobbet. Det var ju ändå helg om bara några timmar och det fanns en hel del att uträtta innan han i lugn och ro kunde njuta av den tillsammans med sin kära hustru och två goda vänner som de bjudit på middag.

Ingen stor sak i det. Deras ärende tycktes ju utvecklas i den förväntade takten och mer eller mindre utan hans medverkan. Akofelis oväntade frånfälle hade visserligen komplicerat saken men det skulle säkert lösa sig bara han fick tillfälle att ta sig en rejäl funderare. Tyvärr hade alla hans förhoppningar kommit på skam och han hade inte ens hunnit till systemet som han lovat. Istället varit tvungen att ringa sin fru och gräla om saken innan hon äntligen gett med sig och gjort allt det som han hade lovat att göra.

En timme efter lunch, när han i stort sett redan packat ihop och förberett reträtten genom den lämpligaste bakdörren som polishuset kunde erbjuda, hade han nämligen fått oväntat besök och när han äntligen kom hem satt hans gäster redan i vardagsrummet och väntade. Hans fru hade stått ute i köket och slamrat med tallrikar och glas och det ögonkast hon gett honom hade inte varit nådigt.

– Hej älskling, sa Alm och böjde sig fram för att ge henne en kyss. På kinden åtminstone, tänkte han.

– Om kriminalinspektörn kan ta hand om våra gäster skall jag försöka ordna så att de får något att dricka, sa hans fru och vred bort huvudet.

– Visst älskling, sa Alm. Vilken osannolikt jävlig dag, tänkte han.

– Vad kan jag hjälpa dig med, då, Seppo, sa Alm, nickade vänligt mot Seppo Laurén, och tittade ofrivilligt på sin klocka. Kanske bäst att slå på bandspelaren också, tänkte han och placerade sitt lilla fickminne på bordet. Grabben var ju långt ifrån klar i knoppen, så man kunde aldrig veta.

– Vad kan jag hjälpa dig med, Seppo, upprepade Alm och log.

– Hyran, sa Seppo. Hur ska jag göra med hyran, sa han och räckte över en hyresavi till Alm.

– Hur brukar du göra, frågade Alm vänligt och såg på avin som han fått. Drygt fem tusen kronor, tänkte Alm. Det var väl ändå i mesta laget för en tvåa i det huset, tänkte han.

– Mamma, sa Seppo. Men sedan hon blev sjuk så har jag gett den till Kalle. Men nu är ju han mördad. Hur gör jag då?

– Kalle Danielsson brukade hjälpa dig med hyran, sa Alm. Sedan mamma blev sjuk, förtydligade han. Måste få tag i någon från det sociala, tänkte Alm, och sneglade ännu en gång på sitt armbandsur.

– Ja, så brukade jag få pengar till mat också, sa Seppo. Av Kalle alltså. Sedan mamma blev sjuk, alltså.

– Kalle var snäll och hjälpte dig, sa Alm. Det måste väl finnas någon form av pension eller sjukersättning, tänkte Alm.

– Sådär, sa Seppo, och ryckte på axlarna. Han bråkade med mamma.

– Han bråkade med din mamma?

– Ja, sa Seppo. Först grälade han på henne. Så knuffade han henne. Hon trillade och slog i huvudet. I vårat köksbord.

– Han knuffade henne, sa Alm. Hemma hos er. Så hon slog i huvudet? Vad är det grabben säger, tänkte han.

– Ja, sa Seppo.

– Varför gjorde han det då?

– Sedan blev hon sjuk och svimmade på jobbet och fick åka till sjukhuset. Ambulans, sa Seppo, och nickade allvarligt.

– Vad gjorde du då? När Kalle bråkade med din mamma?

– Jag slog honom, sa Seppo. Karate. Sedan sparkade jag honom. Karatespark. Så han började blöda näsblod. Jag blev arg. Jag blir nästan aldrig arg.

– Vad gjorde Kalle, då? Sedan du slagit honom?

– Jag hjälpte honom in i hissen, sa Seppo. Så han kunde åka hem till sig.

– Och det här hände dagen innan din mamma blev sjuk och hamnade på sjukhuset?

– Ja.

– Vad hände sedan då? När din mamma hamnat på sjukhuset?

– Jag fick en ny dator och en massa dataspel.

– Av Kalle?

– Ja. Han bad om förlåt också. Vi tog i hand på att aldrig slåss mer. Han sa att han skulle hjälpa mig tills mamma blev frisk och kom hem igen.

– Och sedan dess har du aldrig slagit honom mer.

– Jo, sa Seppo, och skakade på huvudet. En gång till slog jag honom.

– Varför gjorde du det då, sa Alm.

– Hon kommer ju aldrig hem ju, sa Seppo. Hon är ju fortfarande på sjukhuset. Hon vill inte prata med mig när jag är där.

Vad är det som händer, tänkte Alm. Måste få tag i Ankan Carlsson, tänkte han.

48

Tre namn hade hon redan fått av Toivonen. Hassan Talib, Afsan Ibrahim och Farshad Ibrahim. Signaturerna HT, AFS och FI i Danielssons fickalmanacka. Återstår två, tänkte Nadja Högberg när hon redan klockan åtta på fredag morgon startade upp sin dator. Drygt fem timmar innan hennes kollega kriminalinspektören Lars Alm hade fått oväntat besök på sitt tjänsterum.

"SL" och "R", för och efternamn respektive förnamnet, tänkte hon.

Först hade hon tagit fram deras lista på samtliga personer som förekom i samband med utredningen av morden på Karl Danielsson och Septimus Akofeli. Offer, familj, vänner och bekanta, arbetskamrater, grannar, vittnen, misstänkta och sådana som bara fanns med där ändå. Knappat fram för och efternamn på 316 personer och fått tre träffar, Susanna Larsson, 18, Sala Lucik 33, och Seppo Laurén 29.

Susanna Larsson jobbade på Miljöbudet och hade varit arbetskamrat med Akofeli. Sala Lucik bodde i lägenheten ovanför Akofeli, fanns med på dörrknackningslistan men hade inte gått att nå eftersom hon sedan fjorton dagar satt på häktet i Solna misstänkt för grovt narkotikabrott. Seppo Laurén var Danielssons granne. Samme unge man som enligt Bäckström "inte hade alla besticken kvar i lådan".

Lätt, tänkte Nadja Högberg och slog fram personutdraget på Seppo Laurén. Närmaste anhörig var Ritwa Lauren, 49, som sedan ett par månader tillbaka vårdades på sjukhus för en hjärnblödning. Okänd fader, läste Nadja.

Kan det vara så enkelt, tänkte Nadja Högberg.

Förmodligen, tänkte hon, när hon fem minuter senare fått upp Ritwa Laurens passfoto på sin dataskärm. Hon hade varit 42 år när fotot togs. Blond, vacker, reserverat leende i halvprofil, såg inte ut att ha varit en dag över trettiofem när hon sju år senare tog fotot till sitt nya pass.

Hon hade bott i samma lägenhet på Hasselstigen i drygt tjugonio år. Ännu inte fyllda tjugo när hon flyttade in tillsammans med en son på tre månader. Då hade hennes tjugo år äldre granne Karl Danielsson redan bott i samma hus i fem år. Lär dig hata slumpen, tänkte Nadja Högberg.

För snart fyra månader sedan, fredagen den åttonde februari, hade "SL" fått 20 000 kronor av Karl Danielsson. Dagen före, torsdagen den sjunde februari, hade Seppo Lauréns mamma Ritwa hittats medvetslös på toaletten på sin arbetsplats, körts med ambulans till akuten på Karolinska sjukhuset, och inom loppet av ett par timmar blivit opererad på sjukhusets neurokirurgiska avdelning. En månad senare hade hon flyttats över till ett rehabiliteringshem. Inte längre medvetslös men inte heller så mycket mer.

Fem minuter senare stod Nadja Högberg och grävde i högen med verifikationer som deras tekniker hittat i Danielssons lägenhet. En av dem var en faktura på en dator, diverse kringutrustning och programvara samt sex olika dataspel, totalt 19 875 kronor, som inhandlats i en databutik i Solna centrum och betalats kontant fredagen den åttonde februari.

Okänd fader, tänkte Nadja Högberg. Karlar är svin, tänkte hon. Vissa karlar åtminstone, korrigerade filosofie doktorn, Nadjesta Ivanova, och den här gången hade hon bara behövt en timme för att hitta en av dem.

Resten av dagen hade hon ägnat åt annat. Mest åt att leta efter ett bra ställe där man kunde gömma undan tio års bokföringshandlingar. Inga bankfack den här gången, tänkte Nadja, eftersom det åtminstone borde handla om flera lådor med papper. Han har hyrt ett förråd någonstans. Inte för nära men heller inte för långt bort. Danielsson verkade ha varit både praktiskt lagd och bekväm, en som lagade sin tillvaro efter lust och lägenhet. Taxiavstånd, tänkte hon, och började knappa på sin dator.

Strax före klockan fem hade Annika Carlsson och Lars Alm kommit instörtande på hennes rum med andan i halsen. Nya och tidigare okända omständigheter hade under eftermiddagen framkommit vid förhör med Seppo Laurén. Besvärande sådana.

– Jag lyssnar, sa Nadja Högberg, lutade sig bakåt och knäppte händerna över sin lilla runda mage. Undrar var han håller hus förresten, tänkte hon, eftersom hon inte sett röken av Bäckström sedan i förmiddags.

– Han erkänner alltså att han tidigare misshandlat Danielsson. Tydligen för att han trodde att det var Danielsson som var skuld till att hans mamma hamnat på sjukhus. Hans relation till Danielsson tycks ju också vara en helt annan än vad vi tidigare trott. Att han bara skulle ha uträttat små ärenden åt Danielsson kan vi glömma. Danielsson har tydligen betalat hyran för lägenheten och gett grabben pengar till mat. Bland mycket annat. Det här luktar hämnd lång väg om du frågar mig, sammanfattade Alm.

– Dessutom gett honom en dator som måste ha kostat åtskilliga tusenlappar, kompletterade Carlsson.

– Vilket kanske inte är så konstigt med tanke på att han är Seppos pappa, sa Nadja.

– Ursäkta, sa Annika Carlsson.

– Vad fan är det du säger, sa Lars Alm.

– Jag föreslår att vi gör på följande vis, sa Nadja Högberg och höjde händerna för få stopp på dem. Om du Annika går och topsar Seppo så har vi snart klarat av den där biten med faderskapet. Danielssons DNA har vi ju redan. Lauréns lär väl dröja de vanliga fjorton dagarna innan SKL hör av sig, men jag lovar att berätta hur det ligger till så fort han är topsad.

– Så kan du Lars åka hem och hämta hårddisken i hans dator, fortsatte hon.

– Vad ska du med den till, sa Alm och såg frågande på henne.

– Om jag inte minns fel så säger han i ditt eget förhör med honom att han suttit hela kvällen och natten och spelat dataspel, sa Nadja Högberg. Idioter, och plötsligt leder man en mordutredning trots att man bara är en vanlig civilanställd, tänkte hon.

En och en halv timme senare var det klart. Först hade Nadja berättat vad hon fått fram på sin dator om Karl Danielsson, Ritwa och Seppo Laurén. När hon var klar med det hade Alm och Carlsson först tittat på varandra, sedan hade de tittat på Nadja och till sist hade de nickat åt henne. Motvilligt.

– Men varför har han under alla dessa år förnekat att han är far till honom, sa Annika Carlsson.

– För att slippa betala underhållsbidrag, sa Nadja. På det viset har Karl Danielsson sparat flera hundra tusen kronor.

– Men varför har han inte ens berättat det för sin egen son? Det är ju alldeles uppenbart att Seppo inte har en aning om att Danielsson är hans pappa, sa Alm.

– Han skämdes väl för honom. Han var väl inte god nog åt en sådan som Karl Danielsson, konstaterade Nadja. Vissa karlar är svin, tänkte hon.

Sedan hade de gjort sällskap alla tre till Alms rum. Där satt Seppo Laurén och underhöll sig med Felicia Pettersson, drack Coca-Cola och verkade trivas förträffligt.

Nadja hade kopplat upp hans hårddisk och tillsammans hade de utrett vad han hade haft för sig från onsdag eftermiddag den fjortonde maj till torsdag morgon den femtonde maj. Seppo hade suttit vid sin dator från klockan kvart över sex onsdag eftermiddag till kvart över sex torsdag morgon. Vid tretiden på morgonen hade han gjort ett uppehåll på åtta minuter. I övrigt hade han knappat oavbrutet på den, tolv timmar i sträck.

– Jag blev lite hungrig då, sa Seppo. Jag tog rast och åt en smörgås och drack ett glas mjölk.

– Vad gjorde du sedan då? När du slutat spela på datorn menar jag, sa Alm som tydligen vägrade ge sig trots att Nadja redan gett honom flera varnande ögonkast.

– Jag somnade, sa Seppo och såg förvånat på Alm. Vad skulle du själv ha gjort?

49

Bäckström hade inlett fredagen med uppvakta sin chef, Anna Holt, och begära förstärkning. Plötsligt hade han ett dubbelmord på halsen, samma spaningsstyrka som tidigare, otillräcklig redan från början.

– Jag hör vad du säger, Bäckström, sa Holt, som började låta mer och mer som sin gamle chef Lars Martin Johansson. Problemet är att jag inte har något folk att ge dig. Just nu går vi på knäna härute.

– Toivonen har trettio man för att utreda ett rånmord. Jag har fem för att ta hand om två spaningsmord. Märkliga prioriteringar ni gör här i huset, sa Bäckström och log godmodigt. Där fick du lite gott att suga på ditt magra lilla elände, tänkte han.

– Det är jag som har gjort den prioriteringen, sa Holt. Så den står jag för. Skulle det komma fram fler uppgifter som tyder på att de som ligger bakom rånet även tagit livet av Danielsson och Akofeli kommer jag att föra över dig och dina medarbetare till Toivonens utredning.

– Det tror jag vore mindre klokt, sa Bäckström. Inte bara mager, tänkte han.

– Varför då?

– Jag har väldigt svårt att tro att bröderna Ibrahim skulle slå ihjäl den som hjälpte dem att gömma undan deras pengar. Jag har ännu svårare att tro att Danielsson försökt blåsa dem. Han var visserligen en fyllskalle men han verkar inte ha varit särskilt självmordsbenägen. Vet du vad jag har allra svårast för?

– Nej, sa Holt, och log motvilligt. Berätta?

– Att om de nu ändå gjorde det, slog ihjäl Danielsson för att han försökt sno dem på deras pengar alltså, så borde de väl ändå ha tänkt på alla deras pengar som låg kvar i Danielssons bankfack.

– Vet du vad, Bäckström. Jag får plötsligt för mig att du har en poäng där. Du kanske till och med har en idé om vem som gjorde det, slog ihjäl Danielsson och Akofeli?

– Ja, sa Bäckström. Ge mig bara en vecka till så.

– Men det var väl alldeles utmärkt, sa Anna Holt. Ser fram emot att få höra mer och nu får du faktiskt ursäkta mig. Har en del att stå i, nämligen.

Lika bra att slå två flatsmällor i en smäll, tänkte Bäckström, och gick direkt till Annika Carlsson för att höra hur det gick.

– Inget vidare just nu, suckade Carlsson. Dörrknackningen har inte gett något. Tekniska ligger lågt och vi har inte hört något från vare sig SKL eller rättsmedicinska. Själva lider vi brist på både uppslag och idéer.

– Akofeli, sa Bäckström, och skakade på sitt runda huvud. Det är något där som inte stämmer.

– Men det trodde jag Felicia hade rett ut, sa Annika Carlsson, och såg förvånat på honom. Mest tack vare dig förresten, eftersom det var du som satte henne på spåret.

– Jag tänker inte på hans telefonsamtal, sa Bäckström och skakade på huvudet. Det är något annat som stör mig.

– Men du kommer inte på vad det är, sa Annika Carlsson.

– Nej, jag gör ju inte det, sa Bäckström. Det finns i bakhuvudet på mig men jag kommer inte på det.

– Och du tror att det kan ha betydelse för utredningen.

– Betydelse, fnös Bäckström. När jag väl kommer på det så har vi löst det här. Både Danielsson och Akofeli.

– Herre Gud, sa Annika Carlsson och såg på honom med stora ögon.

Morsning *and Good-Bye*, och hur jävla dum kan man bli, tänkte Bäckström.

– Du måste hjälpa mig Annika, sa Bäckström, och nickade allvarligt åt henne. Jag får för mig att det bara är du som kan göra det.

– Jag lovar, sa Annika Carlsson.

Så har du också lite gott att suga på medan jag själv firar helg, tänkte han.

Därefter hade Bäckström följt de vanliga fredagsrutinerna. Knappat in tjänsteärende på sin telefon. Stängt av mobilen. Lämnat polishuset. Tagit en taxi till ett säkert ställe på Kungsholmen och ätit en rejäl lunch. Därefter en kort promenad hem till den trevna lyan, en välförtjänt middagsslummer, och som sista ärende på det ordinarie fredagsprogrammet hade han besökt sin nya massös.

En ovanligt kroppsmedveten polska, Elena, 26, som hade sin hälsovårdspraktik alldeles i närheten av hans bostad, som hade Bäckström som sista kund på fredagar, som alltid körde hela programmet och brukade avsluta med att ge den Bäckströmska supersalamin en liten föraning om den kommande helgens fröjder.

Till kvällen skulle han äta middag med en gammal bekant. En känd konsthandlare, Gustaf G:son Henning, som Bäckström haft tillfälle att hjälpa vid ett flertal tillfällen och som utbett sig förmånen att få bjuda honom på middag.

– Vad tror du om Operakällarens matsal klockan halv åtta, frågade Henning.

Välbeställd, silverhårig, skräddarsydd, känd från teves alla antikrundor och fyllda sjuttio. På stan, och i de kretsar som räknades, gick han under smeknamnet GeGurra och hade inte minsta likhet med den notoriske tonårshuliganen Juha Valentin Andersson-Snygg, född 1937, vars personakt försvunnit ur Stockholmspolisens arkiv redan för många år sedan.

– Vad tror du om klockan åtta, sa Bäckström, som föredrog att ha gott om tid när det kom till så viktiga ting som att sköta sin egen kropp och den egna hälsan.

– Då säger vi det, instämde GeGurra.

50

Kommissarie Toivonen hade inte trettio man för att utreda sitt väktarmord som Bäckström trodde. Redan på fredag morgon hade förstärkningarna anlänt. Han hade fått låna folk från rikskriminalen, Nationella insatsstyrkan och piketen. Från länskriminalen i Stockholm och från andra distrikt inom länet. Till och med polisen i Skåne hade skickat upp tre utredare till honom från länets speciella rångrupp. Numera förfogade han över närmare sjuttio utredare och spanare samt en egen insatsstyrka och han kunde få ännu fler om han behövde. Toivonen fick numera alla han pekade på och han och hans gruppchefer hade ägnat hela dagen åt att planera deras insatser.

Nu var det hela programmet som gällde. Inre spaning, yttre spaning, övervakning, telefonkontroll, mobilspaning, dold avlyssning, öka trycket, störa ut och göra tillslag mot alla hang-arounds och wannabees i kretsarna runt bröderna Ibrahim och deras kusin Hassan Talib. Sätta dem i finkan, hålla förhör med dem, stoppa deras bilar, avvisitera dem så fort man fick chansen och vid behov spöa skiten ur dem om de sa något olämpligt, gjorde hastiga rörelser eller bara betedde sig i största allmänhet.

– Nu kör vi. Nu ska herrarna Ibrahim in i finkan, sa Toivonen med bister min och nickade mot alla sina medarbetare.

Med början klockan arton på kvällen hade kommissarie Jorma Honkamäki och hans kolleger från Nationella insatsstyrkan och Stockholmspolisens piket genomfört totalt tio husrannsakningar i Huddinge – Botkyrka, Tensta – Rinkeby och Norra Järva. Man hade inte bett om lov före. Dörrarna hade man genomgående slagit in. De som funnits i lägenheter och lokaler hade burits ut sprattlande och iförda handfängsel. Man hade släppt in både knarkhundar, bombhundar och vanliga polishundar, vänt ut och in på både inredning och bohag, löst såväl som fast, rivit hela mellanväggen i en affärslokal i Flemingsberg, hittat pengar, knark, vapen, ammunition, sprängmedel, tändkapslar, rökgranater, fotanglar, rånarluvor, overaller, handskar, lösa nummerplåtar och stulna fordon. När solen gick upp över ännu en ny dag i världens vackraste huvudstad satt tjugotre personer i finkan, och det hela hade bara börjat.

Linda Martinez var nyutnämnd kommissarie vid Rikskriminalpolisens spaningsrotel, inlånad av Toivonen och ansvarig för den yttre spaningen på bröderna Ibrahim och deras kusin. Hon hade valt sina medarbetare med omsorg och hon var väl medveten om sin motståndares svagheter.

– Inte en vanlig Svenne så långt ögat ser, konstaterade Martinez när hon mönstrade sina styrkor. Bara svarta, bruna och blå, sa hon och flinade förtjust.

Innan Toivonen lämnade polishuset i Solna hade han träffat sin chef, Anna Holt, för att redovisa kriminalunderrättelsetjänstens senaste rön om eventuella samband mellan Karl Danielsson, bröderna Ibrahim och Hassan Talib. Nu när man visste vad man letade efter hade saker och ting varit lättare att hitta. Bland annat ett nio år gammalt spaningsuppslag om att Karl Danielsson skulle varit inblandad som penningtvättare efter det stora rånet i Akalla norr om Stockholm. Eftersom tipset aldrig gått att leda i bevis hade det så småningom lagts åt sidan och glömts bort.

I mars 1999, drygt nio år tidigare, hade åtminstone sex maskerade och beväpnade rånare slagit till mot värdetransportbolagets penningdepå ute i Akalla. Man hade kört en femton tons gaffeltruck rakt genom väggen till depån. Tvingat ner personalen på golvet och när man fem minuter senare försvann därifrån hade man tagit med sig drygt hundra miljoner i omärkta svenska sedlar.

– Etthundraenmiljonersexhundratolvtusen kronor, om vi nu ska vara petiga, sa Toivonen och läste för säkerhets skull från sin lapp.

– Låter som ett hyggligt dagsverke, konstaterade Holt. Inget vanligt litet skitrån, menar jag.

– Nej, fast för oss sket det sig totalt, sa Toivonen.

Man hade inte fått tillbaka en krona av pengarna. Man hade inte fått någon av de inblandade dömd trots att man hade en hygglig uppfattning både om vilka de var och hur det hela hade lagts upp och genomförts. Enda trösten i sammanhanget var att man inte hade haft några personskador, vilket väl samtidigt var rånarnas och inte polisens förtjänst.

Huvudman var en välkänd gangster av marockanskt ursprung, Abdul Ben Kader, född 1950, och numera således närmare sextio år gammal. Han hade bott i Sverige i över tjugo år och förekommit flitigt i de flesta kriminella sammanhang. Allt ifrån illegala spel och spritklubbar, bordellverksamhet, organiserade stölder och häleri, försäkringsbedrägerier och grova rån.

Ständigt misstänkt, suttit anhållen och häktad vid tre tillfällen. Men aldrig dömd, aldrig behövt tillbringa en dag på en svensk kriminalvårdsanstalt.

– Ett par månader efter Akallarånet gick fanskapet i pension och åkte hem till Marocko, sa Toivonen och log snett. Där lär han numera äga ett flertal krogar och åtminstone ett par hotell.

– Hur kommer bröderna Ibrahim och deras kusin in i det här, frågade Holt.

Alla tre hade varit med vid rånet. Det var Toivonens och alla hans kollegers bestämda uppfattning. Farshad, som hade varit tjugoåtta är gammal när rånet genomfördes, var den som ledde själva operationen. Hans kusin, som var tre år yngre, hade kört gaffeltrucken, och hans lillebror Afsan, blott tjugotre år gammal, hade plockat pengar för glatta livet trots att han var iförd både overall, handskar och heltäckande skidluva.

– Ben Kader kan väl närmast beskrivas som något slags mentor till Farshad. Farshad var hans favorit trots att han inte är nordafrikan utan kommer från Iran. Båda är muslimer förresten, och helnykterister, konstaterade Toivonen av någon anledning.

– Farshad kom hit som flykting med sin familj när han bara var tre år gammal. Hans yngre bror är för övrigt född i Sverige. Ben Kader har inga egna barn och eftersom lille Farshad var av det rätta virket så fattade han tydligen tycke för honom. De har fortfarande kontakt och för bara några veckor sedan fick vi informationer från våra franska kolleger vid Interpol att de skulle ha träffats på Rivieran så sent som i mars i år.

– Danielsson, påminde Holt.

– Ben Kader använde honom som bokförare, revisor och ekono-
misk rådgivare för sina legala verksamheter. Han ägde bland annat
en livsmedelsaffär i Sollentuna, en tobaksaffär och en tvättinrätt-
ning med skrädderi här ute i Solna. Med facit i hand var det säkert
inte det enda som Danielsson gjorde men eftersom det inte gick att
styrka något annat så hördes han bara upplysningsvis.

– När Ben Kader återvände till Marocko fick Farshad ta över båda
livsmedelsaffären och Danielsson. Det är fortfarande Farshad som
äger butiken i Sollentuna. Han har släktingar som jobbar där men
det är han som står som ägare. Danielsson däremot har försvunnit
ur alla papper.

– Akofeli, sa Holt. Hur kommer han in i detta? Akallarånet kan
han väl knappast ha varit inblandad i för då var han väl bara sexton
år gammal.

– Ärligt talat så har jag inte den blekaste aning, sa Toivonen och
skakade på huvudet. Jag tror inte att han haft ihop det med vare sig
Danielsson eller bröderna Ibrahim. Möjligen har han varit på fel
plats vid fel tillfälle och halkat in på ett bananskal. Att han skulle
ha slagit ihjäl Danielsson tror jag vi kan glömma.

– Bröderna Ibrahim och Hassan Talib då? Kan de ha mördat
Danielsson och Akofeli?

– Inte en susning, sa Toivonen och suckade.

– Det kanske ger sig, sa Holt och log. Bäckström lovade att det
snart skulle vara klart. Behövde bara en vecka till påstod han.

– Kan knappt bärga mig, fnös Toivonen.

Sedan hade Toivonen åkt hem till sitt radhus i Spånga. Lagat mat
till sina två tonårssöner eftersom hans hustru hade åkt till Norrland
för att besöka sin sjuke far. Efter maten hade hans grabbar försvun-
nit ut för att träffa sina kompisar. Toivonen hade hällt upp en stor
stark och en liten whisky och inlett helgen framför teven. När hans
yngste son kom hem vid elvatiden låg hans pappa i soffan, halvsov
och tittade på sportkanalen.

– Ska inte du gå och lägga dig farsan, frågade sonen. Du verkar
lite hängig, om du frågar mig.

51

Herrar Bäckström och GeGurra hade träffats på Operakällarens restaurang strax efter klockan åtta på kvällen, en ytterst förbindlig hovmästare hade fört dem till deras diskret avskilda bord ute på verandan. Tagit emot deras beställningar, bugat ännu en gång och skyndat därifrån. Som seden bjöd var det GeGurra som stod för fiolerna.

– Kärt att se kommissarien, sa GeGurra, höjde sin stora Dry Martini samtidigt som han försiktigt nafsade på en oliv som han fått på en assiett vid sidan om.

– Trevligt att se dig också, instämde Bäckström och markerade med sin dubbla iskylda vodka. Trots att du blir mer och mer lik en vanlig korvryttare för varje dag, tänkte han.

Sedan hade de beställt in. Bäckström hade fått råda och även fagotten GeGurra hade fogat sig i hans önskemål och valt att äta som folk. I stort sett åtminstone.

– Först vill jag ha en toast Skagen med lite rimmad lax på en extra tallrik, sedan ska jag ha biff Rydberg med två äggulor. Öl och brännvin genomgående och det andra tänkte jag återkomma till.

– Vad önskar direktören för snaps, frågade hovmästaren och böjde sig ytterligare någon decimeter snett åt höger.

– Tjeckisk pilsner, rysk vodka. Har ni Standard? Vadå direktörn, tänkte han.

– Tyvärr, beklagade hovmästaren. Men vi har Stolichnaya. Både Cristal och Gold.

– Stalichnaya, korrigerade Bäckström, ryskkunnig som han numera var. Då börjar jag med en Gold till fisken och sedan vill jag ha Cristal till min biff, avgjorde han, konnässör som han ju också var.

– Trea eller sexa?

Driver han med mig, tänkte Bäckström. Tänker han dela ut några jävla varuprover?

– Åttor, sa Bäckström. Genomgående. Och inget slarv.

GeGurra hade anslutit och komplimenterat Bäckström för hans goda val. Avstått från den rimmade laxen och den extra äggulan, nöjt sig med en trea till förrätten och ett glas rött till köttet.

– Om ni har någon hygglig Cabernet Sauvignon på glas?

Självklart hade man det, enligt hovmästaren. Man hade faktiskt en alldeles utmärkt amerikan från 2003, Sonoma Valley, och nittio procent Cabernet.

– Och en liten, liten aning Petit verdot, för att piffa till det hela.

Bögar, tänkte Bäckström, och vad fan får de allt ifrån? Piff och Puff och puffa mig därbak.

Fast visst hade de haft trevligt. GeGurra hade verkligen bjudit till. Tackat för Bäckströms senaste insatser där han så föredömligt informerat honom om utvecklingen av den stora konsthärvan som polisen ägnat hela vintern åt att utreda. Givetvis hade Bäckströms halvdebila kolleger fastnat med skägget i brevlådan ännu en gång men GeGurra hade inte ens behövt dyka upp i förundersökningsmaterialet.

Bäckströms sista insats som godsspanare och eftersom han själv inte hade tillgång till den typen av material hade han precis som så ofta förr loggat in sig på en gravt förståndshandikappad kollegas dator, en före detta kriminaltekniker som fått gå ner på halvtid sedan han försökt giftmörda sin fru, och plockat ut ett par extra disketter. En till GeGurra och en för egen räkning, och för säkerhets skull.

– Så lite, sa Bäckström blygsamt.

– Och våra nya betalrutiner fungerar, frågade GeGurra av någon anledning. Käre bror är nöjd med dem?

– Helt i sin ordning, sa Bäckström, för oavsett sin sorgliga läggning så var GeGurra i vart fall en generös fikus. Rätt ska vara rätt, tänkte han.

– En helt annan sak, när jag ändå har förmånen att ha dig här, sa GeGurra.

– Jag såg på teve om det där hemska rånet ute vid Bromma flygplats, fortsatte han. Där man sköt ner de där stackars väktarna. Rånarna verkade ju fullkomligt hänsynslösa. Måste väl ändå ha varit några professionella som gjort det? Av det jag såg på teve fick man ju ett intryck av att det närmast handlade om en sådan där militär kommandostyrka som varit i farten.

– Inga vanliga bögknackare, instämde Bäckström som just erinrat sig några av Juha Valentins tidiga insatser i Stockholms parker och gränder.

– Jag pratade med en god vän som äger ett större antal butiker inne i City och dagligen har anställda som går till banken med ganska så stora kontantbelopp. Han är väldigt bekymrad, sa Ge-Gurra.

– Rena djungeln därute, nickade Bäckström. Så det har han nog all anledning att vara.

– Du tror inte att du skulle kunna hjälpa honom? Se över hans rutiner, ge honom lite goda råd? Jag är säker på att han skulle bli mycket tacksam.

– Är det en sådan där som kan hålla käften, frågade Bäckström. Det är lite känsligt med den typen av knäck, som du förstår.

– Självklart, självklart, sa GeGurra och satte för säkerhets skull upp sin smala blåådriga hand i en avvärjande gest. Han är en utomordentligt diskret man.

– Du kan ju alltid ge honom mitt mobbenummer, sa Bäckström, som hade långt gångna planer på att förnya sin garderob inför sommaren.

– Mycket generös också, tillade GeGurra och skålade med sin gäst.

Till desserten hade de plötsligt fått sällskap. GeGurra hade, trogen sin läggning, beställt in färska bär medan Bäckström nöjt sig med att vårda en bättre konjak. Sällskapet var "en gammal och mycket god vän" till GeGurra, liksom han själv i konstbranschen.

Gammal och gammal, tänkte Bäckström. Högst trettiofem, och vilka jävla rattar sedan, stor tur att inte knätofsen är här, tänkte han.

Efter de inledande kindpussarna mellan gamla vänner hade Ge-Gurra tagit hand om det formella.

– Min mycket gode vän Evert Bäckström, sa GeGurra, och detta är alltså min högst förtjusande väninna, Tatiana Thorén. Tidigare maka till en av mina gamla affärskontakter som alltså inte förstod sitt eget bästa, förtydligade han.

Vad sådana som ni skall med en sådan som hon till, tänkte Bäckström. Sträckte fram handen till ett manligt handslag och lät henne smaka på sitt Clintanleende.

– Är du också konstintresserad, Evert, frågade Tatiana Thorén så fort GeGurra dragit ut stolen åt henne så hon kunnat placera sin välformade bakdel i rätt höjd för att Bäckström skulle kunna njuta av hennes generösa urringning från den exakt rätta vinkeln.

– Jag är polis, sa Bäckström och nickade kärvt.

– Polis, åh Gud så spännande, sa Tatiana och spärrade upp sina stora mörka ögon. Vad för slags polis är du?

– Mordutredare, grova våldsbrott, kommissarie, sa Bäckström. Allt det där andra lägger jag mig inte i. Och Clintan kan slänga sig i väggen, tänkte han.

Sedan hade de hållit Tatiana sällskap medan hon stillade den värsta hungern med en enkel laxsmörgås och ett glas champagne samtidigt som hon ägnade Bäckström nittio procent av sin uppmärksamhet.

– Gud så spännande, upprepade Tatiana, log med sin röda mun och sina vita tänder. Jag har aldrig träffat någon riktig mordutredare förut. Bara sett dem på teve.

Bäckström hade gett henne det vanliga urvalet av blandade hjältedåd från sitt innehållsrika liv som legendarisk polis. Supersalamin hade redan börjat röra på sig och när det väl hade börjat hade det gått undan.

Först hade GeGurra ursäktat sig så fort han betalat notan. Vid hans ålder behövde man sin nattvila. Sedan hade Tatiana och Bäckström kilat in på nattklubben Café Opera som låg vägg i vägg med restaurangen och tagit ett par extra drinkar för att värma upp ytterligare. Vad jag nu ska med dem till, tänkte Bäckström eftersom supersalamin definitivt hade kvicknat till. Tur att man inte står här näck med någon jävla basebollsmäck på huvudet, tänkte Bäckström och lutade sig mot bardisken. Hade man väl sett ut som ett jävla F, tänkte han, spände ut den grova bröstkorgen och drog in hela kaggen.

– Whaaooo, kommissarien, sa Tatiana och smekte med handen längs hans skjortbröst. Det här är ingen vanlig sexpack, tror jag.

Tatiana bodde i en liten tvåa på Jungfrugatan på Östermalm. Tjejen måste ha humor också, tänkte Bäckström, som förlorat byxorna redan ute i tamburen, gjort sig av med resten på vägen till hennes sovrum och sett ut som ett vanligt T när han väl vält omkull henne i den breda sängen. Där hade han gett henne en rejäl omgång enligt den vanliga rutinen för första patrull på plats. Bäckström hade stönat och grymtat och Tatiana skrikit rakt ut. Sedan hade han skiftat läge och låtit henne åka Salamihissen upp och ner i åtminstone en kilometer innan det var dags igen.

Därefter hade han somnat och när han väl kvicknade till liv stod solen redan högt på den blåa himlen ovanför Jungfrugatan. Tatiana hade bjudit på frukost. Gett honom sitt telefonnummer och fått honom att lova att de måste ses igen så fort hon kom tillbaka från sin Greklandssemester.

52

På fredag eftermiddag hade kriminalkommissarie Jan Lewin vid riksmordkommissionen återvänt från en mordutredning i Östergötland. Han hade åkt direkt hem till sin särbo Anna Holt och när han stack nyckeln i hennes dörr så stod hon där och väntade. Sträckte ut handen mot honom, fattade hans hand.

– Skönt att du är hemma igen, Jan, sa Holt.

Särbo och polismästare, tänkte Jan Lewin när han satt i soffan och bläddrade i alla papper som hon gett honom. Mord, mordförsök, rån av värdetransport, mord på en av de inblandade gärningsmännen, så ett mord på en gammal alkoholist, och för säkerhets skull ännu ett på tidningsbudet som hittade honom. Och vad har det egentligen med Anna och mig att göra, tänkte han.

– Vad tror du Jan, sa Holt och kröp närmare honom.

– Vad säger Toivonen, frågade Lewin.

– Att han inte har en susning, sa Anna Holt och fnissade.

– Då är det nog så. Lewin log mot henne. Inte en susning här heller.

– Du verkar inte särskilt intresserad, sa Holt, tog ifrån honom papperen och lade dem på soffbordet.

– Jag har tankarna på annat håll, sa Jan Lewin.

– Du har tankarna på annat håll?

– Nu har jag varit hemma hos den vackraste kvinnan på denna jord i snart en halvtimme, Lewin tittade på sitt armbandsur med en bekräftande nick, jag har fått en kyss och en kram och en tjock bunt med papper som hon stuckit åt mig. Vi sitter i samma soffa. Jag läser. Hon tittar på mig. Det är klart att jag har tankarna på annat håll. Lewin nickade mot Holt.

– Vad tänker du på, då?

– Att jag vill knäppa upp din blus, sa Jan Lewin.

53

Vid elvatiden på kvällen hade Farshad och hans bror Afsan lämnat den stora villan i Sollentuna där de bodde med sina föräldrar, sina tre systrar och sin yngste bror Nasir, 25. Fast just nu verkade minstingen vara bortrest. Inte minsta spår efter honom sedan en vecka tillbaka och Toivonen hade redan sina aningar om vad det kunde bero på.

De hade åkt i Farshads svarta Lexus och bättre kunde det inte bli eftersom den redan var inpluggad och klar. Tidigare under kvällen hade Farshad varit slarvig och ställt den i parkeringshuset vid NK medan han i sällskap med Talib tagit hissen ner till delikatessaffären i källarplanet. Fem minuter, handla lite gott åt sin älskade mor och ingen stor sak i det.

Linda Martinez medhjälpare hade bara behövt en minut för att förse hans bil med en GPS-sändare och numera kunde de följa Alfa 1– en röd elektronisk pil med siffran ett – i lugn och ro på dataskärmarna i sitt spaningsfordon.

Det var Afsan som körde medan Farshad mest pratat i telefon. Utanför en libanesisk restaurang på Regeringsgatan hade de stannat till och plockat upp Hassan Talib som också hade slarvat. Innan han klev in och satte sig i Lexusens baksäte hade han öppnat bakluckan till en silvergrå Mercedes som stod parkerad på gatan och plockat upp en mobiltelefon, som han stuckit ner i bröstfickan på sin kavaj.

Motorkamerorna smattrade för fullt i den spanbil som låg efter Lexusen och höll uppsikt bakåt.

– Bingo, konstaterade Linda Martinez eftersom de just hittat en ny och tidigare okänd bil och när hon själv satte dit sändaren fem minuter senare hade hon varit en lycklig kvinna. Alfa 3, bestämde Martinez och gjorde en kråka i sin digitala anteckningsbok.

Det är det här som är livet och vad är kontoret mot gatan, tänkte Martinez. Trots att det väl var där som hon borde ha suttit. Vad fan blev jag kommissarie för, tänkte hon. Om inte hennes högste chef Lars Martin Johansson redan hade slutat så skulle hon ha gett honom fingret eftersom det hade varit hans idé.

Hennes kolleger i den andra bilen hade hängt på spaningsobjektet. Hamnat nere vid Café Opera i Kungsträdgården. Sett Afsan dubbelparkera tjugo meter från entrén. Sett de hjärtliga ryggdunkningarna som de tre utväxlade med dörrvakterna innan de försvann in på nattklubben.

Riktiga små Ayatollor och snart skall jag hänga kamelryttarna i deras egna små ballar, tänkte Frank Motoele, 30, medan han lät kameran gå.

– Frank har svårt för muslimer, förklarade Sandra Kovac, 27, för Magda Hernandez, 25, som fått tjata sig till platsen bredvid föraren sedan hon vunnit Linda Martinez omedelbara gillande och omgående förts över från radiobilarna till spaningsstyrkan.

– Frank är en riktig liten rassenigger, sa Kovac och nickade åt Magda. Stor svart man, hatar alla andra, om du nu undrar varför han ser så grym ut, menar jag.

– Inte dig Magda, sa Frank och log. Om du drar av dig den där röda toppen så ska jag visa hur mycket jag tycker om dig.

– Han är sexist också, sa Kovac. Sa jag det? Så har han en jätteliten. Afrikas minsta.

– Om du stannar i bilen Sandra, och slutar snacka skit, så hänger jag och Magda på, avgjorde Motoele som inte ens behövde lyssna till sådant eftersom kollegan Kovac hade blivit informerad om hur det verkligen förhöll sig redan efter förra julfesten på jobbet för snart ett och halvt år sedan.

I den värld där Linda Martinez levde fanns inga kolleger som tog sig in på kändiskrogar genom att visa brickan för dörrvakterna. Den biten hade hon redan löst på annat sätt och Magda Hernandez hade inte ens behövt använda hennes tjänster. Bara lett sitt bländvita leende och svept förbi kön i sin röda topp och korta kjol.

Frank Motoele däremot, hade blivit stoppad i dörren och allt var precis som det brukade vara.

– Jag är ledsen, sa vakten och skakade på huvudet. Så här dags kan vi tyvärr bara släppa in medlemmar. Hundranittio centimeter, hundra kilo muskler och ögon som han lyckligtvis aldrig hade sett förut. Om det nu skulle bli som det alltför ofta blev när han bara försökte sköta sitt jobb, tänkte vakten. Den niggerns jack skulle jag ge en miljon för. Kunde stå här i tofflor och pyjamas medan packet bara stod runt och bockade, tänkte han.

– Gästlistan, sa Motoele och nickade mot papperet i den andra vaktens hand. Motoele, sa Frank Motoele. Någon riktigt kall och jävlig dag när regnet strimmar fönstren i häktet uppe på Kronoberg så ses vi säkert igen, tänkte han, eftersom han trots sitt yttre ägnade det mesta av sin lediga tid åt att skriva poesi.

– Det är grönt, konstaterade den andra vakten efter ett snabbt ögonkast i sin lista.

– Jag tyckte väl jag kände igen dig, sa den förste vakten, prövade ett leende och klev åt sidan.

– En gång är ingen gång, sa Motoele och såg på honom medan han vände blicken inåt och betraktade sig själv. En dag möts du och jag, tänkte han. Innan dess kommer jag att träffa andra som är som du.

Fy fan vilken läskig jävel, tänkte vakten och såg efter honom när han försvann in i lokalen.

– Såg du jacken på niggern?

– Jag ger mig fan på att det är en sådan där som äter sina offer levande, bekräftade hans kollega och skakade på huvudet.

Det hade inte varit någon större konst att hitta bröderna Ibrahim och deras kusin. Den jättelike Talibs rakade huvud lyste som en fyr i den fullpackade lokalen.

– Vi delar på oss, sa Frank och log som om han sagt något helt annat.

Magda Hernandez log också. Knixade med huvudet på sned. Visade spetsen på sin lilla tunga för att retas med honom.

Dig skulle jag kunna äta levande, tänkte Motoele och såg efter henne. Vill lilla fröken Magda ha ett barn med mig, tänkte han.

Fem minuter senare var hon tillbaka. Dessutom hade hon satt på sig sina stora solglasögon trots dunklet i lokalen.

– Hej Frank, sa Magda och smekte hans arm eftersom alla manliga blickar i hennes närhet redan vandrade mellan hennes röda topp, hennes röda mun och hennes vita tänder.

– Jag tror vi har ett problem, sa Magda, lade handen runt hans nacke och viskade i hans öra.

– Okej, sa Frank. Byt med Sandra. Snacka med Linda och kolla om vi kan få hit en bra fotograf.

– Då ses vi sedan, älskling, sa Magda, sträckte på sina smala vrister och kysste honom lätt på kinden.

54

Sandra Kovac, 27, var invandrarunge från Tensta. Hennes pappa var serb, hade haft alldeles för mycket hår på bröstet för sitt eget bästa, hade lämnat hennes mamma när Sandra var två och vållat problem för sin dotter sjutton år senare när hon sökt till Polishögskolan i Solna.

– Jag utgår från att ni är medvetna om att Sandra Kovac är dotter till Janko Kovac, sa den föredragande polisintendenten och log nervöst mot antagningsnämndens kvinnliga ordförande.

– Arvsynden har jag aldrig trott på, sa den kvinnliga ordföranden. Vad gjorde din pappa förresten, tillade hon och såg nyfiket på intendenten.

– Han var präst på landet, sa polisintendenten.

– Kan man tänka sig, sa ordföranden.

Samma dag som Sandra Kovac slutat polishögskolan hade en vältränad man i fyrtioårsåldern ringt på dörren till hennes studentrum ute i Bergshamra. Kollega, tänkte Sandra. Blivande kollega, tänkte hon, eftersom det var noga med sådant, och trots att hon stod i bara morgonrocken och redan börjat värma upp inför aftonens kalas med alla blivande kolleger som gått i samma årskull som hon, hade hon öppnat dörren.

– Vad kan jag göra för dig då, sa Sandra Kovac och drog för säkerhets skull åt snodden på rocken om det nu var något hon hade missat.

– En hel del hoppas jag, sa den vältränade, log vänligt och visade sin legitimation. Jag heter Wiklander, sa han. Jobbar på Säpo. Kommissarie faktiskt.

– *Surprise, surprise*, sa Sandra Kovac.

Veckan därpå hade hon själv börjat där. Fem år senare hade hon följt med sin chef till Rikskriminalen eftersom deras högste chef blivit ännu högre chef och fått ansvaret för den nationella kriminalpolisen, insatsstyrkan, helikoptrarna, utlandsverksamheten och allt annat mellan det som var hemligt och hörde Säpo till och det som fortfarande var öppet.

– Du följer med mig, Wiklander, sa Lars Martin Johansson dagen innan hans upphöjelse blev offentlig handling. Hade inte ens pekat med hela handen.

– Kan jag ta med mig Sandra, frågade Wiklander.

– Jankos dotter, sa Johansson.

– Ja.

– Kan inte bli bättre, sa Johansson, som kunde se runt hörn.

Magdalena Hernandez, 25, var invandrarbarn från Chile. Hennes föräldrar hade fått fly hals över huvud samma natt som Pinochet tagit makten och beordrat diktaturens drängar att mörda landets folkvalde president, Salvador Allende. En lång resa som börjat till fots över gränsen till Argentina och slutat först när de kommit så långt norrut som man nu kunde komma om man stammade från Valparaiso i Chile.

Magda var född och uppvuxen i Sverige. Fyllda tolv hade alla män hon träffade slutat att se henne i ögonen och istället sänkt blicken mot hennes bröst. Alla män mellan sju och sjuttio, tänkte hon medan hennes sju år äldre bror dagligen slog knogarna blodiga av samma anledning och för hennes skull.

Den dagen hon fyllde femton hade hon pratat med honom.

– Jag tar bort dem, Chico, sa hon. Jag lovar.

– Jag vill att du har dem kvar, sa Chico och nickade allvarligt. Du måste förstå en sak Magda, tillade han. Du är Guds gåva till oss män och det är inte vår sak att ändra på det som han en gång har gett oss.

– Okej, då, sa Magda.

Tio år senare hade hon träffat Frank Motoele, 30. Gått av passet klockan sex på morgonen och trots att hon behövt sova i sin egen säng, följt med honom hem.

– Vill fröken Magda ha ett barn med mig, frågade han, vände blicken utåt samtidigt som han lyfte upp henne i sin säng så att han skulle kunna se rakt in i hennes ögon utan att behöva böja på nacken.

– Det vill jag gärna, sa Magda. Bara du lovar att vara försiktig.

– Jag lovar, sa Frank Motoele. Jag kommer aldrig att lämna dig, tillade han. Eftersom min eld brinner starkast i Norden, tänkte han.

Frank Motoele var barnhemsbarn från Kenya. Han hade träffat sina föräldrar tjugofem år tidigare. Pappa Gunnar som var timmerman från Borlänge hade fått jobb på ett hotellprojekt som Skanska drev i Kenya, tagit med sig hustrun Ulla, stannat i två år. Hämtat Frank på barnhemmet veckan innan de skulle åka tillbaka till Sverige.

– Men hur gör vi med alla papper då, undrade Ulla. Måste vi inte ordna dem först?

– Det löser sig, sa timmermannen Gunnar Andersson. Ryckte på sina breda axlar och tog hustrun och sonen med sig hem.

På Arlanda hade de visserligen blivit sittande i nästan tjugofyra timmar men till sist hade även det ordnat sig och de hade kunnat åka hem till Borlänge.

– Det där vita därute är snö, förklarade Gunnar Andersson och pekade genom rutan på bilen som han hyrt. Snow, förklarade han.

– Snow, sa Frank och nickade. Som på Kilimanjaros sluttningar, tänkte han, för det hade hans snälla fröken på barnhemmet redan berättat. Visat bilder hade hon också gjort, så den var lätt att känna igen trots att han bara var fem år gammal. Som vit glass, och hur mycket som helst, tänkte han.

Samma dag som han fyllde arton år hade Frank Andersson pratat med pappa Gunnar. Förklarat att han ville ta tillbaka sitt ursprungsnamn. Ändra Andersson, till Motoele.

– Om det är okej för dig, sa Frank.

– Helt okej, sa Gunnar. Den dagen du förnekar ditt ursprung så förnekar du dig själv.

– Så det är helt okej, frågade Frank. För säkerhets skull, tänkte han.

– Bara du aldrig glömmer bort att det är jag som är din pappa, sa Gunnar.

– Du har knullat med Frank, va, konstaterade Sandra Kovac, dagen därpå när de stod i garaget och väntade på ett före detta barnhemsbarn från Nairobi som redan var en kvart försenad till deras pass.

– Ja, sa Magda och nickade.

– Svårslaget, sa Sandra Kovac, och suckade. Men du kan vara helt lugn, tillade hon. En gång är ingen gång, sa hon eftersom hon ju faktiskt var Janko Kovacs dotter, och förmodligen vistades på en annan planet än en sådan som Magda Hernandez.

– Han vill att vi skall skaffa barn, sa Magda.

– Jag trodde du skulle börja hos oss på span, sa Jankos dotter. Sa åtminstone Linda när jag snackade med henne.

– Så, sa han i alla fall, sa Magda. Till mig, sa hon.

– Har han sagt det så menar han det säkert, sa Sandra. Inte fan ville han ha någon unge med mig, tänkte hon.

– Jag förklarade för honom att allt har sin tid, sa Magda.

– Hur tog han det då?

– Som alla romantiker, sa Magda och log. Och sexister, tillade hon och log ännu bredare.

– Då så, sa Sandra.

55

Redan på lördag morgon hade Grislund, 36, öppnat sitt hjärta för kommissarie Jorma Honkamäki, 42, insatschef i Toivonens spaningsstyrka och i vanliga fall biträdande chef för Stockholmspolisens piketavdelning.

Ett hjärta som redan stod på vid gavel eftersom han tre dagar tidigare öppnat det för sin gamle kompis Fredrik Åkare, 51, som var Sergeant at arms vid Hells Angels ute i Solna. Samme Åkare som var alldeles svart i synen när han klev in på hans verkstad och vad hade han, en enkel bilmekaniker och tvåbarnsfar, egentligen haft att välja på, tänkte Grislund.

– Okej Grislund, om du inte vill dricka ur ditt eget oljetråg så föreslår jag att du talar om var jag kan hitta lille Nasir, sa Åkare och sparkade ut innehållet i tråget över Grislunds välskurade betonggolv för att understryka allvaret i det han just hade sagt.

Grislund hade berättat allt. Han var en enkel man men han förstod i vart fall när det var dags att välja sida. Grislund hette naturligtvis inte Grislund. Han var till och med adlig. Hette Stig efter pappa och Svinhufvud efter mamma eftersom hon vägrat att heta Nilsson efter Grislunds far. Hennes lycka och sonens olycka och tyvärr hade hon trots sin fina bakgrund inte haft en krona som kunnat mildra stötarna för hennes son.

Redan på dagis hade kamraterna döpt om honom till Grislund och enda fördelen med det var väl att han hela sitt liv hade kunnat äta som folk och ganska snart levt upp till sitt eget smeknamn. Som liten hade hans pappa kallat honom för Stickan och sedan Grislund berättat för sin mamma att han och en kompis skulle öppna bilverkstad ute i Norra Järva hade hon slutat prata med honom. Pappa kallade honom fortfarande för Stickan. För att han inte förstod bättre eller bara ville jävlas med sin fru. Handlar förmodligen om morsan, tänkte Grislund som just fyllt sjutton år och avslutat verkstadsgymnasiet ute i Solna.

Verkstaden hade gått hyggligt och hans gamla kompisar hade dragit sitt strå till stacken. Mest Farshad Ibrahim som han lärt känna när han gick på grundskolan i Sollentuna. Plus alla andra som Farshad redan då kunnat räkna in i sitt följe.

Åkare hade han träffat långt senare. En dag hade han bara dykt upp, tippat av en gammal skåpbil från ett lastbilsflak och sagt åt honom att skrota fanskapet före solens nedgång. Grislund hade gjort som han blivit tillsagd och fått ännu en kund.

Allt hade rullat på, kort sagt. En och annan liten störning och sura snutar som gått runt i verkstaden och rotat men inget som han inte kunnat leva med. Ända till klockan sju kvällen före då hela helvetet hade brakat löst.

Själv låg han i godan ro under sin egen ögonsten, en Cheva Bel Air från 1956, och drog åt lite gamla muttrar, mest för gammal kärleks skull. Plötsligt hade verkstadsporten kommit infarande och innan han ens hunnit vrida på huvudet hade någon nappat tag i vristerna på honom och ryckt ut honom. Rena miraklet att han inte spräckt skallen mot Chevans ram.

– Grislund, sa Jorma Honkamäki, och log mot honom med smala ögon. Ring kärringen din och säg åt henne att skita i middagen så ska jag bjuda på korv med mos på finkan i Solna.

Jämfört med Åkare hade han ändå betett sig som folk och eftersom det aldrig var fel med en extra återförsäkring hade han öppnat sitt hjärta en gång till.

Honkamäki hade visserligen börjat med att jävlas med honom. Hade tydligen hittat både det ena och det andra, ståltråd, lödtenn, alla verktyg som behövdes, ett tiotal fotanglar som han redan vridit ihop och glömt bort, några gamla nummerplåtar som alltid var bra att ha i reserv, fast på det stora hela inte mer än en axelryckning om det nu enbart hade handlat om det.

Om det inte hade varit för den där hundragramspåsen som Nasir hade bett honom förvara när han tittat in på måndagen veckan före och hämtat en hel bag med fotanglar.

– Bara under dagen, försäkrade Nasir. Jag har en körning senare i dag och om det skulle skita sig så. Vältalig ryckning på sina smala axlar.

– Okej, sa Grislund som var en snäll och hygglig karl och så långt det var möjligt föredrog att hans kunder var nöjda och glada.

Speciellt om de hade en äldre bror som hette Farshad Ibrahim. Dessutom hade Nasir lovat att hämta sin påse till kvällen. Efter avklarat jobb skulle han och hans tjej åka ner till Köpenhamn och fira. Träffa en gemensam bekant till honom och Grislund. Skaka loss, tända på lite.

– Jag krökar ju inte som du och de andra svennarna, konstaterade Nasir.

– Hundra gram koks, sa Honkamäki. Nu snackar vi fjorton dagar grammet, Grislund, dina fingrar på paketet och vad är det som gör att jag plötsligt får för mig att du blivit dum i huvudet?

Fyra år, tänkte Grislund, för räkna kunde han ju, och hög tid att öppna sitt hjärta.

– Lugna ner dig, Jorma, sa Grislund. Du snackar med en enkel fotsoldat i den organiserade brottslighetens stora armé. Var skulle en sådan som jag fått sådana pengar ifrån?

Allt för en jävla springer spaniels skull, tänkte han. Först hade hon bara ränt runt som alla andra jyckar som sådana som Honkamäki brukade släpa med sig. Sedan hade hon plötsligt ställt sig och ylat, och nästan slagit knut på sig själv, framför det allra största oljetråget han hade på verkstaden. Det som inte ens en sådan som Åkare skulle drömma om att sparka till. Ännu mindre sticka ner händerna i som jyckens husse omgående hade gjort.

Därför hade han öppnat sitt hjärta ännu en gång och berättat hur det låg till. Jämfört med Åkare hade Honkamäki åtminstone betett sig som en halv människa. Inte börjat med att ta stryptag på honom, köra in pekfingret i näsan på honom, och bara vrida om.

Nasir och Tokarev som flytt hals över huvud efter skjutningen ute vid Bromma. Kört femhundra meter. Övergett sin skåpbil tjugo meter från entrén till Änglarnas allra heligaste. Deras eget klubbhus, nästan vägg i vägg med flygplatsen.

Oklart varför. För att det fortfarande bolmade ut röd rök genom sidorutan? För att de ville jävlas med en konkurrent? För att de just hittat en ledig parkeringsplats? Dumt nog hade Nasir redan tagit av sig ansiktsmasken när han kutade förbi en av Åkares många medhjälpare ett par tvärgator bort medan sirenerna redan börjat yla i bakgrunden.

– Nasir, sammanfattade Grislund. Kör som en jävla biltjuv.

– Lille Nasir, sa Honkamäki. Undrar just hur mycket pengar hans elake storebror fått lägga upp för att ordna mat och husrum åt honom den här gången, tänkte han.

– En riktig skitunge, sa Grislund. Vet du vad fanskapet säger när han fått sina jävla fotanglar och jag lovat att ta hand om hans jävla koks så jag äntligen får lite lugn och ro och kan återgå till mitt. Vet du vad fanskapet säger när han ska dra?

– Nej, sa Honkamäki.

– Nöff, nöff, sa Grislund.

– Du har det inte lätt, Grislund, flinade Honkamäki.

– Nej, instämde Grislund. Men vem har sagt att vi människor ska ha det lätt, tänkte han.

– Har du berättat det här för någon mer, frågade Honkamäki.

– Nej, sa Grislund och skakade på huvudet. Det finns ju ändå gränser, tänkte han.

– En liten fågel berättade för mig att du haft besök av Åkare, sa Honkamäki och lät mest som han tänkte högt.

– No way, sa Grislund. Vad fan begär han, tänkte han.

– Det löser sig, sa Honkamäki.

– Hur gör vi med fingrarna, frågade Grislund. På den där jävla plastpåsen. Med Nasirs koks, förtydligade han.

– Vilka jävla fingrar, sa Honkamäki och skakade på huvudet. Vet inte vad du snackar om.

Grislund hade själv bett att få stanna kvar i finkan. Åtminstone till på måndag och för att förebygga onödig ryktesspridning.

– Känn dig som hemma, Grislund, sa Honkamäki.

Sedan hade han ringt Toivonen och berättat.

– Vad fan skulle grabbjäveln till Köpenhamn för, sa Toivonen. Där sitter väl HA i kommunstyrelsen, tänkte han.

– Jag har pratat med de danska kollegerna, sa Honkamäki. De har lovat att hålla skärpt uppsikt. Har vi tur så lever han.

Och gör han det inte så är det värre ändå, tänkte Toivonen.

56

Ungefär samtidigt som Grislund lättade sitt hjärta för Honkamäki hade Alm varit nere i Solna centrum för att handla. Sprungit på en sur Rolle Stålhammar utanför systemet men trots hans blängande ögon ändå dristat sig till en enkel fråga.

– Hur är läget, Rolle, sa Alm.

– Ja, vad fan tror du, sa Stålhammar.

– Seppo, sa Alm. Seppo Laurén. Du vet den där grabben som brukade hjälpa Kalle Danielsson, förtydligade han.

– Einstein, sa Stålhammar.

– Einstein? Vad är det han säger, tänkte Alm.

– Vi kallade honom det, sa Stålhammar. Snäll och hygglig och lite frånvarande och inte som vanliga människor. Kalle brukade ta med honom på Valla ibland när han var på det humöret. Han brukade springa och betta åt oss så vi kunde sitta i lugn och ro och suga på en pilsner.

– Hur gick det då, frågade Alm.

– Inga problem, sa Stålhammar. Aldrig några problem. Han är en jävel på att räkna, grabben. Snacka går väl inte lika bra.

– Han är en jävel på att räkna, sa Alm. Han måste vara packad, tänkte han.

– Jag minns en gång, det var på tävlingarna dagen före Elitloppet, som Kalle släpat med Seppo. Han var inte gammal på den tiden. Inför ett av loppen råkade jag säga att det här var helt öppet. Att vem som helst kunde vinna. Tio hästar, en storfavorit och ett par andrahandsfavoriter. Gav mellan två och fem gånger pengarna. De andra sju kusarna gav mer än tjugo gånger pengarna. Den som gav mest gav långt över hundra.

– Jaha, sa Alm. Definitivt packad, tänkte han.

– Grabben, han var väl högst tio bast, ber att få låna sjuhundra spänn av Kalle. Kalle är glad och lite packad. Har satt en högoddsare i loppet före. Sticker åt Seppo en tusenlapp. Seppo ber att jag skall sätta etthundrafyrtiotvå kronor och åttiosex öre på var och en av de sju som ger mer än tjugo gånger pengarna. Själv är han ju för ung för att få spela. Nådde knappt upp till luckan på den tiden. Jag förklarade för honom att man inte fick spela för två kronor och åttiosex öre.

– Sätt etthundrafyrtio då, säger Seppo. Visst, jag gjorde som han sa. En av de sju vann. Night Runner hette han. Gav åttiosex gånger pengarna. Vet du vad grabben säger?

– Nej, sa Alm. Vad det nu har med saken att göra, tänkte han.

– Ge mig mina tolvtusenfyrtio kronor, sa han.

– Jag förstår faktiskt inte vad du menar, sa Alm.

– Vilket beror på att du är dum i huvudet, Alm, sa Stålhammar. Du har alltid varit dum i huvudet. Seppo är inte dum i huvudet. Han är annorlunda. Bland annat pratar han som en mupp och ser ut som mupp. Men dum i huvudet är han inte. Och vad är det som gör att jag plötsligt får lust att slå dig på käften, sa Stålhammar.

– Du tror inte att Kalle kan ha gökat med hans morsa, sa Alm som kände att det var hög tid att byta ämne.

– Det har jag ingen aaaning om, sa Stålhammar och flinade. Vad tror du om att fråga henne? Har hon gökat med Kalle så minns hon det säkert.

På det lilla viset, tänkte Alm.

– Du tror inte att Kalle kan ha varit farsa till Seppo?

– Att du inte frågar honom, sa Stålhammar och flinade. Inte grabben alltså för han säger ju inte så mycket. Men du och Bäckström kanske skulle ta och höra Kalle. Fixa fram något sådant där medium som de brukar ha på teve. Någon riktig strålkärring som kan hjälpa er att få kontakt med den andra sidan. Fråga Kalle, vet jag. Har ni tur kanske ni kan klämma honom i efterskott på något gammalt underhåll.

På det lilla viset, tänkte Alm och innan han hunnit tacka för samtalet hade Stålhammar redan vänt på klacken och gått därifrån.

57

Tidigt på måndag morgon hade Linda Martinez informerat Toivonen om hur det gick med deras spaningar mot bröderna Ibrahim och deras kusin Hassan Talib.

Det rullade på enligt planerna, gick till och med bättre än vad man kunde hoppas. Man hade redan försett tre av familjen Ibrahims kända fordon med sändare. Man hade hittat en tidigare okänd Mercedes som tydligen disponerades av Hassan Talib. Och om den falkögde spaningsguden var god så räknade Martinez med att kunna knäcka två av deras mobilnummer senare under dagen.

– De far iväg åt olika håll. Talib raggar upp en tjej på Café Opera och åker taxi hem till henne. Hon bor ute i Flemingsberg. Farshad och Afsan lämnar Caféet strax efteråt och åker hem till villan i Sollentuna. När Talib kliver ur taxin hemma hos tjejen ringer han ett samtal och några sekunder senare, när Farshad står utanför villan i Sollentuna, så ringer det på hans mobbe. Grabbarna på mobilspaningen håller på och tömmer masterna och eftersom de har deras positioner och en exakt tidpunkt tror de att det kommer att funka.

– Klart det kommer att funka, sa Toivonen. Är det krig så måste det fungera, tänkte han.

– Har du något mer, frågade han.

– Möjligen har vi ett problem också, sa Linda Martinez. Kika på de här bilderna så förstår du vad jag menar, sa hon och räckte över en plastficka med spaningsfoton.

Det hade räckt med ett snabbt ögonkast på fotot som låg överst i bunten. Jag ska döda den lille tjockisen, tänkte Toivonen.

– Berätta, sa han.

Farshad och Afsan hade lämnat bostaden i Sollentuna vid elvatiden. Plockat upp Talib på Regeringsgatan inne i City tjugo minuter senare. Därefter hade alla tre åkt vidare till Café Opera.

– Halv tolv prick försvinner de in på krogen, sa Linda Martinez. Två av mina hänger på. Inne i lokalen upptäcker en av dem att kollegan Bäckström står i baren med en tjej. Bröderna Ibrahim och Talib står en bit bort i lokalen och enligt min kille, det är Frank Motoele förresten, är det helt klart att de står där och spanar in Bäckström. Motoele får också ett intryck av att åtminstone Farshad söker ögonkontakt med kvinnan i Bäckströms sällskap. Men ingenting som tyder på några kontakter mellan Bäckström och våra tre spaningsobjekt. Bäckström verkar helt upptagen av sitt kvinnliga sällskap.

Ett halvdussin foton på Bäckström och hans sällskap. Åtskilligt fler på deras tre spaningsobjekt. Två foton där Bäckström och hans sällskap finns med i bakgrunden och Farshad Ibrahim i förgrunden. Ryggen mot kameran.

Bäckström som hänger mot bardisken. Leenden och stora åtbörder mot den vackra kvinnan vid hans sida. Stort leende från henne, skratt, verkar helt fascinerad av sitt sällskap.

– Vet vi vem hon är, frågade Toivonen.

– Ja, sa Martinez. Sandra Kovac gick in och hon kände igen henne direkt från sin tid på Säpo. Hon heter Tatiana Thorén. Polska till ursprunget, svensk medborgare, gift och skild Thorén. Hålldam till yrket. En av de allra dyraste påstås det. Mellan tio och tjugotusen per natt. Lägenhet på Jungfrugatan på Östermalm. Tar sällan dit kunder. Mest hotell.

– Vad händer sedan då?

– Strax efteråt lämnar Thorén och Bäckström Caféet. Tar en taxi på gatan utanför. Åker hem till Thorén där de tillbringar natten. Bäckström lämnar hennes bostad först vid tiotiden nästa förmiddag. Minuten efter det att Bäckström och Thorén har gått så lämnar bröderna Ibrahim lokalen. Åker direkt hem till villan i Sollentuna. Farshads bil. Den där svarta Lexusen och som vanligt är det Afsan som kör. Inga som helst försök att följa efter Bäckström. Talib lämnar en halvtimme senare. Han har nu fått sällskap av en yngre kvinna. Tar taxi hem till henne, som jag redan sagt. Hon är också identifierad, Josefine Weber, tjugotre, jobbar i en jeansaffär på Drottninggatan. Inga märkvärdiga meriter. Hänger mest på krogen och umgås med sådana som Talib. Vore perfa om vi kunde komma åt hennes mobilnummer. Jag får för mig att det inte kan vara alltför svårt.

– Hur tolkar du det här då, sa Toivonen.

– Att de åker ner till Caféet för att ta sig en titt på Bäckström.
Att det är Thorén som raggat upp Bäckström och talat om för dem
var hon och han finns. Ser ut som ett vanligt värvningsförsök och
frågar du mig så tror jag att de redan har halva inne i vår så kallade
kollega Evert Bäckström. Att de väljer just honom är väl knappast
någon slump. Inte med tanke på den mannens rykte.

– Tror som du, sa Toivonen. Jag skall döda den lille tjockisen,
tänkte han.

58

Eftersom Bäckström inte hade någon aning om vad som avhandlades på Toivonens tjänsterum var han på ett alldeles utmärkt humör när han anlände till sin arbetsplats. Ovanligt tidig var han också eftersom han bestämt tid med förrådet för att äntligen kunna hämta ut sitt tjänstevapen. Samma vapen som hans mäktiga motståndare hade försökt beröva honom för att kunna ta livet av honom på enklaste vis.

Bäckström brukade nästan aldrig bära tjänstevapen. En man med en supersalami som han behövde ingen kukförlängare och dessutom skavde både hölster och kolv något alldeles förbannat, oavsett om man bar vapnet i vänster armhåla eller vid midjan. Det som fått honom att ändra uppfattning var Nationella insatsstyrkans försök att ta livet av honom i samband med en så kallad inbrytning drygt sex månader tidigare. Han hade besökt riksdagshuset för att hålla förhör med en riksdagsledamot som var djupt insyltad i mordet på statsminister Olof Palme. Men istället blivit beskylld för att han skulle ha försökt ta sin förhörsperson som gisslan.

Bäckström var en riddare utan vank eller tadel, hade ingen tanke på att släpa med sig sitt vapen in i Sveriges riksdag, han stred med öppet visir, hans motståndare gjorde det inte. När de angrep honom med bomber och granater hade han blott haft sina händer till försvar.

När han så småningom fått lämna Huddinge sjukhus hade han omedelbart begärt att få tillbaka det tjänstevapen som hans listiga motståndare passat på att ta ifrån honom medan han låg bunden vid sitt sjukläger. Dessutom hade han ansökt om att få bära vapen även på sin lediga tid och bifogat en vältalig motivering till detta.

Allt han fått var ett blankt avslag på de märkligaste formella grunder. Vid kontroll av saken hade hans arbetsgivare nämligen upptäckt att Bäckström ej avlagt det årliga skjutprov som krävdes för att få bära tjänstevapen, sedan han lämnat sin tjänst vid

Riksmordkommissionen tre år tidigare. Där hade han å andra sidan gjort det punktligt varje år och att det i själva verket var hans gamle vän och kollega kriminalinspektören Rogersson som klarat av det praktiska åt honom var inte arbetsgivarens sak att forska i. Det var mellan honom och Rogersson och vad deras så kallade kontroller beträffade kunde de stoppa upp dem därbak.

Bäckström hade fått skjuta upp på nytt. Blivit godkänd med glans redan vid tredje försöket och strax innan han skulle flytta över till Västerort. Arbetsgivaren hade trots det försökt förhala saken och det var först när han kallat in facket som de vikt ner sig. Beskedet om att han åter var fullvärdig polisiär medborgare, med rätt att bära vapen och till om med döda om läget var skarpt nog, hade kommit veckan före och Bäckström hade inte dröjt en sekund. Omgående ringt och bestämt tid för överlämnandet och nu var det alltså dags.

Han hade också vidtagit vissa förberedelser. För privata medel hade han i en vapenaffär inköpt ett så kallat vristhölster av samma modell som hans amerikanske kollega Popeye hade burit i den klassiska gamla polisrullen French Connection. Därefter hade han hos sin skräddare hämtat ut en sval linnekostym med ledigt sittande kavaj och byxor med vida ben. Att bära shorts stred mot vristhölstrets idé och eftersom sommaren förväntades bli varm och solig ville han inte gå runt och svettas i onödan.

Iförd en välsittande gul linnekostym, hölstret redan på plats under vänster vad, hade han klockan nio på morgonen infunnit sig på Västerortspolisens vapenförråd.

– Tjänstepistol, nio millimeter Sig Sauer, tjänstehölster, standard-magasin femton skott, tjänsteammunition en ask, tjugo skott, sa förrådsföreståndaren och radade upp godsakerna på disken. Skriv här, tillade han och sköt över en blankett för kvittens.

– Vänta nu, vänta nu, sa Bäckström. Tjugo skott? Vad är det för jävla larv?

– Standardtilldelning, sa föreståndaren. Vill du ha mer måste jag ha ett beslut från polismästaren.

– Glöm det, sa Bäckström. Och den här skiten kan du behålla, sa han, och gav tillbaka hölstret, stoppade pistol, magasin och ammunition i kavajfickan eftersom han inte hade en tanke på att avslöja var han tänkte bära sitt vapen.

Den där jävla Bäckström verkar ju klart labil, tänkte föreståndaren och såg efter den gula linnekostymen. Klär sig som en jävla mafioso gör han också. Man kanske borde ringa och varna grabbarna på insatsstyrkan, tänkte han.

När han stängt dörren till sitt rum hade Bäckström passat på att öva lite. Hölstrat sitt vapen, skakat loss lite så att linnebyxorna hänge löst och ledigt, snabbt gått ner på höger knä, dragit upp vänster byxben med vänster hand samtidigt som han med en väl avvägd rörelse med höger hand drog sitt vapen, siktade och tryckte av.

Suck on this, Motherfucker, tänkte Bäckström.

Övning ger färdighet, tänkte han och tog om det hela. Snabbt ner på knä, hans förvirrade motståndare bommar och skjuter över huvudet på honom, Bäckström drar sitt vapen, tar noggrant sikte, ler sitt snedaste leende.

– *Come on punk! Make my day, Toivonen*, väste Bäckström.

– Herre gud vad du skräms Bäckström, sa Nadja Högberg som i samma ögonblick klev in på hans rum med famnen full med papper.

– Övar lite, sa Bäckström och log manligt. Vad kan jag hjälpa dig med, Nadja, sa han.

– Papperen som du ville ha, sa Nadja, och lade buntarna på hans skrivbord. Om bröderna Ibrahim och deras kusin Hassan Talib. Sedan lovade jag att påminna dig om att vi ska ha möte med gruppen om en kvart.

– *Yes*, sa Bäckström. Slängde upp vänsterfoten på skrivbordet och hölstrade sitt vapen.

Nadja hade väntat med att skaka på huvudet tills hon stängt dörren om honom. De är som barn, tänkte hon.

Innan Bäckström gick till sitt möte hade han laddad ett fullt magasin. Femton skott och ett i loppet. De återstående fyra hade han stoppat i höger ficka utifall att, och så fort han kom förbi vapenhandlaren skulle han inhandla en rejäl låda och ta med sig hem.

När han gick förbi Toivonens stängda dörr hade han nästan fått lägga band på sig för att inte slita upp dörren och fyra av en salva rakt upp i rävjävelns tak. Skjuta honom i skallen var väl kanske att ta i, men några skott i taket så att finnkolingen åtminstone sket i brallorna, för det hade han ärligen förtjänat, tänkte Bäckström.

59

– Välkomna ska ni vara, sa Bäckström, mönstrade sitt manskap, log sitt varmaste leende och slog sig ner vid kortändan av bordet.

Fortfarande på bästa humör och dessutom beväpnad. I hemlighet beväpnad, tänkte Bäckström, eftersom ingen av alla hans korkade kolleger kunde räkna ut vad han bar under sina välsittande gula byxor.

– Jag tänkte att vi skulle börja med att spåna fritt, sa Bäckström. För att det inte skulle gå åt pipan redan från första början hade han också gett dem en liten ledtråd att suga på.

– Samband, fortsatte Bäckström. Finns det något samband mellan morden på Karl Danielsson och Septimus Akofeli.

– Klart det gör, sa Nadja Högberg. Mordet på Karl Danielsson har i vart fall utlöst mordet på Akofeli, sa hon.

Instämmande nickar från Ankan, Sothönan och Knätofsen. Mer tveksam vridning på sällskapets egen Träskalle.

– Du verkar lite tveksam, Alm. Sa Bäckström. Jag lyssnar.

Alm hade lite svårt för Seppo Laurén. Dels hade han ju faktiskt erkänt att han misshandlat Danielsson vid två tidigare tillfällen. Dels var det deras gemensamma bakgrund och all den grymhet som mordet på Danielsson vittnade om.

– Gärningsmannen har ju mer eller mindre slagit honom sönder och samman, sa Alm. Nästan försökt utplåna honom. Jag tycker Seppo passar väl in i den bilden. Speciellt om han fått för sig att det är Danielsson som bär skuld till att hans mamma hamnat på sjukhus. Ett typiskt fadermord om ni frågar mig.

– Sedan då, sa Bäckström och log listigt. Vad händer sedan då? Alm måste vara rena fågelbordet om man är hackspett, tänkte han.

– Ja, sedan kan jag väl köpa den enklaste förklaringen, sa Alm. Akofeli snokar runt i Danielssons lägenhet. Hittar väskan med pengarna. Tar den med sig hem och blir mördad. Vem mördar honom då, undrar ni kanske.

– Ja, verkligen, sa Bäckström med ett fryntligt leende. Vem mördar honom? Utfordring hela dygnet, så fort Träskalle öppnar käften, tänkte han.

– Där tror jag inte vi ska krångla till det i onödan, sa Alm. Den enklaste förklaringen, med tanke på området där han bor, där det ju verkligen kryllar av grovt kriminella, samtalen han ringt, sannolikt någon medgärningsman om ni frågar mig. De träffas hemma i Akofelis lägenhet för att dela rovet. Bråk uppstår, handgemäng, Akofeli mördas, mördaren dumpar kroppen.

– Jaha, ja, sa Bäckström. Tveksamma kroppsrörelser från en Anka, en Sothöna och ett stackars incestoffer från Dalarna medan Nadja Högberg himlat med ögonen och för säkerhets skull stönat högt. Du verkar lite tveksam Nadja? Ryskan kommer att tälja av hela huvudet på honom, tänkte han.

– Jag får för mig att Akofeli blev överrumplad, strypt bakifrån, sa Nadja. Dessutom kan Seppo Laurén inte ha mördat Danielsson eftersom han har alibi. Han sitter vid sin dator medan mordet begås. Seppo Laurén har så kallat alibi. Det är latin och betyder "på annan plats", det vill säga att Seppo Laurén sitter framför sin egen dator i hans och mammans lägenhet högst upp i huset. Han finns alltså inte i Danielssons lägenhet på en trappa i samma hus.

– Ett så kallat alibi. Som jag inte ger så mycket för, faktiskt, sa Alm. Hur vet vi att det var han som satt där? Vad vi faktiskt vet är att någon har suttit vid hans dator. Inte att det var Laurén som gjorde det.

– Vem skulle annars ha gjort det, sa Nadja. Kollegan Alm måste vara ren idiot, vilket väl är sällsynt till och med här i huset, tänkte hon.

– Vem som helst som han känner, sa Alm. Han har planerat gärningen, skaffat någon kamrat som kan ordna hans alibi, här kan vi ju faktiskt inte ens utesluta att han kan ha haft hjälp av Akofeli. Laurén vidgår ju till och med att han känner Akofeli.

– Pratat med honom vid ett tillfälle när Akofeli gått sin tidningsrunda, avbröt Nadja.

– Enligt vad han säger, ja, sa Alm. Hittar vi den som satt vid Lauréns dator så har vi också lösningen på det här, sa Alm.

– Jag ska göra ett seriöst försök, sa Nadja Högberg, och djupandades för att få kraft.

– Jag lyssnar, sa Bäckström. Nu ryker hela jävla fågelbordet, tänkte han.

– Den ende som kan ha suttit vid Seppos dator är han själv. Det är fullkomligt uteslutet att någon annan kan ha suttit där.

– Varför tror du det, Nadja, sa Bäckström.

– Därför att Seppo är unik, sa Nadja. Förmodligen finns det bara en sådan som han.

Vad fan är det hon säger, tänkte Bäckström. Grabben är ju efterbliven, ju.

– Den här natten har han suttit och löst så kallade Sudokun, ni vet sådana där japanska sifferpussel som alla tidningar är fulla av. Skillnaden är att dem som han löst på sin dator är tredimensionella, ungefär som Rubiks kub, ni vet. Av logglistan vet jag vilka problem det är som han löst och hur han gått till väga. Han löser dem på ett sådant sätt och med en sådan hastighet att jag menar att han måste ha en unik intelligens. Det finns förmodligen bara en Seppo i hela världen.

– Men pojkstackaren är ju dum i huvudet, ju, sa Alm.

– Nej, sa Nadja. Jag är visserligen ingen läkare men jag gissar att han har någon speciell variant av autism som främst yttrar sig i att han ransonerar sitt språk. Vi tycker att han pratar som ett barn. I själva verket så säger han ingenting utöver det som krävs för själva budskapet. Ungefär som små barn brukar prata innan deras föräldrar lär dem en massa onödiga ord, ironier, sarkasmer och vanliga lögner.

– Så gossen är ett geni? Vad fan är det hon säger, tänkte Bäckström.

– Definitivt ett matematiskt geni, sa Nadja. Socialt handikappad? Visst, eftersom vi mäter honom med våra mått. När han slagit Danielsson på truten första gången så säger han att han gjorde det för att han blev arg för att han knuffat hans mamma. Nästa gång han gör det är det för att han har blivit arg igen eftersom hans mamma inte vill prata med honom. Det kan väl knappast sägas bättre? När han hjälper Danielsson ut i hissen efter den första gången så säger han att Danielsson tog hissen och åkte hem. Inte att Danielsson tryckte ner hissen och åkte till första våningsplanet där han bor. För att sedan gå in i sin lägenhet och stänga dörren om sig. Allt sådant där som alla normala vuxna människor skulle ha sagt utan att egentligen ha en aning om saken. Läs ditt eget förhör, Lars, sa Nadja.

– Du är helt säker, Nadja. På det du påstår, menar jag, sa Annika Carlsson.

– Helt säker, sa Nadja. I morse mailade jag över en tredimensionell Sudoku till honom, som jag själv har hållit på att trilskas med i tre veckor nu, så fort jag inte haft något vettigt att göra.

– Jag fick tillbaka den med vändande mail, sa Nadja. Han förklarade till och med hur jag skulle göra. På sitt vanliga barnspråk.

– Okej, sa Bäckström. Jag tror inte vi kommer så mycket längre. Dessutom har vi en hel del att göra.

– Lyssnar, sa Annika Carlsson, och böjde sig fram över sitt anteckningsblock.

– Vi får knacka dörr en tredje vända på Hasselstigen ett, sa Bäckström. Ta med oss lite bra bilder på bröderna Ibrahim och Hassan Talib och se om det är någon som sett dem där. Speciellt intressant om någon har sett dem ha kontakt med Karl Danielsson.

– Du tror det kan finnas samband mellan våra två mord och Toivonens utredning, sa Annika Carlsson.

– Vet ej, sa Bäckström. Toivonen tycks ju tro det, sa han. Eftersom jag alltid har varit en snäll och tillmötesgående kollega så tänkte jag undersöka saken.

– Då gör vi så, sa Annika Carlsson och reste sig med ett ryck.

– Jag tänkte själv hjälpa till, sa Bäckström, som sedan några timmar bar ett dödligt vapen vid sin vänstra vrist och längtade till djungeln utanför polishuset.

– Kan jag slå mig ner, sa Nadja, när hon kom in på Bäckströms rum bara två minuter efter mötet.

– Självklart, Nadja, sa Bäckström och log sitt fryntligaste leende. Det ska du veta, att för dig står min dörr alltid öppen. Undrar hur det går med den där vodkan som hon lovade fixa, tänkte han.

– Vad kan jag hjälpa dig med, fortsatte han.

– Med den här, sa Nadja och höll upp Karl Danielssons svarta fickalmanacka.

– Den biten trodde jag att vi redan hade löst, sa Bäckström.

– Jag är inte så säker längre, sa Nadja.

– Berätta, sa Bäckström, medan han intog sin favoritposition och för säkerhets skull kompletterade den med att lägga upp benen på skrivbordet så att hans besökare åtminstone kunde se nosen på lille Sigge.

– Det är något som inte stämmer, sa Nadja.

– Dina beräkningar av hur mycket pengar han gett dem, frågade Bäckström.

– Nej, sa Nadja. Det är väl inget större fel på dem förutsatt att antagandena stämmer och jag är helt övertygad om att det handlar om pengar.

– Lyssnar, sa Bäckström. Som en rakkniv, tänkte han.

– Psykologin stämmer inte med min bild av Danielsson, sa Nadja. Om det nu är så att han betalat ut pengar i stort sett varje vecka till Farshad Ibrahim, Afsan Ibrahim och Hassan Talib, det vill säga signaturerna FI, AFS och HT, så förstår jag inte varför han tar risken att skriva om det i sin egen anteckningsbok.

– Han kanske vill ge sådana som du och jag en liten ledtråd om det hände honom något, sa Bäckström. Ett slags återförsäkring.

– Jag har också tänkt i de banorna, sa Nadja. Varför redovisar han inte klumpsummor då? Varför talar han om att Farshad får tio gånger så mycket som Hassan, vid ett tillfälle till och med tjugo gånger så mycket, och att Afsan får fyra gånger så mycket som Hassan.

– Det är väl ganska naturligt. Farshad är ju deras ledare, Afsan är hans yngre bror, Hassan däremot är bara den lite enklare kusinen från landet som fått vara med på ett hörn.

– Den allmänna uppfattningen tycks ju vara att pengarna kommer från Akallarånet för nio år sedan, den där gången då man mer eller mindre rev ner hela den där värdedepån, sa Nadja. Farshad leder operationen, Hassan tar på sig det tunga jobbet och kör in trucken genom väggen, lillebror Afsan får vara med och packa säckarna. Jag köper att Farshad kanske fick mest, men rimligen borde väl Ben Kader ha gett mer av bytet till Hassan Tamal än till Afsan Ibrahim?

– De kanske satte in olika mycket av det hos bankiren Danielsson, sa Bäckström och log listigt mot henne.

– Kan så vara, sa Nadja, och ryckte på axlarna. En annan möjlighet är ju att vi kan ha fått alltihopa om vår bakre fot trots Toivonen och alla hans tips.

– Hur menar du då?

– Att förkortningarna FI, AFS och HT avser något helt annat, andra personer, kanske inte ens personer, något annat helt enkelt, sa Nadja och ryckte på axlarna en gång till för säkerhets skull.

– Men de enda man kan ge pengar till är väl personer, invände Bäckström. Du säger ju själv att du är övertygad om att det handlar om pengar och förkortningarna stämmer ju med deras namn. Det är ju inga vanliga namn precis. Jag tror du oroar dig i onödan, sa Bäckström.

– Jag har haft fel förr, sa Nadja och reste sig.

– Vi kommer att lösa det här, sa Bäckström och nickade för att ingjuta mod och förtröstan när hans enda medarbetare värd namnet verkade svikta.

– Ja, det är jag fullkomligt övertygad om, sa Nadja.

60

Innan han lämnade fortet hade Bäckström passat på att bläddra igenom den imponerande pappersbunten som Nadja gett honom.

Sjunger knappast i kyrkans gosskör, tänkte Bäckström när han slutat läsa.

Farshad Ibrahim var 37 år gammal och hade kommit till Sverige när han var fyra. Pappa, mamma, två äldre systrar, en gammal farmor. Sammanlagt sex personer och samtliga politiska flyktingar från Iran.

I Sverige hade familjen utökats med två yngre bröder till Farshad. Afsan, 32, och lillebror Nasir, 25. Farmor hade dött redan året efter det att de hade kommit till Sverige. De två äldre systrarna var gifta och hade lämnat familjen. Kvar i den stora villan i Sollentuna bodde numera fem personer. De tre bröderna Ibrahim och deras föräldrar och familjens egentliga överhuvud var Farshad sedan hans far drabbats av en allvarlig stroke tre år tidigare.

I en moralisk mening en högst tveksam huvudman. Samma år som han fyllde femton hade Farshad huggit ihjäl en jämnårig skolkamrat. Dömts för dråp och överlämnats till socialtjänsten. Detta tycktes inte ha påverkat hans liv i någon positiv riktning. Möjligen hade han blivit slugare eftersom det dröjt tio år innan han dömts till fängelse första gången. Fyra år för grovt rån och huvuddelen av straffet hade han avtjänat på samma säkerhetsanstalt som en av kommissarie Toivonens allra flitigaste uppgiftslämnare.

Några månader innan han skulle friges hade han flyttats till ett vanligt fängelse för att man skulle kunna förbereda honom för det kommande livet utanför murarna. En ambition som även den hade fallit mindre väl ut.

Efter en vecka hade en av Farshads medfångar hittats strypt med en torklina i anstaltens tvätteri. Allt talade för att det var Farshad som gjort sig av med en golbög. Allt utom den avgörande bevisningen och en hela tiden tigande Farshad.

När han väl kommit ut hade han i stort sett omgående blivit misstänkt för det stora rånet mot värdedepån i Akalla. Suttit häktad i tre månader, tigit, släppts i brist på bevis. Farshad var numera en man omgiven av ett rykte. Ben Kaders arvtagare trots att Ben Kader var marockan och Farshad iranier. Muslim, helnykterist, inga drogmisstankar Överhuvudtaget, inga tillfälliga kvinnliga kontakter, inga kvinnor alls som det verkade om man inte räknade hans mor och hans två systrar. Framför allt, inga parkeringsböter, fortkörningar eller bråk på stan. Livsfarlig, tystlåten, tre personer som han tycktes lita på och hade en relation till, hans två yngre bröder Afsan och Nasir, hans kusin Hassan Talib.

Två yngre bröder som, av sina straffregister att döma, verkade vandra i Farshads fotspår, eller åtminstone försökte göra det utan att lyckas fullt ut. I samhällets ögon var det snarast den yngste, Nasir, som framstod som familjens svarta får eftersom han redan vid tjugofem års ålder hade avtjänat fyra fängelsedomar på sammanlagt fyra år. Misshandel, våldtäkt, rån. Enligt noteringarna om honom i polisens spaningsregister var han dessutom väl förtrogen med både sex och droger och utan att bekymra sig närmare om formerna. Fast ingen alkohol. Rättrogen muslim i den meningen. Ingen vanlig Svenne som söp och förrådde allt och alla inför alla som bara orkade lyssna.

Mer än hundra polisförhör genom åren. De första i sällskap med både hans mamma och socialtjänsten. En tigande Nasir.

– Jag heter Nasir Ibrahim, sa Nasir och rabblade sitt personnummer. Jag har inget att tillägga.

– Du är precis som din äldre brorsa, Farshad, konstaterade ännu en förhörsledare i raden.

– Du talar om min äldste bror, respekt, när du talar om honom.

– Visst, sa förhörsledaren. Låt oss börja där, och snacka lite om din äldste brorsa, Farshad Ibrahim. Han är ju verkligen känd för att visa respekt för andra människor.

– Jag heter Nasir Ibrahim, åttiotre nolltvå nollsex ...

Mer än så hade det aldrig blivit när det fanns poliser i sällskapet. Ute på stan kunde det bli annat. Det fanns både spaningsfoton, avlyssnade samtal och ovilliga vittnen som kunde berätta. Till och med att Farshad vid ett par tillfällen tvingats att ta sin bror i upptuktelse på ett nästan gammaltestamentligt vis trots att de båda var muslimer.

Hassan Talib var kusinen från landet i en både bildlik och bokstavlig bemärkelse. Flytt till Sverige med sin familj några år efter familjen Ibrahim. Tillbringat sina första år i sitt nya hemland hos tjocka släkten i huset i Sollentuna. Trettiosex år gammal, trettiotre av dem i Sverige. Dömd för dråp, misshandel, rån, grovt olaga hot, utpressning. Misstänkt för mord, ett flertal grova rån, ännu ett mord och ett mordförsök. Tre fängelsedomar på sammanlagt tio år varav han avtjänat åtta. Farshads livvakt, torped, allt i allo. En skräckinjagande figur på två meter och etthundratrettio kilo, rakat huvud, mörka, djupt liggande ögon, svart endagsstubb, malande käkar som om han ständigt tuggade på något.

En sådan där borde man låta lille Sigge kamma mittbena på, tänkte Bäckström. Reste sig med ett ryck och skakade loss sina välskurna, gula linnebyxor.

Come on punks, come on all of you, make my day, väste kriminalkommissarie Evert Bäckström.

61

Dörrknackning. Tredje vändan på Hasselstigen 1. Nu gällde det Farshad Ibrahim, Afsan Ibrahim, Hassan Talib och deras eventuella kontakter med Karl Danielsson. Bra bilder hade man också, egna, nytagna spaningsfoton, i rättvisans namn kompletterade med ett antal välliknande figurer som i vart fall inte hade med detta att göra. Linda Martinez trogna medarbetare. Den enbart mörkhyade varianten, inga bruna, svarta eller blå. Trots att Frank Motoele erbjudit sina tjänster när han hjälpte sin chef att ställa samman konfrontationsmaterialet.

Seppo Laurén hade inte sett något trots att Alm försökt hjälpa honom på traven.
– Dem har jag inte sett, sa Seppo och skakade på huvudet.
– Titta en gång till för säkerhets skull, trugade Alm. Dem som vi är intresserade av är alltså utlänningar, invandrare om man så säger.
– Förstår inte vad du menar, sa Seppo, och skakade på huvudet.
Ett riktigt litet snille, tänkte Alm, suckade och tog tillbaka sina foton.

– Men det är ju bara utlänningar, eller invandrare då, som man väl säger nu för tiden, på bilderna alltså, konstaterade fru Stina Holmberg.
– Men det är ingen som fru Holmberg känner igen, sa Jan O. Stigson.
– Det bor ju mest invandrare här ute i Solna, sa fru Holmberg och nickade vänligt åt Felicia Pettersson.
– Vad det nu har med saken att göra, tillade hon.

De flesta grannarna hade inte känt igen någon.
En irakisk invandrare som bodde på tre trappor, och som jobbade

som spärrvakt i tunnelbanan, hade däremot uttryckt sin uppskatt-
ning inför polisens arbete.

– Jag tror ni är på helt rätt spår, sa spärrvakten och nickade åt
Annika Carlsson.

– Varför tror du det, frågade Carlsson.

– Iranier, det syns ju tydligt, fnös spärrvakten. Helt galna, kan
hitta på precis vad som helst.

Bäckström hade anslutit relativt sent och efter ett förberedande
samtal med kollegan Carlsson.

– Jag tror det är lugnast att du och jag pratar med den där kvinnan
Andersson, sa Bäckström. Med tanke på unge Stigson, förtydligade
han.

– Jag förstår precis vad du menar, instämde Annika Carlsson.

I själva verket hade Bäckström inte haft en tanke på kollegan Stig-
son. Han var ute i helt egna och undersökande ärenden. Efter mötet
med Tatiana Thorén, vilket säkert skulle bli långvarigt med tanke
på att hon verkade vara helt galen i honom, var det hög tid för lite
jämförande studier så att han inte hamnade i framtida problem.

Kärringar blir ju jävligt hängiga med åren, tänkte Bäckström.

Fru Britt-Marie Andersson hade levererat en guldklimp. Eller sna-
rare två om man nu skall vara noga.

Dessutom måste hon ha någon jävla stålkonstruktion upptill,
tänkte Bäckström en halv timme senare när han och kollegan Carls-
son satt i Britt-Marie Anderssons soffa och visade foton för henne.
Trots att deras presumtiva vittne hade samma imponerande massa
som den hälften så gamla Tatiana, satt de fortfarande på samma
höjd.

Hur fan bär hon sig åt när hon släpper ut dem i frihet, tänkte
Bäckström. Lägger hon sig på rygg före, eller?

– Den här känner jag igen, sa fru Andersson upphetsat, och pekade
på ett foto av Farshad Ibrahim. För säkerhets skull hade hon lutat
sig fram mot Bäckström och visat med sin röda nagel.

Obegripligt, tänkte Bäckström och försökte slita sig och istället
se var hon satt fingret.

– Ni är helt säker, sa Annika Carlsson.

– Helt säker, sa fru Andersson och nickade åt Bäckström.

– När såg ni honom senast då, frågade Bäckström.

– Det var samma dag som Danielsson blev mördad, sa fru Andersson. Det måste ha varit på förmiddagen när jag var ute och rastade Puttegubben. De stod ute på gatan och pratade med varandra. Alldeles utanför vår port.

– Helt säker, upprepade Annika Carlsson, och utbytte en blick av samförstånd med Bäckström som äntligen fått kontroll över sig själv och för säkerhets skull lutat sig tillbaka i soffan. Lägga upp benet var väl inte att tänka på för då fick väl kärringen kåtslag om hon såg nosen på Sigge, tänkte han.

– Den här också, sa fru Andersson, och satte fingret på Hassan Talib. Är det en jättestor karl?

– Två meter, intygade Bäckström.

– Då är det han. Han stod lutad mot en bil på andra sidan gatan och tittade på Danielsson och den där andra då, som Danielsson stod och pratade med.

– Såg ni vad det var för bil, frågade Carlsson.

– Svart, det är jag helt säker på. En sådan där dyr, låg historia. Som en Mercedes eller kanske en BMW.

– Kan det ha varit en Lexus, frågade Carlsson.

– Jag vet inte, sa fru Andersson. Jag är inte så bra på bilar. Jag har visserligen körkort men jag har inte haft någon bil på många år nu.

– Men ni kommer ihåg den store mannen som stod där, sa Bäckström.

– Det är jag helt säker på, sa fru Andersson. Han stod ju och glodde på mig, rent ut sagt. När jag råkade titta på honom så gjorde han ... ja han gjorde en min åt mig. Med tungan alltså, förtydligade fru Andersson som fått färg på kinderna.

– En oanständig min, frågade den hjälpsamma Annika Carlsson. Som en obscen gest liksom?

– Ja, sa fru Andersson och djupandades. Det var verkligen inget trevligt. Så jag gick direkt in.

Himmelska mumset, tänkte Bäckström. Kärringen måste ha gott minne, tänkte han.

– Men ni gjorde ingen anmälan, frågade Carlsson.

– Anmälan? För vadå? För det där som han gjorde med tungan?

– Sexuellt ofredande, förtydligade Annika Carlsson.

– Nej, sa Britt-Marie Andersson. Av det jag läst i tidningarna har jag förstått att det är helt meningslöst.

Bryt, bryt, bryt, tänkte Bäckström.

– Då får vi verkligen tacka fru Andersson för all hjälp ni gett oss, sa han.

– Du kan vara helt lugn, Nadja, sa Bäckström när han en halvtimme senare återvänt till sitt kontor. Det där med anteckningsboken, menar jag. Vi har ett vittne som pekar ut både Farshad och Talib när de träffar Danielsson utanför hans bostad, förmiddagen samma dag som han blir mördad.

– Jag hör vad du säger, Bäckström, sa Nadja Högberg.

Kanske inte alltid lika skarp, tänkte Bäckström, och skakade för säkerhets skull loss sina byxor.

62

Innan han åkt hem för dagen hade Bäckström gått förbi Toivonen och informerat honom om vittnet Anderssons iakttagelser. En stackars finnkoling behöver väl all hjälp han kan få, tänkte Bäckström. Dessutom hade han ju sitt gamla handledaransvar att tänka på.

Toivonen hade varit märkligt ointresserad.

– Gårdagens nyheter, sa Toivonen. Men tack i alla fall.

– Säg till om du behöver hjälp, sa Bäckström och log den fryntliga varianten. Jag hörde på lunchen att ni var hundra man som jobbade med ärendet men att det inte tycks gå något vidare.

– Folk pratar för mycket skit, sa Toivonen. Vi reder oss så du behöver inte bekymra dig det minsta för bröderna Ibrahim och deras lille kusin. Hur går det själv förresten?

– Ge mig en vecka, sa Bäckström.

– Ser jag fram mot, sa Toivonen. Vem vet? Du kanske får medalj, Bäckström.

Undrar vad han ville egentligen den lille fetknoppen, tänkte Toivonen så fort Bäckström försvunnit ut. Måste ta ett snack med Linda Martinez, tänkte han.

Ger man en finnjävel ett lillfinger så brukar han försöka ta hela armen, tänkte Bäckström så fort han lämnat Toivonens rum. Men inte den här gången. Undrar vad han håller på med egentligen, tänkte han.

Trots Toivonens alla uppgiftslämnare, trots Bäckströms vittne på Hasselstigen 1, så hade Nadja Högberg inte kunnat släppa Karl Danielssons fickalmanacka. Dessutom hade hon fått en idé.

Det är inte bara personer man ger pengar till, tänkte Nadja. Man betalar ju för varor och tjänster också. Nästan alltid utan minsta tanke på vem som producerat eller utfört dem.

Värt att pröva, tänkte Nadja, och knackade för säkerhets skull på Bäckströms dörr, om han nu fortfarande höll på och lekte tjuv och polis med sig själv. Tomt, och hans mobil hade varit avstängd som vanligt.

Jag får prata med honom i morgon bitti, tänkte Nadja. Får bli det första jag gör när han dyker upp, tänkte hon.

I själva verket skulle det dröja nästan en vecka innan hon fick chansen. Samma kväll skulle det nämligen hända saker hemma hos Evert Bäckström – i hans trevna lya på Kungsholmen – som skulle sätta hela nationen i gungning, göra kriminalkommissarie Bäckström till ett namn på var kvinnas och var mans läppar och så när ta livet av hans chef kommissarie Toivonen som trots att han var ett fysiskt praktexemplar varit hotande nära att få både hjärnblödning och hjärtinfarkt på kuppen.

63

Den här gången hade Hassan Talib varit med från början när den svarta Lexusen lämnade villan ute i Sollentuna vid åttatiden på kvällen. Spanbilen hade hållit sig ett par kvarter bort, följt efter på en parallellgata eftersom de kunde följa sitt objekt på dataskärmen i sin bil och inte behövde ta några onödiga risker.

Det var först när de passerat tullen in mot City som de krupit närmare. Trafiken hade tätnat, det var Sandra Kovac som körde och när Lexusen svängde vänster vid slutet av Sveavägen förstod hon omedelbart vad som var på gång. Det största parkeringshuset i hela Stockholms innerstad, tänkte hon. Flera kvarter och tre våningar under jord. Fyra, utfarter, dussinet in- och utgångar för gående.

– Helvete, svor Sandra. De jävlarna tänker dra.

Magda Hernandez hade nappat åt sig en bärbar radio, hoppat ur bilen och ställt sig vid nerfarten till parkeringshuset för att kunna passa om de nu bara gjorde en U-sväng och körde ut igen.

Kovac och Motoele hade snurrat runt i garaget i jakten på den svarta Lexusen och när de väl hittade den var den tom, prydligt parkerad på nedersta våningsplanet vid en av de många utgångarna. Då satt redan Kovac och pratade med Linda Martinez på deras egen krypterade radiokanal.

– Lugna ner dig, Sandra, sa Martinez. Det här är ju sådant som händer. Det är väl inte hela världen. Kör en sväng i området och se om ni kan få pejling på någon av deras andra bilar.

– Vad tror vi om det här, då, sa Toivonen, en halvtimme senare. Tänker de dra utomlands och sola magen?

– Tror inte det, sa Martinez. Det har varit lugnt hela dagen, ingen ökad aktivitet på de där två mobilerna som vi knäckte igår. Sedan de stack från garaget är det helt tyst på deras mobbar vilket väl tyder på att de är tillsammans och inte behöver ringa till varandra. Men att de tänker hitta på någon skit är väl helt klart. Frågan är vad.

– Flyget, färjorna, tågen, frågade Toivonen.

– Redan klart, sa Martinez. Kollegerna är förvarnade och de har lovat att göra vad de kan.

– Helvete, sa Toivonen, som plötsligt fått en idé. Bäckström, den lilla fetknoppen, vi måste kolla...

– Toivonen, du måste tro att jag är dum i huvudet, avbröt Martinez. Vi har full koll på honom sedan han lämnade polishuset för fyra timmar sedan, fyra timmar och trettiotvå minuter för att vara exakt.

– Vad gör han då?

– Anlände till sin bostad klockan sjutton minuter i fem. Vad han haft för sig inne i lägenheten är inte helt klart men av ljuden att döma tycks han ha inlett med en rejäl middagslur. För en och en halv timme sedan dök han upp på sin kvarterskrog och där sitter han fortfarande.

– Och gör vad, sa Toivonen.

– Dricker öl och snaps, äter rent hälsovådliga mängder rotmos med fläsklägg, medan han limmar på servitrisen. En yppig blondin, som heter Saila, landsmaninna till dig, om du nu undrar.

Livet är inte rättvist, tänkte Toivonen.

Drygt en halvtimme före midnatt hade det kommit ännu ett samtal till Stockholmspolisens larmnummer, ett ett två. Ett av flera tusen som rings in under det senaste dygnet och tyvärr alltför likt alldeles för många av de tidigare.

– Här ringer en annan och stör i den nattliga friden, sa rösten i telefonen.

– Vad heter du, då och vad kan jag hjälpa dig med, frågade radiooperatören. Packad, tänkte han.

– Jag heter Hasse Ahrén, sa rösten. Direktör Hasse Ahrén, jag var tidigare chef för teve tre, förtydligade rösten.

– Och vad kan jag hjälpa dig med? Skitfull, tänkte operatören.

– Det är någon som skjuter som en jävla galning inne i min grannes lägenhet, sa Ahrén.

– Vad heter din granne?

– Bäckström. En liten fet fan som är något slags polis. Super som en borstbindare så om konstapeln undrar är det förmodligen han som står för eldgivningen.

Bäckström hade varit tvungen att skjuta upp vid tre olika tillfällen innan han äntligen fick tillbaka det vapen som var hans grundläggande mänskliga rättighet som svensk polis.

Första gången hade han inte ens fått tillfälle att avlossa ett skott.

Bäckström hade tagit taxi ut till skjutbanan söder om stan. Träffat sin skjutinstruktör, den där alltför vanliga typen vars rynkade ögonbryn naturligt övergick i ett stubbat hårfäste, tagit emot sitt vapen, tryckt i ett laddat magasin, gjort mantelrörelse, och därefter vänt sig om för att fråga vilken av alla måltavlor som han förväntades peppra hål i.

Skjutinstruktören hade kastat sig åt sidan, plötsligt blek som en huvudvärkstablett, och skrikit åt honom att omedelbart lägga ifrån sig vapnet. Bäckström hade gjort som han blivit tillsagd.

– Jag skulle uppskatta, Bäckström, om du inte viftade med ett laddat och osäkrat vapen mot min navel. Jag skulle bli väldigt glad då, faktiskt, sa instruktören som lät pressad på rösten.

Därefter hade han nappat åt sig pistolen, gjort mantelrörelse och repeterat ut patronen som låg i loppet, dragit ut magasinet, för säkerhets skull känt efter med pekfingret innan han stoppade vapnet i fickan.

– För annars skiter du ner dig, sa Bäckström, på sitt mest artiga vis.

Vilket inte hade hjälpt, för skjuta fick han inte. Instruktören hade bara skakat på huvudet och gått därifrån.

Andra gången hade han haft en kvinnlig instruktör och så fort han fick syn på henne förstod han vad hans motståndare egentligen höll på med. Fanskapet hade till och med satt på sig både skyddsväst och hjälm och stått bakom honom hela tiden medan hon sagt åt honom vad han skulle göra. Bäckström hade inte ens orkat lyssna.

Hur skulle han kunna göra det förresten, eftersom han redan satt på sig hörselskydden som hon också sagt åt honom att göra. Istället hade han försökt koncentrera sig på den egentliga uppgiften, höjt sitt vapen, siktat noga, blundat med vänster öga, och till och med kisat med det högra, innan han avlossade en välriktad salva mot pappfiguren där framme.

Finemang, tänkte Bäckström, när han en minut senare betraktade resultatet. Åtminstone hälften hade träffat och trots att han inte var någon läkare såg han direkt att flertalet hade varit dödande.

– Var kan jag hämta ut mitt tjänstevapen, frågade Bäckström.

Först hade hon bara skakat på huvudet, samma ansiktsfärg som kollegan före henne, och när hon väl sagt något lät hon precis som han på rösten.

– En svensk polisman som blir angripen och löper risk att utsättas för grovt våld, jag talar alltså om ett så kallat skarpt läge, förväntas skjuta på angriparens ben. Nedanför knät eftersom även ett skott i låret medför en hög risk för dödlig utgång, förtydligade hon.

– Rätta mig om jag har fel, sa Bäckström. Om någon tokig jävel med kniv kommer kutande och skall hugga ihjäl dig, så försöker du skjuta honom i knät.

– Under knät, korrigerade instruktören. Svar ja, eftersom skjut-reglementet säger så.

– Själv skulle jag fråga om han inte ville ha en puss och en kram, sa Bäckström och flinade. Sedan hade han bara skakat på huvudet och gått därifrån. Så fort han satt sig i taxin hade han ringt upp sin kusin som jobbade på polisfacket.

– Så arbetsgivaren förvägrar dig fortfarande rätten att krama lilla Sigge, konstaterade kusinen som plötsligt lät lika blodtörstig som Bäckström kände sig.

– Precis, sa Bäckström. Och vad fan tänkte du göra åt det?

Allt som krävdes enligt hans släkting. Bland annat vända sig till en gammal pålitlig kraft som tidigare varit ombudsman på facket, men numera arbetade som skjutinstruktör ute på Polishögskolan och var i sin fulla rätt att skriva under alla intyg som krävdes.

– Jag skall snacka med honom så ringer han dig så kan ni be-stämma en tid, sa kusinen.

– Är det något mer jag behöver tänka på, frågade Bäckström.

– Ta med en sjuttis, svarade hans kusin.

För att spara tid hade Bäckström överlämnat en butelj av sin bästa maltwhisky som första åtgärd på plats vid Polishögskolans skjutbana.

– Jo, jag tackar jag, sa den pålitliga kraften och slickade sig om munnen. Då är det väl hög tid att vi kramar lilla Sigge, sa han, och räckte över sin egen Sig Sauer till Bäckström.

– Känner du, fortsatte han, och nickade mot Bäckström som vägde vapnet i handen.

– Känner vadå, sa Bäckström.

– Enda gången man får riktig fjäder är när man kramar lille Sigge, sa instruktören och såg lika lycklig ut som när Bäckström överlämnat sin present.

Förmodligen inte klok, tänkte Bäckström och försäkrade sig om att han inte stod och lurpassade bakom ryggen på honom med någon reservpistol som han smugit undan.

Sedan hade han siktat noga, för säkerhets skull blundat med vänster öga, kisat med det högra, avlossat den vanliga välriktade salvan, och träffat där han brukade.

– Fy fan, Bäckström, sa hans instruktör som hade svårt att dölja sin beundran. Där fick busen så han teg.

Innan Bäckström lämnade honom med intyget på fickan hade hans nye vän också gett honom några ord på vägen.

– Jag har tänkt på en sak, Bäckström...

– Ja...

– Trots att du håller lågt så hamnar du kanske lite högt, om man så säger.

– Ja, sa Bäckström.

– Du kanske skulle prova att skjuta i backen framför busen, föreslog instruktören. Med tanke på alla kärringar som jobbar på disciplinenheten, menar jag.

Glöm det, din vekpitt, tänkte Bäckström. Numera fullvärdig medborgare och polis. Om någon bara höjde handen mot honom skulle han skjuta skallen av honom, tänkte han.

65

Bäckström hade lämnat sin kära stamkrog redan före midnatt. Hans vita tornado från Jyväskylä hade fått förhinder eftersom hennes ordinarie gnagare plötsligt dykt upp för att hämta henne på hennes arbetsplats. Dessutom hade han blängt på Bäckström. Så Bäckström hade lommat hem, öppnat dörren till sin trevna lya, gäspat stort och klivit rakt in.

Får väl nöja mig med att krama lille Sigge, tänkte Bäckström i samma ögonblick som han upptäckte att han fått oväntat besök.

– Välkommen hem, kommissarien, sa Farshad Ibrahim och log vänligt mot sin värd.

Hans jättelike kusin hade inte sagt något. Bara glott på Bäckström med sina svarta, djupt liggande ögon. Ett ansikte som hugget i sten om det inte varit för hans långsamt malande underkäke.

– Vad kan jag göra för herrarna, sa Bäckström. Vad i helvete gör jag nu, tänkte han.

– Jag kanske får bjuda på en liten rackare, föreslog han, och nickade antydande mot köket.

– Ingen av oss dricker, sa Farshad Ibrahim och skakade på huvudet. Bekvämt tillbakalutad där han satt i Bäckströms egen favoritfåtölj medan hans kusin stod posterad mitt i rummet och bara blängde.

– Det är lugnt, kommissarien, fortsatte han. Vi har kommit hit i fredliga avsikter och vi har med oss ett litet affärsförslag.

– Jag lyssnar, sa Bäckström, medan han så diskret som möjligt försökte skaka loss sina gula linnebyxor trots att de plötsligt kändes alldeles genomsvettiga samtidigt som hans ben på något mystiskt vis började skaka av egen kraft.

– Vi är intresserade av vad dina kolleger egentligen håller på med, sa Farshad, och som jag ser det finns det två möjligheter, fortsatte han och lät mest som om han tänkte högt.

Sedan hade han stuckit handen i fickan, plockat upp en bunt tusenlappar och lagt den på Bäckströms soffbord. En bunt som var påtagligt lik alla andra som Bäckström själv hittat i en vanlig potta rågad med guld. Därefter hade han av någon anledning dragit fram en stilett ur sin innerficka, fällt ut det dubbeleggade bladet och börjat peta sina naglar.

– Så vitt jag ser det finns det två möjligheter, upprepade Farshad Ibrahim, oföränderligt vänlig på rösten trots att hans kusin fortfarande lät käken mala, och han själv tycktes fullt upptagen med att manikyrera sina naglar.

Det får blir en Bäckström tvåa, bestämde Bäckström. Och eftersom det inte fanns så mycket att välja på hade han gett järnet från första början.

– Skona mig, skona mig, skrek Bäckström, förvred sitt runda ansikte och sträckte upp sina hopknäppta händer i en bedjande gest. Sedan hade han sjunkit ner på knä, höger knä, framför den jättelike Talib, precis som han tänkt fria till honom.

Talibs käke hade slutat mala, han backade en halv meter, såg medlidsamt på den bedjande Bäckström som låg på knä vid hans fötter. Sedan hade han ryckt på axlarna, vridit på huvudet och sett på sin chef. Uppenbart generad som det verkade.

– Bete dig som en man, Bäckström, inte som en kvinna, sa Farshad varnande, skakade på huvudet och pekade med kniven mot honom.

I just det ögonblicket hade Bäckström slagit till.

66

Ungefär samtidigt som Bäckström slagit sig ner på sin kära stam-krog på Kungsholmen i Stockholm hade polisen i Köpenhamn fått ett tips. En anonym "mandsperson", av rösten att döma infödd dansk och i medelåldern, hade ringt till ledningscentralen och läm-nat ett meddelande.

Längst bort på den stora parkeringsplatsen på Fasanvejen, ett par hundra meter ovanför gamla SAS-hotellet och bara fem minuter från Centrum, stod en sopcontainer. I containern fanns numera ett lik förpackat i en vanlig jutesäck som tidigare innehållit grisfoder. Mannen i säcken hade inte krupit in själv, och för att även danska poliser skulle kunna hitta honom hade de som lagt honom där låtit hans nakna fötter sticka ut.

– Ja, det var nok det hele, konstaterade mannen som ringt innan han avslutade samtalet från sin betalkortsmobil, omöjlig att spåra och obligatoriskt hjälpmedel vid vissa samtal.

Tre minuter senare var den första radiobilsbesättningen på plats och en halvtimme senare hade de två poliserna från ordningsavdel-ningen fått sällskap av ett flertal kolleger från Köpenhamnspolisens kriminalavdelning och tekniska rotel.

Ungefär samtidigt som Bäckström beställde in en liten rackare till sin dubbla espresso hade man kommit så långt att man kunnat öppna säcken och ta sig en närmare titt på den nakna kroppen som låg i den. Runt halsen hängde en vanlig adresslapp i ett snöre: "Nasir Ibrahim, for videre befordring til Kriminalpolitiet i Stock-holm", i likets strupe hade någon stoppat in en parkeringsbot, och skadorna på kroppen vittnade om en död som varit både utdragen och plågsam.

Som budskap till en muslimsk rånare som slarvat när han ställt ifrån sig sin flyktbil kunde det knappas vara tydligare och eftersom polisen i Köpenhamn redan var förvarnade hade man ringt till sin svenske kollega, kommissarie Jorma Honkamäki, vid Stockholmspolisens piket. När Honkamäki tog emot samtalet stod han på gatan utanför huset där Bäckström bodde och övervakade själva finalen på de Bäckströmska insatserna.

Nasirs äldste bror, Farshad, som lyftes in i en ambulans. Två ambulansvårdare som bar båren, en kvinnlig sjuksköterska som höll i droppflaskan, Farshad som jämrade sig på ett språk som Honkamäki inte förstod, byxorna neddragna till fotknölarna, genomdränkta med blod.

Hans kusin Hassan Talib hade just lämnat i en annan ambulans. Medvetslös, iförd nackkrage, tre som hjälpts åt med båren, en läkare och en sjuksköterska som försökte hålla honom vid liv.

Den som verkade må bäst var Nasirs andre broder, Afsan. Visserligen med näsan avslagen, rejält nerblodad, händerna bojade på ryggen, ovillig att gå på egna ben men i övrigt verkade han vara precis som vanligt.

– Jag skall knulla er i arslet era jävla grisar, skrek Afsan när två av Honkamäkis kolleger lyfte in honom i piketens buss.

Vad fan är det som händer, tänkte Honkamäki och skakade på huvudet.

– Vad fan är det som händer, upprepade kommissarie Toivonen en minut senare, så fort han klivit ur sin tjänstebil och fått syn på Honkamäki.

Så fort en uppenbart generad Talib hade vänt bort blicken – så mycket svaghet hos en man, lika svag som en kvinna – hade Bäckström slagit till. Blixtsnabbt huggit tag om hans vrister och ryckt till allt vad han förmådde.

Talib hade trillat rakt baklänges, som en avsågad fura, hur det nu var möjligt med tanke på det ställe där han vuxit upp, tänkte Bäckström. Bara trillat raklång, rakt bakåt, fäktat förgäves med armarna, innan han slog nacken och bakhuvudet i Bäckströms soffbord och spräckte hela skivan av prima Kolmårdsmarmor.

Bäckström hade dragit upp Sigge i ett blink, rest sig upp med viss möda, det skall erkännas, för säkerhets skull blundat med vänster öga och siktat extra noga.

Farshad hade också rest sig, höjt händerna i en avvärjande gest, släppt springkniven med spetsen före rakt ner i Bäckströms dyra matta.

– Lugn kommissarien, lugn, sa Farshad och viftade avvärjande med höjda händer.

– *Make my day, punk*, vrålade Bäckström, och fyrade av en rejäl salva utan minsta tanke på att repa sitt eget nylagda parkettgolv.

68

Bäckströms granne hade egentligen inte behövt ringa till larmcentralen eftersom polisen funnits på plats hela tiden.

Strax efter elva på kvällen hade plötsligt den vita Mercedesen, Alfa 3, börjat röra sig på Sandra Kovacs dataskärm. Tidigare under kvällen hade den stått parkerad på det översta våningsplanet i samma parkeringshus som den övergivna Lexusen.

Spanbilen med Kovac, Hernandez och Motoele hade funnits alldeles i närheten och efter bara ett par minuter låg de hundra meter bakom Mercedesen, som tydligen var på väg mot Kungsholmen. Afsan körde, Farshad satt bredvid honom medan Hassan Talib tydligen lagt beslag på hela baksätet.

Kovac hade kontaktat Linda Martinez på radion. Martinez hade ropat på assistans från ännu en besättning som tidigare under kvällen hållit uppsikt över Bäckström men nu satt och fikade på Mc Donalds, bara några kvarter från Bäckströms stamkrog.

Kriminalinspektör Tomas Singh, som var adoptivbarn från Malaysia, och hans kollega kriminalassistenten Gustav Hallberg, trots namnet adoptivbarn från Sydafrika, hade kastat sig i bilen och återvänt till krogen där de lämnat Bäckström en kvart tidigare, stadigt förankrad vid en rejäl konjak. Där satt han fortfarande. Förmodligen med samma konjak eftersom glaset på bordet framför honom numera var tomt.

– Vad gör vi nu, frågade Hallberg.

– Väntar, sa Singh.

Fem minuter senare hade Bäckström viftat till sig en blond servitris, rest sig, tagit upp en försvarlig bunt sedlar ur fickan, knölat ihop notan, skalat av en femhundring och skakat på huvudet när servitrisen tydligen ville ge honom växel tillbaka.

– Kollegan Bäckström verkar inte sakna kontanta medel, konstaterade kriminalassistenten Hallberg.

– Vad fan tror du vi sitter här för, sa kriminalinspektören Singh, som hade fem år mer i tjänsten och redan var en luttrad ung man.

Samtidigt som Bäckström rest sig upp för att betala hade den vita Mercedesen stannat tjugo meter ovanför porten till huset där Bäckström bodde. Farshad och Talib hade klivit ur, Afsan hade parkerat, släckt ljusen och suttit kvar i bilen samtidigt som hans bror och kusin försvunnit in genom Bäckströms port. Kovac hade stannat femtio meter längre upp på gatan, slagit av motorn, släckt ljusen, rullat ner och stannat.

– Vad gör vi nu, frågade Magda Hernandez.

– Bäckström är tydligen på ingång, sa Kovac, som hade kollegan Singh i sin hörselsnäcka. Tomas och Gustav hänger på till fots, meddelade hon och nickade till Hernandez.

– Det är något som inte stämmer, sa Motoele och skakade på huvudet.

– Vadå inte stämmer, frågade Hernandez.

– En känsla, sa Motoele. Jag får för mig att Bäckström inte vet om att de vill träffa honom.

– *Dirty Cop*, fnös Kovac. Klart han vet.

– Bäckström har ju haft mobben avstängd sedan i eftermiddags, invände Motoele.

– Antingen har han en mobbe till eller också har de bestämt tid på något annat sätt, sa Kovac.

Fyra minuter senare hade Bäckström försvunnit in genom porten till huset där han bodde.

– Glöm det där med att smyga in och lyssna genom hans brevlåda, sa Kovac och såg varnande på Motoele. Här tar vi inga onödiga risker.

– Det är jävligt varmt i den här bilen. Är det okej om jag öppnar fönstret, mamma, frågade Motoele samtidigt som han vevade ner bakrutan.

– Jag trodde sådana som du gillade värme, retades Kovac. Bara du inte blir förkyld, Frank.

– Vadå bestämt tid, sa Motoele, som just hört en dämpad knall på avstånd. När han hoppade ur bilen och började springa nerför gatan smällde det hela tiden. Dämpade knallar, samma ljud som han hört tusentals gånger när han stått på skjutbanan med hörselskydden på och övat med sitt eget tjänstevapen.

Afsan Ibrahim varken såg eller hörde. Han lyssnade på musik i sin iPod, nynnade i takt med musiken, blundade och njöt, och när någon plötsligt ryckte upp bildörren och högg tag om halsen på honom hade allt gått fel. Kniven som låg mellan sätena hade han ryckt åt sig i en ren reflex. I nästa ögonblick låg han på mage på gatan, någon stampade på hans hand, sparkade undan kniven, sparkade honom hårt i sidan när han försökte resa sig upp. Slet tag i hans hår, böjde upp hans huvud, slog av hans näsa med ett handkantslag så att det blixtrade i huvudet på honom. Så ett till, och ett till, så mörkret som slöt sig runt honom, röster som han knappt kunde höra längre.

– Lägg ner, Frank, skrek Sandra Kovac. Tänker du slå ihjäl honom? Sedan hade hon knuffat undan sin kollega. Satt knät i korsryggen på Afsan, vridit upp hans händer på ryggen, bojat dem, först den högra sedan den vänstra.

– Du är fan ta mig inte klok, upprepade hon.

– Arabjäveln försökte hugga mig, sa Motoele och nickade mot kniven som låg i rännstenen på andra sidan gatan.

– Nu får du fan skärpa till dig, Frank, sa Kovac. Han hade fan ingen kniv när du gick loss på honom.

Frank Motoele verkade inte ha lyssnat. Han hade bara ryckt på axlarna, dragit sitt tjänstevapen och försvunnit in genom Bäckströms port.

69

Farshad hade trillat ihop som en tomsäck redan efter första skottet. Tydligen hade det tagit i hans vänstra ben trots att Bäckström aldrig skulle ha drömt om att ens sikta på ett så fånigt ställe.

Bäckström hade skjutit några extra för säkerhets skull och träffat lite varstans, men sedan hade allt varit lugnt. Talib låg orörlig på rygg, ögonen var halvöppna men blicken hade han släckt ner, hans underkäke hade slutat mala, det sipprade blod ur öronen och näsan på honom, ryckte konstigt i hans ben. Bäckström hade böjt sig fram och snappat åt sig den svarta pistolen som satt instucken i hans livrem och stuckit in den under sin egen.

Sedan hade han gått fram till Farshad som låg på golvet och kved medan han med båda händerna höll om sitt vänstra ben. Blödde som en nystucken gris över Bäckströms dyra matta, och jämrade sig högt gjorde han också.

– Nu håller du käften din jävla lipsill, sa Bäckström, och eftersom han ändå hade vägarna förbi hade han passat på att ge honom en rejäl spark på samma ben som lille Sigge redan hade varit på.

Farshad hade visat ögonvitorna och slocknat, Bäckström hade stoppat på sig sedelbunten, och kollat läget, äntligen lite lugn och ro, tänkte han, i samma ögonblick som det ringde på hans hemtelefon.

– Bäckström, grymtade Bäckström medan han betraktade förödelsen omkring sig.

– Läget, Bäckström, svarade en kvinna. Det här är kollegan, Kovac, förklarade Sandra Kovac.

– Det är lugnt, sa Bäckström.

– Jag och några andra kolleger står i trappan utanför din lägenhet och undrar om du har lust att släppa in oss, sa Kovac.

– Inga idioter från Insatsstyrkan, frågade Bäckström som inte tänkte göra om samma misstag en gång till.

– Bara fullt normala kolleger, intygade Kovac.

– Okej, sa Bäckström. Ge mig en minut bara.

Sedan hade stoppat undan pengarna på sitt säkra ställe. Hällt upp en stadig whisky. Stuckit även Sig Sauern innanför livremmen, där det så dags började bli ganska trångt.

Det var väl det hela, tänkte Bäckström, och granskade förödelsen omkring sig en extra gång. För säkerhets skull, tänkte han.

Sedan hade han öppnat och släppt in dem, satt sig själv i soffan och tagit en rejäl rackare. För säkerhets skull hällt upp en till. Vart fan är vi på väg inom kåren, tänkte han. Här hade han svävat i direkt livsfara i säkert en kvart, själv lyckats återställa lugn och ordning omkring sig. Allt hans arbetsgivare kunde erbjuda honom var tydligen fem snorisar som dök upp när det hela var klappat och klart. Två fruntimmer, två negrer och en stackare som förmodligen bara var mulatt och säkert blev mobbad av sina kamrater. Vad fan är det som händer med svensk polis, tänkte Bäckström.

När Peter Niemi dykt upp en halvtimme senare hade han stannat i dörröppningen och suckat djupt. Det här var en gång en brottsplats, tänkte Niemi. I en formell mening var det fortfarande en brottsplats, tänkte han. Trots att den så här dags hade fått besök av ett femtiotal personer från ambulanssjukvården och polisen som säkert flyttat på allt löst och i vart fall fingrat på allt fast.

– Okej, sa Niemi. Jag får be att samtliga lämnar lägenheten så att kollegan och jag kan börja jobba.

– Glöm det Niemi, sa Bäckström. Jag bor här nämligen.

– Bäckström, Bäckström, sa Niemi. Måste vara chockad, tänkte han.

– Här har du Talibs pistol, sa Bäckström, och lade upp den på de sorgliga resterna av det som en gång varit ett soffbord i Kolmårdsmarmor. Här har du min egen, sa han.

– Kniven på golvet där, sa Niemi och nickade.

– Tillhör Farshad Ibrahim, sa Bäckström. Du får gärna ta den med dig.

– Kulhålen, sa Niemi.

– Allt som har hänt, har hänt här inne, sa Bäckström. De jävlarna hade tydligen dyrkat upp dörren och stod här och passade på mig när jag klev in. Sedan blev det ett jävla liv, sa han, och ryckte på axlarna. Resten kan du försöka räkna ut själv, tänkte han.

– Är det någon mer än du, Bäckström, som har skjutit, frågade Chico Hernandez.

– Inte den blekaste, ljög Bäckström. Allt gick jävligt fort och det blev lite rörigt om man så säger.

– Nu får herrarna ursäkta, fortsatte han. Känn er som hemma. Själv behöver jag luta mig en stund.

Sedan hade han gått in i sitt sovrum och stängt dörren om sig. Niemi och Hernandez hade nöjt sig med att titta på varandra och rycka på axlarna.

En timme senare hade Bäckström fått besök av Anna Holt och kollegan Annika Carlsson.

– Hur mår du Bäckström, frågade Holt.

– Prima liv, sa Bäckström trots att han hade mått bättre. Dessutom kände han sig märkligt frånvarande. Det var precis som det inte handlade om honom.

– Är det något jag kan göra för dig, sa Holt. Läkarundersökning, debriefing, jag har skaffat ett hotellrum åt dig, förresten.

– Glöm det, sa Bäckström och skakade för säkerhets skull på huvudet.

– Är det okej om jag stannar kvar och tittar till dig, frågade Annika Carlsson. Så kan jag röja undan det värsta åt dig ute i vardagsrummet. Jag har pratat med Niemi så det är helt okej, trugade hon.

– Vill du göra det då, sa Bäckström, och såg förvånat på henne. En attackflata som erbjuder sig att städa åt en sådan som jag. Vart fan är vi på väg, tänkte han.

– Och sedan lovar jag att sova på soffan, sa Annika Carlsson, och log.

– Det är okej, sa Bäckström. Vad fan är det hon säger, tänkte han.

– Det står säkert femtio journalister ute på gatan, sa Holt. Jag förmodar att du inte har något emot att jag ställt några kolleger från ordningen i porten.

– Det är helt okej. Bäckström ryckte på axlarna.

– Vi hörs i morgon, sa Holt. Hör av dig när du känner för det.

Bäckström hade ställt sig i duschen. Bara stått där och låtit vattnet strila. Torkat av sig, satt på sig morgonrocken, tagit en brun och en blå ur burkarna som polisens egen doktor Mengele skrivit ut åt honom. Sedan hade han gått och lagt sig. Somnat så fort han

lagt huvudet på kudden och när han vaknade var det till doften av
nybryggt kaffe och färska frallor med ost och smör.

– God morgon, Bäckström, sa Annika Carlsson och log stort. Vill
du ha frukost på sängen eller vill du äta i köket.
   – Köket, sa Bäckström. Inte värt att ta några risker, tänkte han.

70

Tisdag förmiddag hade Anna Holt och Toivonen ägnat åt att sammanfatta läget.

Hassan Talib hade opererats två gånger under natten på neurokirurgen på Karolinska sjukhuset. Svåra blödningar i hjärnan, läkarna kämpade för att rädda hans liv, nu låg han på intensiven.

Hassan Talib var två meter lång, etthundratrettio kilo muskler och ben, fruktad i Stockholms undre värld och även bland dem som såg ut som han. Han hade trillat baklänges och slagit huvudet i ett soffbord. Hade han varit en vanlig skurk, på film eller teve, så skulle han ha ruskat på sig, rest sig och gjort slarvsylta av Bäckström. Eftersom han hörde verkligheten till var det oklart om han skulle överleva.

Farshad Ibrahim hade också tillbringat natten på operationsbordet trots att den enda kula som han träffats av satt placerad helt enligt polisens regelbok, strax under vänster knä. Först hade den slagit av båda underbenen, skenbenet och vadbenet och så långt var allt i sin ordning och precis som det var tänkt. Sedan hade det hänt oväntade saker. Kulan var av den nya typen som svampade upp när den träffade målet och tanken med det var att minska risken för genomslag och rikoschetter till det överkomliga priset av större hål i kroppen på den man skjutit. Den här gången hade kulmanteln splittrats och en skärva av den hade följt lårbenet upp och skadat lårvenen. När Farshad Ibrahim anlände till sjukhuset hade han förlorat tre liter blod. Hans hjärta hade stannat två gånger i ambulansen. Tio timmar senare låg han på intensiven. Utgången oviss.

Hans yngre bror hade blivit föremål för en snabb diagnos på gatan utanför Bäckströms port. Avslaget näsben, möjligen brutna ben och fingrar i höger hand. Ingenting som inte häktets sjukvårdspersonal kunde klara av. Under den korta färden till polishuset i piketens buss hade han svimmat av och trillat ihop på golvet. Först trodde man att han "spelade apa", sedan hade man kört även honom till

Karolinska och inom en timme låg även Afsan på operationsbordet. Flera revbensbrott på höger sida, punkterad lunga, lungkollaps, men i betydligt bättre skick än sin äldre bror och sin kusin.

– Han kommer med säkerhet att klara sig, konstaterade den kirurg som talat med Honkamäki. Om det inte tillstöter något oväntat förstås, tillade han, som läkare har för sed.

Nasir Ibrahim var död, torterad med något som verkade vara en vanlig lödkolv, skallen krossad med det klassiska trubbiga föremålet, oklart vilket som kommit till användning den här gången. För säkerhets skull strypt med det grova snöre med vilket man också fäst en adresslapp vid hans hals. Kroppen förväntades anlända till rättsläkarstationen i Solna senare under dagen. Utifall de svenska rättsläkarna ville ta sig en titt på det som deras danska kolleger på Rigshospitalets rättsmedicinska avdelning redan hade klarat av.

För säkerhets skull var Farshad Ibrahim. Afsan Ibrahim och Hassan Talib även häktade på sannolika skäl sedan ett par timmar tillbaka. Två fall av mordförsök mot kriminalkommissarien Evert Bäckström och kriminalinspektören Frank Motoele, grovt vapenbrott och mer skulle snart komma. Åtskilligt mer.

Trots att ingen av de tre kunde röra sig av egen kraft ens i de sjukhussängar där de låg, så var de satta under en imponerande polisbevakning. Ett tjugotal uniformerade poliser från Insatsstyrkan, piketen och den vanliga ordningspolisen. Ett halvdussin spanare som plötsligt fått tid över.

Kommissarie Toivonen var inte glad.

– Förklara för mig hur i helvete man kan låta den där lille fetknoppen skjuta sönder en hel polisutredning, sa Toivonen och glodde på sin chef med rödsprängda ögon. Lever vi i Sverige, eller?

– Nåja, sa Anna Holt. Vi lever fortfarande i Sverige och riktigt så enkelt som du säger är det väl ändå inte.

– Nasir är mördad, Farshad och Talib och Afsan. Samtliga ligger på intensiven, sa Toivonen och räknade för säkerhets skull på fingrarna medan han gjorde det.

– Nåja, upprepade Holt. Till att börja med har väl kollegan Bäckström inte det haft det minsta att göra med mordet på Nasir.

– Det låter som något som du skall prata med herr Åkare och hans kamrater om, föreslog Holt.

Driver hon med mig, tänkte Toivonen, som under ett långt liv som polis även hunnit med ett större antal fullkomligt meningslösa samtal med Fredrik Åkare och hans kamrater i Hells Angels. Sista gången hade Åkare till och med klappat honom på axeln innan han försvann i sällskap med sin kotlettkammade advokat.

– Är inte du finnkoling förresten, Toivonen, frågade Åkare.

– Vad har det med saken att göra, sa Toivonen och försökte blänga bort besökarens försmädliga leende.

– Då känner väl du vår gamle ordförande, sa Åkare. Han är också finnkoling. Han hälsade förresten. Hör av dig om du vill åka båge och ta en pilsner.

Toivonen hade inte hört av sig. Nu var han så illa tvungen och det var inget som han såg fram emot.

– Enligt kollegan Niemi, sa Toivonen, som inte tänkte ge sig så lätt, hade Farshad en nyckel till Bäckströms lägenhet i byxfickan.

– En nytillverkad kopia, om jag fattade saken rätt, sa Holt som också talat med Niemi.

– Nog är det väl bra konstigt ändå att den går till just Bäckströms lägenhet, sa Toivonen.

– Jag förstår precis vad du menar, jag är också medveten om Bäckströms rykte, men om det nu är så enkelt att de skulle muta honom, så hade de väl bara behövt ringa på dörren. Om de nu var där av det skälet så verkar det heller inte som förhandlingarna gick särskilt bra. Om jag nu skall uttrycka mig mycket försiktigt, konstaterade Holt, som också var riktig polis.

– De kanske hade tagit med sig för lite deg, sa Toivonen. Enligt Niemi så hade Farshad inte en spänn på sig.

– Såja, såja, sa Holt. Nu ska vi nog ta det väldigt lugnt och inte rusa iväg. Allt som hittills framkommit tyder väl ändå på att Farshad och Talib, Bäckström helt ovetande, tagit sig in i hans lägenhet och överraskat honom. För att mörda honom, hota honom, utpressa honom, tvinga honom att hjälpa dem. Eller försöka muta honom. Det vet vi ju faktiskt inte. Bäckström verkar ha varit i sin fulla rätt när han värjer sig. Skottet i benet på Farshad är helt enligt regelboken.

– Vad tror du om de andra fem kulorna då, som kollegan Niemi pillade ut ur hans väggar och tak?

– Blev väl fullt tumult. Enligt Bäckström så kastade de sig över honom så fort han kom in i lägenheten. Talib med en dragen pistol och Farshad med en kniv. Bäckström lyckas dra sitt vapen. Skott avlossas. Vad är problemet?

– Rätta mig om jag har fel, sa Toivonen, och djupandades för att inte skalltaket skulle lyfta från hans huvud. Jag är lugn, tänkte han.

– Bäckström brottar ner Talib, avväpnar och knockar honom. Hans pistol råkar gå av några gånger medan han gör det. Så fort Talib är utslagen så skjuter han Farshad i benet, perfekt skott, alldeles under vänster knä. Farshad försöker nämligen hugga ihjäl honom med sin kniv. Är detta rätt uppfattat, frågade Toivonen.

– Ungefär så, sa Holt och ryckte på axlarna. Enligt kollegan Carlsson som åt frukost med Bäckström i morse så skulle han ha fällt Talib med något mystiskt bentricks som han lärt sig när han tränade judo i sin ungdom. Enligt Bäckström lär han ha varit ganska framgångsrik när han höll på med det. Beklagligtvis så har Talib trillat lite olyckligt och slagit huvudet i Bäckströms soffbord men med tanke på omständigheterna kan vi väl knappast lasta Bäckström för den saken. När sedan Farshad kommer rusande för att hugga ner Bäckström med sin kniv så skjuter han honom i knät.

– Enligt Bäckström, ja.

– Jag har talat med både Niemi och Hernandez. Enligt deras tekniska undersökning finns det inget som motsäger Bäckströms version. Det där med Talib köper båda rakt av. Skotten i väggarna sitter dessutom på ett sådant sätt att de i vart fall inte kan ha avlossats av en skytt som står på samma ställe och skjuter. Kan mycket väl stämma med Bäckströms berättelse.

– Vadå, teknisk undersökning, fnös Toivonen. Du såg väl hur det såg ut. Måste väl ha varit femtio personer som röjt runt i den lägenheten.

– Du och jag bland andra. Plus alla andra kolleger som rände runt där. Vilket väl heller inte är Bäckströms fel.

– Nej, fattas bara, sa Toivonen. Ge fetknoppen en medalj och en extra årslön. Såg du förresten vilka möbler den lille tjockisen ...

– Vänta nu, Toivonen, avbröt Holt.

– Ja, jag lyssnar, sa Toivonen. Jag är fullständigt lugn, tänkte han.

– Jag får plötsligt för mig att du är lite avundsjuk på den gode

Bäckström, sa Holt och log. De är som barn, precis som barn, tänkte hon när Toivonen marscherade ut från hennes rum.

Redan i de tidiga morgonnyheterna var Bäckström nationens hjälte. Åtskilliga av hans kolleger hade skakat på huvudet och undrat hur detta egentligen hade gått till. De flesta hade valt att knipa käft och hålla med. En och annan hade luftat sina tvivel.

Jorma Honkamäki var en dem. Han hade sprungit ihop med Frank Motoele i entrén till Karolinska sjukhuset.

– Man undrar ju onekligen vad fan det var som hände, egentligen alltså, sa Honkamäki och suckade.

– Hur menar du, sa Motoele och såg på honom med ögon som plötsligt var lika svarta som en vinternatt på savannen.

– Den lilla fetknoppen, förtydligade Honkamäki.

– Tänk på vad du säger, sa Motoele och vände blicken inåt. Det är faktiskt en hjälte du pratar om. Respekt.

71

Bäckström och Annika Carlsson hade smitit ut bakvägen över går-den. Utanför porten mot gatan var det rena cirkusen och ordnings-polisen hade fullt upp. Journalister och vanliga nyfikna. Åtskilliga som försökte ta sig in i huset. Om inte annat för att försäkra sig om att Bäckström verkligen levde. En ström av brev, blommor och paket, redan en halv ljusgård av brinnande lyktor och marschaller trots att det var högsommarväder ute.

– Två saker, sa Annika så fort de satt sig i bilen. Du måste ha de-briefing och du måste tala med kollegerna på internutredningar.

– Varför måste jag det, tjurade Bäckström.

– Ju förr desto bättre, ju förr är du av med det, sa Annika Carls-son. Var vill du börja?

– Det är väl lika bra att du bestämmer det också, sa Bäckström.

– Klokt av dig, sa Annika Carlsson. Klappade honom på armen och log.

Debriefingen hade gott fort. Det var en före detta kollega som Bäckström kände från tiden på Rikskriminalen som hade blivit utbränd, gått igenom en kris, återvunnit sig själv och funnit en ny uppgift inom en polisorganisation i ständig utveckling.

– Hur mår du Bäckström, sa den före detta kollegan och lade för säkerhets skull huvudet på sned.

– Prima liv, sa Bäckström. Aldrig mått bättre. Hur mår du själv? Jag hörde att du hade gått in i väggen. Din oduglige jävel, tänkte han.

Fem minuter senare hade Bäckström gått därifrån.

– Men vad skriver jag i min rapport, frågade hans debriefer.

– Använd din fantasi, sa Bäckström.

Besöket på Stockholmspolisens avdelning för internutredningar hade tagit en hel timme. Där hade Bäckström suttit vid åtskilliga tidigare tillfällen. Betydligt längre medan man grälade och skrek åt varandra i en öppenhjärtig och kollegial anda. Den här gången hade de börjat med att bjuda på kaffe och intendenten som var chef för Råttroteln hade personligen hälsat honom välkommen och försäkrat honom att han inte på något vis var misstänkt för något. Bäckström hade utväxlat ett ögonkast med Annika Carlsson som hade följt med för att kunna vittna om så behövdes, dessutom var hon fackombud hos polisen i Västerort.

Allt som hittills hade framkommit talade entydigt för att det förhöll sig som Bäckström sa. Kollegerna från tekniska, Peter Niemi och Jorge Hernandez, hade säkrat åtskilligt med bevisning till stöd för Bäckströms version. Kollegerna som varit först på plats, Sandra Kovac, Frank Motoele, Magda Hernandez, Tomas Singh och Gustav Hallberg, hade som en man vittnat till hans förmån.

– Vi hörde Motoele för bara en timme sedan. Det var tydligen han som gått in först och det var en skakande beskrivning som han gav, ett rent slagfält och rena miraklet att du lever, Bäckström. Ja, du kanske har hört att en annan av gärningsmännen försökte hugga ihjäl Motoele ute på gatan bara ett par minuter innan de kunde ta sig in och hjälpa dig.

– Hemsk historia, sa Bäckström. Unga grabben. Hur mår han förresten? Vadå hjälpa mig? Snorungar, tänkte han.

– Efter omständigheterna bra, sa intendenten och utan att gå in på några detaljer.

– Så egentligen har vi väl bara fyra frågor, avslutade han.

– Jag lyssnar, sa Bäckström och Annika Carlssons ögon hade redan smalnat på ett klart uppiggande sätt.

Bäckström hade burit sitt tjänstevapen när han dök upp i sin lägenhet vid halv tolvtiden på natten. Varför?

– Jag var i tjänst, sa Bäckström. Med tanke på den situation som råder just nu bär jag och alla kollegerna tjänstevapen så fort vi lämnar huset. Jag var hemma för att byta skjorta och få i mig en bit mat innan jag återvände till polishuset i Solna.

– Vi jobbar mer eller mindre dygnet om för närvarande, sa Annika Carlsson. Vi har två dubbelmord som tycks ha kopplingar till rånet ute på Bromma. Vi är kraftigt underbemannade. Totalt sex kolleger på två spaningsmord.

Det var som fan, tänkte Bäckström. Hon håller väl inte på att bli kär i mig.

– Ja, det är förskräckligt, instämde intendenten och skakade sitt gråa hår. Vi går ju faktiskt på knäna just nu.

Farshad Ibrahim hade haft en kopia av nyckeln till Bäckströms lägenhet. Hade Bäckström någon idé om hur han kommit över den?

– Han har i vart fall inte fått den av mig, sa Bäckström. Jag hade aldrig träffat Ibrahim förrän han flög på mig inne i min lägenhet. Jag har två nycklar, en som jag förvarar i skrivbordet på jobbet och en på min nyckelknippa. Sedan har väl fastighetsskötaren en kopia också.

– Du har ingen idé om hur Ibrahim kan ha kommit över din nyckel?

– Nej, ljög Bäckström som redan räknat ut hur det låg till men avsåg att reda ut den saken med GeGurra och Tatiana Thorén. Jag har aldrig tappat någon om det är det du undrar. Hade jag gjort det hade jag omgående bytt lås.

– Fastighetsskötaren, föreslog polisintendenten.

– Har knappt pratat med karlen, sa Bäckström.

– Den du har i skrivbordet på jobbet. Har du skrivbordslådan låst?

– Vänta nu, sa Bäckström. Du tror väl inte på fullt allvar att någon av mina kolleger skulle lämna ut min nyckel till sådana där som Ibrahim och Talib.

– Det finns ju städare, envisades intendenten.

– Jag tror inte vi kommer så mycket längre här, sa Annika Carlsson. Dessutom är det väl inte riktigt vårt bord om jag säger så.

– Verkligen inte, instämde intendenten.

Måste se till att lägga en nyckel i skrivbordslådan, tänkte Bäckström. Utifall att, och hur hittar jag en som ser likadan ut och inte passar, tänkte han.

Bäckström hade druckit alkohol inne i lägenheten? Varför då?

– Jag tog en whisky, sa Bäckström. Jag hade väl cirka tvåhundra i puls just då så jag tyckte att jag behövde en. Att det var slutjobbat för natten hade jag redan räknat ut och mitt eget vapen lämnade jag till Niemi så fort han dök upp.

Intendenten förstod även detta och själv skulle han säkert gjort likadant.

Nerskiten och grann, morsning, tänkte Bäckström.

Bäckström hade totalt avlossat sex skott. Ett av dem hade träffat Farshad Ibrahim. Hade han någon uppfattning om vilket skott det handlade om.

– Det sista, sa Bäckström. Nu när jag tänkt på saken i lugn och ro, så är jag ganska säker på det.

Först hade den jättelike Talib kastat sig över honom och han hade redan dragit sin pistol. Bäckström hade försökt värja sig, lyckats få fram sitt eget vapen, flera skott hade gått av medan han brottades med Talib, innan han med handkraft lyckats fälla och avväpna honom.

– Då kom den där andre farande med kniven i högsta hugg, sa Bäckström. Då siktade jag och sköt honom i vänster underben.

– Ja, suckade intendenten. Det var väl det hela. Ibland är det tydligen någon som håller en skyddande hand över oss poliser.

– Vad vill du göra nu, Bäckström, sa Annika Carlsson. Vill du åka hem och vila några timmar, du måste väl äta något också?

– Polishuset. Det får bli en burgare på vägen, sa Bäckström. Vi har faktiskt en utredning att sköta.

– Det är du som är chef, Bäckström, sa Carlsson.

72

Nadja hade kramat om honom. Viskat i hans öra.

– Jag lade påsen i din skrivbordslåda.

Bäckström hade nästan blivit lite rörd. Som alltid när någon rörde vid hans hjärta.

– Tack, Nadja, sa Bäckström. Ryssar, sentimentala jävlar, tänkte han.

Unge Stigson hade rest sig upp och gjort honnör trots att han inte ens bar uniform.

– Välkommen tillbaka chefen, sa Stigson. Roligt att se chefen.

– Tack, sa Bäckström och klappade honom på axeln. Undrar om farsan hans varit på honom också, tänkte han.

– Tur att det gick bra, Bäckström, sa Alm.

– Tack, sa Bäckström. Din jävla smilfink, tänkte han. Inte nog med att du är korkad, du är inställsam också, tänkte han.

– Jag är så glad att chefen lever, sa Felicia Pettersson och sedan hade hon gett honom en stor kram. Bara lagt armarna om halsen på honom och tryckt till.

– Såja, såja, sa Bäckström. De är som galna i dig, tänkte han.

– Åter till vardagen, sa Bäckström. Vad finns det att rapportera?

Allt rullade på enligt planerna. I stort sett åtminstone. Dörr-knackningen ute i Rinkeby gick tyvärr trögt. Inget av intresse trots att kollegerna vid Näpo verkligen tycktes lägga manken till, konstaterade Annika Carlsson.

Kartläggningen av Danielssons bekantskapskrets var också be-svärlig. Många av hans gamla vänner verkade inte särskilt intres-serade att ens om prata om saken och Alm började känna sig mer och mer tveksam till flera av dem.

– Före detta kollegan Stålhammar är ju faktiskt ingen trevlig människa. Verkar klart personlighetsförändrad, tyvärr.

– Du har ändrat uppfattning, sa Bäckström och log extra vänligt.

– Ändrat och ändrat, sa Alm. Jag har nog haft mina dubier hela tiden faktiskt.

Nadja Högberg letade efter Danielssons bokföring. Hon hade betat och lagt ut ett flertal krokar hos olika företag som hyrde ut lagerlokaler och förvaringsutrymmen. Hittills hade hon inte fått napp.

Toivonen hade varit på henne under Bäckströms frånvaro. Frågade hur det gick med uppföljningen av sambanden mellan Farshad Ibrahim och Danielsson. Till och med erbjudit hjälp om så behövdes. Kunde tänka sig att låna ut två man från sin rånutredning. Nadja hade dock förklarat att hon trodde att det skulle ordna sig ändå, så fort hennes chef kom tillbaka. Dessutom var det inte upp till henne att avgöra den saken.

– Vilka då, sa Bäckström. Vad hade han tänkt skicka på oss?

– Luft från rikskrim och Asph som jobbar inne i Stockholm, sa Nadja och suckade.

Luftskalle och Pappskalle, tänkte Bäckström som kände till båda. En vanlig Träskalle hade han ju redan, tänkte han.

– Klarar vi oss utan, sa Bäckström. Vad fan ska man säga, tänkte han. Så fort någon försöker skjuta huvudet av mig så försöker man infiltrera min mordutredning, tänkte han.

– Något annat, tillade han.

– Jag tror faktiskt jag har hittat något som kan vara intressant, sa Felicia Pettersson.

– Lyssnar, sa Bäckström.

Felicia Pettersson hade gått igenom Akofelis telefon. Begärt in listor som täckte hans samtal sedan tre månader tillbaka. Samma telefonnummer som han ringt fem gånger under det sista dygnet innan han försvann, återkom i stort sett dagligen.

– Han ringer i stort sett varje dag, sa Felicia Pettersson. Ofta tidigt på morgnarna. Mellan halv sex och sex på morgnarna medan han bär ut sina tidningar. Det finns ingen som han ringer så mycket.

– Men vi vet fortfarande inte vem som har det numret, sa Bäckström.

– Nej. Men det är ingen på hans jobb för dom har jag pratat med. Ingen i hans familj känner heller till numret. Ingen av hans kompisar. Tycks ha haft ganska få förresten. De han umgicks med var sådana som jobbar på budfirman och sådana som han lärde känna när han gick på universitetet. Ett par gamla skolkamrater från gymnasiet också, en av hans grannar. Ingen av dem känner till numret.

– Mottagaren då? Var finns han, frågade Bäckström.

– Här i Solna, sa Pettersson. Solna, Sundbyberg. Samma master hela tiden.

– Har du lyssnat med Kuten då?

– Klart jag har, sa Felicia. Numret finns inte med i länskrims mobilspaningsregister. Numera finns det där men det beror på att det är jag som lagt in det.

– Ja, sa Bäckström, och strök sig över hakan. Det är något konstigt med … Akofeli.

– Chefen har inte kommit på vad det är som chefen går och klurar på, sa Felicia.

– Börjar väl bli gammal, sa Bäckström. För eller senare så skall väl polletten förhoppningsvis trilla ner. Vi kör på enligt planerna. Förr eller senare knäcker vi det här. Jobba vidare med Akofeli, Felicia. Det är en känsla jag har. Jag önskar jag kunde vara mer konkret men just nu är det bara en känsla.

Där fick de lite gott att suga på, tänkte Bäckström, som började må som vanligt igen. Vadå känsla? Och hur fan blir jag av med konstapel Carlsson så jag kan få lite rejält i lilla krävan, tänkte han.

73

På eftermiddagen hade länspolismästaren hållit ett extrainkallat möte med sin stora stab. Trycket från media var enormt. Folket krävde att få träffa sin hjälte, kommissarie Evert Bäckström. Faktum var att hon själv inte kunde erinra sig något liknande sedan mordet på Anna Lindh, och då var det inte henne man suktade efter utan dåvarande chefen för länskriminalen. Numera hade han fått andra och mindre utsatta arbetsuppgifter, men det hade krävt både tid och möda att försäkra sig om att han slapp plågas av onödig exponering i massmedia.

Den nye chefen för Human relations-avdelningen hade inlett hjärnstormen med ett intressant förslag. Han hade ett förflutet på moderaternas tankesmedja, hade en tid arbetat som biträdande pressekreterare åt statsministern och för bara en månad sedan hade han deltagit vid en hemlig och utomordentligt intressant veckoslutskonferens på Gimo herrgård. I denna slutna krets såg han heller inga problem med att lätta på förlåten.

Det folkliga kravet på flärd och fåfänglighet var omättligt. Det hade man kunnat visa i en mängd attitydmätningar som man gjort. Faktum var att "självbekräftelsekoefficienten" inte hade legat så högt under alla de trettio år som man gjort motsvarande mätningar och alla kurvor pekade rakt upp i taket.

Militärer och poliser, till och med vanliga tullare, kustbevakare och brandsoldater, ville ha fler gradbeteckningar, tjänstetitlar, epåletter, insignier, medaljer och utmärkelser. Vanligt folk ville att den kungliga familjen skulle få en mer framträdande roll i det svenska samhället, man ville återinföra ordensväsendet och en kvalificerad majoritet krävde att det skulle utökas rejält så att det äntligen kunde omfatta även sådana medborgare som man själv och inte bara en massa skönandar eller generaler.

Dessutom hade Statsministern, som dykt upp på sista dagen av överläggningarna, kommit med ett utomordentligt intressant förslag.

Ett djärvt förslag värdigt en stor politisk tänkare som han, tillika bland det mest tankeväckande HR-chefen hade hört. Faktiskt.

– Vad var det då, frågade länspolismästaren.

– Adelskapet. Statsministern ville åtminstone väcka tanken att vi borde återinföra adelskapet. Man har redan räknat på det nere på finansen och det handlar om miljarder per år som man kan spara i löner, gratifikationer och avgångsvederlag.

– Allt är numera ett jagande efter vind. Och vad är *fifteen minutes of fame* mot att få visa stjärten i en hel dokusåpa, konstaterade chefen för HR-avdelningen.

– Vad hade du tänkt dig rent konkret, frågade länspolismästarens chefsjurist, en mager kvinna i samma ålder som sin högsta chef, som dessutom hade haft ett gott öga till deras egen vitvaruförsäljare sedan den första dagen han satt foten på sitt nya jobb.

– Stora polismedaljen i guld, sa HR-chefen. Polisens främsta utmärkelse och i stort sett bortglömd sedan en mansålder.

Senast man ens hade diskuterat att dela ut den var för snart trettiofem år sedan. Det var efter gisslandramat i banken på Norrmalmstorg då de två "hjältarna från Norrmalmstorg", kriminalinspektörerna Jonny Johnsson och Gunvald Larsson befriat gisslan som satt nere i valvet, fört ut gärningsmännen i handklovar i god tid före pressläggning och de riktigt tunga nyhetsprogrammen, mötts av en veritabel mur av mikrofoner och en stormeld av fotoblixtar.

Den gången hade det inte blivit av. Dåvarande polismästaren, en gammal folkpartistisk kompromisskandidat som fått posten i brist på bättre, hade helt enkelt inte haft tillräckligt innanför västen.

– Det var ju mitt i valrörelsen, socialdemokratisk regering och allt det där, Palme var helt tokig, så polismästaren fegade ur. Inte stake nog, helt enkelt, konstaterade HR-chefen.

Sista gången man delat ut medaljen var för snart sextio år sedan. Den som fått den var dåvarande överkonstapeln vid Stockholms-polisen, Viking Örn, och skälet till att han funnits värdig var hans avgörande insatser i samband med de så kallade Margarinkravallerna i november 1948.

– Stora polismedaljen i guld, sa länspolismästaren och lät nästan som hon satt och sög på den. Själv hade hon tänkt sig något helt annat, vilket hon också tänkte behålla för sig själv. Tills vidare åtminstone.

– Skulle inte du kunna ta och titta på det här, Margareta, sa hon till sin chefsjurist. Ta fram ett litet underlag, så tar vi ett nytt möte i morgon bitti.

– Det gör jag gärna, sa chefsjuristen, och av någon anledning hade hon nickat mycket vänligt åt den nye HR-chefen. Det skall bli mig ett stort nöje, förtydligade hon.

Vem var Viking Örn?

Vad var Margarinkravallerna?

74

Vem var Viking Örn?

Viking Örn var född 1905, i Klippan i Skåne. Son till kvarnägaren
Tor Balder Örn och hans hustru Fidelia Josefina, född Markow.
Polis och legendarisk brottare. I Berlinolympiaden 1936 hade han
vunnit guldmedaljen i grekisk-romersk stil i tungviktsklassen och
det berättades redan då att han förvärvat sin herkuliska styrka när
han som liten påg sprang upp och ner i de branta kvarntrapporna
hemma i Klippan och bar på nittiokilos mjölsäckar.

Viking Örn hade antagits som aspirant vid Stockholmspolisen
1926 och i Klippan och hela Skåne hade man landssorg. Klippan
var den svenska brottningens stamort på jorden. Viking Örn hade
redan hemfört ett otal mästerskapstitlar till klubben, nu skulle han
lämna den för Stockholmspolisens brottningssällskap.

I den legendariska olympiafinalen 1936, i Berliner Sport-Halle,
hade han besegrat det Tredje rikets store son och hjälte, den brot-
tande baronen, Claus Nicholaus von Habenix. Redan efter en mi-
nut hade Örn tvingat ner Habenix på mattan, skiftat grepp, kopplat
ett omvänt livtag, rest sig med baronen hängande upp och ner i
sina väldiga armar. Därefter hade den svenske Vikingen utstött ett
hiskligt vrål, kastat sig baklänges och slungat von Habenix upp på
åskådarläktarens tredje rad.

Tolv år senare hade han fått Stora polismedaljen i guld.

Viking Örn var vid den här tiden överkonstapel och biträdande
chef för Stockholmspolisens piketavdelning och när avdelningen
hade inrättats femton år tidigare hade dess förste chef beskrivit
den som den svenska polisens egen motsvarighet till de tyska
stormtrupperna, SA. Åren efter kriget hade arbetet fått en delvis
annan inriktning och man sysslade numera huvudsakligen med

två uppgifter, dels transporter av särskilt farliga fångar till och från landets fängelser och övriga anstalter, dels att skydda viktigare "byggnader, anläggningar och andra värden" i den Kungliga Huvudstaden.

Man förfogade också över poliskårens första specialfordon. En svart och förlängd Plymouth V8 där man kunde transportera upp till tio konstaplar inklusive chauffören. Stadiga bitar dessutom, eftersom Örn nästan uteslutande rekryterade dem från Stockholmspolisens brottningssällskap. I folkmun hade deras bil döpts till "Svarta Maja" och de som färdades i den till "Blomkålsbrigaden", efter formen på deras öron.

På Margarinkravallernas tredje dag, i ett för nationen skarpt läge där sakernas tillstånd så att säga stod och vägde, hade Viking Örn äntligen fått stopp på en händelseutveckling som annars kunde ha slutat mycket olyckligt. Som belöning hade han tilldelats den Stora polismedaljen i guld.

Vad var Margarinkravallerna?

Margarinkravallerna var länge ett försummat kapitel i den svenska samtidshistorien och det var först långt senare som historikern Maja Lundgren, i sin avhandling om den svenska regeringens ransoneringspolitik efter andra världskrigets slut, kunde ge en ordentlig genomlysning av denna händelse (*Mätta män och magra mödrar*, Bonnier Fakta, 2007).

Kravallerna hade inletts torsdagen den fjärde november 1948 och anledningen till demonstranternas missnöje var att den svenska regeringen fortfarande hade behållit margarinransoneringen trots att det gått tre och ett halvt år sedan krigsslutet i maj 1945. Demonstranterna var husmödrar ur arbetarklassen och demonstrationen hade till en början varit av en högst blygsam omfattning. Ett femtiotal kvinnor varav ett halvdussin som medförde plakat.

Av skäl som till en början var oklara hade man också valt att demonstrera utanför LO:s högkvarter på Norra bantorget i stället för vid regeringskansliet i Gamla stan. Statsminister Tage Erlander och det ansvariga statsrådet Gustaf Möller hade kommit lindrigt undan och demonstranternas vrede hade istället riktats mot LO:s ordförande Axel Strand och hans närmaste man, förbundskassören Gösta Eriksson.

För första gången i svensk historia hade landet en arbetarregering med egen majoritet. Varje rättrogen socialdemokrat visste också att regeringen numera blott var Landsorganisationens språkrör. Därav valet av LO-borgen framför Kanslihuset.

Ett femtiotal kvinnor som samlats nedanför LO:s trappa, överlämnat en lista med sina krav till en representant för LO, fått rådet att vända sig till Regeringen, och i övrigt i stort sett bara stått där.

På andra dagen hade tonen hårdnat betydligt, antalet kvinnor flerdubblats. Ett par hundra mödrar som krävde "Margarin på brödet till arbetarklassens barn", "De rika äter smör, vi äter kuponger", talkörer och upprörda rop. På den tredje dagen, lördagen den sjätte november, hade läget blivit kritiskt, "Mätta män och magra mödrar", hade man kunnat läsa på ett av de mest förgripliga plakaten där man dessutom försökt avbilda både Strand och Erlander med nubbeglas i handen.

Helgdagsafton, dessutom hjältekonungen Gustaf II Adolfs dödsdag, tillfället synnerligen illa valt för manifestationer av det här slaget.

Arbetarkvinnor hade kommit med tåg från hela Mälardalen, antalet demonstranter uppgick redan på morgonen till ett halvt tusende, polisen i Klara hade vänt sig till Polismästaren, Henrik Tham, och bett om hjälp eftersom den lokala polisen inte längre kunde garantera ordning och säkerhet. Tham hade kommenderat ut piketen under befäl av den legendariske Viking Örn som själv anlänt i Svarta Maja, åtföljd av ett flertal vanliga radiobilar, banat sig väg genom den upprörda hopen och ställt sig överst på LO:s trappa omgiven av sina respektingivande brottarkamrater. Ingen hade ens behövt dra sin sabel.

– Gå hem med er kärringar för annars blir det dalj, vrålade Örn och hötte med en högerhand som var lika stor som skinkan på Hans Majestät Konungens julbord.

Och eftersom detta utspelade sig på den gamla onda tiden, då nästan alla kvinnor gjorde som deras män sa åt dem, så hade de bara lommat därifrån. Dessutom hade de ju alla barn som de måste ta hand om och till råga på allt hade det börjat regna, ett kallt strilande novemberregn.

Viking Örn hade blivit den härskande medelklassens hjälte, tilldelats Stora polismedaljen i guld, avtackats av polismästaren och på ledarplats i landets samtliga borgerliga morgontidningar. Tyvärr hade han också gjort ett antal uttalanden som sextio år senare – i det bleka skenet från historiens nattlampa – var mindre lyckade.

I en radiointervju – Stockholm–Motala – hade han till och med förringat sina egna insatser. Mycket väsen för ingenting, den brottande baronen hade varit en helt annan femma. Vad var det för mesar till karlar som inte kunde få en hoper hysteriska fruntimmer att hålla käften och se till att de skötte sitt, laga mat, städa, tvätta, diska och passa sina barn, istället för att ranta runt på gator och torg och ställa till jävelskap för honom och hans kolleger och hyggligt folk i största allmänhet. Själv hade han inte haft några som helst problem med den saken hemmavid.

En avvikande röst hade hörts i det mediala marschmullret. Den kvinnliga journalisten Bang som kort och sammanfattningsvis konstaterat att Viking Örn var den naturlige ledaren för Stockholmspolisens egen Blomkålsbataljon och hade han inte funnits på riktigt hade man varit tvungen att hitta på honom.

Länspolismästarens stab hade läst chefsjuristens pm under tystnad. En kort sekund hade länspolismästaren tänkt att Evert Bäckström egentligen var som klippt och skuren för just den här utmärkelsen, men sedan hade hon besinnat sig.

HR-chefen hade gjort det vanliga försöket till äreräddning.

– Hur är det med dem som tidigare fått utmärkelsen, frågade HR-chefen. Alla kan väl inte vara som den där Örn?

– Förvisso icke, sa chefsjuristen med ovanligt len stämma. Det finns till och med personer som är kända i vår världshistoria, som tilldelats den här medaljen.

– Det säger du, sa HR-chefen, som i grund och botten var en positiv natur som gärna kände hoppet växa.

Den mest berömde av dem alla var den tyske SS-generalen Reynhardt Heydrich. Heydrich hade 1939, på svenskt initiativ, utnämnts till ordförande i den internationella polisorganisationen. Ett år senare hade han fått Stora polismedaljen i guld för sina "förnämliga insatser för ordningens upprätthållande i ett Tjeckoslovakien som härjats svårt av krigets vindar".

– Vill du ha fler exempel, frågade chefsjuristen och log milt.

Det får bli som vanligt, tänkte länspolismästaren när hon hastade iväg till nästa möte. En presskonferens med den där lille fete olyckan kunde väl tyvärr inte undvikas. Anna Holt var förhoppningsvis kvinna nog att hålla den inom rimliga gränser. Själv visste hon en som inte tänkte närvara. Plus den vanliga kristallvasen då, förstås, tänkte hon.

75

Samma dag hade Bäckström fått hålla presskonferens övervakad av sin högste chef polismästaren Anna Holt. Med på podiet fanns också Bäckströms närmaste chef, kommissarie Toivonen, samt länspolismästarens egen pressekreterare. Eftersom man väntade mycket folk hade länspolismästaren lånat ut sin stora hörsal i polishuset på Kungsholmen.

Beklagligtvis hade hon själv inte möjlighet att närvara eftersom hon i satt i viktiga möten. Det var åtminstone vad hon sagt till Holt men i verkligheten, i den värld där egentligen ingenting är förborgat för ögon som kan se och öron som kan höra, hade hon suttit ensam på sitt rum och följt hela tillställningen i teve fyras direktsändning.

Anna Holt hade inlett och gett en kort redovisning av det som hade inträffat. Nästan inga frågor trots att salen var packad med journalister.

Därefter hade Toivonen berättat om hur det gick med utredningen av värdetransportrånet ute på Bromma och i vart fall gjort klart att de huvudmisstänkta numera var häktade. Senare under dagen skulle åklagaren också lämna in en kompletterande häktningsframställan mot Farshad Ibrahim, Afsan Ibrahim och Hassan Talib som gällde mord, mordförsök och grovt rån.

Vad gällde de två gärningsmännen vid själva rånet hade Toivonen däremot varit förtegen. Läget var lite känsligt just nu och därför ville han inte uttala sig om den saken. En uppfattning som journalisterna inte verkade dela eftersom i stort sett alla deras frågor hade handlat om detta. Dessutom verkade man redan känna till det väsentliga.

Kari Viirtanen, Nasir Ibrahim? Vad trodde han om dem?

Inga kommentarer.

Kari Viirtanen hade skjutits utanför sin flickväns bostad i Bergshamra. Gärningsmännen var huvudmännen bakom rånet som ville hämnas på honom för att han strulat till det och skjutit väktarna? Eller?

Inga kommentarer.

Nasir Ibrahim hade kört flyktbilen vid rånet i Bromma. Övergett den utanför HA:s klubbhus fem hundra meter från brottsplatsen. Sedan hade han hittats mördad i Köpenhamn. Hämnd från Hells Angels?

Inga kommentarer.

Ungefär där hade pressekreteraren avbrutit utfrågningen för att istället lämna ordet till kommissarie Bäckström. Ingen av journalisterna hade haft några invändningar.

Kunde Bäckström berätta vad som hade hänt i måndags kväll hemma i hans egen lägenhet.

Plötsligt knäpptyst i salen. Journalisterna hade till och med hyssjat åt de fotografer som försökte ta bilder på honom.

Bäckström hade förvånat alla som kände honom. Han hade varit återhållsam, kortfattad, snarast butter, de få gånger som han dragit lite på smilbanden såg han närmast ut som en svensk motsvarighet till Andy Sipowicz, den store hjälten i teveserien *På spaning i New York*. Något som för övrigt inte undgått vare sig reportrarna eller dem som satt rubrikerna. Fast det stod ändå och vägde. Antingen Andy Sipowicz eller Clintans "Dirty Harry" Callahan.

– Det är inte så mycket att orda om, sa Bäckström. De hade tagit sig in i min lägenhet och så fort jag klev in så flög de på mig och försökte mörda mig.

Sedan hade han nickat och lett ett snett leende.

Hans publik hade uppfattat detta som en konstpaus, och att mer strax skulle komma. Bäckström hade bara ryckt på axlarna en gång till, nickat, och sett närmast ointresserad ut.

– Ja, det var väl det hela, sa Bäckström.

Hans åhörare tycktes inte dela den uppfattningen. En spärreld av frågor där pressekreteraren till sist fått ordning i ledet och lämnat ordet till reportern från den största av alla tevekanaler.

– Vad gjorde du sedan, skrek hon och höll fram mikrofonen trots att Bäckström satt fem meter bort och hade en alldeles egen fäst på kavajslaget.

– Vad skulle jag göra, sa Bäckström. Den ena hade en pistol och försökte skjuta mig. Den andre hade en kniv och försökte hugga ner mig. Själv försökte jag rädda livhanken.

– Hur gjorde du då, skrek statstelevisionens reporter som inte tänkte bli förbigången en andra gång.

– Jag gjorde som jag blivit lärd, sa Bäckström. Avväpnade honom med pistolen och såg till att lugna ner honom. Den andre försökte kniva mig så då sköt jag honom i benet. Under knät, tillade han av någon anledning.

– Hassan Talib, flåsade Expressens reporter, en av våra mest fruktade torpeder och en känd yrkesmördare. Han försökte skjuta dig och du säger att du avväpnade och oskadliggjorde honom. Enligt de uppgifter som vi fått från Karolinska sjukhuset så har Talib fått skallen krossad, vårdas på intensiven och svävar fortfarande mellan liv och död.

– Först tog jag från honom vapnet eftersom han försökte skjuta mig, sedan fällde jag honom med ett judogrepp som jag lärde mig när jag var grabb. Tyvärr råkade han slå huvudet i ett bord vilket jag uppriktigt beklagar.

– Du avväpnade honom och fällde honom…

– Lite får han nog skylla sig själv ändå, avbröt Bäckström. Vad tycker du jag skulle ha gjort? Gett honom en puss och en stor kram?

Ingen i salen verkade tycka det, klang och jubel och Bäckströmsk Eriksgata som säkert hade kunnat hålla på halva natten om han inte själv hade avbrutit den efter bara tio minuter.

– Nu får ni ursäkta, sa Bäckström och reste sig. Jag har lite att göra, nämligen. Bland annat har jag ett dubbelmord som jag måste få ordning på.

– En fråga till vädjade den kvinnliga reportern från trean och eftersom hon var mer känd för sitt blonda hår och sina stora bröst än sina journalistiska färdigheter hade Bäckström gett henne en halv Sipowicz och en nådig nick.

– Varför tror du att de försökte mörda just dig, frågade hon.

– De kanske är mer rädda för mig än för vissa av mina kolleger, sa Bäckström och ryckte på axlarna. Sedan hade han bara tagit av sig mikrofonen och gått därifrån. När han passerade kollegan Toivonen på vägen ut hade han gjort det på ett sådant sätt att det inte undgått någon.

Det som är bra för Bäckström är bra för polisen och då är det bra för mig, tänkte länspolismästaren och knäppte av sin teve. Än så länge, tänkte hon.

76

En oväntat tystlåten hjälte som till skillnad från både Andy Sipowicz och Harry Callahan hörde verkligheten till. I brist på Bäckström hade andra fått berätta om honom. Tidningen Aftonbladet hade haft en stor intervju med hans skjutinstruktör som varit närmast lyrisk.

– Den bäste elev jag haft ... en av polisens bästa skyttar ... någonsin ... fullkomligt fenomenal ... särskilt i skarpa lägen ... fullkomligt iskall ...

Ett flertal av hans kolleger hade uttalat sig och att de flesta föredrog att göra det anonymt berodde blott på att Bäckström alltid varit "en mycket kontroversiell person i polisledningens ögon".

I övrigt var samstämmigheten total och omdömena entusiastiska.

"En legendarisk mordutredare"

"En som alltid har rätt"

"En kollega som alltid ställer upp"

"Absolut orädd, viker aldrig ner sig, kliver aldrig undan"

"Går fram som ett lokomotiv"

Och så vidare, och så vidare.

Två av hans kolleger hade trätt fram under eget namn. Dels hans gamle vän och kamrat, kriminalinspektören Rogersson, själv "legendarisk mordutredare", som nöjt sig med att konstatera att "Bäckström är en jävla bra karl". Dels en av hans tidigare högsta chefer, Lars Martin Johansson, numera pensionär, som också gett honom sparken från Rikskriminalen.

– Vad jag tycker om Evert Bäckström, sa Johansson.

– Ja, vad tycker du om honom, upprepade DN:s reporter trots att han var väl inläst på Johanssons och Bäckströms gemensamma historia.

– Evert Bäckström är en riktig liten olycka, sa Johansson.

– Kan jag citera det?

– Visst, sa Johansson. Bara du ger fan i att ringa igen så.

Av någon anledning hade Johanssons omdöme inte kommit med i tidningen.

Så fort presskonferensen var över hade Holt bjudit på en enkel lunch för de närmast inblandade Bäckström hade avtackats med en kristallvas där man graverat in Bäckströms namn under Polismyndighetens emblem, och en gammaldags polisbricka som påstods ha tillhört Viking Örn.

Så fort Bäckström hade kommit hem hade han ringt på hos sin svårt alkoholiserade granne, den före detta tevechefen, och gett honom vasen i present.

– Vad fan skall jag med den till, svarade grannen och glodde misstänksamt på Bäckström.

– Jag tänkte att du kunde dränka dig i den din jävla golbög, sa Bäckström som i samband med besöket hos polisens internutredare även fått lyssna på bandet från larmcentralen.

Resten av kvällen hade han ägnat åt att läsa alla brev och mail han fått, till och med besvara några av de mest lovande. Öppna alla paket och presenter och ta sig en och annan liten rackare medan han höll på.

Världens bästa vodka, tänkte Bäckström, och höll upp det lilla dricksglas som Nadja stoppat ner i påsen med buteljen. Mycket hjärta i den kvinnan, tänkte han.

77

Onsdag fjorton dagar efter mordet på Karl Danielsson hade det hänt en hel del. Bäckström hade gått från "polishuskändis" till "rikskändis".

Stockholmspolisens största utredning sedan mordet på utrikesministern Anna Lindh hade lagts i aska och ruiner, och trots att det var gärningsmännen som fått stå för brasan kunde Toivonen ändå hålla sig för skratt. För honom och hans kolleger återstod bara att försöka sopa upp resterna vilket inte verkade vara alldeles lätt.

Hassan Talib gick överhuvudtaget inte att prata med. Hans läkare hade bara skakat på huvudet. Även om patienten överlevde så skulle han säkert inte ha så mycket att tillföra ens i en avlägsen framtid. Omfattande hjärnskador. Bestående skador.

– Så kommissarien bör nog släppa alla sådana förhoppningar, sa läkaren och nickade åt Toivonen.

Farshad och Afsan Ibrahim gick i och för sig att prata med. Problemet var att ingen av dem ville prata med polisen.

Fredrik Åkare hade man pratat med. Han hade varit på gott humör, medfört sin vanliga advokat, och i allt övrigt varit totalt oförstående. Skulle han och hans kamrater ha mördat Nasir Ibrahim? En person som Åkare aldrig hade träffat, inte ens skulle drömma om att träffa. Allra minst i Köpenhamn. Det var för övrigt snart ett år sedan han besökte den danska huvudstaden för att umgås med gamla vänner och bekanta.

– Jag blir nästan lite orolig för dig ibland, Toivonen, sa Åkare, och log. Du har inte börjat kröka eller så?

Peter Niemi hade levererat ny teknisk bevisning som i normala fall hade varit påtagligt likt ett spaningsgenombrott.

– Pistolen som Bäckström tog ifrån Hassan Talib stämmer med

kulorna som rättsläkaren grävde fram ur skallen på Kari Viirtanen, sa Niemi. Vad fan vi nu gör med det i dagens läge.

Toivonen hade nöjt sig med att stöna högt. Den där jävla lilla fetknoppen, tänkte han.

– Vad gör vi, upprepade Niemi.

– Ser till att åklagaren får något att läsa, sa Toivonen. Helst innan Bäckström håller nästa presskonferens.

– Förstår vad du menar, sa Niemi. Ska du eller jag, fortsatte han.

– Göra vadå?

– Strypa tjockisen med våra egna händer, sa Niemi och flinade.

78

Nadja Högberg hade inte gått på presskonferensen och dessutom tackat nej till lunchen trots att Bäckström själv hade bjudit henne. Hon hade fått en hel del att göra sedan hon samma dag hittat ett hyresförråd hos Shuregard bara en halv kilometer bakom polishuset i Solna. En vänligt sinnad anställd hade nappat på en av alla de krokar som Nadja lagt ut. Jämfört listan på företagets hyresgäster med den lista som hon fått från kriminalpolisen i Solna, hittat ett mindre förråd som var uthyrt till Blixtens el Aktiebolag.

Nadja hade tagit med sig unge Stigson och åkt dit. I förrådet fanns ett tiotal kartonger som innehöll bokföringen i Karl Danielsson Holding AB. Däremot inte minsta spår efter Blixtens el.

I den låda som stod nederst i stapeln med kartonger hade hon dessutom hittat ett tjugonio år gammalt handskrivet testamente, upprättat, undertecknat och bevittnat på julafton 1979, och med följande lydelse.

Överst ett ord, mitt på den linjerade sidan, som för övrigt verkade utriven ur en vanlig anteckningsbok. Kulspetspenna.

"Testamente"

Därefter ett mellanrum på två rader, så själva texten.

"Jag Karl Danielsson, som är vid mina sinnens fulla bruk, vid bästa hälsa, och en dag som denna på ett jävla gott humör efter en rejäl lunch, förordnar härmed som min sista vilja att allt vad jag äger, såväl löst som fast, efter min död skall ärvas av Ritwa Laurén samt hennes och min enfödde son, Seppo."

"Solna den 24 december 1979."

Testamentet var undertecknat av Karl Danielsson, handstilen yvig, och bevittnat av "Rolle Stålhammar" och "Halvan Söderman".

De var väl fulla förstås, suckade Nadja, som hade en gammaldags inställning till handlingar av det här slaget.

Nadja och Stigson hade tagit med sig kartongerna och testamentet till polishuset.

Där hade hon först ägnat ett par timmar åt att bläddra igenom pärmarna med bokföring. Mest avräkningsnotor från olika affärer med aktier och andra värdepapper, tjocka buntar med verifikationer för kostnader i samband med affärsverksamheten som huvudsakligen avsåg representation och resor.

Så dags hade hon också skaffat sig en bestämd uppfattning om hur Karl Danielsson Holding AB tjänat alla sina pengar. Inte för att han var världsbäst på värdepapper utan för att någon högst sannolikt stuckit åt honom svarta pengar som han vitmålat med hjälp av olika finansiella transaktioner.

Åtta år tidigare hade det i stort sett utblottade bolaget beviljats ett minst sagt generöst lån på fem miljoner från en utländsk långivare. Som enda säkerhet hade långivaren fått en personlig borgen från Karl Danielsson som vid den tiden hade en taxerad inkomst på knappt två hundra tusen kronor per år. Utvecklingen på världens aktiebörser hade ordnat resten. Lånet hade tydligen betalats av redan inom tre år och numera hade bolaget ett eget beskattat kapital på drygt tjugo miljoner och ett faktiskt värde som var åtskilliga miljoner högre än så.

Nadja hade suckat, ringt Ekobrottsmyndigheten och påmint dem om deras löfte att ta över den delen av utredningen så fort hon hade hittat underlaget. På EBM hade man lovat att höra av sig. Just nu hade man det lite körigt men nästa vecka så skulle det säkert bli bättre.

Nadja hade tittat på klockan. Hög tid att åka hem och laga den middag som hon sedan brukade äta i ensamheten framför teven.

Istället hade hon ringt upp Roland Stålhammar på hans mobil, presenterat sig och frågat om hon fick bjuda honom på en bit mat. Hon hade några frågor som hon ville ställa, nämligen.

Stålhammar hade först varit ovillig. Han tyckte att polisen hade jävlats nog med både honom och hans kamrater. Såväl levande, som döda med, för den delen.

– Jag tänker inte alls jävlas med dig, sa Nadja. Det gäller Karl Danielssons gamla testamente. Dessutom är jag bra på att laga mat ska du veta.

– Sådana kvinnor har jag alltid varit svag för, sa Stålhammar.

Två timmar senare hade Stålhammar ringt på dörren till hennes lägenhet på Vintervägen i Solna. Pirogerna stod i ugnen, rödbetssoppan på spisen och de ryska sillinläggningarna var redan framdukade på köksbordet tillsammans med både öl, vatten och världens bästa vodka.

Nadja själv hade spisrosor på kinderna, och Rolle Stålhammar hade som första åtgärd lämnat över en liten blombukett. Dessutom bar han kavaj, doftade rakvatten och verkade helt nykter.

– Du är en jävel på att laga mat, Nadja, konstaterade Stålhammar en timme senare när de slagit sig ner i vardagsrummet för att dricka kaffe och även avsmaka en liten armenisk konjak.

– Du får ursäkta om jag var lite tvär när du ringde.

Rolle Stålhammar kom mycket väl ihåg Kalle Kamrers testamente.

– Vi var väl ett halvdussin av de vanliga grabbarna som valde att fira jul ihop och det var Mario som stod för lunchen. Det där med Seppo kände vi väl alla till, att det var hans och Ritwas grabb, menar jag. Grabben var väl bara några månader då, förresten. Så vi började väl retas med Kalle och frågade honom om det var vi eller han som skulle ta hand om försörjningen av lillkillen hans. Det gick upp och ner för Kalle på den tiden och just den julen var han väl helt gul om jag minns rätt. Hur det var nu när han dog vet du säkert bättre än jag. Han har ju kvar en del fina prylar som väl går att sälja men grabben skall nog inte räkna med några miljoner. För jävligt med morsan hans också.

– Vad skulle du säga om jag påstod att Kalle Danielsson var god för åtminstone tjugofem miljoner när han dog, frågade Nadja.

– Att du låter precis som Kalle när han var på fyllan på senare år, sa Stålhammar, log snett och skakade på huvudet.

– Kalle var en konstnärsnatur, en bohem, fortsatte han. Hade han pengar på fickan så var han flotta Vicke. Visst, det verkade ju inte gå någon nöd på honom. Dels hade han ju sina pensioner, en del sådana där privata försäkringar också, och sedan hade han ju lugnat ner sig åtskilligt när han var ute på Valla. I år har det till och med gått riktigt hyggligt för oss. Vi spelade ju en hel del ihop som du säkert vet. Hade faktiskt en V-sextiofemma i våras som gav närmare en hundring.

– För tio år sedan, då?

– Upp och ner, sa Stålhammar och ryckte på sina breda axlar. Hur mycket hade han då? Stålhammar såg nyfiket på henne medan han snurrade sitt konjaksglas mellan sina grova fingrar.

– Tjugofem miljoner, sa Nadja.

– Och det är du säker på, sa Stålhammar som hade svårt att dölja sin förvåning. Kalle var en jävel på det där med bokföring ska du veta. Jag minns att Blixtens elfirma låg jävligt risigt till ett tag men det fixade Kalle åt honom. Bara att gå ner på banken och lyfta ett fett lån så han fick ordning på affärerna. Av äggvita vispar man maräng, brukade Kalle säga.

– Tjugofem miljoner. Utan maräng den här gången, sa Nadja.

– Det var som fan, sa Rolle Stålhammar och skakade på huvudet.

79

Alm hade haft svårt att släppa Seppo Laurén och tankarna på ett fadermord. Han hade först talat med en datakunnig kollega på Rikskriminalen och enligt honom fanns det flera möjligheter att ordna ett falskt alibi med hjälp av sin dator. Man kunde låta någon annan sitta där istället. Var man tillräckligt kunnig och förslagen behövde denne någon inte ens sitta där i en rent rumslig mening.

– Det går att koppla upp sig mot en annan dator och ibland kan det vara väldigt svårt att upptäcka sådant, förklarade experten.

– Det säger du, sa Alm, som brukade ruska sin egen så fort den inte gjorde som han sa.

– Nu för tiden finns det till och med programvara som kan sköta jobbet åt dig. Sedan kan du ägna dig åt precis vad du vill. Datorn sköter sig själv och gör det som programvaran säger åt den.

– Som till exempel att spela dataspel åt dig, frågade Alm.

– Ja. Till exempel.

Nadja hade inte blivit alltför imponerad när Alm berättade för henne vad en av myndighetens "bästa datagubbar" just berättat för honom.

– Jag hör vad du säger, Alm, sa Nadja. Problemet är tyvärr ett annat.

– Vadå, sa Alm.

– Seppo gillar att spela dataspel, sa Nadja. Det är i stort sett det enda han gillar. Varför skulle han låta till exempel ett program göra det åt honom? Helt bortsett från att han säkert själv kan ta fram ett sådant program.

– Jamen, du hör ju själv, Nadja, sa Alm. Lyssna på vad du själv säger.

– Släpp Seppo, sa Nadja. Han har inte mördat Danielsson.

– Hur kan du säga så? Hur vet du det?

– Seppo kan inte ljuga, sa Nadja. Sådana som han kan inte det.

Hade han slagit ihjäl Danielsson hade han sagt det när du frågade honom. Berättat det på samma sätt som han berättar om allt annat som vi frågat honom om.

Ren idiot, tänkte Nadja när Alm lämnade henne.

Inte nog med att hon är dataexpert, nu är hon tydligen psykiatriker också, tänkte Alm så fort han stängt dörren om henne.

Alm hade inte gett upp och redan dagen därpå hade han äntligen fått sin belöning. Onsdagen den nionde april, drygt en månad innan han blev mördad, hade Karl Danielsson hamnat på akuten på Karolinska. Vid elvatiden på kvällen hade en granne hittat honom liggande medvetslös i porten på Hasselstigen 1, och ringt efter ambulans.

Eftersom han inte verkade ha några synliga yttre skador trodde ambulanspersonalen först att han drabbats av en infarkt eller en hjärnblödning, men den läkare som undersökte honom hade istället hittat andra skador så fort man klätt av patienten. Någon hade slagit ner Karl Danielsson bakifrån. Kraftiga blåmärken på hans kropp tydde på att han fått ta emot ett flertal slag mot knävecken, ryggen och nacken. Fått en lättare hjärnskakning och svimmat.

På akuten hade han kvicknat till. Läkaren hade frågat honom om han kom ihåg vad som hade hänt. Karl Danielsson hade svarat att han måste ha snubblat och trillat i trappan.

– Men det tror inte du, sa Alm när han pratade med läkaren.

– Nej, sa läkaren. Det är helt uteslutet. Någon hade slagit ner honom bakifrån. Började förmodligen med att klippa till honom i knävecken så han trillar framstupa. Sedan gett honom en omgång när han ligger ner.

– Har du någon idé om vad gärningsmannen kan ha använt för tillhygge, frågade Alm.

Läkaren hade haft en bestämd uppfattning om den saken. Han hade till och med gjort en journalanteckning om saken.

– Basebollträ, en vanlig knölpåk, en batong av den där längre modellen. Patienten såg ut precis som alla brukar se ut när de råkat ut för fotbollshuliganer och andra sådana där likasinnade. Dessutom var det ju faktiskt match på Råsunda den där kvällen. AIK mot Djurgården, om jag inte minns fel.

– Det minns du? Det är du säker på, sa Alm.

– Det skulle du också ha kommit ihåg om du haft jouren den kvällen, sa läkaren och log snett. Det var rena fältlasarettet här inne på akuten.

Sedan hade han pratat med Seppos närmaste granne i huset där han bodde. En mycket parant kvinna med en både välformad och väl bibehållen figur trots att hon säkert måste ha passerat femtio för flera år sedan, tänkte Alm, som själv fyllt sextio några månader tidigare.

– Det är väl mest synd om pojkstackarn, sa Britt-Marie Andersson. Han är ju efterbliven, om man så säger.

– Har fru Andersson någon uppfattning om hans relation till Karl Danielsson, frågade Alm.

– Frånsett att han är son till honom, sa Britt-Marie Andersson och log svagt.

– Så det känner ni till, sa Alm.

– Det gör nog de flesta här i huset, som har bott här tillräckligt länge. Om pojken själv vet om det är väl mer osäkert. Mamman hans…

– Jaa, trugade Alm.

– Ja, trots att hon ligger på sjukhus då, sa fru Andersson och snörpte på munnen. Mamman hans var en riktig liten snärta. Att hon hade ihop det med Danielsson, trots att han väl måste ha varit åtminstone tjugofem år äldre än hon, gjorde hon ingen hemlighet av, precis. Men jag är inte så säker på att Seppo visste om det.

– Förhållandet mellan Seppo och Karl Danielsson, påminde Alm.

– Mest fick han väl vara springschas åt Danielsson. Gör det, gör det. Och oftast gjorde han väl som han blev tillsagd. Fast ibland hände det att de rök ihop som hund och katt, så på senare år så har det väl varit en hel del, om jag så säger.

– Kan fru Andersson ge några exempel?

– Ja, det väl någon gång i vintras när jag kom hem, jag hade varit ute och rastat min lilla älskling. Då var det ett fruktansvärt liv nere i entrén. Danielsson var full och gapade och stod i och plötsligt flög Seppo på honom och försökte strypa honom. Det var hemskt, sa fru Andersson och skakade på huvudet.

– Jag skrek åt dem att de skulle bete sig som folk, och då slutade de faktiskt.

– Men innan dess hade Seppo försökt strypa honom, sa Alm.

– Ja, hade jag inte fått dem att sluta bråka så vet jag inte vad som hade hänt, sa fru Andersson och suckade med hävande barm.

Hmm, tänkte Alm, och nöjde sig med att nicka.

Nu tar höken bofinken, tänkte Alm. Så fort han lämnat fru Andersson hade han ringt till kollegan Stigson på mobilen och sagt åt honom att omgående infinna sig på Hasselstigen 1. Stigson hade varit där inom en kvart medan Seppo hade öppnat först sedan de ringt drygt två minuter på hans dörrklocka.

– Jag spelar dataspel, sa Seppo.

– Du får du sluta med det en stund. Vi måste prata med dig nämligen, sa Alm och bemödade sig om att låta både vänlig och pedagogisk på rösten.

– Okej, sa Seppo, och ryckte på axlarna.

Andra gången som Seppo hade slagit Karl Danielsson. Kom han ihåg vilken dag det var?

– Minns inte, sa Seppo och skakade på huvudet.

– Om jag säger att det var samma dag som AIK spelade match mot Djurgården. Minns du då vilken dag det var?

– Det var den nionde april, sa Seppo och nickade glatt. Nu minns jag. Det var en onsdag.

– Det minns du också, sa Stigson. Att det var en onsdag? Hur minns du det.

– Därför att idag är det också onsdag, sa Seppo. Onsdag den tjugoåttonde maj. April har trettio dagar, förklarade Seppo, och höll för säkerhets skull fram sitt armbandsur mot Stigson.

Grabben måste vara helt knäpp, tänkte Alm och bestämde sig raskt för att byta ämne.

– Minns du hur du slog honom, frågade Alm.

– Ja, sa Seppo, och nickade.

– Var det också med karate, frågade Alm.

– Nej, sa Seppo. Jag slog honom med mitt basebollträ.

– Det du säger nu Seppo är ju väldigt allvarligt, sa Alm. Du berättade tidigare för mig att första gången du slog Karl så hade du slagit honom med ett karateslag men den där gången påstår du att du slog honom med ett basebollträ? Varför gjorde du det.

– Det har jag ju sagt, sa Seppo. Jag var väldigt arg.

Alm hade fört en viskande överläggning med åklagaren på sin mobil. Därefter hade de tagit med sig Seppos basebollträ men lämnat honom kvar.

– Vi måste nog prata med dig i morgon, sa Alm. Så vi vill inte att du reser bort eller så.

– Det går bra, sa Seppo. Jag reser aldrig bort.

80

Dagen efter presskonferensen hade Bäckström samlat sig till ett nytt möte med spaningsstyrkan. Alm satt redan och hoppade av iver att få ta över, så Bäckström hade tagit god tid på sig med olika formalia innan han till sist bad Nadja berätta om sitt stora fynd, Danielssons bokföring och hans testamente.

Nadja hade heller inte gjort sig någon brådska.

– Så du menar att Danielsson var god för tjugofem miljoner, sa Bäckström. En vanlig fyllskalle, vart fan är Sverige på väg, tänkte han.

– På ett ungefär, sa Nadja och nickade. I och med att vi avskaffat arvsskatten så är det väl ungefär det beloppet som Seppo och hans mamma kommer att få dela på.

– Skattemyndigheterna då, invände Bäckström. De lär väl lägga beslag på vartenda korvöre.

– Har jag väldigt svårt att tro, sa Nadja. Blir nog svårt att slå hål på den bokföringen.

– Vilket väl ytterligare stöder mina egna teorier, avbröt Alm som inte orkade lyssna längre.

– Det finns säkert mer i det här än vanligt fadershat. Grabben hade också starka ekonomiska motiv för att slå ihjäl Danielsson. Jag tror att det är hög tid att vi tar ett allvarligt samtal med vår åklagare så vi kan ta hit grabben och delge honom misstanke. Göra husis i hans lägenhet. Se till att tekniska får ta sig en titt på det där basebollträt som vi var där och hämtade i går.

Av någon anledning hade Alm blängt på både Bäckström och Nadja medan han lättade på det inre trycket.

– Låt oss inte rusa iväg, sa Bäckström och log godmodigt. Hur går det med din mobilspaning, Felicia?

Alldeles utmärkt enligt Felicia Pettersson. Dagen före hade hon fått ut listorna på den telefon som Akofeli brukade ringa till i stort sett dagligen månaderna före sin död. Samma telefon som han ringt fem gånger dygnet innan han försvann.

– Abonnemanget på den betalkortsmobilen är bara drygt ett halvår gammalt, sa Felicia. Tycks i stort sett bara användas för att ta emot ingående samtal.

– Från Akofeli, sa Bäckström.

– Huvudsakligen Akofeli. Jag hittar ytterligare en betalkortsmobil men det är högst någon gång i veckan som den ringer till samma mobil som Akofeli. Det abonnemanget är för övrigt flera år gammalt.

– Vad vet vi om den då, sa Bäckström.

– Allt, sa Felicia Pettersson och log förtjust. Får jag för mig i varje fall.

– Allt, upprepade Bäckström. Vad fan är det hon säger, tänkte han.

– Jag fick in samtalslistorna på den först i går, så jag har just börjat med den, men jag är nog ganska säker på vem som har haft den.

– Vem är det då, sa Bäckström.

– Karl Danielsson, sa Felicia Pettersson.

– Vad fan är det du säger, sa Bäckström.

– Det var som själva attsingen, sa Stigson.

– Hur vet du det då, sa Annika Carlsson.

– Intressant, sa Nadja.

Vad fan är det som händer, tänkte Alm, som var den ende som inte sagt något.

– Det var inte särskilt svårt att räkna ut, sa Felicia, och som jag sagt tidigare var det ju du chefen som satte mig på spåret.

– Jag lyssnar, sa Bäckström.

– Den här telefonen har använts flitigt ända fram till samma dag som Karl Danielsson blir mördad, fortsatte hon. Sedan är den helt tyst. Sista tre samtalen rings för övrigt vid sjutiden på kvällen, bara några timmar innan Danielsson blir mördad. Först ett kort samtal till en mobil som innehas av Roland Stålhammar. Gissningsvis för att höra om han är på väg hem till Danielsson för att äta. Därefter ett något längre samtal till Gunnar Gustafsson, Gurra Kusk som han kallas. Kanske för att tacka för travtipset som Danielsson fått. Slutligen ett kort samtal som landar i mottagarens röstbrevlåda. Sannolikt beroende på att Seppo Laurén inte vill bli störd när han sitter framför datorn och spelar dataspel. Det finns för övrigt mängder med tidigare samtal till Danielssons olika kompisar och kontakter. Jag har just börjat, så en fullkomlig sammanställning kommer att dröja ett par dagar.

– Få se nu, sa Bäckström. Vi har alltså tre telefoner. Samtliga är betalkortsmobiler. En tillhör Akofeli och en annan tillhör Danielsson. Båda ringer till den tredje mobilen som bara tycks användas för inkommande samtal och där innehavaren är okänd. Både Akofelis och Danielssons telefon saknas sedan de blev mördade.

– Yes, sa Felicia Pettersson.

– Nästa fråga, sa Bäckström. Hur är det med…

– Nej, avbröt Felicia, och skakade på huvudet. Danielsson och Akofeli har alltså inte ringt till varandra. Om chefen undrar.

– Du är ingen dumskalle, Felicia, konstaterade Bäckström.

– Tack chefen, sa Felicia. Om chefen är intresserad så tror jag att…

– Självklart, sa Bäckström.

–… att vi löser det här så fort vi hittar den som har den tredje mobilen.

– Klart vi gör, sa Bäckström. Blundar man kan man ju nästan få för sig att lilla Pettersson har ryskt blod i ådrorna, tänkte han.

– Men vänta nu, stopp och belägg, sa Alm. Vad finns det för samband mellan Danielsson och Akofeli. Mer än att de båda blivit mördade och tydligen har ringt till samma mobil.

– Det räcker väl, sa Nadja. Karlen måste vara ren idiot, tänkte hon.

– Båda känner mördaren men de känner inte varandra. Tror jag åtminstone, sa Felicia.

– Och vem kan det vara då, sa Alm, som riktigt kände hur polletten plötsligt trillade ner i huvudet på honom. Den ende som vidgår att han känt båda är ju Seppo Laurén. Frågar ni mig så kan jag mycket väl tänka mig att Seppo har en extra mobil på sidan om, en sådan där liten betalkortsvariant med okänd ägare.

– Vidgår och vidgår, sa Bäckström och ryckte på axlarna. Problemet med de mördare som jag har träffat är väl tyvärr att de inte är särskilt pigga på att vidgå saker.

– Men det här är ju fullkomligt häpnadsväckande, sa Alm, som blivit röd i ansiktet. Ge mig ett klart besked. Vad gör vi med Laurén?

– Åk hem och snacka med honom, sa Bäckström. Fråga honom om han slagit ihjäl Danielsson och strypt Akofeli.

– Det där med Danielsson har jag redan frågat honom, sa Alm.

– Vad svarade han på det då?

– Han förnekade det, sa Alm.

– Ja, du ser, sa Bäckström och flinade. Dessutom tror jag inte vi kommer längre genom att sitta här och gnöla. Ut och jobba vet jag, tänkte åtminstone jag göra.

Fast först en närande lunch, tänkte Bäckström. Även en legend kan behöva lite gott att suga på, tänkte han.

81

Efter lunchen hade Bäckström ägnat återstoden av dagen åt att bevilja ett antal exklusiva intervjuer där alla som vederfarits nåden fått några tänkvärda ord på vägen.

För den kvinnliga reportern från den kristna tidningen Dagen hade han bekänt sin barnatro och sin förtröstan på vår Herre.

– Slagen till marken av dödligt våld, fick jag så kraften att resa mig och slå tillbaka, sa Bäckström och fromlade med blicken.

För de båda kvällstidningarnas utsända hade han därefter i tur och ordning berättat att han sedan länge tyckte att polisen var alltför njugg när det gällde att dela med sig av information. Inte minst till kvällstidningarna.

– Hur skall vi annars nå ut till den stora detektiven allmänheten? Om det inte vore för dig och dina kolleger, suckade Bäckström och nickade åt Expressens reporter.

– Allmänintresset, konstaterade han en halvtimme senare när han pratade med journalisten från Aftonbladet. Det är faktiskt polisens plikt att informera media så att de i sin tur kan kan upplysa landets medborgare om hur saker och ting ligger till.

I det följande samtalet med Svenska Dagbladet hade han samtidigt oroat sig för olika brister i rättssäkerheten.

– Vår kamp mot brottsligheten måste föras med öppet visir, sa Bäckström och spände ögonen i tidningens utsände. Alltför många av mina kolleger tar alltför lätt på rättssäkerheten.

Till sist Dagens Nyheter där han helt enkelt nöjt sig med att instämma i alla ledande frågor som han fått.

– Jag är helt enig med dig, upprepade Bäckström, och för vilken gång i ordningen hade han redan glömt. Kunde inte ha sagt det bättre själv. Det är för hemskt helt enkelt. Jag menar, vart är vi på väg med rättsstaten?

På vägen hem hade han först besökt GeGurra och haft ett öppenhjärtigt samtal mellan fyra ögon. GeGurra var inte bara förtvivlad, han var snarast förkrossad, nu när han förstod hur det måste ha gått till när gärningsmännen kom över nycklarna till Bäckströms lägenhet.

– Jag lovar och försäkrar Bäckström, sa GeGurra. Den kvinnan har lurat skjortan av både dig och mig. Allt jag sa till henne när hon ringde och frågade mig om jag inte kunde bjuda ut henne på kvällen var att jag redan var upptagen. Att jag skulle äta middag på Operakällaren med en mycket god vän som för övrigt var polis. Inte anade jag att hon hade lömska avsikter när hon dök upp. Som jag fattade det verkade hon ju bara uppenbart attraherad av din person.

Morsning, tänkte Bäckström.

– Hur gör vi med soffbordet, mattan och alla kulhålen i väggarna, frågade Bäckström.

På den punkten behövde han inte oroa sig det minsta. GeGurra hade alla kontakter och resurser som krävdes för att ställa saker och ting till rätta. Omgående dessutom.

– Jag kräver att få göra det, Bäckström, sa GeGurra. Att jag var helt ovetande befriar mig inte på minsta vis från mitt ansvar. Jag har ju faktiskt medverkat till att du försatts i ren livsfara.

– Soffbordet, mattan, väggarna, upprepade Bäckström som inte tänkte låta sig förledas av fagert tal.

– Självklart, käre vän, sa GeGurra. Vad tror du om det där bordet förresten, sa han och nickade mot soffbordet som stod i hans eget arbetsrum.

– Antikt, kinesiskt lackarbete, färgerna passar perfekt till din egen soffa, trugade GeGurra.

– Snygg matta, sa Bäckström, och nickade mot mattan som bordet stod på.

– Antik Kina, sa GeGurra. Ett mycket gott val om du frågar mig.

Kollegerna i hans egen port hade numera ersatts av två inhyrda vakter från Securitas. De hade hjälp honom att bära upp både soffbordet, mattan och de försändelser som kommit in under dagen.

Bäckström hade rett sig en enkel måltid av det som fanns i hans kylskåp. Därefter övergått till att gå igenom dagens skörd. Mail och vanliga brev, paket och presenter. Allt ifrån en stickad tehuv i form av en höna och ett handskrivet brev innehållande hundra kronor till ett betydligt större belopp som en anonym givare just fört över till hans eget konto.

Tehuven hade han slängt i soppåsen.

Brevet hade han läst. "Gud Bevare Kommissarien. Tack för Er insats", hälsade "före detta bankdirektören Gustaf Lans, 83".

Tack själv, din snåla gubbjävel, tänkte Bäckström. Stoppade hundralappen i plånboken och kastade brevet i papperskorgen.

Precis när han var färdig med dessa administrativa göromål hade det ringt på hans dörr.

– Hej, Bäckström, sa Annika Carlsson och log. Jag tänkte jag skulle titta till dig innan du går och lägger dig.

Morsning, tänkte Bäckström.

– Vill du ha en kopp kaffe, frågade han.

Annika Carlsson hade beundrat hans nya soffbord och hans nya matta. Till och med kulhålen i väggar och tak.

– Om jag vore som du skulle jag nog låta dem vara kvar, sa Annika Carlsson. Grymt fräckt faktiskt. Tänk på alla tjejer som du säkert släpar hit. Whaaooo. Den mannen har kulhål i väggarna, sa Annika Carlsson. Själv blir jag nästan lite…

– Ursäkta Annika, avbröt Bäckström. En personlig fråga.

– Visst, sa Annika, och log. Kör hårt. Jag lyssnar.

– Och du lovar att inte ta illa upp? För vem vill få käken avslagen före sänggåendet, tänkte han. Räckte så bra med Talib och det andra kräkmedlet.

– Du undrar om jag är flata, sa Annika och såg förtjust på honom.

– Ja, sa Bäckström.

– Folk pratar så mycket, sa Annika Carlsson, och ryckte på sina breda axlar. Min senaste sambo var en kvinnlig kollega som jobbade på familjevåldet inne i City. Fast det tog slut för ett halvår sedan. Sista sexet om du nu undrar, om vi struntar i det som du fixar själv vill säga, var faktiskt med en snubbe. Inte ens en kollega. Han var någon säljare, typ. Släpade hem honom från krogen.

– Var det något att ha då, frågade Bäckström.

– Nej, sa Annika och skakade på huvudet. Mycket snack, liten verkstad. Nästan bara snack faktiskt.

En kvinna som pratar på det viset. Vart fan är vi på väg, tänkte Bäckström, och nöjde sig med att nicka.

– Jag kör med en öppen attityd. Tävlar i öppen klass om man så säger, förtydligade Annika Carlsson. Var det något särskilt du tänkte på, Bäckström?

– Jag funderar faktiskt på att gå och sova, sa Bäckström. Hur skall det gå för Sverige, tänkte han. För mig och alla andra vanliga, normala, hederliga och hårt arbetande män. Hur ska det gå för oss?

82

Som första åtgärd på fredag morgon hade Bäckström bestämt sig för att skingra det i stort sett enda återstående molnet på hans annars klarblå himmel. Gått direkt in på Toivonens rum och begärt att få ut ett nytt tjänstevapen eftersom hans eget tydligen hade fastnat på tekniska roteln inne i Stockholm i avvaktan på att latoxarna på interutredningar skulle få tummen ur röven.

– Vad ska du med det till, sa Toivonen och blängde på Bäckström.

Det skall väl du skita i, tänkte Bäckström som dock besinnade sig. När man hade med rena idioter som Toivonen att göra var det bättre att inta ett formellt förhållningssätt.

– Jag är polis, sa Bäckström. Jag har rätt till ett tjänstevapen. Det är din skyldighet att se till att ge mig ett.

– Vem hade du tänkt skjuta den här gången, Bäckström, sa Toivonen som redan kände sig lite piggare.

– Jag skall ha det för mitt personliga skydd i tjänsten samt de övriga uppgifter som tjänsten kan kräva, sa Bäckström som så här dags var väl påläst.

– Glöm det Bäckström, sa Toivonen och skakade på huvudet. Säg som det är i stället. Du har fått smak på det. Springa runt och skjuta folk.

– Jag kräver ett nytt vapen, upprepade Bäckström med malm i stämman.

– Okej, Bäckström, sa Toivonen och log vänligt. Jag skall försöka vara tydlig. Så tydlig så att till och med du förstår. Jag tänker inte ge dig något nytt tjänstevapen. Inte ens om du erbjuder mig att i samband med överlämnandet personligen få stoppa upp det i din feta röv.

– Du kommer att få en skriftlig begäran, sa Bäckström, med kopia för kännedom till ledningen. Och facket.

– Gör så, Bäckström, sa Toivonen. Om ledningen vill ge dig ett så är det upp till dem. Själv vill jag inte ha andra människors blod på mina händer.

Längre än så hade man inte kommit.

På kvällen hade Toivonen, Niemi, Honkamäki, Alakoski, Arooma, Salonen och några andra finska bröder i kåren gått på restaurang Karelia. Till och med kommissarie Sommarlund hade fått följa med trots att han egentligen bara var ålänning i botten. Män med rötterna i den finska torvan, av det rätta virket, med hjärtat på det rätta stället och vad Sommarlund beträffade hade han mycket väl kunnat vara född på fastlandet. För att fira eller slicka såren? Strunt samma, syftet var gott nog och det hade blivit precis som vanligt.

De hade ätit inkokt älgmule, piroger med lax och ägg, fårstek med kokta rovor. Druckit öl och brännvin och sjungit Kotkas Ros, till både helan, halvan och tersen.

– Kotkan Ruusu, sa Sommarlund med drömmande ögon. Måste ha varit ett särdeles märkvärdigt fruntimmer, tänkte han.

Bäckström hade gjort slag i saken och uppsökt en av de mest angelägna av sina nya kvinnliga beundrare som dessutom skickat med foton på sig själv när hon mailat honom. Väl värd en egen resa av fotona att döma och eftersom hon dessutom bodde inne i stan var det väl inte värre än att han gick därifrån om hon nu hade passerat bästföredatum.

Kanske inte alldeles nytagna, tänkte Bäckström en timme senare, men god vilja hade hon i vart fall inte saknat. Supersalamin hade gjort det vanliga grundliga jobbet och när han väl klev ur taxin utanför sin egen port hade solen redan gått upp på ännu en molnfri himmel. Bäckström hade tagit trapporna upp eftersom någon av alla hans lata grannar tydligen glömt att trycka ner hissen och precis när han stod och fibblade med nyckeln i sitt eget lås på två trappor hade han hört tassande steg i trappan ovanför.

Tidigare samma dag hade ett av deras vittnen hört av sig till kriminalinspektören Annika Carlsson.

– Lawman, sa Lawman. Jag vet inte om du minns mig. Men det är jag som jobbar på Miljöbudet. Jobbarkompis med Akofeli.

– Jag minns dig. Vad kan jag hjälpa dig med, frågade Annika

Carlsson. Undrar om de har fixat det där med cyklarna ute på gatan som jag sa åt dem, tänkte hon.

– Jag vill komplettera mitt vittnesmål, sa Lawman.

– Var är du nu, sa Annika Carlsson som föredrog samtal mellan fyra ögon.

– Alldeles i närheten av dig, sa Lawman. Faktiskt lämnat ett paket på ditt eget polishus. Till den där skjutgalningen Bäckström. En av våra tokiga kunder som ville ge honom ett presentkort. Tveksamt om du frågar mig som jurist men …

– Jag kommer ner och hämtar dig, sa Annika Carlsson, och fem minuter senare satt Lawman på hennes rum.

Dagen före hade Lawman slagits av en tanke. Något som han glömt att berätta för Annika Carlsson och hennes kollega när de pratats vid på hans jobb.

– Du minns att Akofeli hade frågat mig om det där med nöd-värnsrätten. Hur långt man kunde gå och så vidare.

– Minns jag, sa Annika, som redan tagit fram förhöret.

– Det var en grej som jag glömde berätta, sa Lawman. En ren lapsus från min sida.

– Vad var det då, frågade Annika.

– Han bad mig ge exempel på våld som berättigade till nödvärn. Jag minns att jag nämnde misshandel och alla grövre varianter ända upp till mordförsök. Sa dessutom något om nödrätten, det vill säga att du hjälper någon annan än dig själv.

– Jag vet, sa Annika Carlsson. Vad var det du glömde berätta?

– Mister Seven, Septimus alltså, ställde faktiskt en konkret fråga också. Litte lattjo faktiskt med tanke på sammanhanget, menar jag.

– Vad frågade han då?

– Hur det var med våldtäkt, sa Lawman. Om det var någon som försökte våldta dig. Hade du då samma långtgående nödvärnsrätt som vid till exempel ett mordförsök.

– Hur tolkade du det då, frågade Annika Carlsson.

– Raka verba, sa Lawman. Frågade om någon av alla våra lattjo kunder försökt sätta på honom därbak.

– Vad svarade han på det då?

– Ryckte på axlarna, sa Lawman. Ville inte prata om det.

Förnekelsen, tänkte Annika Carlsson. Precis som hon hade lärt sig på den där kursen om sexuella övergrepp som hon gått på i höstas. Offrens förnekelse, tänkte hon. Men eftersom Bäckström tydligen hade gått för dagen hade hon ingen att prata med.

Får ta det när jag tittar till honom i morgon bitti, tänkte hon.

Tassande steg i Bäckströms trapp. Lilla Sigge som var inlåst hos latoxarna uppe på tekniska roteln och allt som återstod var en ny Bäckström tvåa, tänkte Bäckström. Klev rakt fram, höjde vänster hand, stack den högra innanför kavajslaget.

– Stå jävligt still annars skjuter jag skallen av dig, sa Bäckström.

– Lugn för helvete, sa tidningsbudet och viftade för säkerhets skull med Bäckströms eget exemplar av Svenska Dagbladet.

Tidningsbudet, tänkte Bäckström, och tog emot den framsträckta tidningen.

– Varför åker du inte hissen, sa Bäckström. Istället för att smyga omkring i trapporna och skrämma skiten ur folk.

– Jag fick inte intrycket att kommissarien var den där lättskrämda typen, sa tidningsbudet och flinade. Snyggt jobbat förresten. Såg dig på teve härom kvällen.

– Hissen, påminde Bäckström.

– Visst, sa tidningsbudet. Gör som alla andra gör. Som bär ut tidningar, alltså. Tar hissen upp till översta våningen, så springer du trapporna ner.

– Varför åker du inte hissen ner då, sa Bäckström. Så du slipper gå i onödan, tänkte han.

– Tar för lång tid, sa tidningsbudet. Tänk dig själv. Hoppa ut och in i hissen och åka ner en trappa i taget. Du skulle inte få Svenskan före kvällsfikat.

När Bäckström klev in i sin egen hall och stängde dörren om sig hade plötsligt blixten slagit ner i skalltaket på honom och lyst upp hela insidan av hans runda huvud.

Akofeli, tänkte Bäckström. Hasselstigen 1, hus på fem trappor med hiss. Varför i helvete tog du inte hissen upp, tänkte han.

83

– Färska frallor, fredliga avsikter, intressanta nyheter, sa Annika Carlsson och viftade med påsen från bageriet.

– Kom in grymtade Bäckström som inte fått många timmars sömn eftersom han suttit i tunga grubblerier i säkert två timmar innan han äntligen kunnat svimma i sin egen säng.

– Vad är klockan förresten?

– Klockan är tio, sa Annika Carlsson. Jag förutsatte att du varit ute och rumlat hela natten med någon av alla dina kvinnliga beundrarinnor så därför ville jag inte väcka dig alltför tidigt.

– Snällt av dig, sa Bäckström och log snett. Öppen klass, tänkte han. Fast ganska hygglig egentligen.

– Så om du hoppar in i duschen så skall den snälla tant Annika fixa frukost åt dig, sa Annika Carlsson.

– Pannkakor, stekt fläsk, föreslog Bäckström.

– Blir det verkligen inte tal om, fnös Annika.

– Vad tror du om det, Bäckström, frågade Annika en halv timme senare när hon berättat vad Lawman hade sagt.

– Tror vadå, sa Bäckström, som hade tankarna på annat håll.

– Att Kalle Danielsson kanske försökt tvinga till sig sex av honom. Stämmer ganska bra på profilen för sådana gärningsmän. Lite äldre, alkoholiserad man, mest manligt umgänge, uppenbarligen sexuellt aktiv eftersom han hade både Viagra och kondomer hemma. Ung man som Akofeli, svart, hälften så stor. Säkert lockande för en sådan som Danielsson när han fått lite innanför västen och alla hans spänningar började släppa.

– Glöm det, sa Bäckström, och skakade på huvudet. Danielsson var inte den typen.

– Vadå, inte den typen, sa Annika.

– Som knullade röv, sa Bäckström.

– Vadå knullade röv, sa Annika Carlsson. Det gör väl även sådana som du om ni får chansen.

– Pojkröv, förtydligade Bäckström. Vadå öppen klass, tänkte han.

– Så det säger du, sa Annika Carlsson, och nöjde sig med att rycka på axlarna.

– Lyssna på det här istället, sa Bäckström. I går kväll när jag kom hem så fattade jag plötsligt vad det var som inte stämmer med Akofeli. Du vet det där som jag gått och grunnat på hela tiden.

– Okej, okej, sa Annika Carlsson, en kvart senare. Han tog alltså trapporna upp istället för hissen. Vad är problemet? Han kanske bara ville träna lite extra. Jag kör själv mycket trappträning. Väldigt effektivt ska du veta.

– Nu gör vi så här, sa Bäckström.

– Okej, sa Annika Carlsson, som för säkerhets skull redan tagit upp sin lilla svarta anteckningsbok.

– Jag vill veta allt om Akofelis tidningsutbärning, sa Bäckström. Vilken trad han gick, i vilket hus han började och var han slutade, hur många tidningar han bar ut totalt, hur många tidningar som han delade ut på Hasselstigen ett och i vilken ordning han gjorde det. Är det klart?

– Okej, sa Annika Carlsson och nickade. Och var når jag dig när jag är klar.

– På jobbet, sa Bäckström. Ska bara slänga på mig kläderna först.

84

Trots att det var lördag satt Bäckström på jobbet och tänkte skarpt. Han hade till och med tänkt så skarpt att han glömt bort lunchen.

– Är det här du sitter och ugglar, sa Annika Carlsson. Jag kikade efter dig nere i kafeterian.

– Tänker, sa Bäckström.

– Du hade rätt, sa Annika Carlsson. Det är något jävligt mystiskt med Akofelis tidningsutbärning.

Surprise, surprise, tänkte Bäckström, som så här dags hade en ganska bestämd uppfattning om hur det hela låg till.

Berätta, sa Bäckström.

Varje dag vid tretiden på morgonen brukade Akofeli och de andra tidningsbuden som arbetade i samma område hämta sina tidningar på distributionsfirmans utlämningsställe på Råsundavägen. I Akofelis fall drygt tvåhundra Dagens Nyheter och Svenska Dagbladet samt ett tiotal exemplar av Dagens Industri. Därefter följde han en bestämd rutt som distributionsfirman lagt ut åt honom och tanken med den var att han inte skulle behöva gå ett steg i onödan medan han delade ut dem.

– I stort sett kan man säga att han rör sig i kvarteret i nordvästlig riktning och att huset på Hasselstigen ett är det näst, näst, sista huset på hans utdelningsrunda. Det hela tar mellan två och tre timmar och tanken är att alla ska ha fått sin tidning senast klockan sex på morgonen.

– Sista husen, då, frågade Bäckström.

– Det är nu som det börjar bli konstigt, sa Annika Carlsson. Sista huset på hans runda är Hasselstigen fyra och näst sista Hasselstigen två. Nummer fyra ligger nere i korsningen mot Råsundavägen och tunnelbanan hem till Rinkeby där han bor ligger ett par hundra meter längre upp på Råsundavägen. Istället för att gå kortaste vägen verkar det som han lagt om slutet på sin runda. Han passerar

Hasselstigen ett, utan att dela ut några tidningar. Går direkt ner till Hasselstigen fyra, som är sista huset, och delar ut tidningar. Går tillbaka uppför gatan till Hasselstigen två, som är näst sista huset, och delar ut deras tidningar. Sedan korsar han gatan och avslutar rundan med att lämna tidningarna på Hasselstigen ett.

– En omväg på ett par hundra meter, sa Bäckström, som numera var väl orienterad i kvarteren.

– Drygt trehundra meter faktiskt, sa Annika Carlsson, som hade provgått samma sträcka för bara ett par timmar sedan.

– En helt onödig omväg som uppskattningsvis måste kosta honom åtminstone fem minuter, fortsatte hon. Lite konstigt eftersom han väl rimligen borde vilja komma hem till Rinkeby så fort som möjligt, lämna sin tidningsvagn och sova ett par timmar, innan han går till nästa jobb på budfirman.

– Sedan då, sa Bäckström. Hur gör han på Hasselstigen ett.

– Det är nu det blir ännu konstigare, sa Annika Carlsson.

På Hasselstigen 1 fanns elva hyresgäster som prenumererade på en morgontidning, sex Dagens Nyheter och fem Svenska Dagbladet. Efter mordet på Karl Danielsson var de bara tio och eftersom gamla fru Holmberg samtidigt hade bytt från DN till Svenskan, vägde det numera jämnt mellan de båda mediakonkurrenterna.

– Fem DN, fem Svenskan, sammanfattade Annika Carlsson.

Vad det nu har med saken att göra, tänkte Bäckström.

– Jag lyssnar, sa han.

– Den första som får sin tidning är fru Holmberg som bor på bottenvåningen. Det är inte så konstigt eftersom han passerar hennes dörr när han är på väg till hissen. Därefter skulle han alltså ta hissen högst upp i huset, gå trapporna ner och dela ut de resterande tio tidningarna på vägen. Den sista i huset som borde få sin tidning är alltså vårt mordoffer Karl Danielsson som bor på en trappa och är den ende på det våningsplanet som har morgontidning.

– Men inte den här morgonen, sa Bäckström.

– Nej, sa Annika Carlsson. För som du så riktigt påpekade när du kom till brottsplatsen så hade Akofeli tidningarna kvar i sin väska. Enligt protokollet som Niemi och Hernandez upprättade när de kom till platsen hade han nio stycken morgontidningar i sin axelremsväska. Noggranna gossar de där båda. Elva minus den som han gett till fru Holmberg minus den som han skulle ge till

Karl Danielsson när han såg att hans dörr stod på glänt och att Danielsson själv låg död i sin egen farstu.

– Den tidning som han lagt ifrån sig på tröskeln, sa Bäckström.

– Precis, sa Annika Carlsson.

– Gjorde han alltid på det här viset.

– Tycks ha gjort det under en längre tid i alla fall, sa Annika Carlsson. Får åtminstone för mig det.

– Varför får du det, då, sa Bäckström.

– Jag kom själv till brottsplatsen strax före sju på morgonen och då bestämde jag tillsammans med Niemi att jag skulle söka igenom huset medan de koncentrerade sig på Danielssons lägenhet. På bottenplanet ligger ett rum som används som förvaringsutrymme för cyklar och barnvagnar. Inte särskilt många sådana, de flesta som bor där är ju pensionärer, men det stod i vart fall en barnvagn och några cyklar där. Dessutom Akofelis tidningsvagn. Enligt det protokoll som jag själv skrev även om jag inte tänkte på det just då.

– Hade väl räckt om han ställt den utanför porten, sa Bäckström. Hade väl varit enklast för honom.

– Nu tycker jag ju det, men då tänkte jag inte på det. Du är väl slugare än jag Bäckström, sa Annika Carlsson och log.

– Nåja, sa Bäckström, och log sitt mest blygsamma leende.

– Hur som helst och medan jag håller på därnere så kommer en av hyresgästerna ner för att hämta ut sin cykel, fortsatte Annika Carlsson.

– Orolig som fan, sa Bäckström.

– Jo, hon undrade naturligtvis vad som hade hänt eftersom vi så dags säkert var ett tiotal kolleger som rotade runt i huset. Jag gick inte in på några detaljer. Jag förklarade att vi var där med anledning av ett larm som vi fått. Frågade vem hon var och vad hon gjorde nere i cykelstallet. Hon talade om vad hon hette, visade till och med sin legitimation innan jag hann be om den. Förklarade att hon bodde i huset, att hon var på väg till jobbet och att hon brukade cykla dit om det var bra väder. Hon jobbar för övrigt som receptionist på Scandic Hotell nere vid motorvägen till Arlanda flygplats. Dit är det ungefär fem kilometer och hon började jobba klockan åtta på morgnarna.

– Tidningsvagnen, sa Bäckström.

– Behövde jag heller inte fråga om. Hon berättade att den brukade stå där. Hade gjort det i flera månader åtminstone. Hon brukade reta sig på den nämligen, den stod i vägen när hon skulle ta ut sin cykel. Hon hade till och med tänkt skriva en lapp och sätta på vagnen. Förstod att den tillhörde tidningsbudet. Någon egen tidning prenumererade hon inte på. Den hade hon gratis på jobbet.

– Så någon koll på Akofelis tider hade hon inte.

– Nej, sa Annika Carlsson. Hon utgick väl ifrån att de sprang om varandra i huset. Och själv tänkte jag inte på det, som sagt. Inte då.

– Du har inte pratat med någon i huset, sa Bäckström.

– Vem tar du mig för, sa Annika Carlsson. Det skulle allt se ut det.

– En klok medarbetare är guld värd, sa Bäckström.

– Akofeli träffade någon som bor i huset, sa Annika Carlsson.

– Klart han gjorde, sa Bäckström. Det har jag misstänkt hela tiden.

85

Anna Holt hade vaknat vid sjutiden samma morgon. Hon hade haft en diffus dröm med erotisk innebörd, alls icke oangenäm, och när hon tittade upp så såg hon att Jan Lewin som låg bredvid henne i sängen låg och tittade på henne. Stödde huvudet i höger hand, medan hans vänstra hand lekte med hennes högra bröstvårta.

– Du är vaken, konstaterade Holt.

– Väldigt vaken, svarade Jan Lewin, log och nickade av någon anledning mot sitt eget skrev.

– Hoppsan, sa Holt som sträckt ner handen under täcket för att känna efter. Jag tror vi har ett akut problem här.

– Vad gör vi åt det då, frågade Jan Lewin, samtidigt som han lade handen runt hennes nacke.

– Löser det, sa Holt. Drog undan täcket och satte sig grensle över honom.

Det är bäst på morgnarna, tänkte Holt en halvtimme senare. Pigg var hon också. Blev hon alltid. Jan däremot verkade betydligt lugnare, på god väg att somna om. Typiskt, tänkte hon, och i samma ögonblick hade det ringt på hennes telefon.

– Vad är det för dåre som ringer så här dags på en lördag, stönade Lewin.

– Jag har mina bestämda aningar, sa Holt och lyfte på luren. Länspolismästaren, tänkte hon.

– Jag hoppas jag inte väckte dig, Anna, sa länspolismästaren, som lät lika klarvaken som Holt och betydligt ilsknare.

– Jag var redan vaken, sa Holt. Utan att gå in på orsaken och medan hon gjorde en glad grimas åt Lewin.

– Har du läst tidningarna, frågade länspolismästaren.

– Nej, sa Holt. Vilken av dem?

– Alla, sa länspolismästaren. Bäckström, förtydligade hon. Han tycks ha talat ut i samtliga. Till och med den där kristna blaskan där han för övrigt passar på att bekänna sin starka gudstro.

– Jag ska prata med honom, sa Holt. Säga vad man vill om Bäckström men han är inte dum på det viset, tänkte hon.

– Tack, sa länspolismästaren och lade på luren.

– Jag fick just lite att göra, sa Holt. Du däremot kanske skall försöka somna om.

– Jag kan laga frukost, sa Jan Lewin och satte sig upp i sängen.

– Du kanske undrar…

– Nej, sa Lewin och skakade på huvudet. Jag är polis, har jag inte sagt det förresten. Jag har redan en klar uppfattning om orsaken till ditt samtal. Ständigt denna Bäckström, tänkte han.

Anna Holt hade satt sig vid sin dator, gått ut på nätet, läst morgontidningarna och fått sina farhågor bekräftade. Sedan hade hon ringt Bäckström på mobilen. Som vanligt inget svar. Därefter hade hon pratat med Annika Carlsson.

Kan hon så kan väl jag, tänkte Anna Holt. Den hon tänkte på var länspolismästaren och själv hade hon ringt till Toivonen.

– Toivonen, stönade Toivonen.

– Holt, sa Holt.

– Jag lyssnar, chefen, sa Toivonen. Blev lite sent igår, förklarade han.

– Bäckström, sa Holt, och därefter hade hon på två minuter talat om vad saken gällde.

– Då föreslår jag att vi väntar till på måndag, sa Toivonen. Eftersom det är helg och vi talar om Bäckström, förtydligade han.

– Han är faktiskt på jobbet, sa Holt. Pratade med Annika Carlsson för en stund sedan. Han lär ha varit där sedan i morse.

– Det är han i så fall enbart för att jävlas med mig, sa Toivonen.

86

– Vad gör vi nu, frågade Annika Carlsson.

– Nu ska vi ta det jävligt lugnt, sa Bäckström. Inte schabbla till det i onödan.

– Lyssnar, sa Carlsson.

– Den där listan som Alm gjorde på alla Danielssons bekanta, sa Bäckström. Jag skulle behöva titta på den. Ring upp honom, säg åt honom att komma hit på momangen och ge mig listan.

– Behövs inte, sa Carlsson. Du kan få läsa min. Jag har en kopia.

– Tråkigt att höra, sa Bäckström. Jag hade hoppas att jag skulle få chansen att jävlas med fanskapet.

De gamla grabbarna från Solna och Sundbyberg, tänkte Bäckström, när han en kvart senare läst igenom Alms sammanställning av Karl Danielssons närmaste bekantskapskrets. Halvan och Blixten och Gurra Kusk. Gudfadern Grimaldi och före detta kollegan Rolle Stålhammar. Goa gamla grabbar som krökat skallen av sig i snart femtio år, tänkte han.

Sedan hade han ringt upp en av dem.

– Kommissarie Bäckström, nationens hjälte, sa Halvan Söderman. Vad förskaffar en enkel man som jag den äran?

– Jag skulle behöva snacka med dig, Söderman, sa Bäckström. Redan packad och här sitter jag bakom mitt lilla skrivbord, nykter grå och underbetald, tänkte han.

– Min dörr står redan på vid gavel, sa Halvan. En ära för mig och mitt enkla hushåll. Har kommissarien några särskilda önskemål angående förtäringen?

– Kaffe blir bra, sa Bäckström. Svart utan socker.

Sedan hade han gått in på Nadjas rum, stoppat på sig Karl Danielssons fickalmanacka och ringt efter en taxi.

– Är det säkert att jag inte får bjuda dig på en skvätt, frågade Halvan
Söderman och nickade mot konjaksbuteljen som stod mellan ho-
nom och Bäckström på köksbordet.

– Det är bra ändå, sa Bäckström.

– Du är inte bara kvick med pickan, konstaterade Söderman. Du
har en jävla stark karaktär också, Bäckström, sa han och hällde upp
en rejäl skvätt i sin egen kaffekopp.

– Brännvin är gott, sa Söderman och suckade av välbehag. Och
nyttigt. En miljon alkoholister kan inte ha fel.

Inte alla kanske, tänkte Bäckström.

– Det är en grej som jag tänkte fråga dig om, sa Bäckström och
tog upp Danielssons svarta fickalmanacka.

– Eftersom du är du, så är det bara att fråga på, Bäckström, sa
Halvan. Hade det varit någon av dina så kallade kolleger hade jag
så här dags inlett en treronders mot honom.

– Kalle Danielssons fickalmanacka, sa Bäckström. Det är en del
anteckningar i den som jag inte får någon riktig ordning på.

– Kan jag mycket väl tänka mig, flinade Söderman. Kalle var en
listig jävel.

– Det är vissa anteckningar som återkommer hela tiden. Vi tror
att det handlar om att han betalat ut pengar till tre olika personer.

– Kan jag mycket väl tänka mig, sa Söderman. Rostfritt om du
frågar mig. Vad heter dom då?

– Det är förkortningar, sa Bäckström. Förkortningar av deras
namn tror vi. Plus beloppen då.

Förkortningarna lyder HT, AFS och FI. Genomgående versaler,
stora bokstäver alltså, titta själv förresten, sa Bäckström, och räckte
över almanackan till Söderman.

– Vad skulle det betyda då? De där förkortningarna menar jag.
Vad skulle gubbarna heta?

– Hassan Talib, Afsan Ibrahim och Farshad Ibrahim.

– Det är ju dom där jävla galningarna som försökte ta kål på dig,
Bäckström, sa Söderman medan han bläddrade i kalendern.

– Ja, sa Bäckström. Har du något minne av att Danielsson skulle
ha pratat om dem?

– Sådant snackade han aldrig om. Hur packad han än blev. Om
han gömde undan pengar åt sådana där figurer? Kan jag mycket
väl tänka mig att han gjorde men så korkad att han snackade om
det var han alltså inte.

– Inte det, sa Bäckström.

– Icke, sa Halvan Söderman, med emfas. Här är jag dessutom rädd att kommissarien har fått alltihopa om bakfoten. I och för sig skulle jag gärna dra mitt strå till stacken så ni kan låsa in de där kamelryttarna för tid och evighet och kasta nyckeln i Råstasjön. Men just här är de nog oskyldiga är jag rädd.

– Det säger du, sa Bäckström.

– Kalle Danielsson var en rolig jävel, sa Halvan. De här anteckningarna handlar om något helt annat än några jävla dadeltrampare från Långtbortistan.

– Berätta, sa Bäckström.

– En jävla bra historia, sa Halvan Söderman, skakade på huvudet och log lyckligt mot sin gäst.

– Sitter du bra förresten, Bäckström, frågade han.

– Ja, sa Bäckström.

– Då ska jag berätta, sa Halvan. Håll i öronen dina så att de inte trillar av.

– Vad har du nu hittat på, Bäckström, frågade Annika Carlsson, när Bäckström återvänt till kontoret tre timmar senare.

– Ätit en närande lunch och klarat upp ett dubbelmord, sa Bäckström. Och handlat halstabletter på vägen, tänkte han.

– Vad har du själv gjort, förresten, frågade han.

– Kollat det du bad mig om, sa Annika. Det verkar stämma så här långt. Jag har hittat den där hyrbilen som du bad mig leta efter. Hyrd på OK-macken i Sundbyberg lördag den sjuttonde maj. Återlämnad dagen därpå.

– Då så, sa Bäckström. Vad är problemet?

– Toivonen, sa Carlsson. Jag är rädd för att du måste prata med honom.

– Vill han snacka med mig så vet han väl var jag finns, sa Bäckström.

– Ett tips, Bäckström, sa Annika Carlsson. Om jag vore som du skulle jag nog prata med honom och ligga väldigt lågt när du gör det. Jag har bara sett honom på det där viset en gång tidigare och den gången blev det inget kul.

– Det säger du, sa Bäckström. Rävjäveln börjar ta sig ton, tänkte han.

Toivonen hade i varje fall inte klättrat på väggarna. Tvärtom. När Bäckström kom in på hans rum hade han bara nickat vänligt och bett honom slå sig ner.

– Trevligt att se dig Bäckström, sa Toivonen. Jag har lite kul bilder som jag tänkte visa dig.

Vad fan är det han sitter och säger, tänkte Bäckström.

– Jag tänkte vi skulle börja med de här, sa Toivonen, och räckte över en bunt spaningsfoton. De är från förra fredagen då du var ute och svansade och träffade Tatiana Thorén. Innan dess lär du ha ätit middag med Juha Valentin Andersson-Snygg, eller Gustaf G:son

Henning som han lär heta numera. Så jag gissar att det var han som klarade av den inledande presentationen.

– Vad i helvete är detta, morrade Bäckström. Jag har en utredning som går på knäna för att vi saknar folk. Du sätter av spanare för att trakassera en av dina kolleger. Jag hoppas du har en jävligt bra förklaring.

– Du ska alltid överdriva, Bäckström, sa Toivonen. Vi hade spaning på bröderna Ibrahim och Hassan Talib. De drog ner till Café Opera och det var där som du och lilla fröken Thorén plötsligt dök upp i handlingen. Eftersom Farshad verkade så påtagligt intresserad av dig så tänkte vi att det var lika bra att följa upp den biten också.

– Jag har aldrig träffat den idioten. Inte förrän han dök upp i min lägenhet och skulle ta livet av mig, sa Bäckström.

– Hör vad du säger, sa Toivonen. Tror dig delvis. Jag tror att de kom dit för att försöka muta dig. Få någon som tipsade dem om hur det gick med vår rånutredning. Kände sig säkert jävligt trängda så dags. Farshad är en listig fan och pengar saknar han förvisso inte. Nycklarna hem till dig hade väl Thorén fixat åt dem. Du tappade väl brallorna ganska omgående, förstår jag.

– Av mig har hon inte fått någon nyckel.

– Nej, sa Toivonen. Men så fort du slaggat in så såg hon till att fixa en kopia. Hon är hora förresten, en av de dyrare.

– Om du säger det så, Toivonen, sa Bäckström, och ryckte på axlarna. Själv behövde jag inte betala en spänn. Vad tog hon av dig? Femhundra finska mark, eller?

– Du kan koppla av Bäckström, sa Toivonen. Jag tänkte inte försöka sätta dit dig för brott mot sexköpslagen.

– Det är värre än så är jag rädd, fortsatte Toivonen. De här bilderna tog vi samma kväll som du hade din lilla skjutorgie hemma i din lägenhet. Du sitter och krökar på din lilla kvarterskrog. Öl och stor virre före maten, mera öl och ett par supar till maten, kaffe och rejäl konjak efter maten. Polis, ute på sin fritid, går på krogen, blir berusad, bär tjänstevapen. Jag förstår precis varför du mötte kollegerna med ett glas i näven när du väl släppte in dem. Vad tycker du om bilderna förresten? Jävla bra kvalitet, eller hur.

– Jag förstår inte vad du snackar om, sa Bäckström och höll upp den första av dem. Här sitter jag med en liten lättöl och ett glas äppeljuice vid sidan om. Det borde du pröva förresten.

– Visst, sa Toivonen och flinade. Och sedan har du extra vatten i nubbeglas på sidan om till nästa lättöl. Och så avslutar du med ännu en äppeljuice. I en konjakskupa den här gången. Du är för jävla rolig, Bäckström, och om det inte vore för att jag har fixat fram en kopia på din nota så skulle jag nog lägga ner och försöka gå vidare.

– Vad är poängen, sa Bäckström.

– Jag har ett litet förslag, sa Toivonen.

– Jag lyssnar, sa Bäckström.

– Jag skiter fullständigt i de så kallade kollegerna uppe på internutredningar, sa Toivonen. Jag är inte den typen som golar ner mina arbetskamrater. Om någon blir för jävlig så brukar jag lyfta ut honom i öronen. Sådant där sköter vi helt inom husets väggar. Så har vi alltid gjort här ute i Solna.

– Förslaget, sa Bäckström. Du snackade om att du hade ett förslag.

– Vi är ett växande antal kolleger som börjar bli jävligt trötta på dina uttalanden i media. Det andra kan vi väl till nöds stå ut med. Om du vill hålla på och jävlas med oss i tidningarna så tycker jag att du ska byta jobb. Du kanske kan bli kriminalreporter eller ersätta den där trötta professorn från rikspolisstyrelsen som står i Efterlyst och tjatar varje torsdag. Om du håller käften på dig så håller vi käften på oss. Om du fortsätter att låta käften gå så är jag rädd för att både bilder och nota och allt annat som jag och kollegerna samlat i våra skåp och lådor kommer att dyka upp på någon riktigt jävlig tidningsredaktion. Var det inte så du ville ha det förresten? En större öppenhet mot media från polisens sida.

– Jag hör vad du säger, sa Bäckström.

– Bra, sa Toivonen, och eftersom du inte är dum i huvudet på det viset så förutsätter jag att vi är överens. Hur går det med din utredning, förresten?

– Bra, sa Bäckström. Räknar med att det skall vara klart på måndag.

– Jag lyssnar, sa Toivonen.

– Vi tar det då, sa Bäckström, och reste sig upp.

– Jag kan knappt bärga mig, sa Toivonen och flinade.

Vi ses på presskonferensen, tänkte Bäckström. Nickade kort och gick därifrån.

88

– Hur gick det, frågade Annika Carlsson. Jag blev nästan lite orolig.

– Det är lugnt, sa Bäckström.

– Vad ville han då? Han var helt vansinnig när han kom infarande till mig. Blev nästan lite orolig.

– Min gamla rävjävel, sa Bäckström. Behövde lite råd och vägledning från sin gamle handledare och mentor.

– Skönt att höra, sa Annika Carlsson, och log snett. Vad gör vi med vårt ärende då?

– Som vanligt, sa Bäckström. Stor slagning på misstänkt person, telefonkontroll, hela programmet, ljudlöst, osynligt, spårlöst. Ring Nadja förresten, så får hon komma in och hjälpa till. Jag skriver på övertiden. Ungdomarna tror jag vi klarar oss utan och kollegan Alm skall vi nog inte dra in i det här.

– Verkar inte som det finns någon mobil, sa Annika Carlsson. Hittar i vart fall ingen.

– Klart det finns, sa Bäckström. Det är den mobilen som både Danielsson och Akofeli ringer till. Den som bara tycks ha inkommande samtal. Har vi tur så finns den kvar. Dessutom finns det en bostadstelefon.

– Den har jag redan börjat med, bekräftade Annika Carlsson.

– Då så, sa Bäckström och log snett. På måndag tror jag att det är dags att plocka fram handfängslena.

89

Tidigt på söndag morgon hade Hassan Talib drabbats av en ny hjärnblödning. Den läkare som räddat livet på honom knappt en vecka tidigare hade fått göra ett nytt försök. Den här gången hade det gått sämre. Operationen hade avbrutits redan efter en kvart och Talib hade dödförklarats klockan halv sex på morgonen på Karolinska sjukhusets neurokirurgiska klinik.

Det var aldrig bra när personer som Talib dog. Det fanns alldeles för många likasinnade som kunde få idéer i huvudet. Fem minuter senare hade kommissarie Honkamäki beslutat sig för att öka säkerheten ytterligare. Talat med Toivonen och Linda Martinez. Toivonen hade tagit det formella beslutet. Kommenderat in ytterligare sex kolleger från ordningspolisen plus sex spanare.

Ordningspoliserna skulle förstärka det yttre skyddet. Spanarna skulle röra sig på sjukhusområdet och i sjukhusbyggnaderna för att i tid försöka upptäcka misstänkta fordon, personer eller konstigheter i största allmänhet.

Vid niotiden på morgonen hade Frank Motoele dykt upp på ortopedkirurgen. Hälsat på kollegerna nere i entrén, tagit hissen upp till sjunde våningsplanet där Farshad Ibrahim låg inlåst på ett enkelrum med vänsterbenet gipsat från ankeln upp till skrevet.

– Läget, sa Motoele, och nickade till kollegan som satt vid ingången till avdelningen där Farshad Ibrahim vårdades.

– Det är lugnt, sa kollegan och log. Patienten sover. Snacka med sjuksyrran för en stund sedan. Han lär ha jävligt ont så de stoppar i honom smärtstillande hela tiden och det får vi väl försöka stå ut med. Han sover mest. Vill du snacka med lillbrorsan hans så ligger han visst på thoraxkirurgen. Utan kniv den här gången.

– Jag går en sväng och kollar, sa Motoele.

– Gör det, sa ordningskollegan. Så kan jag uppsöka rökrummet under tiden. Jag håller på att bli knäpp nämligen. Det där jävla nikotintuggummit är rena skämtet.

Det är något som inte stämmer, tänkte Motoele redan innan han öppnat den stängda dörren till Farshads rum.

För säkerhets skull hade han skjutit upp dörren med foten, lagt handen på pistolkolven. Rummet var tomt, fönstret var öppet, sängen stod framdragen mot fönstret och någon hade förankrat en vanlig klätterlina vid benen på den.

Tjugo meter till backen sju våningar längre ner. Där stod redan en person och väntade på mannen som trots gipset försökte hala sig ner för linan men bara hunnit några meter när Frank Motoele stack ut huvudet genom fönstret.

Motoele hade tagit tag i linan och halat in. Smal sak för en sådan som Motoele som bestod av hundra kilo muskler och ben medan Farshad Ibrahim i andra ändan av repet vägde knappa sjuttio. Dessutom hade Farshad gjort ett misstag. Istället för att lätta på taget om linan och bara glida ner hade han klamrat sig fast, följt med upp nästan en meter innan Motoele vände blicken inåt och släppte taget om linan. Farshad hade också släppt taget, trillat handlöst och landat på rygg nästan tjugo meter längre ner. Dött på fläcken. Det var först då som Motoele upptäckte att Farshads medhjälpare dragit ett vapen och att han sköt mot honom.

Sköt dåligt gjorde han också. Motoele hade däremot tagit god tid på sig. Dragit sitt vapen, hukat bakom fönsterkarmen, siktat högt mot ena benet, dubbelhandsfattning, båda ögonen öppna. Helt enligt regelboken och hade han bara lite tur så kapade han lårvenen på honom. Mannen där där nere hade trillat omkull, tappat sitt vapen, gripit om sitt sönderskjutna ben och skrikit på ett språk som Motoele inte förstod.

Motoele hade vänt blicken inåt, hölstrat sitt vapen, gått ut i korridoren för att möta sina kolleger. De springande stegen och ropen hörde han redan.

Kommissarie Honkamäki hade ringt Toivonen redan inom trettio minuter och gett en kort lägesrapport. Någon hade hjälp Farshad att öppna fönstret på hans rum. Samma person hade gett honom en vanlig klätterlina med knopar. Drygt tjugo meter lång. Kollegan Motoele hade försökt hala in honom. Farshad hade tappat taget, fallit handlöst på rygg nästan tjugo meter rakt ner i backen. En av hans medhjälpare hade börjat skjuta på Motoele. Ett flertal skott. Motoele hade skjutit tillbaka. Ett skott. Träffat högt i benet.

Oskadliggjort honom. Medhjälparen var gripen, identifierad, förd till akuten som praktiskt nog bara låg hundra meter från ortopedkirurgen. Dessutom hade man redan bestämda misstankar om vem som hjälpt Farshad med fönstret och linan.

– Vi saknar en undersköterska på avdelningen, född i Iran, om du nu undrar. Hon är försvunnen från sitt pass sedan drygt en timme, sammanfattade Honkamäki.

– Men vad i helvete håller ni på med, stönade Toivonen.

– Helt enligt regelboken, sa Honkamäki. Vad fan skulle du ha gjort?

– Den där yngre brorsan, han lever fortfarande, sa Toivonen.

– Jo, han är fortfarande i livet. Men jag förstår att du undrar, sa Honkamäki med ett snett leende.

– Kör honom till häktet, sa Toivonen. Vi måste få någon ordning på säkerheten.

– Har redan försökt, sa Honkamäki. De vägrar att ta emot honom. Påstår att dom saknar de vårdresurser de behöver.

– Kör honom till Huddinge Sjukhus, sa Toivonen.

– Huddinge, sa Honkamäki. Varför då?

– Jag vill inte ha honom kvar i distriktet, sa Toivonen. Inte så länge folk dör som flugor härute och det är mina poliser som finns omkring dem hela tiden.

– Okej, sa Honkamäki.

– Vad kollegan Motoele beträffar …

– Det är redan ordnat, sa Honkamäki. Teknikerna är redan här, internutredarna är på väg. Den enda vi saknar är väl Bäckström, sa han och skrockade.

Det var som fan. Tre noll till de kristna, tänkte Bäckström när han slog på teves morgonnyheter. Äntligen pannkakor och stekt fläsk, tänkte han. Eftersom hans övervakare tydligen hade fullt upp på annat håll.

– Jag förstår att du är chockad, Motoele, sa internutredaren.

– Nej, sa Motoele och skakade på huvudet. Jag är inte chockad. Det var helt enligt regelboken. Respekt, tänkte han, och vände blicken inåt.

90

På måndag efter lunch var Bäckström klar att slå till. Först hade han pratat med Annika Carlsson och instruerat henne i detalj.

– Bäckström, Bäckström, sa Annika Carlsson, och skakade på huvudet. Du är nog den slugaste kollega jag någonsin jobbat med. Jag vet inte hur många bevisprovokationer som jag kan räkna till under samma samtal som du tänker ha med den där förskräckliga människan.

– Inte jag heller, sa Bäckström. Och du gör som jag säger.

– Självklart, chefen. Och vad gör vi med Felicia och lille Stigson?

– Reserv, sa Bäckström. Att ta med Stigson upp är inte att tänka på och skulle det bli skarpt läge vill jag inte behöva bekymra mig om Felicia.

– Klokt, instämde Annika.

– Så de får sitta i bilen ute på gatan, utifall att, tills vi ropar på dem, sa Bäckström.

Sedan hade de åkt till Hasselstigen 1, i två civila bilar. Stigson och Pettersson hade parkerat utanför porten. Bäckström och Annika Carlsson hade tagit hissen upp. Medan Annika Carlsson gömt sig i trappan upp till vinden hade Bäckström ringt på dörren och eftersom mötet bestämts redan på morgonen samma dag hade den öppnats redan på andra ringsignalen.

– Välkommen kommissarien, sa Britt-Marie Andersson, log stort med alla sina vita tänder och drog av någon anledning med vänsterhanden längs klyftan i sin generösa urringning.

– Får jag bjuda kommissarien på något?

– En kopp kaffe vore gott, sa Bäckström. Sedan tänkte jag faktiskt be att få låna din toalett.

– Självklart, sa Britt-Marie Andersson. Lade huvudet på sned och böjde sig framåt för att förbättra utsikten. Varför ska vi vara så formella, förresten, tillade hon. Britt-Marie, sa hon och sträckte fram en brunbränd hand.

– Bäckström, sa Bäckström, och svarade med en halv Harry Callahan.

– Du är allt en riktig gammaldags karl du, Bäckström, sa Britt-Marie Andersson, log och skakade på huvudet. Känn dig som hemma så ska jag koka kaffe åt oss.

Bäckström hade gått in på toaletten. Så fort han hörde henne stöka ute i köket hade han tassat ut och vridit upp dörrvredet. Om det nu skulle bli skarpt läge ville han inte att hans kolleger skulle behöva slå in dörren. Sedan hade han spolat, smällt lite i toalettdörren, gått in i vardagsrummet och slagit sig ner i sin värdinnas blommiga soffa.

Britt-Marie Andersson hade dukat en hel bricka. Till och med fått sin egen lilla kackerlacka till hund att vara en duktig Puttegubbe och lägga sig i sin lilla blommiga korg. Sedan hade hon satt sig i sin rosa fåtölj, skjutit fram den så att hennes brunbrända knän nästan snuddade vid Bäckströms välsydda gula linnebyxor, medan hon hällde upp kaffe.

– Jag förmodar att du dricker svart, sa Britt-Marie och suckade av välbehag.

– Ja, sa Bäckström.

– Som alla riktiga karlar, sa Britt-Marie och suckade på nytt.

Utom när jag tar en espresso för då brukar jag ha varm mjölk vid sidan om, tänkte Bäckström.

– Svart blir bra, sa Bäckström.

– Och jag får inte fresta med en liten konjak. Eller kanske en liten whisky, sa Britt-Marie och nickade mot buteljerna på brickan.

– Själv tänkte jag faktiskt ta en liten konjak, trugade hon. En liten, liten, pytteliten.

– Gör det, sa Bäckström. Det tror jag är klokt, sa han, utan att gå in på anledningen.

– Berätta, sa Britt-Marie och lade huvudet på sned. Jag är så nyfiken att jag nästan kan dö. På telefon sa du något om att du ville titta över för att tacka mig.

– Ja, precis, sa Bäckström. Det sa jag visst.

– Ursäkta att jag avbryter, sa Britt-Marie, och tog en försiktig smutt med trutande läppar, men jag måste faktiskt ge dig en komplimang för din klädsel. Gul linnekostym, ljusbrun linneskjorta, matchande slips, mörkbruna italienska skor, säkert handsydda. De flesta kriminalpoliser som jag har träffat brukar se ut som om de sovit på någon parkbänk innan de gick till jobbet.

– Illa klädd, blir illa hädd, sa Bäckström. Som sagt, tackar för komplimangen och själv kom jag hit för att tacka dig.

– Och jag som knappt vet vad jag hjälpt till med, sa Britt-Marie Andersson.

– Inte jag heller faktiskt, sa Bäckström. Men först tipsade du oss om min före detta kollega Rolle Stålhammar, och det enda som du väl glömde bort att berätta var att du hade haft ihop det med honom för sisådär en fyrtio år sedan och att ni i stort sett knullat skallen av varandra på den tiden. Och när inte han var god nog åt oss så hjälpte du oss vidare på vägen med att peka ut bröderna Ibrahim och deras ruggige kusin.

– Visst, fortsatte Bäckström. På en punkt tror jag dig. Du har säkert sett dem prata med Kalle Danielsson och jag är fullkomligt övertygad om att den där store lufsen som stod och hängde vid deras bil gav dig fula tungan. När vi fortfarande inte var nöjda så lyckades du till sist tuta i en av mina mest enfaldiga kolleger en historia om att Seppo Laurén var en mycket våldsbenägen ung man sedan många år tillbaka. Som dessutom hatade sin far Karl Danielsson. Faktum är att du sedan fjorton dagar fått mina medarbetare att fara runt som en skock yra höns, och egentligen var det väl bara en sak som du glömde bort att berätta.

– Och vad skulle det ha varit, sa Britt-Marie Andersson. Rak i ryggen plötsligt, utan minsta tillstymmelse till leende och utan minsta darrning på handen när hon fyllde på sin lilla konjaks-kupa.

– Att det faktiskt var du som slog ihjäl Karl Danielsson på onsdag kväll med hans eget grytlock och därefter, för säkerhets skull, ströp honom med hans egen slips. Innan du tog hans portfölj med alla pengarna som han dumt nog hade visat dig strax före. Och att du på fredag morgon, bara trettio timmar senare, ströp din lille älskare Septimus Akofeli. Eftersom han ganska omgående tycks ha räknat ut att det var du som hade gjort det och redan på torsdagen fått för sig att du handlat i nödvärn för att inte bli våldtagen av Danielsson. Du måste ha sagt något tidigare till honom om Kalle Danielsson. Gissningsvis att Danielsson försökt sätta på dig mot din vilja. Och när ni ses på fredagen, du och Akofeli, så vill han att du ska gå till polisen och förklara hur det verkligen låg till. Att det var du som var offret och inte Danielsson.

– Du ströp Akofeli i sovrummet där inne, fortsatte Bäckström och nickade mot den stängda dörren i den bortre ändan av hennes vardagsrum. Sedan du först knullat skallen av honom också, så han var tillräckligt spak när du erbjöd honom att få lite avslutande ryggmassage. Innan ni gjorde sällskap till polisen och lade korten på bordet.

– Det var nog den mest fantasifulla historia jag hört i hela mitt liv, sa Britt-Marie Andersson. Eftersom den också är djupt kränkande för mig så hoppas jag verkligen att kommissarien inte har berättat den för någon annan. För då blir jag nämligen tvungen att anmäla kommissarien för ärekränkning. Grovt förtal som det lär heta nu för tiden. Det skulle se ut det.

– Verkligen inte. Det här är helt mellan dig och mig, ljög Bäckström. Jag har inte sagt det till en käft.

– Vad glad jag blir, sa Britt-Marie Andersson, och log nästan som vanligt igen. Jag tror plötsligt att du och jag skall kunna hitta en lösning på det här. Kaka söker maka, är det inte så man brukar säga, Bäckström, sa Bäckströms värdinna och hällde upp sin tredje lilla konjak.

– Jag träffade din före detta svåger häromdagen, sa Bäckström. Mycket intressant person förresten.

– Har jag väldigt svårt att tänka mig, fnös Britt-Marie. Han är ju helt alkoholiserad sedan femtio år tillbaka. Har inte sagt ett sant ord i hela sitt liv.

– Jag tänkte nog ändå berätta vad han sa, sa Bäckström. Och om jag vore i samma situation som du skulle jag nog lyssna.

91

– När jag såg anteckningarna i Kalles almanacka fick jag för mig att det var Bea som du ville snacka om, sa Halvan och skänkte i en generös ters i sin egen kaffekopp. Så börjar du plötsligt tjata om en massa Muslimnissar som inte har ett dugg med saken att göra. Var fan är vi? Elfte september, eller?

– Bea, sa Bäckström. Nu får du förklara.

– Min före detta svägerska. Britt-Marie Andersson. Gammal solnatjej, Solnas största lökar och bästa gökat norr om tullarna på den tiden det begav sig, medan män var män och innan alla bögarna tog över. Och vad fick vi för det förresten? En jävla massa lesbianer.

– Jag fattar fortfarande inte.

– Bea, Britt-Marie Andersson. Hon kallades för Bea. Hade Salong BeA, med stort A. BeAs skönhetssalong nere i Sumpan. Ondulerade håret åt en massa kärringar och kom du efter stäng-ningsdags eller ringde och beställde tid före så kunde du få dig en vanlig genomsköljare bakom draperiet till salongen. Det var så brorsan min träffade henne förresten. Det var Rolle som gav ho-nom tipset. Fast Rolle behövde ju aldrig pröjsa. Fattas bara. Svensk mästare och nästa Ingemar Johansson som de skrev i tidningarna. Du skulle se snorren hans, Bäckström. Hade Rolle bara halat ner brallorna under en match och svingat med underkroppen så hade han kunnat skicka upp Ingo på ståplatsläktaren.

– Men din bror gick och gifte sig med henne.

– Ja, visst, han var helt tokig i henne. I samma veva som Rolle tappade skärpan och mest började vifta när han redan låg på rygg så drog Bea och gifte sig med brorsan. Helan, som han kallades på den tiden. Hon hade nämligen fått för sig att min käre bror, Per Adolf, hade en jävla massa deg. Att det var bättre att satsa på honom än en Rolle Stålhammar som snart skulle lalla runt nere i Solna centrum och berätta att det var bättre förr.

– Vad hände sedan då, sa Bäckström. Jag såg att din bror gick och dog för drygt tio år sedan.

– Ja, visst, och hur jävla skönt var inte det. Jag och de andra grabbarna hade redan bett honom fara åt helvete. En kväll när Mario bjöd på kalas så kallade han Mario för blatte. Så då döpte vi om honom till Råsundahitler och bad honom fara åt helvete. Per Adolf du vet och mustasch hade han också fanskapet. Brorsan gifte sig med Bea och flyttade in i fina huset nere vid Råstasjön. Belånat upp över skorstensstocken, men det visste inte Bea när hon knullade skallen av honom några år senare och trodde att hon skulle få ärva. Eftersom brorsan inte hade en spänn så hamnade hon på Hasselstigen ett. Böt upp sig till Kalle Kamrer, Kalle Danielsson alltså.

– Så han hade en och annan spänn?

– Började väl gå bra vid den här tiden, sa Halvan, nickade och bjöd sig själv på kvarten.

– Hur gick det med Kalle Danielsson då. Och Bea, menar jag, sa Bäckström.

– Han blev lika tokig som brorsan, sa Halvan. Sket i lilla Ritwa och grabben sin. Allt han hade i skallen var att sätta på Bea. Har säkert pyntat en och annan miljon genom åren för att få komma till. Du har väl läst anteckningsboken hans?

– Jag fattar fortfarande inte.

– HT, AFS, FI, sa Halvan. Plötsligt får jag för mig att du är dum i huvudet, Bäckström, sa Halvan.

– Har bara lite otur när jag tänker, sa Bäckström. Du har inte lust att hjälpa mig?

– HT, som i handtralla, sa Halvan och visade genom att spela luftgitarr ovanför sitt eget skrev.

– AFS, som i avsugning, fortsatte han och trutade med munnen.

– Och så FI då. Fitta som du får när du knullar som vanliga normala människor, avslutade Halvan. Kalle förde sexdagbok över sina möten med Bea. Ska det vara så jävla svårt att fatta? Femhundra för en vanlig handtralla, tvåtusen för en avsugning. Femtusen för ett gammaldags göka. Det står ju till och med att han fick betala tio papp den gången han slapp dra på sig gummi. Kalle kan ju inte ha varit klok i huvudet mot slutet. Betala tio papp för ett vanligt nummer.

– Glöm araberna, Bäckström, sa Halvan och tömde koppen i ett svep. Det här handlar om Kalle Danielssons göka med min före detta svägerska, Britt-Marie Andersson. Hon tog för övrigt tillbaka sitt flicknamn när hon upptäckte att brorsan min inte hade haft en spänn. Under tio år hette hon Söderman, och ingen var gladare än jag när hon böt tillbaka till Andersson.

– Men vänta nu, sa Bäckström, som just slagits av en tanke. Avsugning, det stavas ju med V och inte med F. Hur förklarar du det?

– Typiskt Kalle, sa Halvan och flinade. Han skulle alltid vara på det där viset. Lite ironisk så där. Och Britt-Marie har ju alltid försökt att verka lite finare än hon är, om jag så säger. Om du gick till henne så fick du ingen vanlig avsugning. Du fick en aaaf… sugning, en AFS, nästan lite adligt sådär och typiskt Kalle om du frågar mig.

– Så det säger du, sa Bäckström, och kände för säkerhets skull efter att öronen satt kvar på hans runda huvud.

92

– Aaaf… sugning, sa Bäckström, och trutade med läpparna för att sammanfatta sitt samtal med Britt-Marie Anderssons före detta svåger.

– Vet du vad, Bäckström, sa Britt-Marie Andersson, lutade sig framåt, visade sina onekligen aktningsvärda behag, medan hon lade sin brunbända hand på insidan av Bäckströms linneklädda vänsterlår.

– Jag får faktiskt för mig att du själv är lite sugen, fortsatte hon medan hennes hand letade sig uppför Bäckströms välskräddade gula byxor.

Vad fan ringer hon inte för, tänkte Bäckström och sneglade på sin klocka. Jävla attackflata, tänkte han i samma ögonblick som en mobil började pipa inne i rummet där de satt.

– Din eller min, sa Bäckström. Grävde fram sin egen och höll upp den för säkerhets skull.

Inte min, sa han, skakade på huvudet, stoppade tillbaka den i fickan.

– Säkert någon som ringt fel, sa Britt-Marie Andersson, trots att hennes ögon för en kort sekund varit lika smala som kollegan Annika Carlssons ögon. Samma kollega som just hade ringt upp den tredje mobilen, den som bara verkade användas för att ta emot inkommande samtal från Karl Danielsson och Septimus Akofeli. I precis samma sekund som Bäckström hade sagt åt henne att göra det.

– Vet du vad, Bäckström, sa Britt-Marie, satte sig plötsligt i hans knä och lät sin solariebruna hand smeka hans skjortkrage och bröst. Jag får plötsligt för mig att du och jag kanske borde slå våra påsar ihop.

– Berätta, sa Bäckström, som inte var det minsta orolig trots att hon redan lagt handen runt hans slips. Varnad är också väpnad, tänkte han.

– Vi är i samma ålder, sa Britt-Marie Andersson. Jag kan bjuda dig på en och annan resa till ett land där du aldrig varit förut, jag talar om sex alltså, inga vanliga resor. Vi kan dela på Danielssons pengar. Som han stulit från vanliga skurkar som till exempel de där hemska araberna som höll på att slå ihjäl dig. Vi kan…

– Hur mycket pratar vi om, avbröt Bäckström, som var kolugn trots att kvinnan i hans knä redan smekte hans slips med båda händerna. Brunbrända, starka händer, stora händer för att vara en kvinnas händer, som en mans händer.

– Ren nyfikenhet, förtydligade Bäckström.

– Vi pratar om närmare en miljon, sa Britt-Marie Andersson, medan hennes händer smekte Bäckströms blåa slips mönstrad med gula liljor.

– Är du säker på det, sa Bäckström. Jag pratade med åklagaren i morse och mina kolleger var nere i ditt bankfack på SE-Banken i Solna centrum för bara ett par timmar sedan. Hittade Karl Danielssons portfölj i ditt fack och i den fanns det faktiskt två miljoner. Tusenlappar, tjugo buntar på vardera hundratusen.

– Det där mobilsamtalet förresten, sa Bäckström. När mobilen i din handväska började pipa för ett par minuter sedan, det var för övrigt en annan av mina kolleger som ringde det samtalet, samma telefon som Danielsson och Akofeli brukade ringa till. Danielsson för att han köpte sex av dig och lille Akofeli för att han förmodligen älskade dig.

– Vet du vad, Britt-Marie Andersson, sa kommissarie Evert Bäckström. Jag får plötslig för mig att jag pratar med en mycket ovanlig figur i min bransch.

– Och vem skulle det vara, sa Britt-Marie Andersson som plötsligt hade fått ögon som var ännu smalare än kollegan Annika Carlssons den gången hon hade övervägt att klå upp kollegan Stigson för att han pratat om just Britt-Marie Andersson på ett för kvinnor nedsättande sätt.

– En kvinnlig dubbelmördare, sa Bäckström. För närvarande har vi faktiskt inte en enda kvinna som avtjänar livstidsstraff av det skälet, konstaterade han. Faktum är att vi inte har haft någon på fyrtio år, tillade han. Den gången var det en finsk hora. Den här gången blir det en svensk medsyster till henne.

I precis samma ögonblick hade hon ryckt till. Förmodligen på ilska och ren reflex med tanke på vad han just sagt och eftersom hon ändå måste ha fattat att spelet redan var förlorat. Knipit tag om hans slipsknut. Dragit till allt vad hon förmådde och trillat baklänges rakt ner på golvet när den lilla plastklämman som höll slipsen på plats givit efter.

Den klassiska polisslipsen, trots att just den här kostat honom tio gånger så mycket som den hans alkoholiserade far alltid brukade bära. Alltid den färdigknutna blå i tjänsten så att busarna inte skulle kunna strypa honom medan han spöade upp dem och kastade in dem i arresten på gamla Maria polisvaktkontor. Även hemma på helgerna eftersom han inte längre klarade av att knyta en vanlig slips.

– Okej Bea, sa Bäckström, drog upp handbojorna som han haft i fickan, grep efter hennes händer för att klova henne. Lugn och fin nu, sa Bäckström.

Inte det minsta lugn och fin. Hon hade snurrat runt på golvet. Sparkat undan benen för honom, satt sig grensle över honom och fattat tag om hans slipslösa hals. Klämt till med händer som var både större och starkare än hans.

Hennes lilla hund hade kastat sig ur korgen och kommit till mattes undsättning, tuggade redan sönder hans dyrbara gula byxben. Sedan hade Britt-Marie Andersson, kvinna, sextio år fyllda och i en kriminologisk mening i stort sett omöjlig som gärningsman vid ett dubbelmord, tagit konjaksflaskan som stod på bordet och drämt den rakt över ansiktet på honom.

– Helvete, Annika, vrålade Bäckström, medan blixtarna och mörkret turades om i hans huvud. Och hellre skulle han dö än skrika efter hjälp om nu en kvinna försökte ta livet av honom.

Kriminalinspektören Annika Carlsson hade kommit infarande i rummet med samma hastighet som en gammaldags kanonkula. Sparkat iväg lilla Puttegubben i en halvbåge tvärs över rummet, rappat till hans matte med sin fjäderbatong, två gånger över hennes axlar, två gånger över hennes armar. Sedan hade hon satt handbojor på Britt-Marie Andersson. Tagit tag i håret på henne, ryckt upp hennes huvud och gett henne det enda budskap som gällde i skarpt läge kvinnor i mellan.

– Bete dig som folk kärringjävel för annars slår jag ihjäl dig, sa Annika Carlsson och lät inte på minsta vis som vare sig en medsyster eller ens en kvinnlig polis.

Resten av sina ömma omsorger hade hon ägnat åt sin chef, kommissarie Evert Bäckström.

– Jag är rädd för att kärringen slagit näsbenet av dig, Bäckström, sa Annika Carlsson medan Felicia Pettersson och Jan O Stigson ledde ut Britt-Marie Andersson ur hennes lägenhet.

– Det är okej, snörvlade Bäckström medan hans röda blod rann ur båda näsborrarna. Trevade innanför skjortan och tog fram bandspelaren som han tejpat runt magen innanför sin välsittande gula linnekavaj.

– Helt okej så länge bandspelaren funkar, sa Bäckström. Fixa ett plåster så vi kan åka tillbaka till huset bara, sa han och knep till om näsan med sina knubbiga fingrar.

93

Bäckström hade knappt hunnit få plåster över sin brutna näsa och kliva in på sitt eget tjänsterum förrän kollegan Niemi kommit inflåsande.

– Vad fan har hänt, Bäckström, sa Niemi. Du ser ju ut som om någon dragit dig genom en mangel.

– Skit i det nu, Niemi, sa Bäckström. Vad kan jag hjäpa dig med?

– Spaningsgenombrott, sa Niemi. Kollegerna på SKL ringde för en stund sedan och berättade att de hade säkrat ett DNA i diskhandskarna som den där polacken hittade i containern. DNA från en kvinna, sa Niemi.

– Danielssons städerska, föreslog Bäckström som själv förstod bättre sedan flera dygn tillbaka.

– Trodde jag också, sa Niemi.

Finnkolingen måste vara dum i huvudet, tänkte Bäckström. Den lille pajsaren har ju ändå tillbringat flera dar i Danielssons lägenhet och vem fan anställer en blind städerska, tänkte han.

– Ända tills de hittade samma DNA under naglarna på Akofeli, sa Niemi. Enda problemet är väl att vi inte får någon träff i registret. Vi vet inte vem hon är.

– Gårdagens nyheter, Niemi, sa Bäckström och lutade sig tillbaka i skrivbordsstolen trots att hans näsa värkte något rent jävelusiskt. Hon sitter i finkan, fortsatte han. Bra att du kom förresten, tillade han. Kila förbi och topsa henne när du ändå är här. Så vill jag att du och din kamrat, den där kollegan från Sydamerika, gör husrannsakan hemma i hennes lägenhet. Det var där som hon mördade Akofeli, nämligen. Och skulle ni få någon tid över så står den bil som hon fraktade bort hans kropp i nere i garaget.

– Vad fan är det du säger, Bäckström, sa Niemi.

– Jag är polis, sa Bäckström. Så det räknade jag ut redan för fjorton dagar sedan.

Därefter Toivonen.

– Grattis, Bäckström, sa Toivonen. Jag får plötsligt för mig att om du bara håller käften på dig så kanske vi till och med kan börja umgås som folk.

– Tack, sa Bäckström. Du ska veta att du värmer hjärtat på en gammal konstapel, sa han.

– Så lite, sa Toivonen, flinade och gick.

Jag skall döda dig din lille rävjävel, tänkte Bäckström.

Sedan hade åklagaren ringt.

– Hej, Bäckström, sa åklagaren. Jag hörde just att du tagit vår gärningsman, eller gärningskvinna kanske jag borde säga.

– Ja, sa Bäckström.

– Sedan pratade jag med Niemi, fortsatte hon. Så jag tänkte faktiskt köra häktningsförhandlingen redan i morgon förmiddag. Det blir sannolika skäl.

– Kul för dig, sa Bäckström och lade på luren.

Anna Holt, hade till och med kommit ner på hans rum.

– Grattis Bäckström, sa Holt, nickade och log. Du har dödat draken åt mig.

– Tack, sa Bäckström. Hur blir det med presskonferensen?

– Jag tror vi skall ligga lite lågt, sa Anna Holt, och skakade på sitt kortklippta mörka huvud. Det har varit lite mycket på sista tiden. Jag tror att vi nöjer oss med ett enkelt pressmeddelande. I morgon efter häktningsförhandlingen.

Visst, tänkte Bäckström. Först tar ni hedern ifrån mig. Sedan tar ni äran ifrån mig. Själv har jag ett par söndertuggade linnebyxor, ett sönderslaget soffbord, en nerblodad matta och kulhål i både väggar och tak i det som en gång var mitt hem. Som tack har jag fått en kristallvas som jag gett bort till min alkoholiserade granne och en polisbricka som skulle ha tillhört någon tokig korvryttare som inte ens var karl nog att kliva ut ur garderoben utan var tvungen att behöva brottas med andra trikåtomtar för att kunna hålla färgen.

– Vad tror du om det, Bäckström, sa Anna Holt.

– *Fine with me*, sa Bäckström och gav henne en hel Sipowicz på vägen ut. Spring iväg med dig ditt magra lilla elände, tänkte han.

– Vad fan gör vi med Seppo Laurén, sa Alm. Högröd i ansiktet och bara två minuter efter det att Holt lämnat rummet.

– Bra att du kom, Alm, sa Bäckström. Nu gör vi så här. Lyssna noga nu.

– Jag lyssnar, sa Alm.

– Först samlar du ihop alla papper som du skrivit om lille Seppo. Sedan rullar du ihop dem. Trär över några gummisnoddar och stoppar upp dem i röven.

Inte nog med att han är dum i huvudet, tänkte Bäckström och såg efter ryggen på kollegan Alm. Fanskapet måste helt sakna humor, tänkte han.

– Respekt, chefen, sa Frank Motoele. Vände blicken utåt och nickade mot Bäckström.

– Tack, sa Bäckström. Det uppskattar jag verkligen. Om jag hade de där ögonen så behövde jag ingen liten Sigge, tänkte han. Kunde bara stå där och titta på buset medan de tiggde och bad om nåd.

– En kvar, sa Motoele och vände blicken inåt igen. Lille Afsan fixar vi efter rättegången. Jag har en hel del kompisar ute på anstalterna. På båda sidor. Så det blir en baggis.

– Jag hör vad du säger, sa Bäckström. En kvar, vad fan är det han säger, tänkte han.

– Respekt, upprepade Motoele. Om det fanns fler som chefen så skulle vi redan ha fixat det här.

– Var rädd om dig, Frank, sa Bäckström. Grattis Evert, tänkte han. Du har just blivit kompis med den allra kusligaste kollegan som någonsin blivit polis på västra halvklotet.

– Här sitter du och surar, Bäckström, sa Annika Carlsson. Hur är det med näsan förresten?

– Helt okej, sa Bäckström och fingrade försiktigt på plåsterlappen.

– Vad tror du om att hänga med ut och ta en pilsner? Jag kan bjuda om det nu skulle vara på det viset.

– Okej, sa Bäckström.

94

Sedan hade han tagit med kollegan Carlsson till sin egen favorit-krog. Helt i sin ordning eftersom hans vita tornado hade åkt hem till Jyväskylä för att träffa tjocka släkten och för säkerhets skull tagit med sig sin blängande make.

Vilken normal man vill riskera sin månatliga städning plus ett bra nummer en gång i veckan för en vanlig flatsmällas skull, tänkte Bäckström. Oavsett om hon nu påstod att hon tävlade i öppen klass, tänkte han.

Trots allt så hade det varit ganska trevligt ända fram till slutet av kvällen.

– Vet du vad, Bäckström, sa Annika Carlsson. Jag har faktiskt aldrig knullat i en säng från Hästens. Så vad tror du om det?

Sedan hade hon plötsligt tagit honom kring armen och klämt till med sina långa seniga fingrar. Precis som om någon dragit åt en stålvajer kring armen på honom.

– Det vete fan, sa Bäckström, eftersom hans näsa värkte så för-bannat att han lika gärna kunde få käken avslagen innan han svim-made i sängen därhemma. I den sönderskjutna lägenhet som en gång varit hans hem.

– Om vi skall tala helt öppet, sa Bäckström.

– Gör det, sa kollegan Annika Carlsson.

– Jag vet ta mig fan inte om jag törs, sa Bäckström. Nu var det äntligen sagt och käken hade han ju fortfarande kvar, tänkte han.

– Som jag redan sagt till dig, Bäckström, så har jag en öppen attityd när det gäller sex, sa kollegan Carlsson. Om du vill kan jag vara så snäll, så snäll. Skulle du ångra dig och vilja pröva på något annat så kan jag också vara väldigt, väldigt elak.

Låt mig fundera på saken, sa Bäckström som redan kände svetten rinna mellan skuldrorna innanför hans gula linnekavaj. En kvinna som pratar på det där viset. Det är ju förskräckligt, tänkte han.

– Helt okej, sa Annika Carlsson och ryckte på sina breda axlar. Bara du bestämmer dig innan vi går härifrån.

– Det är lugnt, Bäckström, försäkrade hon och drog med naglarna över hans hand. Dessutom har jag redan lovat att betala notan.

Sedan hade hon plötsligt stoppat handen i fickan och dragit upp en tusenlapp. Påtagligt lik en av dem som de båda hade stått och glott på för bara någon vecka sedan nere i Handelsbankens valv på Valhallavägen.

På det lilla viset, tänkte Bäckström, som slutat tro på mänskligheten för mer än femtio år sedan.

– Hur fick du ut dem ur valvet, frågade Bäckström.

– På det vanliga viset, som tjejer gjort i alla tider, sa Annika Carlsson och log mot honom. Du var ju dessutom vänlig nog att springa upp och ringa efter Toivonen, så det var lugnt. Jag tog en bunt ur högen, rullade ihop den, stoppade in den i min plasthandske och körde upp den på det vanliga stället.

– I råttan, sa Bäckström, trots att han redan visste svaret.

– Fast först blötte jag den i mun, sa Annika Carlsson. Ett gammalt tips som jag fått. Jag jobbade som plit på kvinnliga arresten innan jag kom in på polishögskolan. Du har ingen aning om vad jag hittat mellan benen på mina klienter under det år som jag jobbade där.

– Fast det var ett rent litet helvete när vi skulle gå ner till Niemi, sa Annika Carlsson. Jag är ganska trång därnere så det skavde något alldeles hemskt, förtydligade hon.

– Vad tror du, Bäckström, sa Carlsson. Jag har nämligen fått för mig att du och jag skulle bli det perfekta paret, sa hon och drog för säkerhets skull en extra gång med naglarna över hans arm.

– Jag måste tänka, sa Bäckström. Vart är mänskligheten på väg? Vart är Sverige på väg? Vad är det som händer med kåren, tänkte Bäckström.

Och vad fan hände med prinsessan och halva kungariket, tänkte han.